문학과지성 소설 명작선

이 소설 총서는
초판 간행 이후 시간의 벽을 넘어 끊임없이
독자와 평자 들의 애호와 평가를 끌어 열고 있는,
말의 바른 의미에서의 '스테디셀러'들을
충실한 원본 검증을 거쳐 다시 찍어낸,
새로운 감각의 판형과 새로운 깊이의 해설로
그 의미를 더욱 풍요롭게 만든,
우리 시대 명작 소설들이 펼치는
문학적 축제의 자리입니다.

◇ 문학과지성사에서 펴낸 신경숙의 책

기차는 7시에 떠나네(1999)
딸기밭(2000)

풍금이 있던 자리

신경숙

문학과지성사
2010

문학과지성 소설 명작선 19
풍금이 있던 자리

초판　1쇄 발행__1993년 4월　2일
초판 42쇄 발행__2002년 6월　2일
재판　1쇄 발행__2003년 7월　7일
재판 18쇄 발행__2024년 8월 20일

지 은 이__신경숙
펴 낸 이__이광호
펴 낸 곳__㈜문학과지성사
등록번호__제1993-000098호
주　　소__04034 서울 마포구 잔다리로7길 18(서교동 377-20)
전　　화__02)338-7224
팩　　스__02)323-4180(편집) 02)338-7221(영업)
전자우편__moonji@moonji.com
홈페이지__www.moonji.com

ⓒ 신경숙, 2003. Printed in Seoul, Korea
ISBN 978-89-320-1428-9 04810

이 책의 판권은 지은이와 ㈜문학과지성사에 있습니다.
양측의 서면 동의 없는 무단 전재 및 복제를 금합니다.

풍금이 있던 자리

차례

풍금이 있던 자리　9
직녀들　43
멀어지는 산　75
그 女子의 이미지　108
저쪽 언덕　130
배드민턴 치는 女子　156
새야 새야　186
해변의 의자　213
멀리, 끝없는 길 위에　236

초판 해설 추억, 끝없이 바스라지는 무늬의 삶 · **박혜경**　297
신판 해설 나는, 나를…… 그리고 너를…… · **김예림**　315
초판 작가의 말　330
신판 작가의 말　332

풍금이 있던 자리

어느 동물원에서 있었던 일이다. 한 마리의 수컷 공작새가 아주 어려서부터 코끼리거북과 철망 담을 사이에 두고 살고 있었다. 그들은 서로 주고받는 언어가 다르고 몸집과 생김새들도 너무 다르기 때문에 쉽게 친해질 수 있는 사이가 아니었다. 어느덧 수공작새는 다 자라 짝짓기를 할 만큼 되었다. 암컷의 마음을 사로잡기 위해서는 그 멋진 날개를 펼쳐보여야만 하는데 이 공작새는 암컷 앞에서 전혀 반응을 보이지 않았다. 그러고는 엉뚱하게도 코끼리거북 앞에서 그 우아한 날갯짓을 했다. 이 수공작새는 한평생 코끼리거북을 상대로 이루어질 수 없는 사랑을 했다…… 알에서 갓 깨어난 오리는 대략 12~17시간이 가장 민감하다. 오리는 이 시기에 본 것을 평생 잊지 않는다. ─박시룡, 『동물의 행동』중에서

마을로 들어오는 길은, 막 봄이 와서,

여기저기 참 아름다웠습니다. 산은 푸르고…… 푸름 사이로 분홍 진달래가…… 그 사이…… 또…… 때때로 노랑 물감을 뭉개놓은 듯, 개나리가 막 섞여서는…… 환하디환했습니다. 그런 경치를 자주 보게 돼서 기분이 좋아졌다가도 곧 처연해지곤 했어요. 아름다운 걸 보면 늘 슬프다고 하시더니 당신의 그 기운이 제게 뻗쳤던가 봅니다. 연푸른 봄산에 마른버짐처럼 퍼진 산벚꽃을 보고 곧 화장이 얼룩덜룩해졌으니.

저, 저만큼, 집이 보이는데,

저는, 집으로 바로 들어가질 못하고, 송두리째 텅 빈 것 같은 마을을 한 바퀴 돌고도…… 또 들어가질 못하고…… 서성대다가 시끄러운 새소리를 들었어요. 미루나무를 올려다보니 부부일까? 두 마리의 까치가, 참으로 부지런히 둥지를…… 둥지를 틀고 있었어요. 오래 바라보았습니다. 둘이 서로 번갈아가며 부지런히 나뭇잎이며 가지들을 물어나르는 것을.

이 고장을 찾아올 때는 당신께 이런 편지를 쓰려고 온 것이 분명 아니었습니다. 이런 글을 쓰려고 오다니요? 저는 당신과 함께 떠나려 했잖습니까.

비행기를 타버리자.

당신이 저와 함께하겠다는 그 결정을 내려주었을 때, 저는 너무나 환해서 꿈인가? …… 꿈이겠지, 어떻게 그런 일이 내게…… 다름도 아닌 내게 찾아와주려고, 꿈일 테지, 했어요.

제가 꿈인가? 헤매는데 당신은 죄라면 죄겠지, 하시며 진짜 일을 진척시키기 시작했죠. 당신을 알고 지낸 지난 이 년 동안 무너져만 내리던 제게 어떻게 그런 환한 일이, 스포츠 센터 일을 다 정리하고 나서도 암만 꿈 같아서, 당신에게 다짐을 받고 또 다짐을 하다가 결국은 또 눈물⋯⋯이.

이 고장을 찾아올 때는 당신께 이런 글을 쓰려고 온 것이 분명 아니었습니다. 이런 편지를 쓰려고 오다니요? 저는 일단 나서고 보자는 당신에게 제 숨을⋯⋯ 이 숨을 드리고 싶었습니다. 다만 떠나기 전에, 아무것도 모르시는 부모님과 작별을 하려고 온 것입니다. 당신과 함께 비행기를 타고 나면 이분들을 살아생전에 다시 뵐 수나 있을까, 하는 생각에.

기차에서 내려 제가 맨 먼저 한 일은 역구내 수돗가에서 손을 씻었던 일입니다. 십오륙 년 전에, 여학교를 졸업하고 이 고장을 떠나면서도 나는 그 수돗가에서 손을 씻었었습니다. 그 이후로 이 고장에 내려오거나 다시 이 고장을 떠날 때마다 저는 그 수돗가에서 손을 씻었습니다. 그 무엇과 아무 연대감도 없이 이루어진 손 씻는 습관은 이번에도 예외는 아니어서 어느덧 저는 그 자리에 서 있었던 것입니다. 그런데 불쑥 제 속에서 누군가 묻는 것이었어요. 너는 왜 이 고장을 떠나거나 도착할 때마다 이 자리에서 손을 씻는 거지? 저는 그 질문에 답변을 할 수가 없었습니다. 그 자리에서 손을 씻고 마을로 들어가면 도시에서 있었던 모든 일을 잊을 수 있다고 생각해서 그랬을까요? 그 자리에서 손을 씻고 이 고장을 떠나가면 이 고장에서 있었던 일들을 잊을 수 있다고 생각해서 그랬을까요? 글쎄, 그건 단순히 이루어진 습관이었을까요? 그날, 그 수돗가에 손목시계를 벗어두고 온 것을 집에 돌아와서야 알았습니다. 그 노란 시계는 당신이 주신 것이었지요. 제 팔목에 매달려, 햇살을 받을 때마다 반짝 윤이 나던, 시침과 분침 초침을 맑게 비추던 유리알에 당신의 이니셜이 새겨진.

제 마음속에 일어난 이 파문을 당신께 어떻게 설명해야 합니까? 과연 설명이 가능한 파문인지조차 저는 모르겠습니다. 하지만 영문을 몰라하는 당신이 거기 있으니, 저는 당신께 어떻게든 제 마음을 전해드려야지요. 지금 제 마음은 어쩌면 당신께 이해받지 못할지도 모르겠습니다. 설령 그렇더라도 제가 할 수 있는껏은 해야 하는 것임을, 그것이 당신에 대한 제 할 일임을 괴롭게 깨닫습니다. 제 표현이 모자라서 이 편지를 다 읽으시고도 제 마음이 야속하시면…… 그러면 또 어떡해야 하나……

강물은…… 강물은, 늘…… 늘, 흐르지만, 그 흐름은 자연스러운 것이지만, 어찌된 셈인지 제게는 그 강과 함께 흐르기로 마음먹는 일이 제 심연의 물을 퍼주고야 생긴 일임을, 아니예요, 이런 소리 하는 게 아니지요, 다만, 어떻게 하더라도 제게 어찌할 수 없는 아픔이 남는다는 걸 알아주시…… 아니예요, 아닙니다.

그 여자…… 그 여자 얘길 당신에게 해야겠어요.

그토록 서성였는데 들어와보니 집은, 텅…… 텅, 비어 있었습니다. 텅 빈 집 마루에 앉아 대문을 바라본 적이 있으신가요? 누군가 열린 그 대문을 통해 마당으로 성큼 들어서주기를 바라면서 말이에요. 마당엔 봄볕이 가득 차 있었습니다. 대문옆 포도나무 덩굴 감김새 위에 메추라기 한 마리가 포르르 내려와 앉더군요. 메추라기는 잠시 어리둥절한 폼을 취하더니 다시 포르르 허공에 금을 긋고 날아갔습니다. 이상한 일이지요. 메추라기를 쫓아가던 시선을 다시 대문에 고정시켰을 때, 제 속에서 매우 친숙한 느낌이 어떤 두려움을 뚫고 새어나왔어요. 저는 파란 페인트칠이 벗겨진 대문을 눈을 반짝 뜨고 바라다봤습니다. 언젠가 이와 똑같은 풍경이 제 삶을 뚫고 지나간 적이 있음을, 저는 기억해낸 것입니다. 시누대가 있던 자리에 아스팔트를 깔았는데, 몇 년이 지난 어느 봄에 그 아스팔트를 뚫고 죽순이 솟았다더니, 제 마음에도 바로 그런 요동이 일었어요. 여섯 살이었을까, 아니면 일곱 살? 막내동생이 막 태어나던 해였으니, 일곱 살이 맞겠습니다. 저는 마루 끝에 엉덩이를 붙이고 앉아 누군가 열린 대문을 통해 들어와주기를 바라고 있었습니다. 그토록 간절히 바란 것으로 보면 어쩌면 어머니를 기다렸던 건지도 모릅니다. 바로 그때 그 여자가 나타났던 것입니다. 그 여자가 열린 대문으로 들어섰을 때 제 발끝에 매달려 있던 검정 고무신이 툭, 떨어졌습니다. 여자는 마당의 늦봄볕을 거느린 듯 화사했습니다. 그때까지 저는 그토록 뽀얀 여자를 본 적이 없었어요. 마을을 단 한 번 벗어나본 적이 없는 어린 저는, 머리에 땀이 밴 수건을 쓴 여자, 제사상에 오를 홍어 껍질을 억척스럽게 벗기고 있는 여자, 얼굴의 주름 사이로까지 땟국물이 흐르는 여자, 호박 구덩이에 똥물을 붓고 있는 여자, 뙤약볕 아래 고추 모종하는 여자, 된장 속에 들끓는 장벌레를 아무렇지도 않게 집어내는 여자, 산에 가서 갈퀴나무를 한짐씩 해서 지고 내려오는 여자, 들깻잎에 달라붙은 푸른 깨벌레를 깨물어도 그냥 삼키는 여자, 샛거리로 먹을 막걸리와, 호미, 팔토시가 담긴 소쿠리를 옆구리에 낀 여자, 아궁이의 불을 뒤적이던 부지깽이로 말 안 듣는 아들을 패는 여자, 고무신에 황토흙이 덕지덕지 묻은 여자, 방바닥에 등을 대자마자 잠꼬대하는 여자, 굵은 종아리에 논물에 사는 거머리가 물어뜯어 놓은 상처가 서너 개씩은 있는 여자, 계절 없이 살갗이 튼 여자…… 이렇게 일에 찌들어 손금이 쩍쩍 갈라진 강퍅한 여자들만 보아왔던 것이니, 그 여자의 뽀얌에 눈이 둥그렇게 되었던 건 당연한 것이었는지도 모릅니다.

텃밭이 어디니?

그 여자가 제게 다가와 제 어깨를 매만지며 물었어요. 여자는 어느덧 부엌에서 소쿠리를 들고 나와 제 앞에 서 있었지요. 저는 그 여자의 화사함에 이끌려 고무신을 꿰신고, 그 여자를 뒤세우고는 텃밭으로 난 샛문을 향했습니다. 그 여자에게서는 그때껏 제가 맡아본 적이 없는 은은한 향내가 났습니다. 그 여자가 움직일 때마다 그 향내는 그 여자에게서 조금 빠져나와 제게 스미곤 했습니다. 그게 왜 그리 저를 어지럽게 하던지요. 텃밭으로 가는 길에 물을 길어 나르던 장성댁을 만났는데, 장성댁은 물동이를 내려놓고까지 그 여자와 나를 쳐다봤어요. 샐쭉한 표정으로.

그 여자는 잔배추와 잔배추들 사이를 헤집고 다니며 소쿠리에 잔배추를 뽑았습니다. 텃밭 한 켠에 심겨진 푸르른 조선파도 뽑아 담았습니다. 여자는 새각시처럼 뉴똥 저고리를 입고 있어서, 배추를 뽑을 때는 배춧잎같이, 파를 뽑을 때는 팟잎같이 파랗게 고왔습니다. 텃밭지기 노랑나비도 그 여자 머리 위에 내려앉으니 날개를 바꿔 달은 듯했어요. 텃밭에 들어갔다 나오자 여자의 흰 코고무신에 흙이 얼룩졌지만, 여자는 아무래도 상관없는 듯 제 손을 이끌고 다시 샛문을 통해 집으로 돌아왔습니다. 그렇게 우리집으로 불쑥 들어온 그 여자가 맨 먼저 한 일은 김치를 담그는 일이었어요. 저는 영문도 모르고 김치 담그는 그 여자 곁에서 잔심부름을 해주었어요. 생강 껍질도 벗겨주고, 마늘도 짓찧어주었으며, 우물에서 소금에

절인 배추를 씻을 때는 두레박질도 해주었지요. 그 여자는 아무래도 그런 일이 서툰 듯했어요. 어머니께서는 한눈을 파시면서도 단숨에 척척 해내는 무 생채 써는 일은 특히 말이에요. 어머니의 도마질 소리는 깍둑깍둑깍둑…… 경쾌했지만, 그 여자의 도마질 소리는 깍… 뚝… 깍… 뚝이었어요. 그렇게 그 여자는 파란 페인트칠이 벗겨진 대문을 통해 우리집으로 들어왔고, 대신 그 대문으로 어머니께서 자취를 감췄습니다. 안방 아기그네에 백일이 겨우 지난 막내동생까지 남겨두고, 여자는 힘들게 김치를 담가서 저녁밥상을 차려 내놓았지만, 우리 형제들은 아무도 수저를 들지 못했습니다. 큰오빠가 윗목에 버티고 앉아 눈을 부라리고 있었기 때문이에요. 저는 점심도 못 먹었던 터라 밥상이 나오자, 수저를 들려고 했습니다. 그러다가 큰오빠의 매서운 눈초리에 힘없이 내려놓았어요.

밥들 먹어!

여자는 우리 형제들을 향해 애원하듯 말하지만 우리는 큰오빠의 위세를 물리칠 수가 없었어요. 아버진 입을 꽉 다문 큰오빠를 지나 어두워진 마당을 담배를 피우며 내다보실 뿐이었습니다. 그네 속의 막내동생이 울음을 터뜨렸을 때, 큰오빠는 아버지에게 보내는 도전장처럼 무겁게 입을 열었어요.

너희들 모두 나를 따라나와.

그때 막 중학생이 되었던 까까머리 큰오빠는 무슨 마피아의 두목 같았습니다. 숨이 넘어갈 듯 울어제끼는 강보의 동생과 어쩔 줄 모르고 손을 맞비비고 있는 그 여자와, 뽀끔뽀끔 담배 연기를 내뿜은 아버지를 남겨둔 채 우리는 어린 두목에게 이끌려 마을 다리로 나갔습니다. 큰오빠는 우리 셋을 나란히 줄 세웠어요. 그리고 자기는 중앙에 서서 엄숙하게 말했습니다.

 너희들 내 말 잘 들어. 오늘부터 내 말을 안 들으면 너희들 국물도 없을 줄 알아. 오늘 집에 온 그 여자는 악마다. 그러니까 그 여자가 해준 밥은 먹지도 말고, 불러도 대답도 하지 말고, 그 여자가 빨아준 옷은 입지도 말아라.

 성아, 왜?

 큰오빠의 옷자락을 잡아끌며 물었던 사람은 그때 저보다 한 살 많았던 바로 위 오빠였습니다.

 배고픈데, 성!

 바로 위 오빠 뱃속에서 꼬르륵 소리가 났고, 그의 목소리는 거의 울 듯했어요. 제 심정도 그 오빠의 심정과 같았습니다. 더구나 그 여자는 얼마나 뽀얀가요. 큰오빠는 버럭 화를 냈어요.

 그렇게 해야만 어머니가 돌아온단 말이다!

 큰오빠는 나란히 줄 서 있는 우리 셋 앞을 서성이다가 어느 순간 제 앞에 우뚝 멈췄어요. 저는 숨이 멎는 듯했습니다.

 특히, 너…… 너 오늘처럼 그 여잘 졸졸 따라다녔단 봐! 너 엄마 없이 살 수 있어?

 저는 주저앉아 울음보를 터뜨려버렸어요. 그렇잖아도 숨 막히게 하는 그 무엇이 가슴을 짓누르는 중이었는데, 큰오빠가 그 이유를 정확히 집어내주었던 것입니다. 그 여자를 뒤세우고 텃밭으로 갈 때 마주쳤던 장성댁의 그 샐쭉해지던 표정이며, 그 여자의 은은한 향기로움이 좋기만 한 게 아니라 머리를 어지럽게 하던 것의 실체가 잡혔지요. 그 봄날, 그렇게 찾아와 우리집에 스무 날쯤 살다 간 그 여자가, 제가 이 집에 도착해 마루에 앉아 대문을 바라보고 있는

데 죽순처럼 제 속을 뚫고 올라왔던 것이에요. 제 근원을 아프게 건 드리면서.

사랑하는 당신.
실로 오랜만에 다시 펜을 들었습니다. 어제는 당신이 다녀가셨지요. 그건 뜻밖이었어요. 제가 이곳에 머물러 있는 것을 어떻게 아셨어요? 저는 그동안 당신께 이곳 얘기를 단 한 번도 한 적이 없는데요. 여기에 올 때 제 마음은 하루나 이틀만 묵고 갈 생각이어서 당신께 말씀드리지도 않았는데요.
제 심정을 당신께 알려드리는 일이 가능한 일이 아니라는 생각이 자꾸만 들었어요. 무슨 일을 글로 써보는 것에 습관이 들여지지 않아서인지, 어제 당신의 혹독한 질책처럼 마음이 하고 싶지 않은 일을 제가 억지로 몰아붙이고 있어서…… 인지…… 펜을 놓고 다시 쓰질 못하고 있었어요.
어제 당신이 오시기 바로 전에 저는 우사(牛舍)에서 소 분만 시키고 계시는 아버지 곁에서 그 뒷심부름을 하고 있었습니다. 그 여자가 우리집에 처음 왔을 때 제게 물었던 텃밭, 그 여자가 은은한 향내를 풍기며 나비보다 더 가볍게 연두색 배추를 뽑던 그 밭이 지금은 우사가 되었습니다. 다른 소들보다 수월하게 송아지를 낳았다고 아버지께선 어미소를 쓰다듬어주셨어요. 그것도 수송아지를요. 아버지께서 소 태(胎)를 거두시는 걸 보며 집으로 돌아왔는데 당신이 제 집 마당에 서 계시더군요. 처음엔 거기 서 계시는 당신이 환영인가…… 어떻게 당신이 여기를? 헛것이겠지…… 했어요. 오죽했으면 아버지가 돌아오실 때까지 당신을 쳐다보기만 했을까요? 당신을 알고 지내는 동안 늘 소망했었습니다. 당신을 아버지께 뵈드릴 수 있으면 얼마나 좋을까, 하고요. 그 간절하던 마음이 이루어졌는데, 저는 마치 도망자를 감추듯이 당신을 끌고 황급히 대문을 빠져나와야 했다니, 아버지와 당신의 그 짧은 만남이라니.

시내 다방에 마주 앉았을 때, 당신은 나를 질책하셨어요. 당신은 저를 그렇게도 간절히 바라건만, 제가 당신과의 관계를 그저 남녀 간의 어지러운 정쯤으로 생각한다는 것이었지요. 저는 그렇지 않다고 말씀드렸어요. 그렇지 않으면 왜 약속을 어기려 드느냐고 되물으셨지요. 저는 당신께 제 심정을, 복잡하게 들끓고 있는 이 심정을, 단 몇 가닥만이라도 말씀을 드리려고 했습니다. 그 여자가 건드려놓은 제 심정에 대해서 말이에요. 역시 당신은 무슨 소린지 도저히 모르겠다는 표정이셨지요. 저는 제 심정을 글로 옮겨놓는 재주만 없었던 게 아니라, 눈썹 하나만 까딱해도 무슨 말을 하는지 안다고 생각했던 당신, 다름 아닌 그 당신께 말로 옮기는 재주조차 없었던 것입니다. 제가 그 여자가 만들어줬던 음식에 대해서, 그리고 제가 근무하고 있었던 스포츠 센터에서 눈물을 글썽이며 에어로빅 수강을 받던 중년 부인에 대해서 얘기하면 할수록 당신은 얼굴빛이 붉으락푸르락해지셨어요. 그러다 곧 눈물에 젖은 당신의 눈을 바라봐야 하는 제 괴로움이 그토록 술을 마시게 했습니다. 오이채를 썰어넣기는 했지만, 그러나 막소주를 저는 얼굴빛이 창백해지며 퍼마셨습니다. 제가 당신과의 관계를 남녀간의 어지러운 정쯤으로 생각하다니요?

어제 당신과 저는 꼭 한집에 살고 있는 개와 고양이 같았습니다. 둘이 앙앙대는 건 서로를 이해하는 방식이 달라서라지요. 개가 앞

발을 들면 함께 놀자는 마음 표시인데, 고양이에겐 그게 언제든지 대들겠다는 경계 신호라잖아요. 고양이가 귀를 뒤로 젖히는 건 심정이 사나우니 건드리면 언제든 할퀴어놓겠다는 뜻이지만, 개는 당신에게 순종하겠다는 의미라니, 둘 사이에 오해가 싹틀 수밖에요. 어제 당신과 제가 꼭 그랬습니다. 제 마음을 당신은 느닷없이 왜 그렇게 고고해졌느냐며 할퀴었고, 저는 당신 이외의 다른 감정을 모두 뭉개려만 드는 이기주의라고 당신을 물어뜯었습니다. 당신은 출국 날짜를 일러주고 가셨습니다. 그 날짜에 맞춰 제가 돌아올 걸 믿는다고도 하시면서도 당신은 석연치 않은 얼굴로 새벽 기차를 타고 다시 도시로 가셨어요. 집에 돌아왔을 때, 아버진 마루에 앉아 계셨습니다. 당신의 팔을 붙들고 황급히 도망치듯 집을 나섰던 저를 보고 짐작하신 게 있으신지 저를 바라보는 표정이 말할 수 없이 일그러져 계셨어요. 무슨 말씀이든 다 들으려고 아버지 곁에 엉덩일 붙이고 앉았으나, 얼마 후에야 아버진 그냥 방으로 들어가시며 힘없이 중얼거리시더군요. 그놈, 그 수송아지가 눈뜬 봉사여야.

방금 어머니께선 상가(喪家)에 가셨습니다. 돌아가신 분은 점촌 할머니예요.

생전을 춥게만 살드만 가는 날은 따뜻헌 날 잡었구나.

어머니는 봄볕을 내다보시며 혀를 쯧쯧, 차셨습니다. 가신 분이 점촌댁, 점촌 할머니라도 들었을 때, 저는 또 한 번 가슴이 철렁했어요. 기……억은, 이상한 것이에요. 칠흑 같은 무명에 휩싸여 있던 것들이 어떻게 한순간에 그렇게도 투명하게 비춰지는지.

제 기억 속의 점촌댁은 울면서 줄넘기를 하고 있습니다. 저는 어머니께 그 할머니가 돌아가셨다는 말씀을 듣기 전까지는 그분이 아직 살아계신 것도 모르고 있었습니다. 어머니를 따라 자주 그댁에 밤마실을 갔었어요. 그때, 점촌댁은 다리를 절름대며 줄넘기를 하고 계셨어요.

다리도 안 성한 사람이 이게 무슨 짓이여!

어머니께서 한사코 말렸지만 점촌댁은 줄넘기를 멈추지 않았습니다. 어머니와 마을 아주머니 몇 사람이 모여앉아 하는 얘기로는 점촌댁이 제사장을 봐 머리에 이고 오는 중에 맞은편에서 달려오는 짐자전거를 피하려다 다리 밑으로 굴러 다리를 다치셨다는 것이었습니다. 점촌댁은 그로 인해 거의 이 년 동안을 운신을 못 하셨고, 그 사이 점촌 아저씨가 다른 여자를 봤다는 것입니다. 다리를 움직이지 못해 방안에만 있느라고 뚱뚱해진 점촌 아주머니는 그 이후로 그 아픈 다리로 서서 울면서 줄넘기를 하신다는 것이었습니다. 새끼줄 두 줄을 뚤뚤 엮어 만든 그 줄. 지금 당신이 있는 그 도시. 제가 강사로 나가던 그 스포츠 센터의 에어로빅 저녁반 시간에 어느 날 한 중년 부인이 새로 들어왔었죠. 아! 당신께 말씀드렸지요? 첫 시간 수업 도중에 폭삭 무너지며 통곡을 했다는 그 중년 부인 말이에요. 남편이 집에 들어오지 않기 시작했다고 악을 썼다는 얘긴 제가 차마 말씀드리지 못했었어요. 그 이후로도 그 여인은 에어로빅 도중 마룻바닥에 무너지며 자주 울었지요.

어제는 그 젊은 애가 전화를 걸어왔지 뭐예요! 남편이 나와 이혼하고 저랑 살기로 했다고 당당하게 말하더라니까요, 선생님.

점촌 할머니가 돌아가셨다는 얘길 들었을 때, 그 여인의 에어로빅이…… 할머니의 새끼줄 줄넘기와 함께, 제 가슴을 훑고 지나간 건 또…… 웬……

점촌댁, 이젠 돌아가신 점촌 할머니가 언제부터 줄넘기를 그만두셨는지는 모르겠으나, 그 이후로 점촌댁은 지금껏 홀로 살다가 이제 할머니가 되셔서 가신 거예요.

사랑하는 당신.

어제대로라면 제 얼굴을 빤히 들여다보시겠지요? 그 여자들이 도대체 너와 무슨 관련이 있니? 하시면서. 아무리 신비스런 과거를 가진 사람이라고 해도 그 과거는 그 사람들 것이다. 하물며 그닥 엿볼 과거도 아닌 것을 왜 들여다보느냐구요. 자기 자신이 캐낸 인생만이 값어치가 있는 거야. 무리 지어 살면서 생긴 것들을 남들은 헤치고 나오려고 하는데 넌 이상하구나, 젊은 애가 왜 꾸역꾸역 그 속으로 자신을 밀어넣고 있냐……고.

어제 차마 당신께 할 수 없었던 말이 있었습니다. 그건 당신과 저를 한꺼번에 어디선가 끌어내려 구덩이에 처넣는 일만 같아, 어떻게 해서든 이 말만은 당신께 하지 않으려고 그 술집에서 당신께 발광을 부렸던 겁니다. 당신을 발로 차고, 당신의 가슴에 주먹질을 하고, 당신을 짓이기면서 대들었던 건 막 새나오려고 하는 이 말에게 지지 않으려고 그랬던 겁니다. 창백하게 앉아만 있던 당신. 제가 이 말을 하고 나면 당신이 저를 질책하셨던 대로 당신과의 연을 남녀 간의 어지러운 정쯤으로 수긍하는 셈이 되겠지요. 그래서 하지 못한 말이 있어요.

지금도…… 이 말을…… 당신께…… 꼭, 해야 하는가……?

몇 번이고 제 자신에게 되묻게 됩니다. 내뱉고 말면 어쩌면 당신은 저를 증오할지도 모르겠어요. 사랑이 증오로 바뀌는 건 순식간의 일이지요. 당신이나 저나 그 두 감정이 서로 동시에 마음을 언덕

삼아 맞대고 있지 않았나요? 다만 그동안 우리는 아주 위태롭게 사랑 쪽을 지켜왔던 것 아닌가요? 어쩌면 제 이 말이 증오 쪽으로 당신 마음을 돌려놓을지도 모르겠습니다.

당신, 저를, 용서하세요.

이 말을 하지 않으면, 제 말이 모두 당신에게 오리무중일 것만 같으니. 점촌 아주머니를 혼자 살게 한 점촌 아저씨의 그 여자, 그 중년 여인으로 하여금 울면서 에어로빅을 하게 만든 그 여자…… 언젠가, 우리집…… 그래요, 우리집이죠…… 거기로 들어와 한때를 살다 간 아버지의 그 여자…… 용서하십시오…… 제가…… 바로, 그 여자들 아닌가요?

사랑하는 당신.

노여워만 마세요. 저는 그 여자를 좋아했습니다. 어쩌면 이 세상에 태어나서 처음으로 느낀 타인에 대한 사랑이었는지도 모릅니다. 그 여자가 남겨놓은 이미지는 제게 꿈을 주었습니다. 제가 더 자라 학교에 다니게 되었을 때, 새 학기가 시작되고 나면 담임 선생님은 개인 신상 카드를 나눠주며 기록을 해오라 했습니다. 그 개인 신상 카드 어느 면에 장래 희망을 적어넣는 칸이 있었지요. 장래 희망. 저는 그 칸 앞에서 오빠 볼펜을 손에 쥐고 우두커니 앉아 있곤 했어요.

……그 여자처럼 되고 싶다……

이것이 제 희망이었습니다. 그 여자가 우리집에 와서 심어놓고 간 일들을 구체적으로 간추려서 뭐라고 써야 하나? 이것이 고민스러워 우두커니 앉아 있곤 했던 것입니다. 끝끝내 그걸 간추릴 단어를 저는 그때 알고 있지 못했어요. 그래서 다른 아이들처럼 어느 때는 은행원, 어느 때는 학교 선생님, 어느 때는 발레리나라고 써넣을 수밖에 없었습니다만, 그렇게 표현되는 그때그때의 희망들은 모두 그 여자를 지칭하고 있었습니다.

　그 여자는 우리집에 살기 시작한 지 열흘 만에 큰오빠만 빼고 모두를 끌어안아버렸어요. 백일이 갓 지난 울 줄밖에 모르던 그네 속의 막내동생까지요. 그 여자의 손이 닿아 제일 먼저 화사해진 게 아기 그네였습니다. 어머니께서 그네 밑에 깔아놓으셨던 닳은 아버지 내복을 그 여자는 맨 먼저 걷어냈어요. 그리고는 어디서 났는지, 잔꽃이 아른아른한 병아리색 작은 요를 깔았어요. 그네 하면 어린애의 울음 소리와 그 닳아빠진 내복이 생각났었는데, 그 여자는 뽀송한 기저귀가 옆에 있는 환한 병아리색 이미지로 바꿔놓은 거예요. 그 여자는 아이를 울리지 않았어요. 처음에 어머니 젖이 아니라, 느닷없이 우유병이 들어오자, 칭얼칭얼대는 것도 그 여자는 잘 해결했죠. 그 여자는 서슴없이 자신의 젖을 꺼내 아이에게 물렸다가 아이가 빈젖임을 막 알려는 참에 살며시 젖병 꼭지를 밀어넣었어요. 그러면 어린애는 손가락을 그 여자의 젖 위에 얹어놓고 꼼지락거리면서 순하게 그 젖병 꼭지를 빨았습니다. 아이는 그 여자 등뒤에서 해사하게 웃었고, 그 여자는 아이를 업고 음식들을 만들었습니다. 도마질만은 무척 서툴렀습니다만, 그 여자는 도마질을 잘하는 어머니 맛하고는 다른 맛의 음식을 만들어냈습니다. 밥을 한 가지 해내도 그 여자가 한 밥은 표가 났습니다. 어머니의 밥은 한 가지였지요. 보리와 쌀이 섞인 쌀보리밥이 그것입니다. 어머니께선 미리 보리를 삶아놓았습니다. 그러면 밥뜸을 안 들여도 되었거든요. 그것도 한꺼번에 며칠 것을 삶아 두셨어요. 논일 밭일에 언제나 어린애가 있던 집이어서 보리 삶는 시간도 아끼셔야 했던 분입니다. 삶아놓은 보리를 밑에 깔고 쌀을 한 켠에 얹어서 지은 다음에 나중에 밥그릇에 풀 때 서로 섞는 것입니다. 어머니는 언제나 아버지 밥그릇과 큰오빠 밥그릇은 따로 챙겨두셨다가, 그 두 밥그릇엔 쌀밥이 더 들어가게 섞으셨지요. 그 여자는 보리를 미리 삶아놓지 않았습니다. 밥을 지을 때마다 그때그때 보리를 먼저 물에 불려놓았다가 돌확에 갈아 지었습니다. 그리고 알맞을 때에, 밥뜸 불을 밀어넣어줘서 밥은 늘 고슬고슬했습니다. 그 열흘 중의 어느 날은 보리를 다 빼고 쌀에 수수를 넣은 밥을 지었으며, 또 어느 날은 입에 쏙쏙 들어가기 좋을 만큼의 크기로 만두를 빚어서 밥 대신 만두국을 내오기도 했습니다. 지금도 환하게 생각납니다. 그 여자는 마치 우리집에 음식을 만들러 온 여자 같았어요. 맵쌀보다 색이 뽀얀 찹쌀로 둥근 경단을 만들어 내놓기도 했고, 곤로를 마당에 내놓고 진달래 화전을 부쳐주기도 했어요.

찹쌀로는 그저 시루에 찰떡만 쪄주셨던 어머니.

그 여자는 어느 날 대추 밤을 썰어넣어 찹쌀 약식을 해주었죠. 찹쌀의 그 끈기가 그렇게 맛있는 것인 줄 그 여자를 통해 알았습니다. 다듬잇돌에 밀가루를 밀어 칼국수를 만들어 내왔을 때, 그 국물 위에 화려하게 얹혀진 고사리와 계란 고명들이 지금도 눈에 환합니다. 어머니가 쑤어준 풀떼죽하고는 확실히 달랐지요. 맛이야 어떻든 그 폼이 말이에요. 그 여자가 묵었던 그 열흘 동안 도시락을 싸가는 오빠들이 부러웠습니다. 어머니께서 싸주시는 도시락 반찬 그릇은 들여다볼 것도 없었지요. 과묵하던 큰오빠까지도 또 염소똥이야, 할 만큼 검정콩자반이 주를 이루었고, 집에서 담근 단무지, 된장 속에 묻어놓았던 오이장아찌, 어쩌다 밥물 위에 얹어 쪄낸 계란찜이었으니까요. 그 여자의 음식 만드는 멋은 특히나 오빠들 도시락에서 이루어졌습니다. 맨밥에 반찬 싸가는 것이 도시락인 줄만 알았는데, 그 여자는 당근과 오이와 양파를 종종종 썰어 밥과 함께 볶아서 그 위에 계란 후라이를 얹어주었습니다. 푸른콩, 붉은 강낭콩, 검정콩 등을 섞어 설기떡을 만들어서 밥 반쪽 콩설기 떡 반쪽을 싸주기도 했습니다. 아버지께 쇠고기를 사오라 하여 양념해서 볶고, 시금치도 데쳐서 기름에 볶고, 달걀도 풀어 몽올몽올하게 볶아서, 이 세 가지를 밥 위에 덮어주기도 했습니다. 꽃밭, 꽃밭을 연상시키더군요. 어느 날은 큰오빠가 무슨 밥을 좋아하느냐고 물어서 주먹밥을 좋아한다 했더니, 다음날 그 여자는 콩을 넣은 주먹밥을 자그만자 그만하게 만들었어요. 먹을 때 밥이 손에 달라붙지 않도록 깻잎으로 하나씩 싸서 도시락을 채웠습니다. 온 식구들이 함께하는 끼니 때는 아버지께 혼이 날까봐 숟가락을 드는 시늉은 했지만, 도시락은 들고 갔다가도 고스란히 되가지고 오던 큰오빠는 그날 등교하다 말고 다시 돌아왔습니다. 그리고는 마루 끝에 그 도시락을 팽개치고 달아났어요. 아무래도 그걸 가지고 학교까지 갔다가는 먹고 싶은 유혹을 물리치기가 힘들 거라는 생각이 들었었던 거겠죠. 그 여자는 아버지가 술 드시고 온 다음날은 밤새 읍에 나갔다가 온 것인지, 싱싱한 소 피를 삶아 뚝뚝 잘라넣은 선지국을 끓여 내놓았습니다. 그 국물 위에는 어슷어슷 썰어넣은 생파가 듬뿍 얹혀져 있었지요. 그 여자가 부쳐주던 두릅적이며, 그 여자가 무쳐주던 미나리나 물쑥나물 한 접시…… 아, 그 칡수제비까지 생각나는 걸 보면, 아버지로 하여금 그 여자를 사랑하게 한 게 그 음식들이라고 생각하는가 봅니다. 저는. 국수에 고명을 넣는 그 여자와, 넣지 않는 나의 어머니. 글을 더 쓸 수가 없군요. 바깥에서 아버지께서 우사에 가보자고 부르십니다.

　다시 펜을 들면서 저는 참담함을 느낍니다. 이 글의 시작은 당신께 제 마음을 전해드리고자 하는 것이었는데, 저는 아무래도 이 글 끝을 못 낼 것만 같습니다. 당신과의 약속날은 이제 나흘 남았습니다. 당신이 이곳을 다녀가신 뒤에 또 사흘이 흐른 것입니다. 당신에겐 제가 당신 앞에 나타나는 일은 없을 것이다, 해놓고, 어느 순간의 저를 보면 당신에게 이미 가 있는 것만 같습니다. 나흘 후면 정말 당신은 이 땅에 없으십니까? 제가 당신을 따라나서지 않는데도 당신은 떠나시는 겁니까? 저와 함께하기 위해서 당신은 이곳을 떠날 생각을 했었습니다. 당신의 두 아이와 당신의 아내와 그리고 당신의 사십 평생이 있는 여기를 말이에요. 무슨 영화 속에서나 벌어질 법한 일이 당신과 저 사이에 생긴 것이지요. 당신의 그 결정이 저는 고맙기만 해서 따라나서겠다고 했습니다. 당신이 두고 가는 것에 비하면 제 것은, 아무것도…… 아무것도 아니라고 여겼기에. 여기에 올 때만 해도 당신이 마음을 바꾸시면 어쩌나, 당신을 못 믿어서가 아니라 당신이 저보다 더 어려워 보여서요. 그런데 저는 지금 못 가겠다 하고, 당신은 날을 받아놓고 있다니.

　바깥에서 아버지께서 부르신다고 펜을 놓고서 한 줄도 더 이어쓰지 못한 지난 사흘 동안, 저는 눈먼 송아지를 돌봤습니다. 어머니께선 지난 사흘 동안 방에서 일어서시면 상가에 가셔서 송아지 돌보는 일은 자연스럽게 제 몫으로 남겨지더군요. 점촌 할머니는 어머니에게 평생을 춥게 살다 가신 분, 가여우신 분입니다. 말씀은 안 하시지만, 어머니께서 나이 차도 꽤 나는 점촌 할머니와 늘 가까이 지내셨던 것은 언젠가 당신이 열흘 남짓 겪은 경험으로 그분의 쓰라리고 고됨을 이해하시기 때문인지도 모릅니다. 오늘은 상여가 나가는 날이라 아버지께서도 나가셨습니다. 우사에서 눈먼 송아지의 입술을 제 어미의 젖꼭지에 대주고 도랑가로 나와 철길 너머를 바라봤는데, 점촌 할머니 떠나시는, 모습이…… 하얗게…… 멀리 보이더군요. 여기 올 땐 그저 봄이 왔었을 뿐인데, 상여 나가는 마을 앞산에 눈길을 줘보니, 연푸름이 짙어지고, 늦봄 철쭉이 만발해서는 그 자리에 불을 지를 듯, 붉었어요……

우사의 어미소는 제 새끼가 눈먼 것을 아직은 모르는 모양입니다. 젖을 놓친 송아지가 다시 젖을 못 물고 배를 더듬거리면, 뒷발을 들어 송아지의 엉덩이를 때립니다. 어리광 그만 부리라는 뜻이겠지요. 하긴 송아지 자신도 자기가 눈먼 걸 모를 테지요. 태를 끊었을 때부터 칠흑이었을 테니 세상이 그런 줄, 그런 줄로만 알겠지요. 대신에 제 어미의 기척에 예민합니다. 옆에 있던 어미가 부시럭거리면 저도 부시럭거리고, 제 어미가 일어서면 저도 이엉차, 일어섭니다. 아무것도 보지 못하는 눈은 너무나 맑습니다. 그 눈에 제 눈을 헹궈내고 싶을 정도로요. 헹궈낸 후엔 곧 제 눈앞도 칠흑이 되어서 당신이 다시 와도 알아보지 못했으면……

오늘도 더는 못 쓰겠군요. 이 심정으로 어떻게 제가 왜 당신을 만나지 않겠다는 것인가에 대해서 쓴단 말인가요!

……그 여자같이 되고 싶다……

그 희망은 그 여자가, 아기 그네에 병아리색 이불을 깔아서거나,

숙주나물에 청포묵을 얹어줄 줄 알았던 여자여서만은 아닙니다. 그 여자는 오빠들 속에 섞여 있는 저를 알아봐줬던 것입니다. 위로 오빠 셋만 있는 집의 여자아이란, 어디에 있어도 보이지 않게 마련이지요. 다 자라서는 모르겠지만 서로 그만그만하게 자라고 있는 중에는 말이에요. 어머니 말씀에 의하면 제가 태어났을 때 아버진 마을 사람들에게 막걸리를 내셨답니다. 아들만 있는 집에 양념딸이 났다고 반가워하시면서요. 하지만 곧 저의 존재는 집 안팎에서 뒤처졌습니다. 그렇다고 해서 특별히 어머니나 아버지가 저를 어떻게 대했다는 뜻은 아닙니다. 그냥 내버려둔 거지요. 제가 뒤란에서 울고 있거나, 제가 앞집 아이가 신은 색동 코고무신을 신고 싶어 애달아하는 것, 제가 오빠가 입던 스웨터는 입고 싶어 하지 않는 마음들을 다 내버려둔 거지요. 맞습니다. 그 여자가 제 인상에 각인될 수 있었던 것은 그 여자가 저를 알아봐줬기 때문이에요. 당신을 처음 만난 그날, 느닷없이 내리는 비를 맞고 버스를 기다리고 있는 여러 여자들 중에서 감기를 앓고 있는 여자가 바로 저라는 걸 알아줬던 것처럼 말이에요. 당신은 그날 제게 우산을 받쳐주며 말했지요. 상습범이라고 생각 마십시오, 독감을 앓고 계시는 것 같아서.

그 여자는 무슨 까닭인지 틈만 나면 칫솔질을 했어요. 밥먹은 후에 하는 것은 당연한 일이고, 큰오빠가 방문을 꽉 잠그고 나오지 않을 때도, 큰오빠의 사주를 받은 둘째오빠가 아줌마, 술집에서 왔지?라고 말했을 때도, 그때 국민학교에 막 들어간 셋째오빠가 한밤중에 엄마 내놓으라고 발뻗고 숨넘어갈 듯이 울어제낄 때…… 그 여자는 칫솔에 흰 치약을 묻혀 오랫동안 칫솔질을 했습니다. 역시 큰오빠의 사주를 받은 제가 뒤따라다니며, 그 여자의 등에 업힌 어린애를 꼬집어 울릴 때도 말이에요. 어느 날 그 여자는 빨랫줄에 방금 물에서 막 헹궈낸 흰 기저귀를 널다 말고 칫솔에 치약을 묻혔어요. 저는 그때 마루에 걸터앉아 물끄러미 그 여자를 바라보고 있었습니다. 그러다가 문득 저도 그 여자처럼 이를 닦아보고 싶어졌어요. 칫솔통에서 제 칫솔을 꺼내 저도 치약을 묻혔죠. 저는 그때껏 그 여자가 칫솔질만 하고 있는 줄 알았는데, 아니었어요. 그 여자는 울고 있더군요. 벌써 그때 눈이 시뻘개져 있었어요. 그 여자는, 우는 모습을 제게 보인 것이 민망했는지, 오른손으로 닦도록 해, 하면서 왼손에 쥐고 있는 제 칫솔을 오른손에 쥐어주었습니다. 칫솔을 입에 집어넣고 건성으로 쓱쓱거리고 있는데, 그 여자는 칫솔을 쥔 제 손을 자신의 손으로 싸쥐더니 입속에서 칫솔을 둥글게 둥글게 돌려 닦는 법을 가르쳐주었습니다. 이래야 잇몸이 안 다쳐. 저는 그때 잇몸이 뭔지도 모르는 때였습니다. 다만 그 여자가 잇몸이라고 발음했을 때, 그 여자의 눈물이 제 손등으로 툭 떨어져서 오랫동안 기억하는 것입니다.

써내려온 글을 읽어보니 혼란스러움으로 머리가 빠개지는 것만 같습니다. 지금 제가 당신에게 무슨 짓을 하고 있나요? 혹시 저는 당신에 대한 변심을 열심히 둘러대고 있는 중은 아닐까요? 그렇지 않다면 왜 이렇게 마음이 조급한 것입니까? 느낌들이 마구 엉켜서 어디서부터 이야기를 계속해야 될지를 모르겠습니다. 그리고 제 기억이 어느 정도 정확한 것인지도.

당신과 알고 지냈던 지난 이 년 동안 저는 이 마을을 단 한 번도 찾지 않았습니다. 단순한 우연일까요? 아닌 것만 같습니다. 이곳에 와서 맞부딪칠 얼굴이 저는 두려웠던 게지요. 당신을 사랑하는 일이 자랑할 만한 일이 아니라는 것을, 제 자신이 알고 있었던 겁니다. 그러면 저는 지금, 당신 말처럼 당신과의 관계가 불륜이었음을 나 스스로가 인정하면서, 자랑할 만한 사랑을 하겠다, 그래서 당신을 잊어야겠다, 이런 말을 하고 있는 중이란 말입니까? 사실은 그렇게 간단한 것을 이렇게 복잡하게 얘기하고 있는 건가요? 제가?

그…… 여자, 그 여자는 왜…… 다시 집을 나갔을까요?

당신을 믿어요.

그 여자가 아버지께 한 말 중에 지금껏 기억에 남는 말은 유일하게 이 한마디입니다. 그 여자의 당신이었던 아버지를 믿었으면서, 그 여자는 왜 그렇게 도망치듯 집을 나갔을까요. 어머니 때문이었을까요? 그 여자는 어머니가 잠시 다녀간 다음날 집을 나갔습니다. 그렇다고 어머니께서 그 여자에게 무슨 대거리를 한 것도 아니에요. 어머니는 오셔서 그 여자가 업고 있던 막내동생을 받아 안았을 뿐입니다. 지치셨던 것인가? 아니면 그것이 어머니께서 견디시는 방법이셨는가? 어머니는 그저 말없이 아이를 받아 안고서 젖을 먹이셨어요. 어머니 젖은 퉁퉁 불어서 푸른 힘줄이 불끈불끈 솟아 있었습니다. 어린애가 한참을 빨고 나니까 그 힘줄이 가셨습니다. 봄볕이 내리쬐는 그 봄날에 마루에 앉아 젖먹이는 어머니와 그 곁에 서서 그저 마당만 하염없이 내려다보고 있는 그 여자라니. 어머니는 젖을 빨다 잠이 든 어린애를 포대기에 싸서 마루에 눕혀놓고, 토방에 쭈그리고 앉아 있는 제게로 오셨어요. 그때, 제 손에 그 여자가 만들어준 설기떡이 쥐어져 있었던가 말았던가. 그 풍경을 생각하니 눈물이 번지는군요. 어머니께서는 한 칸씩 위로 채워진 제 윗옷 단추를 다시 끌러서 제대로 채워주시고, 벗어놓은 제 신발에 담긴 흙부스러기를 털어내주시고서는 물끄러미 제 눈을 들여다보시더니 다시 가셨어요. 삼십 분도 채 안 되는 시간이었지요. 단지 그뿐이었는데 그 다음날 그 여자는 나갔습니다. 뒤란 마당까지 깨끗이 쓸고 난 다음이었어요. 실에 꿴 감꽃을 주렁주렁 목에 매달고 있는 제 손을 그 여자는 잡아당겼어요.

점심상은 방에 차려놨어. 동생은 방금 잠들었구. 깨어나면 기저귀 속에 손 넣어봐서 오줌쌌거든 얼른 갈아줘…… 그러구 아버지가 날 찾거든 모른다고 해라. 언제 나갔는지 모른다고 해, 알았지?

어느새 그 여자는 처음 우리집에 왔을 때 입었던 저고리와 치마로 바꿔 입고 있더군요. 분을 엷게 바르고 있어서 얼굴빛이 더욱 뽀얬습니다. 처음 우리집에 온 날 저를 어지럽게 하던 그 은은한 향내가 그 여자에게서 다시 났어요. 큰오빠가 무서워 다락에 숨었다가 거기서 잠이 들어버려 굴러떨어진 뒤로는 맡지 못했던 냄새였습니다. 어느 날 그 여자가 제게 책을 읽어주고 있었는데, 어느 대목이 재미있어서 막 웃고 있는데, 큰오빠가 들어왔어요. 큰오빠는 저를 노려보더니 다시 방문을 쾅 닫고 나가버렸죠. 저녁에 큰오빠에게 혼날 일을 생각하니 무섭기만 했어요. 그래서 숨은 곳이 불이 안 들어서 쓰지 않고 있던 빈방의 다락이었죠. 그 다락은 경사진 좁은 계단을 몇 개 통과해야 올라갈 수 있게 되어 있었습니다. 저는 그곳에서 저녁밥도 안 먹고 잠이 들어버렸어요. 다락에서 잠이 든 줄도 모르고 잠청을 하다가 밑으로 굴러 떨어져내렸지요. 제가 쿵, 떨어졌을 때 달려온 이는 그 여자, 그 여자였습니다. 그 여자는 제 엉덩이를 세게 때렸어요.

집을 나가버린 줄 알았잖니 이것아!

그 여자는 거의 울 듯했어요. 저 때문에 말이에요. 제가 집에 있는지 없는지도 모르고 다른 식구들은 다 깊은 잠에 빠져 있었는데, 아버지까지도 주무시고 계셨는데, 그 여자는 그때껏 마루에 앉아 있었던 겁니다. 그때, 저는 그 여자는 악마다, 라고 했던 큰오빠의 말이 다 틀린 말이라고 생각했습니다.

그 여자에게서 느껴지던 어질머리가 그 다음으로 다 사라, 사라졌어요. 그런데 그 여자는, 그 향내를 다시 풍기면서 그 파란 페인트칠 대문을 빠져나갔습니다. 저는 그 여자가 처음 우리집 대문을 열고 들어왔을 때 앉아 있었던 그 마루에 앉아서 집을 나가는 그 여자를 바라봤어요. 역시 환한 햇살 속에서요. 눈물이 날 것 같기도 하고, 어서 아버지가 오셨으면 하는 마음이 생기기도 했어요. 그때 제 눈에 띈 게 칫솔통이었습니다. 그 속엔 그 여자의 노란 칫솔이 그대로 있었어요. 저는 키를 세워 그 칫솔을 꺼냈어요. 그리고 마구 달려갔습니다. 마을을 빠져나가는 길은 큰길과 소롯한 수리조합 둑길이 있었는데, 그 여자는 수리조합 길로 걸어가고 있더군요. 저는 정신없이 뛰어 그 여자 뒤에 섰어요. 제가 뛰어오는 소리가 들렸음 직도 한데 그 여자는 그저 여민 치마 한 끝을 싸쥐고 뒷모습만 보이더군요. 그 여자 뒤에 바짝 서서 그 여자의 치마를 잡아당겼습니다. 그때서야 그 여자는 뒤돌아봤습니다. 아, 그때 그 여자의 얼룩진 얼굴이라니. 눈물에 분이 밀려나서 그 여자 얼굴은 형편없었어요. 칫솔을 내밀자 그 여자는 웃을락말락 했습니다. 그 여자는 내 손에 있는 칫솔을 가져가는 게 아니라, 손을 그대로 꼭 잡았습니다. 그리고선 제 눈을 깊게 들여다봤어요.

나…… 나처럼은…… 되지 마.

그 여자는 한숨을 포옥 내쉬었습니다. 그리고선 곧 저를, 저를 떠밀었어요. 어서 가봐, 동생 잠 깨겠다아.

오늘은 비가…… 명주실 같은 저, 봄비…… 가
자꾸만 바깥을 내다보게…… 귀…… 귀 기울이게 해요. 방금 저는, 아버지와 저 속을 쏘다니다 왔어요. 들과 산과 빨래터를요. 산등을 따라 죽 이어지는 봉우리들까지 오르락내리락했습니다. 산쑥은 물론이요, 연둣빛 능선에는 벌써 산수유가 피어서 가는 비에 파들거렸어요. 실비라서 우산 쓸 생각은 하지도 않았었는데, 돌아올 때는 제 머리결이, 아버지 어깨가 축축했어요. 새를 잡으러 나갔었습니다. 단 한 마리도 못 잡았으니 잡으러 나갔다기보다 쫓아다니다가 왔다는 게 맞는 말이겠군요. 아버지께서 오후 한 차례씩 엽총을 어깨에 메고 들과 산으로 사냥을 나가신다는 건 이번에 처음 안 일입니다. 어머니 말씀에 의하면 벌써 이 년째 습관처럼 하시는 일이라는데요. 하긴 저는 지난 이 년 동안 여길 오지를 않았었으니까요. 사냥이라고 써놓고 보니 말이 크군요. 그 큰 말의 울림 속에는 원시적인 게 섞여 있네요. 이젠 사냥이 딱히 동물을 잡는다는 뜻으로만 쓰이지는 않습니다만, 제게 와 닿는 사냥이라는 말의 울림은 아직 원시적입니다. 저 먼 부족이나 더 멀리 씨족들이 무리 지어 살았던 때로 생각이 거슬러갑니다. 그들은 이런 상상을 하게 해요. 길도 없는, 아니 어느 곳이나 길이 되는 산자락 밑이나 들판 한가운데에 짚으로 엮어 만든 수십 채의 움막집, 그 움막집 앞엔 늘 타고 있는 불기둥, 그 불길은 더 깊은 상상을 불러일으킵니다. 움막 집집마다에 한 가족들이 보입니다. 남편과 아내와 여러 아들과 딸들이 그 속에서 서로 엉켜 삽니다. 그들은 거의 알몸입니다. 햇볕에 그을린 살갗은 희지 않습니다. 그들의 머리결은 검고 윤기가 흐르며 숱이 많습니다. 종아리와 팔뚝엔 알통이 불쑥 나와 있으며, 가족들 모두 엉덩이가 바람이 빵빵한 공처럼 둥글어서, 걸을 때마다 누가 발로 차내는 듯이 실룩거리는 겁니다. 그런 그들이 모두 함께 사냥을 나갑니다. 짐승을 동그랗게 둘러싸 몰려면 숫자가 많을수록 좋습니다. 그때, 여자들은 누구나 자식을 덩실덩실 여럿 낳고 싶어했을 거라고 저는 생각하는 것입니다. 그들은 산맥같이 얽혀서 사냥해온 멧돼지나 오소리, 때때로 곰을 그 움막집 앞의 불길에 굽는 겁니다. 사냥이란 모름지기 이런 것이라야 하지 않을까요.

말을 이렇게 해놓고 보니, 방금 다녀온 아버지와의 새 사냥은, 사냥이라 하기가 민망하군요. 그냥 새잡이라고 해두지요. 처음부터 아버질 따라나설 생각이 있었던 건 아니었습니다. 마당으로 나 있는 창문으로 아버지께서 스쳐지나시기에 저는 의아한 마음으로 창을 통해 아버질 따라가보았습니다. 아버지의 차림이 특이했거든요. 갈색 가디건에 검정 목티를 받쳐입고 계셨는데, 헐렁한 상아색 골덴 바지에 벨트를 꽉 조인 차림이셨는데, 무릎까지 올라오는 장화를 신고 계셨는데, 맑게 쏟아지는 봄볕을 뚫고 가시는 그 모습이 꼭 사냥꾼 같았습니다. 아버지께서 헛간 벽에 걸어둔 엽총을 꺼내 어깨에 메셨을 때, 그 엽총은 완벽한 소품이 되더군요. 분장을 마친 아버진 대문을 나가셨습니다. 그때, 저도 방문을 열었지요. 처음엔 그저 어리광쟁이 어린애처럼 앞서가시는 아버지 장화 발짝에 제 발짝을 갖다대며 뒤따랐습니다. 한쪽으로 우리 부녀의 그림자가 나란히 함께 걷고 있었습니다. 바람이 불기 전까지 아버진 꽤 늠름해 보였습니다. 바람이 불자 상아빛 골덴 바지가 아버지 몸에 달라붙는 거였지요. 저는 뒤따르던 걸음을 멈추었습니다. 바지 안에 아버지 몸이 과연 있는 걸까? 믿어지지 않게 바람만 쿨렁거리는 것이었습니다. 제 기척이 끊기자, 아버진 뒤돌아보셨습니다. 털모자를 쓴 아버진 제가 당신 가까이 다시 다가설 때까지 기다려주셨습니다. 아버지가 저렇게 작아지시다니, 털모자 밑으로 보이는 뒷목덜미까지 흰머리가 수북했습니다. 귀밑으론 탄력을 잃은 살이 처져 겹을 이루고 있는데 거기까지 무수히 핀 검버섯이라니. 저 깊은 곳에서 고함이 터져나왔어요. 당신을 향해 지르는 것도 같았고, 어쩌면 삶을 향해 내질렀는지도 모르지요. 연민에 휩싸여 아버지 골덴 바지 뒷주머니에 제 두 손을 포옥 집어넣었습니다. 갑자기 뒤에서 잡아당긴 셈이라 아버진 순간 몸의 중심을 잃으시고서 뒤에 서 있던 제게 쏟아지셨습니다. 주머니 속에서 만져지는 앙상한 아버지의 엉치뼈.

 아버진 오늘 콩새 한 마리도 잡지 못했습니다. 들에서도 산에서도 빨래터에서도. 허심해 보이는 산비둘기를 향해 나무 뒤에 거의 나무처럼 붙으셔서 겨냥하시기도 했지만 매번 헛방이었습니다. 그러실 때마다 아버진 저를 바라다보며 겸연쩍게 웃으셨어요. 아버진 제 앞에서 날아가는 새를 멋지게 쏘아 맞추고 싶으셨을 거예요. 하지만 오늘 사냥은 아버지 마음대로 되지 않았습니다. 사냥 얘기를 하다보니 당신에게서도 언젠가 사냥에 대한 얘기를 들었던 기억이 나는군요. 당신은 아프리카 어느 마을 원주민들에 대한 얘기를 하셨습니다. 그들의 선조들은 기마 민족이었다고 했습니다. 그들은 말을 타고 밀림을 달려 사냥을 해서 물물 교환을 하며 후손들을 번

창시켰다고 했습니다. 밀림은 길이 되고⋯⋯ 밀림은 농사지을 땅이 되고, 원주민 장정들은 더 이상 사냥을 할 수 없게 되었다, 했습니다. 그런데도 그들은 밤낮으로 창과 활을 손으로 만든다면서요. 마을 여자들은 해가 뜨기도 전에 들에 나가서 구슬땀을 흘리며 식구들의 식량을 일구며 하루해를 보내는데, 장정들은 동이 트자마자 떼를 지어 황야로 나간다지요. 창을 들고 활을 메고 말이에요. 그들의 하는 일이란 황야로 나가 온종일 서성거리다 돌아오는 것이라고 했습니다. 이젠 함성을 지르며 사냥할 짐승도, 피 흘리며 싸워야 할 다른 부족도 없는데, 그들은 그들 선조들이 해왔던 사냥과 전쟁의 습속을 버리지 못해 온종일 지평선을 바라다보다 돌아온다지요. 당신께 그 얘기를 들었을 때 저는, 정말이에요? 하며 웃었습니다. 그런데 지금, 그들이 나의 오라버니들같이 느껴지는 건 웬 까닭일까요? 떼를 지어 웅성웅성 온종일을 서성거리다가, 붉디붉은 황혼을 등에 지고, 공허하게 마을로 돌아오고 있는 그들 속에서 제가 제 아버지를 보았다고 하면 당신, 당신은⋯⋯ 웃겠지요.

당신과의 약속 시간은 이제 이 밤만 지나면 다가옵니다. 당신은 정말 떠나실 건가요? 그렇다면 저는 지금 무엇을 참고 있는 것일까요? 당신이 떠나버리면 제가 참고 있는 것은 모두 부질없는 일이 되어버립니다. 오늘 하루는 종일 중얼중얼거렸어요. 당신에게 달려가려는 쪽으로 마음이 바뀌려 할 적마다, 저를 스쳐간 당신과의 기억들이 모두 나쁜 것이었다고, 속삭이고 속삭였어요. 그래도 불쑥 열이 났고, 당신에게 가야지, 잠깐씩 가방을 챙기기도 했어요. 행여 당신이 저를 데리러 오지 않나, 여러 번 대문을 내다보기도 했어요.

어렵게 견뎌내고 찾아온 이 밤. 이미 당신에게로 가는 기차는 끊겼는데, 내일 새벽 첫차는 몇 시던가, 저는 지금 그걸 헤아려보고 있으니, 이 밤이…… 무섭습니다. 산버찌를 먹으면 눈물날 일이 생긴다고 제가 산에서 버찌를 따오면 어머니는 마당에 쏟아버리시곤 하셨죠. 어머니께서 말씀하시는 눈물날 일이 이것인가요? 어머니 몰래 먹은 산버찌가 지금 저를 울리는 것인가요?

아버지는 그 여자를 정말 사랑했습니다. 아버지는 그 여자가 저녁 설거지를 마치고 들어오면 손크림을 발라주셨지요. 왜 그것만이 유난히 생각나는지 모르겠어요. 저는 아버지의 손과 그 여자의 손이 전혀 스스럼없이 서로 엉키는 것이 꼭 꿈결인 것만 같았어요. 손크림을 통에서 찍어내 그 여자의 손에 골고루 펴 발라주실 때 아버지의 그 환한 모습을, 그 이후에도 그 이전에도 본 적이 없는 것 같아요. 손. 그래요. 그 시절의 아버지와 그 여자는 손을, 둘이서 있을 땐 늘 손을 잡고 있었던 것도 같습니다. 그것이 손크림을 발라주는 한 컷으로 합쳐져서 생각나는 모양입니다. 손잡는 일이 뭐 대수겠습니까만, 저는 지금도 아버지 손을 꼭 잡아보지 못한걸요. 당신의 손. 저도 당신 손을 참 좋아했습니다. 언젠가 운전하는 당신의 손등에 제 손을 갖다대며, 당신 손이 참 좋아요, 제가 했던 말 기억하십니까. 당신 손엔 늘 결혼 반지가 끼어 있었어요. 그걸 볼 때마다 쓰라림이 제 가슴을 훑고 지나갔지만, 당신은 당신 자신이 결혼 반지를 끼고 있는지조차 모르시는 듯했어요. 그 반지는 그저 당신의 일부분처럼 거기 끼어 있었습니다. 그래도 당신에 대한 어찌할 수 없는 슬픔이 마음에 휘몰아칠 때마다 당신의 손을 찾아 쥐었습니다. 그러면 서러운 마음이 가라앉곤 했어요. 저는 당신에게 반지 말고 다른 것을 받았다고, 설령 그 받은 것 때문에 제가 그 속에 갇혀 죽는다고 해도…… 제겐 그것만이 유일하다고 그렇게 저를 달랬고는 했……

사랑하는 당신!

……여기에 오지 말았어야 했습니다. 이 마을은 저를, 저 자신을 생각나게 해요. 자기를 들여다봐야 하다니요? 싫습니다! 저는 지쳤어요. 그 여자가 떠나던 날, 그 여자에게 칫솔을 건네주던 때, 그때 저는 그 여자와 무슨 약속인가를 했다고, 지금이 그 약속을 지킬 때라고…… 이 생각을 당신이 있는 그 도시에서 제가 어떻게 해낼 수 있었겠어요. 그 여자가 그때 떠나주지 않았다면 우리들은 어떻게 됐을까? 어머니와 우리 형제들은? 그 여자가 떠나주지 않았어도 과연 우리 가족들이 지금 이만한 평온을 얻어낼 수 있었을까? 여기에 오지 않았으면 이런 생각들을 하지 않았을 거예요!

그 여자가 우리집을 떠나고 나서 아버지는 오랫동안 술에 취해 계셨습니다. 아무데나 마구 토해서 부축할 수도 없었어요. 예전이나 지금이나 아버지 인생에서 가장 환했던 때는 그 여자가 있던 그 시절이라고 생각됩니다. 하지만 사랑하는 당신, 그것만이 우리 삶의 다라고 여길 수 없는 불편한 부분이 이 마을에는 흐르고 있어요. 여기에 오지 않았으면 모를까, 이미 저는 그 불편함에 의해 끔찍해져 있는 겁니다…… 여기에, 여기에 오지 말았어야 했어요. 그것밖에 달리 제 마음을 어떻게 쓴단 말인가요. 양잿물을 들이마신 것같이 쓰라리게 당신이 그리워요.

지금…… 막, 당신과의 약속 시간이 지났습니다. 순간, 숯불이 엎혀지는 듯한 뜨거움이 가슴에 치받쳤습니다. 이 치받침은 매우 익숙한 것입니다. 당신을 사랑하는 동안 나의 하루는 이 치받침으로 시작해서 이 치받침으로 끝나곤 했으니, 나에겐 오히려 동무 같은 감정이에요. 당신을 만날 때의 반가움, 당신의 얼굴을 만져보고 싶은 수줍음, 당신이 없는 동안의 그리움, 누구에게도 당신을 자랑할 수 없어서 곧잘 얼굴이 발그레해졌던 무안함까지 그 치받침 속에는 섞여 있습니다. 그렇게 익숙한 것이지만, 방금 것의 치받침은 한 세계를 무너뜨리느라고 쉬이 가라앉지 않을 것입니다. 따지고 보면 세상에는 가까이 가선 안 될 게 얼마나 많은지요. 그 안 된다는 것 때문에 또 얼마나 애가 타는지요.

가슴을 방바닥에 대고 엎드려 있었어요. 오늘 이 치받침은 이렇게 삭혀질 수 있는 것이 아님을 알지만, 달리 삭힐 방법이 제겐 없습니다. 당신은 정말 떠날 것인가? 한 시간 전부터 저는 시계를 들여다보고 여기 있었습니다. 시침이 오후 3시를 막 지나갈 때, 그토록 간절히 붙잡고 있던 당신과의 끈을 놓아버린 셈입니다. 제가 놓아버린 한 끝은 지금 여기에서, 당신이 잡고 있는 거기 한 끝을 향해 날아가고 있는 중인가요? 당신은 지금 시계를 들여다보며 거기서 계신가요?

거의 한 달을 글을 못 썼습니다.

당신과의 약속 시간이 지나고 나니, 맥이 풀려서 다시 펜을 들 수가 없었습니다. 아니, 이 글이 목적을 잃어버린 탓도 있었겠지요. 표적이 당신이었는데, 어느새 제 글은 무목의 화살이 돼버린 것입니다. 당신이 제게 주었던 즐거움들이 고통이나 슬픔, 허무로 바뀌어가는 것을 속수무책으로 바라봐야 했던 처음 며칠은, 마비된 듯이 누워만 있었습니다. 이젠 당신을 다시 볼 수 없다 생각하니, 제가 무슨 엄청난 일을 저질러놓은 것 같았어요. 제 마음속의 회오리가 다시 시작된 것만 같더군요. 제게 있어 어떤 중요한 것을 내놓아도 이제는 돌이킬 수 없다니, 저는 벼랑 앞에 선 것같이 아찔했어요. 그 절박한 마음이 어느 날인가 당신에게 수화기를 들게 했습니다. 당신은 정말 떠났는가? 정말 가버렸는가?

전화는 당신 아내가 받더군요. 평화로운 목소리였습니다. 당신 이름을 또박또박 대며 바꿔달라고 했을 때만도, 당신은 정말 가버렸는가? 가슴이 불덩이 같았지요. 당신 아내 옆엔 당신의 아이가 있었던가 봅니다. 당신 아내가 당신 아이에게 속삭이는 소리가 들리더군요.

은선아, 아빠에게 전화 받으시라고 해.

저는 가만히 수화기를 놓았습니다. 당신, 딸 이름이 은선이였군요. 은선이. 그애의 이름을 서너 번 불러봤어요. 나물 같은 이름. 어디에 고여 있었는지 눈물이 오래 쏟아졌어요. 은선이.

방문을 열어보니 마당의 감나무에 감꽃이 하얗게 돋아나고 있었습니다. 갑자기 바깥으로 나오자 환한 햇살이 너무나 어지러웠어요. 대문까지 나오는 데 서너 번은 무릎이 꺾였어요. 회복기 환자의 걸음걸이가 아마 그런 것이겠지요. 방안에 제가 누워 있는 동안 봄 농삿일은 이미 시작이 돼서, 들판엔 수건을 쓴 여인들이 모판에 볍씨를 뿌리고 있었어요. 갓 돋아났던 파란 쑥들은 너무 웃자라 쇠어 있었고, 팔레트 속의 물감들 같던 꽃들도 그 사이 덧없이 지고, 어느새 푸른 잎새들이 그 꽃자리를 차지하고 있더군요. 걸어다니는 동안 제 마음이 조금은 평온해져서, 다시 집으로 돌아올 때는 봄꽃들은 무엇이 급해 잎도 돋기 전에 저희들이 그리 피어났다가 저리 속절없이 질까? 하는 생각도 했습니다. 볕 바른 골목에서는 두 여자 아이가, 한때는 뭉게구름 같았으나 너펄너펄 져버린 누런 목련잎을 찢어서 소꿉놀이를 하고 있었어요. 피는 모습을 봤으니 지는 모습도 봐야 하는 거겠지요.

제 얼굴은 지금 볕에 그을려 가무스름해졌습니다. 일손이 귀한 곳이라 더 이상 방안에 있을 수만은 없어서 어머니를 거들기 시작한 일이 이제 제법 익숙해졌습니다. 그래봐야 새참 준비하는 일이나, 고구마순 모종하는 일 정도뿐이지마는요. 그래도 눈먼 송아지는 제가 우사의 문을 열면 제 발짝 소리를 알아듣고 몸을 일으킵니다. 이곳에 와서 가장 친해진 대상입니다. 아버지께서,

첨엔, 눈먼 놈이라…… 기가 막히더마는 무던하다. 먹고 잠 잘 자니 살이 몽실몽실 올랐어야, 제값 받기엔 별 무리 없겠다! 하실 때 그 송아지를 짐승으로만 생각하시는 아버지 마음이 야속하게 느껴질 정도로 친해졌어요. 어머니께선 본격적으로 모심기가 시작되기 전에 어서 다시 그곳으로 가라 하십니다. 고생한다고요. 무엇을 어떻게 할 것인지는 아직 정하지 못했습니다. 이 평온을 얻기까지 제가 한 일이란, 이 글을 쓰다 말다 한 것뿐이지요. 이 편지를 처음 쓰기 시작했을 땐 처음으로 제 인생을 제가 조정하는 듯한 기분이 들기도 했답니다. 이토록 힘든 것을 모르고서 저는, 이 마을에 내려와 제 마음결에 일어난 일들을 당신께 글로 쓸 수 있다고 믿었나 봅니다. 지금 생각해보니 이번 일도 제 인생을 제가 조정한 게 아닌 듯 싶습니다. 저는 이 글을 마무리 짓지도 못했는데, 당신은 거기

에, 나는 여기에 있잖아요. 어제는 빨래터에서 이 사실이 어찌나 낯설은지 물밑을 오래 들여다봤습니다…… 화르르 흩어지는 송사리 떼들…… 그래도 몇 년 만에…… 숨을…… 깊은…… 숨을…… 들이쉬는 것 같습니다.

 이 글을 당신께, 이미 거기 계시는 당신께 부칠 필욘 이제 없겠지요. 그래도…… 까치, 까치 얘기는 쓰렵니다. 이 마을에 온 첫날 그렇게 부지런히 둥지를 틀던 까치가 새끼 세 마리를 낳았더군요. 옥수수 씨를 심을 구덩이를 파느라고 산밭에 다녀오다가 봤어요. 먼발치라 자세히는 못 봤지만, 그 중 어느 새끼도 눈먼 새는 없는 듯했어요. 세 마리 모두 다 어미가 먹이를 물어오니까 서로 밀치며 소란스럽게 한껏 입을 벌리는데, 입속이 온통 빨강…… 새빨갰어요. 그 새끼 까치들이 날갯짓을 할 무렵이면 이곳도, 여기 이 고장에도 초여름, 여름……이겠지요. 저기 저 순한 연두색들이 짙어, 짙어져서는 초록이, 진초록이…… 될 테지요. 그때쯤엔, 은선이라는 당신 아이 이름도 제 가슴에서 아련해질지, 안녕.

직녀들

왜 우리가 거길 가자고 했지?

치밀어오르는 화를 겨우 눙쳐놓고 있던, 늘 여기가 아닌 저기에 대한 말을 하는 P의 말이 떨어지자마자, C는 다시 담배에 불을 붙이고, S는 무릎 위에서 숨을 헐떡이고 있는 강아지를 끌어안고 차 등받이에 몸을 기댔다. 와락 짜증을 낸 P나, 계속 줄담배를 피우고 있는 C, 그리고 S, 그들 얼굴 위로 어젯밤부터 쌓인 피로감이 동시에 스쳐지나갔다.

담배 피우는 C가, 담배를 왼손에 옮겨쥐고, 오른손으로 이마에 맺힌 땀방울을 닦아냈다. 늘 저기에 대한 말을 하는 P는, 짜증으로는 지금 상황의 그 무엇도 돌이켜놓을 수 없음을 알았는지 털썩 뒤로 무너지며 바깥을 내다보았다. 열어놓은 창으로 바람이 들어오기는 했다. 구두 밑창이 아스팔트에 달라붙을 것 같았던 땡볕의 여름을 지나온 늦여름 바람. 하지만 여름이 끝이 난 건 아니었다. 끝날 무렵인 것이다. 바람 속엔 아직 여름의 태양열이 남아 있다. 거기다가 강아지를 사랑하는 S 이외에는, 차 안의 그 누구의 관심도 끌고 있지 못한 강아지털의 눅눅함. 늘 저기에 대한 말을 하는 P와, 담배 피우는 C, 그리고 강아지를 안고 있는 S보다, 정작 짜증을 낼 만한, 운전대를 잡고 있는 O는, 무표정이다. 속으로 무슨 생각을 하고 있는지 모르지만, 운전대를 잡고 있는 겉보기의 O는, 다만 눈이 벌겋게 충혈되어 도로를 내다보고 있다.

그래 왜 우리는 길을 나섰는가?

어젯밤, 느닷없이 이숙의 이야길 꺼낸 사람은 누구였던가? 밤이 찾아온 도시에, 하나둘, 불이 켜질 무렵에, 그들은 오랜만에 만났다. P와 C와 O와 S, 그리고 이숙…… 그들은 여고 동창생들이었다. 그 중에서도 늘 저기에 대한 말만 하는 P와, 담배 피우는 C는, 초등학교와 중학교까지 같은 출신이었고, 운전대를 잡고 있는 O와, 그들 곁에서 사라져버린 이숙은 여고 시절 삼 년 동안 한반이었기도 했다. 각기 전공하는 것도 다르고, 강아지를 사랑하는 S와, 이숙만이 같은 대학에, 그리고는 다들 다른 대학으로 흩어져 갔지만, 어쨌거나 그 시절, 그들 다섯은, 다섯이면서 하나였다. 그들이 이 주일 만에 한 번씩 정기적인 모임을 갖자고 정한 것은 스물다섯이 될 때였을 것이다. 정기적인 모임은 이 주일 만에 한 번씩이었고, 그들은 둘이서 혹은 셋이서 그리고 모두 다 사흘이며 나흘 만에 만나 쏘다니곤 했다. 말하자면 이 주일 만에 한 번씩이란 말은, 서로 너무 자주 만난다, 좀 자제하자, 이런 뜻이었다. 그런데 모두들 서른이 된 지난 여름 동안은 단 한 번도 그들은 모여지지가 않았다. 시간의 어느 갈피에선가 이숙이 지상을 떠나버렸고, 사흘이나 나흘 만에 한 번씩이었던 것이 이 주일, 그리고 한 달, 다시 두 달 만에 한 번,

그것도 모두 다가 아닌 누구 한 사람, 혹은 두 사람이 빠진 자리, 어느 때는 혼자 나와 차를 마시고 돌아가는 일도 생기더니, 급기야는 지난 봄, 꽃 지던 때, 늘 저기에 대한 말만 하는 P와 담배 피우는 C가 만나, 고궁 벤치에 앉아 저무는 봄 하늘을 망연히 바라보다 헤어진 이후로 한 계절을 뛰어넘었던 것이다.

그들은, 어젯밤에 강아지를 사랑하는 S의 집에서 만나, 언젠가 이숙과 나흘을 보낸 그 바닷가를 가보자는 결정을 내렸다. 다음 주에 나갈 다큐멘터리 '오지 사람들' 방송 편집 때문에 도저히 시간을 낼 수 없다는 운전대를 잡고 있는 O를, O가 아니면 운전을 할 사람이 아무도 없다는 이유로 새벽에 기어이 불러내었다. 딱히 이숙과 나흘을 보낸 그 바닷가가 아니라도 그들은 상관없었다. 우연의 일치인지 서로 만나지 못했던 지난 여름 동안 바다 근처를 가본 사람이 하나도 없다는 것을 얘기 끝에 서로 알게 되었고, 그 전에 그저 이 도시를 떠나보자는 데는 마음이 먼저 합쳐진 상태여서, 누군가가 언젠가 이숙과 나흘을 보냈던 그 바다로 가보자는 말을 꺼낸 것이 그대로 목적지가 되었다.

하지만 그들은 벌써 두 시간째 차에 갇혀서 톨게이트조차 빠져나가지 못하고 있다. 늘 저기를 말하는 P의 짜증이 아니더라도, 각자 애초에 왜 길을 나섰는가? 후회하고 있는지도 몰랐다. 피로감 대문에라도, 이들 중 지난밤, 수면을 취한 사람은 아무도 없다. 무얼하며 날을 샜던가? 딱히 한 일, 한 얘기는 없다. 강아지를 사랑하는 S가 강아지를 보살피는 도가 너무 지나치다는 것, 지난 여름엔 장마 기간에도 비가 오지 않아 유난히 무더웠다는 것, 그런 정도의 얘기를, 맥주와 위스키를 조금씩 따라 마시며 했을 뿐인데, 희뿌옇게 날이 샜다. 밤 동안 담배가 떨어져서, 맥이 빠져 있던 담배 피우는 C는, 날이 새자마자 담배를 사러 나갔다. 나갈 땐 혼자였으나 들어올 땐 운전대를 잡고 있는 O와 함께였다. 아파트 단지내의 담배 가게는 문을 열지 않았었다. 담배 피우는 C는, 닫힌 담배 가게 문앞에 우두커니 서 있다가, 자동판매기를 찾아 아파트 입구를 나섰다. 그때, 마침 밤 동안 방송국 편집실로 P와 C, S로부터 당장 오라는 시달림을 받은, 지금 운전대를 잡고 있는 O가, 차를 몰고 들어서, 버스 정거장, 세 정거장 너머까지 가서 담배 자동판매기에서 담배를 사가지고 함께 들어왔다. 방송국 편집실에서 밤새 날을 샌 운전대를 잡고 있는 O는, 강아지를 사랑하는 S의 아파트에 들어서자마자, 침대에 누워 있던, 늘 저기에 대한 말을 하는 P를, 밀어내고 잠을 잤다. 그때부터 지금까지 운전대를 잡고 있는 O는, 단 한마디밖에 하지 않았다. 내게 운전을 시키려거든 10시까지 날 내버려둬.

어디서부터 밀려 있는지 짐작도 못 하게 앞은 보이지 않았고, 뒤돌아보면 또 어디까지 밀려 있는지 알 수 없게 자동차들은 늦여름 눅눅한 도로에 정지되어 있었다. 나아갈 수도 물러설 수도 없이, 늘 저기에 대한 말을 하는 P는, 자신이 이 차 안에서 폭삭 늙어가는 기분이 들었고, 담배 피우는 C는, 벌써 한 갑째 담배를 축내고 있으며, 강아지를 사랑하는 S는, 강아지가 숨이 받혀 죽지나 않을는지 걱정에 휩싸이고, 운전대를 잡고 있는 O의 눈은 점점 더 충혈이 되어갔다.

아, 정말이지 미쳐버릴 것 같애!

이번에도 늘 저기에 대한 말을 하는 P였다. 늘 저기에 대한 말을 하는 P는, 치받치는 감정 상태를 언제나 미쳐버릴 것 같다고 표현

했다. 한때 그들 넷이 공동으로 투자해서 몇 개월 동안 꾸려오던 카페를 더 이상 유지할 수 없다고, 각자 이제 뿔뿔이 흩어지자는 결정을 봤을 때도, 늘 저기에 대한 말을 하는 P는 머리를 틀어쥐며 말했었다. 아, 정말이지 미쳐버릴 것 같애.

내가 이야기 하나 해줄까?

방금 전에, 미쳐버릴 것 같다고 할 때와 달리, 표정이 어느정도 몽환적이 된, 늘 저기에 대한 말을 하는 P의, 내가 이야기 하나 해줄까? 하는 소리에, 방금 새로 불을 붙인 담배를, 둘째손가락과 셋째손가락 깊숙이 끼고서, 담배 피우는 C가, 피식 웃었다. 늘 저기에 대한 말을 하는 P의 목소리는, 동굴 속에서 새어나오는 듯이 음산한 데가 있다. 담배 피우는 C는, 음산한 목소리의, 늘 저기에 대한 말을 하는 P의 얘기를, 별로 듣고 싶어하지 않지만, 정말이지 미쳐버릴 것 같다, 는 늘 저기에 대한 말을 하는 P의 말끝에는 언제나 내가 이야기 하나 해줄까, 로 이어진다는 것을, 담배 피우는 C는 알고 있다. 그들이 만날 때마다 늘 저기에 대한 말을 하는 P는, 미쳐버릴 것 같다는 말 끝에 수많은 얘기를 해왔다. 그러나 늘 저기에 대한 말을 하는 P는 습관적으로 엄지와 검지를 모아 이마를 꾹꾹, 누르며 여기가 아닌 저기에 대한 얘기를 했다. 타클라마칸이란 말을 알아? 위구르어지. 죽음의 사막이란 뜻이야. 무시무시하지 않니? 한번 들어가면 살아서 돌아오지 못하는 곳. 그런데 의문이지 않니? 왜 사람들은 낙타를 타고 그곳으로 들어가는 걸까? 거기에 뭐가 있어서 그럴까? 기껏해야 입고 있던 옷감 조각이나 모래 속에서 발견되게 할 거면서! 그나마 안 발견되면 그대로 사라질 거면서! 그 징그러운 몇천 년의 세월이라니. P는, 여기가 아닌 저기,

저, 저기에 대한 이야기를 할 때만 뺨이 발그레해졌다. 얘길 하다가 무심히 P가 고개를 쳐들 때면 마치 P는, 얘기 속의 저기에 가 있는 듯한 느낌을 주곤 했다. 어딘가 음산한 데가 있는 P의 목소리를 별로 좋아하진 않지만, 일단 P가 말문을 열면 그때 가장 귀 기울여 듣는 사람은 또 담배 피우는 C였다. 담배 피우는 C는, 그때만 담배를 안 피웠다. 그때만 담배를 피우는 C가 탁자에 무심히 내려놓은 담배는 저 혼자 필터까지 타오르곤 했다.

제발 조용히 좀 해. 신경이 사나워 죽겠어.

이번엔, 지금까지 말없이 묵묵히 운전대만 잡고 있는 O가, 버럭 소리를 질렀다. 막 얘기를 꺼내려던 참인, 늘 저기에 대한 말을 하는 P는 소리지르는 운전대를 잡고 있는 O를, 물끄러미 바라보더니 입술을 꾹 다물었다. 담배 피우는 C는, 다시 담배에 불을 붙였다. 운전대를 잡고 있는 O가 성을 내자, 늘 저기에 대한 말을 하는 P와 담배 피우는 C의, 대화에 끼어들지 않고, 그저 무심하게 강아지만 끌어안고 있던, 강아지를 사랑하는 S가 손을 뻗어, 운전대를 잡고 있는 O의, 어깨를 매만졌다. 운전대를 잡고 있는 O가, 소리를 지르건 말건, 늘 저기에 대한 말을 하는 P는, 마침 길이 뚫려 차가 천천히 움직이지만 않았다면, 그 차를 움직이게 하는 사람이, 운전대를 잡고 있는 O만 아니라면, P는 꿈속처럼 저기에 대한 이야기를 시작했을 것이었다.

인터체인지를 넘어서자 지금까지 30킬로였던 차의 속도는 60킬로로 늘어났다. 조금 더 지나자 90킬로를 밟게 되었다. 운전대를 잡고 있는 O는, 그때야, 휴, 한숨을 쉬었다. 속도가 빨라지니까, 가장 좋아하는 건, 강아지이다. 강아지를 사랑하는 S의 품안에서 강아지는, 칠흑같이 검은 눈을 동그랗게 뜨고 차창을 향해 펄쩍펄쩍 뛰어오르려고 하고 있다.

가만 있어.

말은 그렇게 하면서도 강아지를 사랑하는 S는, 강아지를 보듬어 아예 창에 얼굴을 갖다대주었다.

아직도 이름을 못 지었니?

새 담배에 불을 붙이며, 담배 피우는 C가 선심 쓰듯, 강아지에 대한 관심을 표명했다.

마땅한 이름이 없어. 아주 근사한 걸로 지어주고 싶은데 말이야. 도시로 다시 돌아올 때까지 정말 너희들 이애 이름 좀 하나 지어봐라?

그럼 여지껏은 뭐라 불렀니?

강아지야!

강아지야?

응.

갑자기 담배 피우는 C가, 웃음을 터뜨렸다.

강아지를 강아지라고 부른다는데 왜 웃니?

그래 그렇구나, 강아지를 강아지라고 부르는데 정말 내가 왜 웃지?

그러면서도 담배 피우는 C는, 웃음을 그치지 않았다. 강아지야? 담배 피우는 C는, 너무 웃어서 나중엔 눈가에 눈물이 비쳤다. 자꾸만 차창을 뛰어오르려던, 강아지를 사랑하는 S의 강아지는, 담배 피우는 C가, 저 때문에 웃는 줄도 모르고 차창에서 몸을 돌려, 눈이 조금 빨개진 담배 피우는 C를, 그 칠흑 같은 눈으로 물끄러미 바라보았다. 강아지는 어쩌면 담배 피우는 C의, 눈물 속에서 아침에 겪었던 제 서러움을 반추해보고 있는지도 모른다. 저 칠흑 같은 눈으로, 여행길에 너는 안 된다고, 하루만 혼자 있으라고 강아지를 사랑하는 S가, 달래고 어르는데, 그러면서 냉장고에서 아이스크림을 꺼내 스푼으로 떠 먹이는데, 강아지는 자꾸만 도리질을 하다가, 꼬리를 축 늘어뜨리고 침대 밑으로 들어가버렸다. 한참 만에 나온 강아지의 눈엔 눈물이 철철 흐르고 있었다. 강아지를 사랑하는 S가, 냉장고에서 다시 족발 하나를 꺼내 입에 물려주자, 강아지는 족발을, 강아지를 사랑하는 S의, 화장대 밑으로 밀어내버리며 주저앉아 울었다. 그들이 떠나려고 현관문 쪽으로 나올 때, 숨이 넘어갈 듯이 울던 강아지는 뒤쫓아와서, 강아지를 사랑하는 S의 키보다 더 높이 뛰어올랐다. 강아지를 사랑하는 S가 착하지, 하면서 다시 저만큼 데려다주고 오면 강아지는 다시 쫓아와서, 강아지를 사랑하는 S의 치마를 잡아당겼다.

정말 이럴거야, 강아지를 사랑하는 S가, 짐짓 화를 내며 다시 저만큼 떼어놓자, 강아지는 다시 달려와 강아지를 사랑하는 S의, 떠나려는 길을 막다가 기절을 해버렸다.

왜 이러니?

기절한 강아지를 내려다보며 늘 저기에 대한 말을 하는 P가 묻자, 강아지를 사랑하는 S는,

저 혼자 있기 싫어서 그러는 거야.

라고, 대답하면서 목이 메였다. 늘 저기에 대한 말을 하는 P와, 담배 피우는 C, 그리고 지금 운전대를 잡고 있는 O가, 난감하게 기절한 강아지를 바라보고 있는데, 기절한 강아지를 끌어안고 털을 쓰다듬어주던, 강아지를 사랑하는 S는, 무슨 큰 결심을 한 듯이 말

했다.

　난 아무래도 안 되겠다, 너희들끼리 다녀와.

　어떻게 그럴 수 있니? 그러느니 함께 가자.

　담배 피우는 C가, 그 정도라면 함께 가자고 말하자마자, 마치 그 말을 알아들었다는 듯이 강아지는 기절 상태에서 깨어나 눈물을 닦으며 낑낑거렸다. 그렇게 이루어진 동반길이었다.

　여름이 끝나가고 있습니다. 지난 여름은 유난히 길고 더웠습니다. 그 여름을 견딘 미루나무의 키는 한참 더 커진 것 같군요. 발디딜 틈이 없이 사람들이 북적댔던 피서지에는 이제 모래밭만, 저 혼자 사람들이 남긴 발자국들을 지키고 있을 겁니다. 바다는 어쩌면 지금쯤 찾아가볼 만한 것인지도 모르죠. 텅빈 바닷가를 걸어다녀보면 잃어버린 자기 자신을 되찾을 수……

　운전대를 잡고 있는 O가 틀어놓은 에프엠에서, 여자 아나운서의 멘트가 흘러나왔다. 아나운서의 목소리는 어린아이가 징징대는 것 같이 서툴고 어색했다. 아니나다를까. 참을성 없는, 늘 저기에 대한 말을 하는 P가, 다시 버럭 소리를 질렀다.

　텅 빈 바닷가 좋아하시네……, 그, 동녀 같은 목소리 좀 죽여라. 미루나무가 어떻게 생긴지 알고 있는지나 몰라.

　그 성질 여전하네, 그러니 몸이 그 모양이지.

　내 몸이 뭐?

　거울도 안 봐? 나뭇젓가락에 옷 입혀놓은 것 같다구.

　그러는 년?

　내가 뭐 어때서 1미터 63센티에 54킬로그램이면 정상이지.

　운전대를 잡고 있는 O는, 늘 저기에 대한 말을 하는 P와 담배 피우는 C의 무료한 대화 도중에 에프엠 소리를 더 높여놓았다.
   얘가 왜 이래? 꺼버리라니깐?
   소리를 높일 때는 어떤 마음이었는지, 늘 저기에 대한 말을 하는 P가 꺼버리라니깐? 하고 덤비자, 운전대를 잡고 있는 O는 아무려면 어떠냐는 듯, 순순히 손을 뻗어 에프엠을 껐다.
   그들이, 그 바다에 도착했을 때, 저무는 햇빛이 망사 보자기처럼 바다를 덮고 있는 중이었다. 출렁거리는 물빛 위에 드리워진 그 낙조를 보고 서서, 늘 저기를 말하는 P와 강아지를 사랑하는 S, 담배 피우는 C는, 해송 사이에 차를 주차시키는 O가, 돌아오기를 기다렸다.
   차 안에서는 내내 강아지를 사랑하는 S의 품에서 떨어지기를 싫어하던 강아지가, 바닷가 앞에 서자, 강아지를 사랑하는 S의 품속에서 펄쩍 뛰어나와 바다 앞의 모래밭으로 정신없이 내달렸다. 강아지의 발은 모래 속으로 깊이 빠졌다. 강아지는 어쩔 줄 모르고 낑낑 댔다. 겨우 발을 빼낸 강아지는 이번엔 모래에 발바닥이 닿자마자, 펄쩍펄쩍 뛰어나갔다. 모래밭을 다 달린 강아지는 물 앞에서 잠시 멈칫거렸다. 그러다가 곧 황금 물빛이 부르기라도 하는 듯 물속으로 첨벙 뛰어들 태세를 취했다.
   안 돼!
   강아지를 사랑하는 S는, 단박 얼굴빛이 샛노랗게 질렸다. 늘 저기를 말하는 P와, 바다 바람 앞에서 다시 담배를 피워무는 C를 제치고는, 강아지가 있는 바다를 향해 내달렸다. 막 물속으로 뛰어들려던 강아지는, 비명을 지르며 달려오는 주인 S가, 누가 먼저 바다에 뛰어드나, 저하고 내기를 하자는 뜻으로 보였는지, 달려오는 주인을 향해 꼬리를 치더니 바닷물 속으로 첨벙 뛰어들었다. 곧 뒤따라간, 강아지를 사랑하는 S가, 목까지 바닷물에 잠기며 건져내오지 않았다면, 강아지는 바다에 도착하자마자, 파도에 쓸려갈 뻔했다. 주차를 마친 O와, 늘 저기에 대한 말을 하는 P, 그리고 담배 피우는 C도 달려왔다. 그들은 바들바들 떨고 있는 강아지와, 바닷물에 젖은 채 눈물이 그렁그렁해 있는, 강아지를 사랑하는 S를, 어이없어하며 바라보았다.

이 강아진 겁도 없네, 어쩌자고 저 바닷물에 뛰어드니?

담배 피우는 C가, 야단치려는 양, 강아지를 향해 담뱃불을 갖다 대자, 강아지를 사랑하는 S는, 담배 피우는 C를 정색을 하며 나무랐다.

얜, 이애가 언제 바다를 본 적이 있니? 처음 보는 것이 저렇게 유혹적이니까 뛰어든 거야. 저 바다 무서운 줄 이애가 어떻게 알겠니!

아이구, 아예 자식 취급이네, 그러면 공부 좀 시키지 그랬어. 이 세상엔 바다가 있단다. 거기 가면 물이 아주 많단다. 거기 뛰어들면 절대 안 된다! 아, 그럴 게 아니라 수영을 가르치지 그랬니?

그래! 수영을 가르쳐야겠다. 그 생각을 못 했네, 내가!

……뭐야?

진짜, 수영을 가르쳐야지, 다짐하는 강아지를 사랑하는 S를 향해, 늘 저기를 말하는 P와 담배 피우는 C가 또 한 번 어이없어하며 웃는데, 주차를 마친 O는, 다시 뒤돌아서 걸어갔다.

어딜 가?

주차를 마친 O는, 말없이 그냥 걸어갔다. 한여름 동안은 피서객들로 북적댔을 바다는 저 멀리 주홍색 텐트 한 채만을 남겨놓고 한

직녀들 53

가했다. 드문드문 모래밭에 사람들이 보이긴 했지만, 바닷물 속에 들어가 있는 사람은 한 사람도 없다. 주차를 마친 O가, 걸어가는 쪽, 천막 속에서 갑자기 음악 소리가 흘러나왔다. 천막은 위는 뚫리고 울타리처럼 쳐져 있다.

그 울타리 안에서 남자 두엇이 휘파람을 휘익 불었다. 묵묵히 걷고 있는 O와, 걸어가는 O를 바라보고 있는, 늘 저기를 말하는 P와 담배 피우는 C, 그리고 옷이 다 젖은 채, 강아지를 안고 있는, 강아지를 사랑하는 S를 향해. 해변 나이트클럽. 하늘이 뻥 뚫린 그 파란 천막 울타리에 씌어져 있는 흰 페인트 글씨는, 줄이 맞지 않아, '해'자보다는 '변'자가, 또 '변'자보다는 '나'자가, '나'자보다는 또 '이'자가, 점점 위를 향해 뻗어 있다. 그 글씨를 쓴 사람은 아마 여기까지 쓰고, 뒤로 물러서서 글씨 모양을 보았는 모양이었다. 그래서 글씨가 점점 위로 올라가고 있는 것을 '해변 나이'……까지 쓰고서 알았는 모양이었다. 갑자기 '트'자는 맨 앞 글자 '해'자와 위치를 맞춰 써놓은 통에 '트'자는 불쑥 밑에 내려와 있다. 그리고는 앞엣 글자가 위로 올라갔듯이 이제는 '트'자보다는 '클'자가, '클'자보다는 '럽'자가, 아래로 그리고 좀더 아래로 내려진 채로 씌어져 있다. 다 합쳐져서 '해변 나이트클럽'이 되는 글씨들은 모양도 위치도 모두 다르다. 다만 그 글씨들의 공통점은, 그 글씨를 이루고 있는 재료가 하얀 페인트라는 것이었다. 그 해변 나이트클럽을 지나서 주차를 마친 O가, 점점 멀어졌다.

우리도 일단 가자, S…… 너 옷도 말려야겠고, 묵을 곳도 정해야 하고……

담배 피우는 C가, 멀어지는 O를, 향해 걸음을 옮기자, 늘 저기를 말하는 P와, 강아지를 사랑하는 S는, 그 뒤를 따라 걸었다.

해변에는 버려진 비닐봉지와 깨진 병조각들이 널려 있고 모래가 움푹 패인 곳에 여자의 하얀 샌들이 버려져 있다. 어느 모래성엔 찢어진 비키니 수영복을 매달아놓은 나뭇가지 깃발이 꽂혀져 있었다. 늘 저기를 말하는 P는, 그 모래성을 바라보았다. 꾹꾹, 다독인 누군가의 손바닥 자국이 모래 위에 선명했다. 늘 저기를 말하는 P는, 그 손바닥 자국을 보자, 코끝이 찡했다. 오랜만에 느껴보는 찡함. 저렇게 꾹꾹, 어루만졌다니, 저 손바닥의 무료함. 늘 저기를 말하는 P는, 누군지도 모를 미지의 그 손바닥 주인이 가여워져서 다시 한 번 코끝이 찡해와 눈물이 비쳤다.

송림을 지나 먼저 마을로 갔던 O를 찾아낸 곳은, 그 언젠가 이숙과 함께 묵었던 민박집이었다. 먼저 온 O는, 그 집 마루에 우두커니 앉아서, 대문을 열고 들어오는, 늘 저기를 말하는 P와, 담배 피우는 C, 강아지를 사랑하는 S를 바라보았다. 집은 텅 비어 있다. 수도꼭지를 틀어본 지가 여러 날 되는지 샘가는 물 한 방울 튄 자국이 없고, 수도꼭지 끝에 매달린 파란 호스도 바싹 말라 있다.

이숙이가 이 방을 썼었지? O야! 그때 이숙이와 함께 잠잔 사람이 O, 너였니?

강아지를 사랑하는 S가, 마루를 사이에 두고 있는, 두 개의 방 중에서 뒤란으로 통하는 작은 방 문을 드르륵 열었다. 마루에 앉아 있는 O는, 표정 없이 고갤 숙여버리고, 담배 피우는 C가 방안을 들여다봤다. 잔꽃무늬가 그려져 있는 이불이 얌전히 개켜져 윗목에 놓여 있고, 그 이불 위엔 펑퍼짐한 베개 두 개가 놓여 있다. 뒤란으로 통하는 문은 굳게 닫혀져 있다. 벽에 길다란 옷걸이가 걸려 있는 것이외에 방은 텅 비어 있다. 며칠 사람이 묵지 않았는지 방바닥에 얇게 포진한 먼지가 바닷가 쪽으로 지고 있는 잔양을 받아 뿌옇게 적막했다.

주인이 있어야 방값을 정할 텐데.

그 할머니가 아직도 주인일까? 그 할머닌 저 아래쪽에 아들네가 있다지 않았니? 어쩌면 우린 주인도 모르게 이 집을 독차지하고 하룻밤을 지낼지도 모르겠다. 얘. 아무튼 짐이나 풀자.

풀 짐이 어딨니? 몸만 왔는데.

몸이 짐이지 뭐. 우리 저녁은 뭘로 먹지. 상점이 다 철시한 것 같애. 배들 고프지 않니? 그땐 이숙이가 버너에서부터 마늘 찧은 것까지 다 챙겨와서 우리 그때, 나흘 동안 도시에 있을 때보다 더 맛있게 밥을 지어먹었는데.

나흘이 아니야. 닷새야.

아니야. 나흘이야.

닷새라니깐.

나흘이라구!

강아지를 사랑하는 S와, 담배 피우는 C가 티격태격하는데, 말없이 마루에 앉아만 있던 O가, 왈칵 화를 냈다.

나흘이건 닷새건 그게 무슨 상관이야. 다 지나간 일인데. 나흘이면 이숙이가 살아나고, 닷새면 이숙이가 다시 우리에게 그때처럼 밥을 해줄 수 있니?

너무나 오랜만에 말문을 연 O의 표정이, 너무도 화가 난 것이어서, 강아지를 사랑하는 S와, 담배 피우는 C는, 그건 그래…… 하며 우물쭈물 티격태격을 걷어들였다. 잠시 침묵이 흐른 뒤였다. 담배 피우는 C는, 느닷없이 화를 냈던 O의 태도가 생각할수록 못마땅했는지, 새 담배에 불을 붙인 뒤, 다시 입을 꽉 다물고 있는 O를 향해 쏘아붙였다.

그런데 너 O…… 너 정말 이상하다. 무슨 기분 나쁜 일 있는 것처럼 그렇게 말문을 꽉 닫고 있다가 왜 그렇게 불쑥불쑥 화를 내니? 너 오늘 몇 마디나 했는 줄 알아? 만나자마자…… 내게 운전을 시키려거든 날 내버려둬 10시까지…… 제발 조용히 해 신경이 사나워 죽겠어…… 나흘이건 닷새건 그게 무슨 상관이야. 다 지나간 일인데. 나흘이면 이숙이가 살아나고, 닷새면 이숙이가 다시 우리에게 그때처럼 밥을 해줄 수 있니? …… 이게 니가 한 말 전부야. 너, 운전 좀 할 줄 아는 게 무슨 위세니? 이숙이가 니 친구이기만 했어? 몇 달 동안 얼굴 한 번 못 보다가 오랜만에 만나서는 그렇게 붉으락푸르락 해야겠니?

담배 피우는 C가, 타오르고 있는 담배를 쥔 손을 바르르 떨며 대들었지만, 입술을 꽉 다물고 있는 O는, 이렇다 저렇다 대꾸가 없다. 그것이 담배 피우는 C의 화를 더 돋우어놓았다.

쟤 좀 봐…… 애들아, 쟤가 나 무시하는 것 좀 봐…… 이혼녀하고 무슨 대거리를 해보겠냐, 이거니?

사태가 엉뚱하게 돌아간다고 느낀, 늘 저기를 말하는 P가, 그때야 그들 속에 끼어들었다.

C야…… 이야기를 그렇게 몰고 가지 마…… O 쟤, 말수 적은 것, 어제오늘 일도 아닌데 왜 그래?

아니야, 얘. 말수 적은 것하고 이거하고는 다르잖니. 쟤가 은근히 나 무시하는 거…… 그거 어제오늘 일 아니다. 너. 학교 다닐 때도 그랬어. 쟤는 언제나 나를 볼 때, 나는 너하고 다르다…… 이런 눈빛이었다니까. 내가 그이 쫓아다닐 때도, 여자가 오죽 못났으면 남자 뒤를 그렇게 쫓아다니느냐고 했다구. 거기다가 내가 그이하고 일 년도 못 살고 이혼을 하니까, 무시하는 마음이 더 쌓인 거라고. 틀림없다니까!

그건 억지다, C야! 쟤가 너한테만 화를 낸 거 아니잖아. S한테도 냈는데.

담배 피우는 C의, 눈에 눈물이 핑그르르 돌았다. 그래서 투명해진 담배 피우는 C의 눈 속으로, 수돗가 옆의 포도나무 잎새가 비쳤다. 그 잎새는 곧 지워졌다. 곧 눈시울이 젖을 정도로 눈동자가 붉어져서였다. 누가 내 마음을 알겠니, 담배 피우는 C는 대문을 밀치며 뛰어나갔다. 입술을 꽉 다문 O의 눈이, 담배 피우는 C의 뛰어나가는 뒷모습을 하염없이 쫓아갔다. 잠시 후에 바다로 이어지는 송림 사이로, 담배 피우는 C가, 잠시 내보였다가 바다 쪽으로 사라졌다.

바다에 밤이 오고, 그들은 밤바다를 향해 나란히 앉았다. 밤바다 위에 칠흑같이 어둠이 쌓여서 물결은 보이지 않았다. 먼데서 보면 그들 여자 넷도 보이지 않았다. 다만, 담배 피우는 C의, 손가락 깊숙이 쥐어진 담배 불빛이 어둠 속에서 움직였다. 담배 피우는 C는, 어둠을 뚫고 하얗게 치솟아오르는 물거품을 뚫어져라 바라보았다. 파도 소리만 아니라면, 그 치솟아 오르는 물거품만 아니라면, 저 어둠 속의 저기는, 바다가 아닌 어둠의 공동 같았다. 땅속이 저럴까? P의 마음으로 이숙이 찾아와 앉았다. 이숙, 네가 저럴까? P는 고개를 가로저었다. 이숙은 땅속에 묻히지도 못했다. 수줍은 이숙, 보드라운 이숙…… 스물넷? 스물다섯? 이숙은 스물에서 서른까지의 터널을 빠져나오지 못했다. 내 청춘을 어떻게 해야 할지 모르겠어, 괴로워하던 이숙. 그리고 저만큼, 장작이 어디서 났는지 모닥불을 피우고 있는 한 무리가 보였다. 먼데서 보면 그곳만이 환하다. 불길은 치솟았다가 가라앉았다. 확 치솟을 때 그 불을 에워싸고 둥글게 모여 앉은 몇 사람의 자태가 불빛을 받고 나타났다. 그리고 바닷가 조금 건너의 바위, 그 바위로 어떻게 건너갔을까? 늘 저기를 말하는 P는 모닥불이 바다 하늘로 치솟아 그 주위가 환해졌을 때, 저, 바위에 앉아 있는 두 사람을 보았다. 그때, 이숙이와 함께 올라가 앉아봤던 자리. 물이 깊어 그때 그들은 거기로 건너가는데 눈까지 물에 잠겼었다. 저이들은 어떻게 저기로 건너갔을까? 여자가 남자의 어깨에 머리를 기대고, 그들은 바다 저편을 바라보고 있다. 혹시 넙치나 도미의 환생인가? 종이 다른 넙치와 도미가 사랑을 했다? 서로 넘어서는 안 되는 선을 넘어 도망치다가 어부의 그물에 잡혀 얇게얇게 썰어져 횟감이 되었다? 사람 몸속으로 들어간 그들은, 사랑의 기운으로 사람으로 환생을 했다? 그래서 지금 저기 앉아 있다? 늘 저기를 말하는 P는, 어둠 속에서 혼자 픽, 웃었다. 모닥불은 마치 실루엣 영화의 한 장면처럼, 확 타오를 때마다, 두 사람을 희미하게 내비쳤다가 물러섰다. 순간, 늘 저기를 말하는 P는 어깨를 싹, 모았다. 저 여잔, 혹시 이숙인가? 넙치와 도미가 환생한 게 아니라 이숙이라고? 늘 저기를 말하는 P는, 오한이 들어 모래 속 깊이 발을 묻었다. 아무것도 먹지 못한 O의, 뱃속에서는 꼬르륵 소리가 났다. 그 소리가 마치 신호나 되는 듯이 수평선 저쪽에서 달무리가 붉은빛으로 동그랗게 퍼져 올라왔다. 배고픈 O는 처음에 그 붉은 것이 달무리인 줄을 몰랐다. 바다 속에서 달이 떠오르는 것을

직녀들 59

배고픈 O는, 지금 처음 보았던 것이다.

달이다. 달!!

모래밭 저쪽 편에서 모닥불을 피워놓고 있는 일행들이 소리를 쳐서, 그게 달무리라는 것을 알았다. 바다에서 달이, 무리를 벗어나 솟아오르기까지는 한참이 걸렸다. 둥근 달. 배고픈 O는, 둥근 것만 보면 이숙이 떠오른다. 둥근 얼굴의 이숙. 처음에는 길 가다가도 이숙 생각이 나면 더 이상 길을 걷지 못했다. 뺨이 개울터인 줄 아는지 자꾸만 눈물이 졸졸 흘러서. 무슨 말로 이숙을 추억할 것인가? 불쑥불쑥 슬픔을 부어놓은 것같이 가슴이 저려올 때는 아무 데나 그 가슴을 기대고 그 치받침이 가라앉을 때까지 기다려야 했다. 어디론가 흘러가는 물만 봐도, 그 속에 이숙이 섞여 있는 것만 같기도 했다. 마시는 냉수 한 컵 속에서도 배고픈 O는, 이숙의 얼굴을 떠올렸었다. 화장해서 북한강에 뿌렸다! 이숙의 어머니는 이숙의 죽음에 대해서 이 한마디밖에 하지 않았다. 더 이상 묻지도 못했다. 너희들이 친구냐? 친구라는 것들이 이숙이 그 지경이 되도록 내버려둔단 말이냐? 더 물었다가는 꼭 이 소리를 들을 것만 같았다. 배고픈 O는, 아직도 의문이었다. 무엇이 이숙을 그토록 거식증을 일으키도록 했나? 어쩌자고 이숙은 사십 일간이나 물 한 모금 입에 대질 않았나? 모른다, 모른다! 배고픈 O가, 고개를 뒤로 젖히는데, 담배 피우는 C가, 어둠 속에서 배고픈 O의 손을 찾아 꼭 쥐었다.

O야, 미안해. 아깐 내가 너무 분별없었어······ 요즘엔 매사가 다, 모두 다, 그런 식으로밖에······

담배 피우는 C는, 말을 맺지 못하고 목이 메였다. 배고픈 O는, 담배 피우는 C의 손을 맞잡았다. 수평선을 벗어난 달빛이 맑다. 옆은 구름이 달빛 위를 지나가고 나니 그 맑은 빛이 더 퍼져서 먼 바다까지 환해졌다. 저 멀리서 정신없이 달려오는 밤파도가 이젠 모닥불에 의해서가 아니라, 달빛에 의해 희미하게 보였다. 달빛이 퍼진 바다가 다시 놀라운지, 그때껏 주인의 품속에서 얌전히 엎드려 있던 강아지가 파도를 향해 컹컹, 짖었다. 강아지를 사랑하는 S는, 쉬잇, 강아지 입술에 손가락을 갖다대면서 강아지를 얼렸다. 파도는 무희, 흰 옷을 입고 너펄너펄 춤을 추는 장난기 많은. 강아지를 사랑하는 S는, 이제 거의 이숙을 잊었다. 강아지를 사랑하는 S는, 추억도 현재도 미래도 다 자신이 없다. 이숙의 사라짐. 그것은, 건강이 나쁘고 마음이 약한, 그래서 언제나 조퇴가 잦았던, 강아지를 사랑하는 S에겐, 일종의 배반이었다. 자신이 병상에 누워 있으면 붉은 뺨으로 병문안 오던 이숙이, 그녀. 봄만 되면 시름시름, 차도 없는 병을 앓고 누워 있을 때에, 병실의 흰 커튼을 쭉, 뜯어 무용수들의 흰 옷처럼 친친 동여매고 위로의 춤을 추어주었던 건강하던 이숙. 나⋯⋯도, 단 한 번 건강해본 적이 없는 몸과 마음으로, 그 청춘의 터널을 견뎌냈는데⋯⋯ 강아지를 사랑하는 S는, 이숙의 그 느닷없는 배반을 늘 잊고 싶었다! 더 기억하고 싶지 않았다! 아니, 잊었다!! 아무 일도 아닌 것이다. 으레⋯⋯ 스물에서 서른이 되기까지 누군가, 한 사람쯤은 청춘의 포화 상태, 그걸 감당 못 하는 사람이 있는 것이다. 그런 일이 하나 그때, 일어난 것이다, 라고, 강아지를 사랑하는 S는 생각하기로 작정했다. 강아지만 사랑하기로.

　우리 그때 여기서 뭘 하고 놀았니? 닷새 동안이나!

　나흘이라니깐!

　그래, 나흘 동안이나?

어느 하룻밤은 생각난다. 여우살이를 했었지.

여우살이?

왜 생각 안 나니? 그땐 이렇게 여름이 파장날 때가 아니었어. 그래서 이 밤바다에 나오면 많은 사람들을 만날 수 있었지. 그때 꼬마 애들 한 열몇 명이 단체로 여길 온 팀을 만났잖니……

그래! 생각난다.

생각나니? 그애들 틈에 끼어서 편을 갈랐었잖니.

그래 그랬어. 노래도 부르지 않았니?

무슨 노래지?

편이 된 사람들끼리 서로 손을 잡고서……

손을 잡고서?

여우야, 여우야, 뭐하니?…… 잠잔다…… 잠꾸러기! ……세수한다…… 멋쟁이…… 밥 먹는다…… 무슨 반찬? ……이때부터는 긴장해야 했어. 개구리 반찬! 하면 도망쳐야 했거든. 도망 못 치거나, 도망치다가 잡히면 여우가 되어야 했지.

맞아 그랬어. 우리 그거 다시 해볼까?

아이들도 없고, 이숙이도 없어…… 우린 숫자가 너무 적어.

달은 이제 바다 위로 휘영청 솟아올랐다. 솟아오를 때, 저 달에게도 지독한 아픔이 있었을까? 완전히 구름을 뚫고 올라온 달을, 담배 피우는 C는, 물끄러미 바라다보았다. 지독하게 사랑을 해서, 그녀가 서둘러 그와 결혼을 했을 때, 찾아온 건 뜻밖에도 그를 믿을 수 없는 마음이었다. 그가 넥타이만 새로 고쳐매도, 담배 피우는 C는, 머리가 복잡해지곤 했다. 내가 사랑해서 결혼을 했다는 게, 그가 나를 사랑하지 않는다는 얘기는 아닐 텐데도, 담배 피우는 C는,

그가 저녁이면 과연 저 문을 열고 들어올까? 온종일 그 시름에 잠겨 아무 일도 할 수가 없었다. 참다 못한 그가 사랑해,라고 말했을 때, 담배 피우는 C는, 헤어져요, 했다. 뭐? 당신이 나를 사랑하지 않는다는 것 알아요. 그는 어이없는지 픽, 웃었다. 사람들이 사랑만 가지고 사는 줄 아니? 결혼도 삶을 견디는 방식인 거야. 서로 같이 밥을 먹고, 텔레비전을 보고, 함께 잠자고, 자식 낳고, 교육시키고, 주어진 나날들을 함께 때우면서, 살아나가는, 견뎌나가는, 방식이라구. 담배 피우는 C는, 그의 그 말을 경멸했다. 당신, 어느 날인가, 나를 버리면서도 그렇게 말하겠죠. 너를, 버리는 것도 내 삶을 견디는 방식이야라고! 너, 왜 이렇게 삐뚤어졌니? 그래요. 그러니까 헤어져요! 담배 피우는 C에겐, 그와 함께 사는 것도, 그와 헤어지는 것도, 지독한 아픔이었다. 사랑할 때도, 함께 살 때도, 헤어져서도, 담배 피우는 C는, 수시로, 그에 의해 아프게 꿰뚫어졌다. 그 마음의 빗나감을 도저히 수습할 수가 없었다. 수평선 위의 밤구름들은 저 멀리로 달을 놓쳤다. 강아지를 사랑하는 S가, 주머니에서 뭔가 부시럭부시럭 꺼내서, 강아지에게 먹였다.

그게 뭐니?

초콜릿.

초콜릿?

응.

그 강아지, 단것 되게 좋아하는구나. 아침에도 아이스크림을 먹이더니.

그래…… 밥에다도 설탕을 조금 타주어야 해.

밥에 설탕을?

응.

저편, 모닥불 주위의 한 사람이 기타를 치기 시작했다. 줄을 퉁기는 손가락의 움직임이 바로 눈앞에 느껴지도록, 기타 소리는 파도 소리를 뚫고 그녀들 곁에까지 와서 머물렀다. 그중의 한 여자가 기타 반주에 맞춰 노래를 불렀다. 땅 위에 모든 것 깊이 잠들고······ 아하, 그 어둠 그 별빛, 그댈 향한 내 그리움 달래어주네······ 노래는 곧 합창이 되어 바다, 저 멀리까지 퍼졌다. 당신은 그렇게도 멀리서 밤마다 내게 어둠을 보내주네. 밤마다 내게 별빛을 보내주네.

S야, 니 강아지 이름 지었다!

늘 저기를 말하는 P가, 노랫소리를 밀어내며, 무슨 신세계라도 발견한 듯이 어둠 속에서 손뼉을 탁, 쳤다.

엘비스 프레슬리······라고 해라.

엘비스 프레슬리?

그 사람도 단것을 무척 먹었다지 않니!

천박하게!

그가 천박해?

내 눈엔 그렇게 보여.

그가 얼마나 노랠 잘하니. 그 용모와 그 리듬감, 마이크를 쳐들 때의 그 매혹적인 눈빛······

일찍 죽었잖아, 난, 싫어!

그 사람 살아 있다는 설도 있더라. 어디선가 아주 높은 성 안에서 이 세상 사람들을 내려다보고 있다는구나.

그런 억지말이 어딨니?

억지말이 아니야, 언젠가는 사라질 인기, 인기가 사라지기 전에 자기가 먼저 사라져서, 추억 속에서 영원히 인기인으로 남고 싶어 할 수도 있지 않니. 어쨌건, 네가 싫어하든 말든 나는 앞으로 이 강아지를 엘비라고 부를 테다. 엘비스 프레슬리는 강아지 이름치곤 너무 기니까, 줄여서 엘비…… 너는, 이제 엘비다, 알았지!

늘 저기에 대한 말을 하는 P에 의해 엘비가 된 강아지는, 멋도 모르고 바다를 향해, 파도 소리를 향해, 컹컹 짖어댔다. 엘비. 늘 저기에 대한 말을 하는 P는 엘비,라고 다시 발음해보면서 픽, 웃었다. 그들은 이름을 잃어버리고, 각자 늘 저기에 대한 말을 하는 P, 담배 피우는 C, 강아지를 사랑하는 S, 운전대를 잡고 있는 O…… 주차를 마친 O…… 말이 없는 O…… 배고픈 O가 되었다. 그들에게 남아 있는 이름이란 이숙이었다. 그들이 이름을 잃어버린 것이 이숙을 잃기 전인지, 이숙을 잃고 난 후인지는 모르지만, 아무튼 이숙은 죽어서 이름을 남겼다.

우리 맥주 한잔씩 마시러 갈까?

어디로?

저기, 저 해변 나이트클럽 말야.

그 집에 맥주가 있을까?

아까 들여다보니 아직은 철시를 안 한 것 같던데!

그래? 이왕이면 춤도 출 수 있었으면 좋겠다!

춤?

강아지를 사랑하는 S의, 춤을 출 수 있었으면 좋겠다는 말에, 밤바다에서도 단 한마디도 하지 않은, 배고픈 O를 뺀, 나머지들은 공허하게 웃었다.

해변 나이트클럽엔 삼십대 중반쯤 돼보이는 남자와 이제 막 고등

학교를 졸업한 듯한 스무 살도 안 돼 보이는 청년이, 그들을 아주 반갑게 맞이했다. 어서 옵쇼! 약간 되바라진 듯한 목소리로 굽신거린 건 삼십대 중반쯤 돼보이는 남자였다. 눈꼬리가 올라가고 턱이 뾰족한 남자는 거의 수영복에 가까운 짧은 바지에, 팔이 없는 면 남방셔츠를 입고 있었다. 그 셔츠엔 남국 정서가 풍기는 야자수와 바다가 그려져 있었다. 저건 남국의 태양일까? 늘 저기를 말하는 P는 그 야자수와 바다 위에 떠 있는 붉은 태양을 보고 또 픽, 웃었다. 해변 나이트클럽의 바닥은 모래밭이었다. 모래밭에 천막을 쳐놓은 것, 탁자와 의자 몇 개, 두 개의 아이스박스 통, 수박 하나와 참외 몇 개가 동동 떠 있는 물통, 카드 공중전화박스…… 이것이 해변 나이트클럽의 전부였다. 낮은 천막 울타리 너머로, 달과 바다와 그리고 저쪽 일행들이 지피는 모닥불이 환히 넘겨다보였다. 모닥불 쪽에선 기타 소리, 노랫소리가 파도 소리를 이겨내려는 듯 커지고 있었다.

십 대 청년은 삼십대 중반 남자의 동생쯤이나 되는 걸까? 아이스박스 통을 열고 캔맥주를 꺼내온 것도, 수박과 참외로 과일 안주를 만들어 들고 온 것도 삼십대 중반의 남자였다. 남자가 부지런히 움직이는 동안 청년은 그저 멍하니 천막 울타리 너머, 바다 쪽을 내다보고 있었다.

우리, 춤은 출 수 없어요?

남자에게 춤 얘기를 꺼낸 건 또 강아지를 사랑하는 S였다.

밴드는 오늘 아침에 철시했어요. 어제만 오셨더라도 신이 나는 건데…… 그제부터 손님이 단 한 사람도 없었답니다. 지난 여름은 아주 대단했죠. 이 모래밭이 움푹 팰 정도로 사람들이 여기로 모여 춤을 추었어요. 여기서 춤추고 지치면 저 바다로 뛰어들곤 했죠. 사람들이 이젠 다 떠났어요. 우리도 내일 아침 일찍 떠날 겁니다. 이 맥주와 이 과일 안주들, 오늘 밤에 못 팔면 내일 도시로 가지고 들어가서 쫑파티를 하려고 했죠…… 정말이지 지난 여름은 대단했다니까요. 솔직히 말하자면 때때로 무섭기도 했어요. 사람들이 어찌나 광란적으로 술을 마셔야 말이죠. 춤은 또 어떻구요, 무섭게들 춰댔어요. 한밤부터 아침까지 춤을 추는 사람도 있었다니까요. 밤새 추다가는 저 바다에 태양이 떠오르는 걸 보고서야 기절하더군요. 하지만 여름은 끝이 났어요.

남자는 외워놓은 대사를 말하듯, 단숨에 말을 하고는, 맛있게 드십시오, 했다. 담배 피우는 C는 남자의 맨발을 가만히 내려다보았다. 한여름을 관통해온 남자의 까맣게 그을린 발등엔 슬리퍼 자국만이 화석처럼 하얗게 패여 있었다. 배고픈 O는, 단숨에 캔맥주 두 개를 비웠다. 그러면서도 배고픈 O는, 과일엔 손도 대지 않았다. 강아지를 사랑하는 S가, 톡톡 여물어 까맣게 달라붙은 씨를 털어내고 수박을 건네주었으나, 배고픈 O는 받지 않았다. 멋쩍어진 강아지를 사랑하는 S는, 그 수박을 엘비에게 먹였다.

넌 지난 여름 동안 뭘 했니?

늘 저기를 말하는 P의 어깨를 툭 친 건, 담배를 피우는 C였다. 무척 곤란한 질문을 받은 듯, 늘 저기를 말하는 P는 글쎄, 하며 반쯤 마신 캔맥주를 마저 들이마셨다.

비디오를 본 것 같군.

무슨 비디오?

너무 많이 봐서 그렇게 물으면 뭘 말해줘야 할지…… 아무튼 기억에 남는 건 없어…… 보고 나면 다 머릿속에서 범벅이 돼버리거든. 나중에 생각해보면 그래. 줄거리며 장면들이 막 섞여서는…… 이 영화의 장면이 그것이었는지…… 그 장면이 이 영화의 줄거리 속에 나오는 건지…… 하지만 어느 한 대목은 생각나는군. 무슨 영화였는지는 모르겠다. 영화 속에 시가 한 편 나왔는데…… 글쎄 시라고 말하고 보니 시가 아닌지도 모르겠구나. 중국 영화였나? 대만 영화였나? 어쨌건 프랑스 영화는 아니었어…… 이차대전이 끝나고, 천황이 항복하는 연설이 배경음악처럼 첫 장면에 깔려 있었는데, 그 영화 제목이 뭐였더라…… 그럭저럭 봐줄 만했는데……

그 시가 뭔데?

시가 아닌지도 모른다고 했잖아.

그래, 어쨌든 그게 뭔데?

일본인들은 벚꽃이 활짝 피었을 때를 좋아하지/그때가 가장 아름다운 때야/그들은 인생도 그렇다고 생각해/명치 시대 때 한 소녀가 폭포에서 떨어져 자살했지/소녀는 실의에 빠져서 자살한 게 아니라/자기의 아름다운 청춘이 사라지는 걸 두려워해서/차라리 벚꽃과 같이/인생에서 가장 아름다운 때에 세상을 떠나려 한 거지.

끝이야?

그 뒤에 대사가 두 마디 붙어 있었어.

뭐라고?

그녀의 유서는 당시 젊은이들을 크게 감동시켰어/그때는 명치 유신 때문에 열기에 가득차 있을 때였어…… 이렇게.

모든 게 다 범벅이 되어 있다면서, 그 두 마디까지 외우니?

글쎄, 나도 놀랍네…… 하지만 지금도 모르겠는데? 그 영화 제목이 무엇인지, 어느 장면에 그게 나오는지…… 내가 본 것들은 다 범벅이야.

C야, 넌 뭐했니?

너, 돌아가면서 취조하는 거냐?

그렇게 들려? 그냥 궁금해서…… 우린 뭐하고 여름을 났을까? 서로 만나지도 못하고.

그러는 넌 뭐했니?

나야, 뭐…… 늘상 그렇듯이…… 병원에 열흘 있었고, 나머지는 강아지와 함께였지, 뭐. 내가 달리 할 일이란 게 없다는 걸 알면서 왜 물어?

여름에도 입원했었어?

그렇게 됐어.

왜 연락을 안 했어?

늘 하는 짓인데 뭐…… 이제 너희들한테도 미안해. 누구한테나 다 미안해. 생산적인 일이라고는 단 한 번도 못 해보고…… 서른 살이 됐다고 생각하면…… 부모님한테도 미안해…… 에이, 난 언제나 이 모양이야, 내 시간에 대해서는 늘 얘기할 게 없어…… C, 네 여름 얘기해봐?

내 여름? 담배 피우는 C는, 그저 픽, 웃었다. 지난 여름 동안 난 뭘했나? 담배 피우는 C는 새 담배에 불을 붙였다. 냉장고 위에 세워두었던 결혼 사진을 창문 밖으로 내던졌지. 여름, 밤인데도 지열이 식지 않아 땀이 뻘뻘 나던 그 어느밤, 이혼을 하고도 버리지 못했던 결혼 사진을 창문 밖으로 내던져버렸지. 정말이지 그날은 너무 더웠어. 빈 속에 계속 맥주만 마셔대던, 배고픈 O가 벌떡 일어났다. 맥주를 마신 O는, 취했는지 약간 비틀거리며 카드 공중전화기 쪽으로 걸어갔다. 그 앞에서, 맥주를 마신 O는, 주머니를 뒤적거렸다. 맥주를 마신 O의 어느 주머니에선가, 공중전화 카드가 나왔다. 큰 파도가 밀려왔다가 물러서는 모양이었다. 밤바다 쪽에서 물거품 부서지는 소리가 요란했다. 다른 사람은 다 바다 쪽을 내다보는데, 해변 나이트클럽의 삼십대 중반의 남자와 십대 청년도, 큰 파도가 철썩이는 쪽을 내다보는데, 강아지를 사랑하는 S, 그녀만이 품속의 엘비를 들여다보았다. 파도 소리에 놀란 엘비는 그 검은 눈을 반짝 뜨고 그녀의 품속으로 바짝 다가앉았다. 강아지를 사랑하는 S는, 엘비의 검은 눈을 손바닥으로 쓸어주었다. 늘 저기를 말하는 P는 바다 쪽에서 시선을 돌려, 강아지를 사랑하는 S가, 겁에 질린 엘비의 눈을 쓸어내려주는 걸 바라봤다. 좀전에 이렇게 서른 살이 된 것이 미안하다고 말했던 강아지를 사랑하는 S의 말이, 뒤늦게, 늘 저기를 말하는 P의 가슴으로 떨어졌다. 서른 살? 그래 스무 살 때만 해도 서른 살을 생각하면, 징그러웠지. 서른 살이란 나이를 나는 도저히 받아들일 수 없을 것만 같았어. 받아들여야만 한다면, 뭔가 달라져 있어야 된다, 지금 같지는 않아야 된다. 그래, 다른 건 몰라도 떠도는 마음은 어느 정도 정리가 되겠지…… 저기가 아닌 여기에 뿌리는 내리겠지…… 꽃을 심고 싶은 땅 한 뼘은 발견할 줄 알았지…… 그런데 아니야…… 서른 살이란 아무것도 아니야. 그저 뭔가를 조금, 그래 아주 조금 더 견딜 줄을 알게 된 것, 그뿐이야, 아무것도 아니야, 인생의 사춘기, 그것에 불과해. 늘 저기에 대한 말을 하는 P는 픽, 웃었다. 인생의 사춘기라고? 자신이 생각한 말이지만 제법 그럴듯해서였다.

언제는 내가 혼자 아니었나요? 애초에 당신 만나지 않았다고 생각하면 그만이야, 그만이라니까!

전화를 하는지 마는지도 모르게 조용하게 통화를 하던 맥주를 마신 O가, 수화기 저편의 누군가에게 소리를 질렀다. 해변 나이트클럽의 모래밭에 발을 대고 있는 사람들은 갑자기 소리를 지르는, 전화하는 O 쪽으로 일제히 얼굴을 돌렸다. 카드 공중전화 모니터에 찍혀 있는 남은 돈의 숫자는 아주 빠르게 줄어들었다. 맥주를 마신 O가, 통화를 하는 저쪽이 얼마나 먼 곳인가를, 모니터의 숫자는 재빠르게 줄어들면서 말해주고 있는 셈이었다.

내가 무슨 말을 할까봐서 걱정이에요!!

전화하는 O가, 다시 버럭 소리를 지르는 통에, 그들은 모두 다시 전화하는 O 쪽을 바라보았다. 뭐라고 더 소리를 질렀는데, 그때의 전화하는 O의 절망에 찬 목소리는 다시 밀려온 큰 밤파도 소리가 잘라먹어버렸다.

쟤, 어디에다 전화하는 거니?

……114……

뭐?

전화하는 O가 어디에다 전화하는 거니? 하고 물은 건 강아지를 사랑하는 S였고, 114……라고 대답한 건 늘 저기에 대한 말을 하는 P였으며, 전화하는 O는 저렇게 괴로운데, 장난스럽게 대답할 수 있느냐는 투로 이마를 찡그리며 뭐? 한 건 담배 피우는 C, 였다. 카드 전화기의 모니터는 이제 숫자가 0이 되었다. 통화가 끊겼을 텐데도 맥주를 마신 O는, 공중전화기를 그대로 든 채로 고개를 숙이고 한참을 서 있었다.

서 있는 O의, 귓속으로도 밤파도 소리는 들리는지, 수화기를 든 채로 우두커니 서 있던 O는, 고개를 돌려 천막 건너편, 밤바다를 내다보았다. 담배 피우는 C는, 그렇게 밤바다를 내다보고, 서 있는 O가 외로워보인다는 생각을 했다. 그러나 수화기를 제자리에 내려놓고 다시 자리에 돌아온 O는 무표정이었다. 돌아온 O는, 자신이 먼데로 통화 도중에 소리를 쳐서, 그들의 신경을 한데 모아놓았다는 것을, 모르는 듯했다. 담배 피우는 C가, 다시 담배에 불을 붙이며, 무슨 일이니? 물었을 때도, 돌아온 O는, 아무 말도 하지 않았다. 다만 돌아온 O는, 방금 자신이 매달려 있던 카드전화기, 그 수화기를 내려놓았을 때, 이제는 숫자를 다 까먹고 0이 된 공중전화카드가, 마치 새 카드나 되는 양, 시치미 뚝 떼고, 입구로 빠져나와 매달려 있는 것을 바라다볼 뿐이었다.

우리 이제 가자!

빈 카드를 바라보던 O가, 벌떡 일어섰다. 뭐라고 뒷말을 할 수 없게 일어선 O는, 완강하게 말했다.

어서 가자. 여기에 더 있을 필요가 없잖니. 밤길을 달려 다시 도시로 들어가는 것도 괜찮을 거야, 안 그래?

맥주를 꽤 했잖니? 너, 운전할 수 있어?

그건 아무것도 아냐!

그들이 민박집으로 돌아와, 방안에 두고 나갔던 옷가지며 가방들을 챙기는 동안, 어서 가자는 O는, 해송 사이에 주차시켜 놓았던, 차를 가지러 갔다. 주인 얼굴도 못 본 민박집을 떠날 때, 강아지가 보이지 않아, 그들의 출발은 조금 늦어졌다. 엘비! 엘비! 강아지를 사랑하는 S는, 뒤란 토란잎 속에서 낑낑,거리는, 엘비를 찾아 품에 안았다. 왜 그러니? 무엇 때문인지 엘비는 공포에 질려 몸이 뻣뻣해 있었다. 여긴 왜 왔니? 어둠 속에 토란밭을 걸어나오다가, 강아지를 사랑하는 S는, 토란밭 둘레에 서 있는 해바라기들을 어둠 속에서 용케도 알아보았다. 칠흑 같은 어둠 속이라, 저, 해바라기가 아직 꽃잎을 달고 있는 중인지, 씨앗이 여무는 중인지는 보이지 않았다. 먼데서 들리는 파도 소리, 여름 끝물의 밤바람이 해바라기 잎새 위로 수수수 스쳐지나갔다. 그때, 해바라기 씨를 까주던 이숙. 강아지를 사랑하는 S는, 엘비의 뻣뻣해진 몸을 품속에 더 깊이 싸안았다. 엘비는 낑낑거리지도 못하고, 바들바들 떨었다. 너, 이숙일 봤구나? 강아지를 사랑하는 S는, 떨고 있는 엘비를 쓰다듬었다. 괜찮아, 아무 일도 아니란다!!

빵빵 — 다시 운전대 앞에 앉은 O는, 어서 가자고 급하게 클랙슨을 울려댔다. 그렇게 급한 것을 그 동안 어떻게 참고 있었을까, 더구나 침묵으로. 그들이 그곳을 떠날 때, 해변에서는 더 이상 기타 소리도 노랫소리도 들리지 않았다. 해변 나이트 클럽의 불빛도 꺼져 있었다. 바다, 저쪽을 향해 뻗어 있는, 그 바위 위에 앉아 있던 여자와 남자의 모습도 보이지 않았다. 그, 모두와, 파도 소리까지 달빛이 다 먹어치웠을까? 늘 저기를 말하는 P는, 운전대에 앉은 O가 시동을 걸고 빠르게 해변을 빠져나갈 때, 차창 밖으로 고갤 돌려서, 밤바다 위로 포만하게 깔려 있는 달빛을 안 보일 때까지 노려보았다.

얼마 후, 엘비가 그녀들에게서 들은 마지막 목소리는 이런 것이었다. 우리는 불구로 살았어. 돌아다봐. 누구 하나 멀쩡히 남아 있나를? 우리가 지나온 곳은 어디였을까? 어디길래 우리는 이렇게 무서워졌을까? 이 무서움만이 의미야. 아프지도 않아. 울고 싶은데 눈물도 안 나와. 그 말을 한 사람이 주인 S였는지, 담배 피우는 C였는지, 운전하는 O였는지, 늘 저기를 말하는 P였는지, 엘비는 기억이 나지 않았다. 밤바다를 떠난 지 두 시간 후쯤에, 엘비는 주인이 내밀어주는 초콜릿을 반쪽 받아 먹었고, 그리고서 잠이 들었다.

눈을 떴을 땐, 맑은 피냄새가, 아아, 맑은 피냄새가…… 삐죽 삐죽 튀어나온 바위들과, 그 사이사이를 비집고 들어선 떡갈나무…… 향나무…… 참나무…… 가락나무……들 사이에서 신선한 향기를 내뿜으며, 막 동터오르는 새벽 햇빛 속으로 붉게 스며들려는 찰나였다. 허공이 가볍게 뒤집히는 것을 누가 가장 먼저 보았을까, 그리고 맨 나중에 추락한 이는? 엘비는 운전대가 폐에 박힌, 맥주를 마셨던 O를 지나, 뭉개진 얼굴들을 건너뛰고 건너뛰었다. 사랑하는 주인은, 산나리꽃이 피어 있는 벼랑 앞에 내팽개쳐져 있었다. 해가 중천에 떠오를 때쯤이었을까. 공포에 질린 엘비가, 그들로부터 도망치기 전까지 하고 있었던 일은, 붉은 핏방울을 쪼아먹으려고 덤벼드는 부리가 긴 산새들을 쫓고 또 쫓아봤던 일이었다.

멀어지는 산

사막의 지형은 참으로 여러 가지다. 이 낯선 나라가 그에게 가르쳐준 것이 있다면 이것이었다. 가도가도 끝없는 모래만 있는 게 사막인 줄 알았는데, 그것만은 아니었다. 광활한 모래 벌판은 뼈 같은 바위산과 울퉁불퉁한 계곡, 태양에 지글거리는 자갈밭, 사방이 암벽으로 둘러싸인 크고 작은 분지들, 해면보다 더 낮게 지층이 가라앉은 구릉들을 은밀히도 숨기고 있었다. 호수와 대추야자나무숲까지도.

길게도 이어지는 터덜거림에 허리와 엉덩이 어디나 감각이 없어지는 것 같다. 심지어는 핸들을 잡고 있는 운전석 송의 팔이 저만큼 떨어져 있는 것같이 가물가물해 보인다. 눈꺼풀도 모래가 자욱이 쌓인 듯 무겁고 피로하다. 수십 킬로미터를 달려온 모래 먼지가 차체 위에 쌓여서 본래의 푸른색이 바랜 보라로 보인다.

이봐, 행여 졸지 말라구.

졸지 말라고 했지만 이미 송이 졸고 있다는 걸 그는 안다. 두 사람 중에 한 사람만 깨어 있으면 누가 운전석에 앉아 있건간에 차는 굴러갈 것이다. 좌회전도 우회전도 멈추고 설 것도 없이 모래 위에 뚫린 이 길을 그저 이 속도로만 달리면 되니까. 송은 뜨기 싫은 눈을 억지로 뜨면서 말하기도 귀찮다는 듯 미네랄, 그러고는 만다. 그는 뒷좌석에서 미네랄 워터를 집어 뚜껑을 따준다. 그에게서 받은 미네랄 워터를 꿀꺽꿀꺽 마시다 말고 송은 빈병을 길바닥에 힘껏 내던져버린다.

빌어먹을, 뭐 좋은 꼴을 보겠다고.

그는, 무슨 끔찍한 환상에 시달리는 퇴역 병사 같은 송을 멀거니 바라보았다. 부장이 가장 못 참아했던 건 송의 저런 말투였다. 자네가 인생을 살았으면 얼마나 살았다구 그래? 부장은 걸핏하면 송에게 신경질을 부렸다. 고국으로 연결한 전화가 불통이어도 송의 탓이었고, 일주일에 한 번 사우디아라비아의 지다를 경유해 트리폴리에 도착하는 대한 항공기가 기후 사정으로 빼먹어도 송의 탓이었다. 빌어먹을 부하라고 있는 게 상판이 저 모양새니 될 일이 뭐야. 심지어는 현장의 노무자들의 기숙사 시설을 개조해달라는 시위도 송의 탓이었다. 송이 아니라도 부장에게는 탓할 상대가 필요했다. 사소한 욕망 하나 해결할 곳이 없는, 오로지 태양만 이글거리는, 열두 시만 넘으면 상점마저 문 닫아버리는 이 나라에 와 있는 게 미칠 일이었다. 부장의 신경질을 견뎌내는 송의 태도도 어지간했다. 짖어라, 나 한쪽으로 듣고 한쪽으로 흘린다, 식이었다. 그런데 어제는 무엇이 문제였을까? 어젯일은 영문을 모를 일이었다. 문을 열고 들어오는 송의 얼굴에 부장은 다짜고짜로 재떨이를 집어던졌다. 유리 재떨이는 송의 왼쪽 뺨을 찢고는 산산조각이 났다. 안타 호마르!

처음으로 송이 부장의 턱없는 폭력에 대들었다. 호마르는 당나귀였다. 물 없는 깊은 사막에서도 살아가는 낙타와 견주어 끈기 없는 당나귀를 경멸하는 베드윈식의 욕이었다. 한국식으로 안타 호마르는, 너 이놈 개××쯤 될까? 무슨 뜻인지 몰랐던 부장은 그냥 넘어가는 가 싶더니 어디서 그 뜻을 알게 되었는지 뒤늦게 송의 책상을 뒤엎는 소란을 벌이더니 사마의 현장으로 송을 내몰았다. 그는 현장 상황을 체크하고 트리폴리로 다시 돌아오지만 송은 이제 모래 속의 현장 근무를 할 판이다.

운전하는 게 라마단 금식보다 더 힘들군.

그 기일을 지켜봤나?

시늉을 내봤지. 쿠다르란 놈은 지독한 놈이야. 한 달을 꼬박 지키더군.

그는 라마단, 이라고 발음해봤다. 라마단의 금식은 이슬람의 5대 계율 중의 하나였다. 이슬람 신자들은 라마단 달에는 일출 두 시간 전부터 일몰시까지 음식을 입에 대지 않았다. 빵 한 조각 물 한 모금 해가 지평선에서 사라지기 전까지는 먹지 않았다. 담배를 피우는 것도 삼갔다. 쿠다르는 틈만 있으면 듣던 아라비아 노래도 그 기간 동안엔 듣지 않았다. 쿠다르가 편안함이나 즐거움을 주는 어떤 것도 끊고 대신 지루한 코란을 읽는 것으로 라마단의 낮시간을 보내는 걸 그도 보았다. 신기하게도 정부에서나 종교 지도자들이 누가 강요하지도 않은 것 같은데 쿠다르뿐만 아니라 대부분 현지인들은 라마단을 지켰다. 그가 이방인이라는 걸 철저히 느끼게 하는 그런 기간이었다. 그는 라마단 동안 한 이슬람인이 화장실의 수돗가에 서 있는 걸 보았다. 그저 보았을 뿐인데 그 이슬람인은 당황해서 먼저 물을 마신 게 아니다. 그저 한 모금 입에 넣고 헹구어내던 참이었다. 며 웃었다. 라마단 기일 동안의 밤이면 현지인들은 서로에게 무척 친절했다. 공동체 의식일까? 먹을것을 서로 권하고 먼데서 친척들이 찾아오고 이웃들끼리 저녁 식사 초대장을 보냈다. 라마단 기간이 끝나면 부잣집에서는 양을 몇 마리씩 잡아서 나눠먹자고 내놓기도 했다.

교대할까?

조금 있다가.

차는 필사적으로 달려간다. 트리폴리. 리비아의 수도. 지중해에 면해 있는 인구 100만의 항구 도시. 해안 지대와 사막 지대가 접해 있는 곳이었다. 사막 지대와 가까운 구시가는 오리엔트풍이고 야자수에 둘러싸인 해안 지대의 신시가는 이탈리아 풍이었다. 지중해의 해안선은 자그마치 2,000킬로미터에 이르렀다. 건조한 열풍과 모래폭풍이 사막 쪽에서 엄습해오면 모래 먼지에 가득찬 공기가 이삼일은 계속되었다. 불쾌한 기분은 그만두고라도 그들이 기브리라고 부르는 그 기분 나쁜 바람중일 때 숨을 쉬면 모래가 폐에 그대로 쌓이는 느낌이었다. 오늘 날씨는 찌는 듯이 무덥긴 해도 바람이 없으니 다행이었다. 모래 속에 고대의 유적이 쌓여 있는 나라. 무엇이 그들로 하여금 자부심을 갖게 하는지 로마 시대의 유적을 가지고도 그들은 굳이 아라비아인이 건설한 것이라고 우겨서 그를 웃게 만들기도 했다. 국토의 90%가 사막이고 농지는 겨우 0.5%인 나라.

송이 테이프를 집어 카트리지에 넣고 플레이를 누른다. 그리고는 캐비닛에서 소주병을 꺼낸다.

염려 마, 취하진 않을 테니. 그냥 한 모금만 마실 거라구.

그가 먼저 말도 꺼내기 전에 송은 투덜거리듯 내뱉고는 뚜껑을 이로 땄다. 한 모금이 아니라 쭈르륵 들이마신다. 송이 핸들에서 완전히 손을 뗐는데도 차는 잘 굴러간다.

그건 어디서 났어?

누이에게 부쳐달랬지. 딱 두 병만. 그랬더니 정말 딱 두 병만 보냈더군. 한 병은 쿠다르와 송별식에 마셨고 남은 거야. 한 모금 마실 테야?

됐어. 교대할까?

아직은 견딜 만해.

빈 테이프가 돌아가는 소리가 나더니 갑자기 음악이 쿵쾅 터져나온다. 리듬의 기복이 낮으면서도 꽤나 자극적인 연주가 이삼 분은 이어지더니 허스키의 굵직한 목소리가 절규하듯 태양 속을 뚫고 퍼져나간다.

무슨 노래야?

데미스 루소스의 활로우 미(Follow Me).

이런 풍의 노랠 좋아하나?

좋아하냐구? 로드리고의 아랑헤즈 협주곡을 팝화시킨 곡이야. 제목이 좋지 않아? 나를 따르세요. 테이프 겉그림을 좀 보라구 그거에 반해서 산 거야.

사막이군.

그리고 여인들이지.

테이프 표지엔 너무나 파란 하늘 밑에 평평한 사막이 펼쳐져 있는데 웬일인가? 투명한 하늘만큼 파란 수영모를 쓴 검은 피부의 여인들이 모래 속에 빠져 자유형으로 사막을 횡단하고 있었다. 깜박 그는 모래가 물인 줄 착각했다. 팔을 젓는 여인. 모래를 물처럼 튕기며 발바닥을 젓는 여인.

난해한 그림이군.

그래, 우리들만큼이나 난해해.

음악은 햇빛을 뚫는다. 그는 갑자기 앞이 보이지 않았다. 숨차하는 음악만이 땀을 흘리며 녹아든다.

쿠다르. 그는 경비실에서 근무하는 아랍인이었다. 한국식의 강한 의사 표현인 '차라리 내 성을 갈겠다'라는 말이 아랍인들의 표현으로는 '내 터번의 흰색을 검정색으로 바꾸겠다'는 것과 같다는 걸 가르쳐준 쿠다르는 처음 만났을 때 자신을 베드윈의 후손이라고 소개했다. 쿠다르는 그 유창한 영어 실력을 어떻게 익힌 것일까. 영문학과를 졸업하고도 시간만 있으면 회화를 공부했던 송보다도 발음이 정확했고, 사투리 영어까지도 알아들었다. 그로 인해 쿠다르는 이방인들이 현지인들을 만나야 했을 때 자연스럽게 통역을 하기도 했다. 베드윈의 후손이라니? 한국식으로 단군의 후손이란 뜻과 같냐는 질문에 쿠다르는 고개를 갸웃하면서, 단군의 후손인 게 자랑스러우냐 반문을 했다. 자랑스러우냐 아니냐 식으로는 생각해보지 않았던 터라 송이 어물어물하고 있는데 자랑스럽지가 않으면 같은 뜻이 아닐 거라고 대답했다. 송이 베드윈이라는 말에 호기심을 갖게 된 건 늘 무력해 보이던 쿠다르가 베드윈의 후손이라는 걸 너무나 자랑스럽게 여겨서였다.

베드윈.

송이 나중에 책에서 찾아본 베드윈은 이렇게 설명되어 있었다.

'아랍어의 바두(badu 발자국)에서 온 것으로 이 바두의 원뜻은

"헤맨다, 방황한다"는 의미를 담고 있음.'

송이 조금 더 얻어낸 건 발자국에 대한 덧붙임이었다.

'베드윈들에게 어느 곳까지의 거리를 물으면 그곳이 어디라 할지라도 몇 발자국 더 가시오, 라고 대답한다. 그들은 아무리 먼 곳도 발자국으로 표현한다. 발자국은 거리를 나타내는 데만이 아니라 일상 대화에서도 자주 등장한다.

송이 쿠다르에게 베드윈에 대해 알아낸 것을 말하면서 맞느냐 물었을 때 쿠다르는 베드윈에 대해 왜 알고 싶으냐 물었다. 송은 당신이 베드윈이니까, 라고 대답했는데 쿠다르는 자신은 아니라고 했다. 나는 아니에요. 이렇게 도시에 나와 있는데? 하지만 내 조상들은 베드윈이지요. 이 지역에서 정착민이라고 하면 오아시스 마을이나 이 트리폴리 같은 도시에서 사는 사람들을 칭하는 것이고 베드윈은 사막을 떠돌며 사는 유목민을 칭하는 것이에요. 지중해 연안의 사막 주변에서 사는 사람들도 베드윈은 아니랍니다. 진짜 베드윈은 모래 깊숙이 숨어 있어요. 깊숙한 사막에서 찾아낸 우물과 목초지를 찾아가서 살지요. 그들만이 진짜 베드윈입니다. 송은 물었다. 왜 그렇게 삽니까? 쿠다르는 서슴없이 사막이 부르니까요, 라고 대답했다. 송은 쿠다르의 대답에 통증을 느꼈다. 사막이 부른다? 송은 막연히 서울을 생각했다. 태어나서 지금까지 참 교묘히도 자신을 배반한 한 고국의 수도 서울. 태어난 곳이면서 그리운 얼굴 하나 갖지 못한 곳. 송은 어머니도 아버지도 사진 속에서밖에 본 적이 없었다. 결혼 이 년 만에 죽은 아버지, 갓난아이를 시어머니에게 맡기고 재가한 어머니. 에미 탓할 거 없니라, 피가 더운 데 어찌하겠니. 조모는 지레 먼저 송을 달랬지만, 송은 그저 뭔가 아련할 뿐 한 번도 본 적이 없는 그 얼굴들에 대해 어떤 회한도 그리움도 가질 수가 없었다. 조모 밑에서 초등학교를 입학하고 대학을 입학하는 동안 서울의 통치권자는 한 얼굴이었다. 그래서 송은 대학에 입학하기 전까지는 그 통치권자의 이름 아래 붙은 대통령이라는 게 고유명사인 줄 알았다. 그것이 부당하다고 자각할 무렵에 조모는 그의 손에 집문서를 쥐어주고 세상을 떠났다. 뒤늦은 자각 속으로 깊이 뛰어들지 못하게 한 얕은 허무. 송은 절집이나 고시 연수원에 틀어박혀 육법전서를 들여다보는 것으로 뒤늦은 자각과 얕은 허무를 피했다. 명분도 있었다. 뒤늦은 자각에게는 당장에 무엇을 바꿀 수 있으리, 먼저 힘을 가져야 한다, 는 게 명분이었고, 얕은 허무에게는 인내심으로 너를 견뎌보겠다는 것이 명분이었다. 송의 청춘은 고시 시험을 치르고 떨어지고 암자를 옮겨다니는 사이 지나가버렸다. 어느 날 고유명사인 줄 알았던 그 통치권자가 부하의 총에 맞았다는 뉴스를 들으며 자신을 들여다보니 청춘은 가버리고 없었다. 서울. 조로한 채 힘없이 서 있는 자신을 비웃듯이 참으로 알맞게 보호색을 바꾸며 변해가던 서울의 내력. 쿠다르는 서슴없이 그의 고향인 사막이 부른다라는 표현을 썼지만 송은 이 먼 타국에 와 살면서도 서울이 부른다, 라는 말을 쓸 수가 없었다. 서울은 송 자신이 트리폴리에 있기 때문에 생각나는 곳일 뿐이었다. 서울에 있을 때 송은 자신이 어떤 식으로든 서울을 그리워하게 되리라곤 전혀 생각하지 않았다. 쿠다르는 송이 사막이 부른다는 말을 이해하지 못하는 것 같자 힘없이 중얼거렸다. 믿기지 않겠지만 나는 조상들이 모래 속에서 목초지를 찾아가는 여행길의 낙타등 위에서 태어났습니다. 물 대신 모래로 씻기웠고 낙타 오줌 세례를 받았어요. 모래 속에서 태어나 그 속에서 살다가 다시 모래 속으로 가는 것이 베드윈들의 일생이에요.

쿠다르는 그저께 짐을 챙겨 모래 속으로 떠나버렸다.

송은 볼륨을 더 올리고는 투덜거리며 소주를 다시 털어넣는다. 그는 마시지 말라는 말도 하기가 귀찮아져 다짜고짜로 소주병을 빼앗아 뚜껑을 닫고 캐비닛에 도로 넣어버린다.

출렁거려서 다 샐 텐데.

갈증이 나면 미네랄을 마시라구. 운전중에 웬 술이야. 난 아직 죽고 싶은 생각은 없다구.

물? 저걸 마셔봐야 갈증만 더 나. 빌어먹을, 물만 서울물 같아도 연장 근무 더하겠네.

그는 피식 웃는다. 아닌게아니라 그도 그랬다. 이 나라에 와서 몸이 물리쳤던 건 물이었다. 이 나라의 땅에서 솟는 물은 석회질이 많아서 식수로는 아예 쓰질 못했다. 그냥 봐도 뿌옜다. 목이 마르면 미네랄 워터나 콜라를 마셔야 했다. 그것도 아껴가면서. 그의 생애 중 물을 아껴가면서 마시게 될 날이 있을 줄은.

그나저나 얼마나 남은 거야?

여덟 시간 걸린댔잖아.

그는 시계를 본다. 열한 시다. 그들은 계획대로 오전 여덟 시에 트리폴리 본사를 출발했다. 적어도 한 달은 계속 달려온 것 같은데 이제 겨우 세 시간이었다. 이대로 다섯 시간은 더 가야 사마 현장이 나올 것이다. 서울은 지금 저녁 일곱 시겠군. 아내는 저녁을 지어서 아이들과 식사를 했을 것이다.

그는 도로 건너로부터 끝없이 이어지고 있는 사막을 눈을 찡그리며 쳐다본다.

아내가 차린 저녁 식탁의 반찬 냄새를 혀끝이 기억해내버려서다. 아내는 늦게 퇴근한 그의 저녁 식사 자리에 마주앉아서는 그가 뜬 밥숟갈 위에 나물이며 장조림 같은 것 삼치 구운 것이나 갓김치 같은 걸 얹어주었다. 그리고는 가끔은 물었다. 맛있어요? 아내는 지금쯤은 아이 목욕을 시키고 있을지도 모른다. 아내는 다른 일엔 수더분하게 넘어가면서 애 목욕시키는 일은 규칙적이었다. 애는 물에 들어가는 걸 지독히도 싫어해서 매번 아내와 애는 실랑이를 벌이곤 했다. 엄만 맨날맨날 목욕만 하래요? 때도 하나두 없는데. 내가 뭐 까마귀하구 친군가 뭐?

오늘이 무슨 요일이야?

목요일.

어제 서울에서는 비행기 출발했을까?

그랬겠지. 지난주에 빼먹었는데 아무렴 이번 주에도 그러려구. 왜 기다리는 일 있나?

기다리는 일은 무슨.

마누라한테서 편지 기다리는 거야?

편지도 그렇고.

그렇고 또 뭐?

무슨 말을 못 하겠군. 그렇다는 거지.

다 소용없어. 기다림 따위? 그게 무슨 소용이람. 내 앞에는 지금 당장 땀 뻘뻘 흘리며 계속 달려야 하는 이 길밖에는. 누구든 인생이 뻥 뚫릴 길이 보이거든 냅다 그 길로 가는 거야.

그는 송을 보면서 피식 웃는다. 송은 매사가 그런 식이다. 송의 방에는 마릴린 몬로의 사진과 카다피의 사진이 나란히 붙어 있다. 사진 속의 마릴린 몬로는 어린이들이 학예회 할 때나 입는 것 같은 삼층짜리 스란치마 같은 걸 입고 있는데 치마속에 바람이 가득차서 펄렁이는 걸 마릴린 몬로는 두 손으로 덮으며 수줍게 웃고 있고, 사진 속의 카다피는 아랍인 특유의 검은 눈썹이 치켜지도록 노한 표정으로 오른손을 번쩍 쳐들고 미국을 비난하고 있었다. 송은 대비되는 두 사진을 나란히 붙여놓고는 마릴린 몬로의 입술에 손가락을 대보다가 카다피를 가리키면서 이곳은 테러 행위가 잦은 곳이야, 카다피는 테러를 지원하고 있다구. 그런 곳에 있으면서 뭘 기다려? 빈정거리며 콜라를 마시곤 했다.

하늘에는 날짐승 하나도 보이지 않는다. 모래 벌판, 황야, 계곡이 서로 엇갈리며 먼빛으로 스쳐갈 뿐 풀 한 포기도 나무 한 그루도 보이지 않는다. 햇빛만이 이글거리고 있다. 그는 햇빛을 쏘아본다. 햇빛은 이 세상의 무엇이라도 다 말려버리겠다는 기세다.

이러다가 정말 졸겠는걸. 얘기 좀 해.

무슨 얘기?

아무 얘기나. 그래 자네 마누라 얘기가 좋겠군. 예쁜가?

글쎄.

그런 대답이 어딨어? 그럼 못생겼나?

서울에 가면 집에 초대 한번 할게. 그때 와서 보도록 하지.

고국. 대한민국. 수도 서울. 그곳의 물, 공기, 햇빛, 바람, 저녁. 그곳에 걸고 싶은 희망도 바치고 싶은 성실도 이젠 없는데 그래도 떠나온 곳이라고 그리운 곳이 그곳이고 어쨌거나 여기 보다는 순한 곳이라는 생각. 그곳에 두고 온 아내, 모래의 나라의 그에게 편지를 쓰는 아내. 아내는 그에게 순종했다. 그는 아내를 처음 만났을 때나 지금이나 아내가 아름답다곤 생각하지 않았다. 석 달 전에 보름의 휴가를 얻어 서울에 갔을 때 처음으로 그는 아내의 순종이 연민스러웠다. 불쑥 솟아오른 연민은 그의 마음에 아름다움보다 더 결이 졌다. 이제는 시들어버린 아내의 젖가슴에 얼굴을 묻고 그는 옛날의 아내의 가슴이 어땠는가를 기억해보려 했지만 그들의 옛날은 바람에 날아가버린 티끌인지 떠올라주지를 않았다. 휴가 후에 날아온 아내의 편지는 그를 멍청하게 만들었다. 여보. 나는 당신 생각에 따르겠어요. 다만 제 생각을 말하라면 저는 아일 낳고 싶어요. 국경을 건너 사막의 한자리로 날아온 아내의 편지는 끊어지다가 이어지다가 했다. 그는 올리브나무를 보고 있으면 아내에게 아이를 낳으라 하고 싶었다가도 지글지글거리는 뜨거운 태양을 올려다보면 둘은 너무 많아, 진저리가 쳐졌다.

남편들을 이 나라에 보낸 마누라들은 좋을 거야. 다른 나라에 갔어봐. 에이즈나 옮겨오지 않나 걱정일 텐데. 여긴 어디 여자 구경을 할 수가 있어야. 혹시라도 자네 여자 구경 하게 되도 본 척도 말게. 그랬다간 귀국 못 해. 이 나라 법이 그래. 그 여잘 데리고 여기서 살아야 한다구. 하긴 아무럼 어때.

그런 경우가 있었나?

그럼. 대수로 공사에 돈 벌러 왔다가 거기 현지 여자에게 빠져서 다시 못 돌아간 사람이 있지.

송과 그의 대화는 다시 잦아들어버린다. 대수로 공사에 돈 벌러 왔다던 그 사람은 고국에 여자가 없었을까? 그는 그야말로 태고의 고요를 그대로 토해놓은 것 같은 사막 속의 끝간데 없는 도로를 내다본다. 시속 80마일로 달리고 있다는 것이 실감이 안 날 만큼 사방은 똑같다. 도로는 마치 그와 송이 사마 현장으로 들어가기 위한 길로 뚫어놓은 것같이 앞에서도 뒤에서도 차량이 전혀 보이지 않는다. 오로지 그들만이 달리고 있다.

아내에게 사랑한다는 말을 한 적이 있었던가?

느닷없는 생각에 그는 피식 웃는다. 첫사랑의 여자. 아내는 첫사랑의 여자에게 끊임없이 갖고 있던 알 수 없는 집착을 그대로 갖고 있는 상태로 결혼을 하기 위해 만난 여자였다. 첫사랑의 여자는 그가 고학 시절에 만난 여인이었다. 그는 대학 입학 시험보다 말단 공무원 시험을 먼저 보았고, 대학생이 되기보다 공무원 발령을 먼저 받았다. 야간 대학을 다니는 4년 동안 그의 거처는 동사무소의 숙직실이었다. 다른 직원들의 숙직을 떠맡은 형식으로 얻어진 방이었다. 첫사랑의 여자는 거기에서 만났다. 여고를 졸업하고 그와 마찬가지로 공무원 시험을 보아 그 동사무소 민원일을 보고 있었던 그 여자. 그는 그 여자를 사랑했다. 그 여자는 그를 어떻게 회상할지 모르나 그는 그렇게 말할 수 있다. 밥을 먹고도 돌아서면 배가 고프던 그 시절, 혼자 몸도 건사하기 어려워 늘 쩔쩔매면서도 고향 쪽의 부모와 동생들을 거두어야 했던 시절, 어쩌면 현실이 옥죄어드는 사슬 같았기에 그 숨통으로 빠져들었던 여자였는지도 모른다. 야간 대학 수업을 마치고 피로와 허기로 무너지려는 몸을 이끌고 동사무소로 돌아오는 중이면 여자는 그 어디께에서 있다가 신기루처럼 나타나곤 했다. 하지만 그 여자 또한 그처럼 시골에 동생들이 줄줄이 사탕처럼 여럿이어서, 동생들이 많은 시골 출신 장남의 아내 노릇이 어떤지를 알고 있었으므로 어느 날부턴가는 그 앞의 신기루 노릇을 포기해버릴 줄도 알았던 그런 여자였다.

아내는 그걸 모르는지 그와 선을 보러 나와 다소곳이 앉아 있었기에 그보다도 어머니의 마음에 든 여자였다.

아내는 결혼 후 잠자리에서 깨어나면 지금 몇 시냐고 물었다. 신혼 여행지에서부터 시작이었다. 신부가 새벽에 눈을 뜨자마자 몇 시예요? 묻는 것이었다. 몇 시예요? 이 말은 아내와 그가 잠을 같이 자기 시작한 날로부터 지금까지 계속되는 아침을 시작하는 말이었다. 여섯 시. 여섯 시 이십 분. 다섯 시 사십 분. 늘 대답을 해주던 그가 어느 날인가는 짜증을 냈다. 당신은 눈 없어? 당신이 시계 봐. 아내는 부끄럽게 웃었다. 전 눈이 나빠요. 시계가 안 보여서 그래요. 아내가 방안의 시계를 못 볼 정도로 눈이 나쁘다는 걸 그는 결혼 일 년이 다 될 무렵에야 알았다. 아내는 서른이 다 되는 여자답지 않게 푸르스름할 정도의 흰동자에 검게 익은 오디 같은 동공을 가지고 있었다. 그런데 저깟 거리의 시침 시분도 못 본다고? 그는 그날 아침을 지으러 나가는 아내를 붙잡아 앉혀놓고는 아내의 눈을 오래도록 들여다보았다. 결혼한 지 일 년이 다 되도록 시력이 그 정도로 형편없다는 걸 몰랐다니. 처음으로 아내가 식구같이 느껴지던 순간이었다. 그가 멀리, 이 사막의 나라에 와서 아침마다 공허했던 것은 몇 시예요? 물었던 아내의 목소리가 없어서였다. 아내가 몇 시예요, 라고 물을 수 없는 공간에 있다는 걸 알면서도 그는 혼자 중얼거리곤 했다. 여섯 시 십 분. 여섯 시 오십 분. 다섯 시.

쿠다르는 어떻게 된 거야?

다시 사막으로 들어간다잖았어.

무엇 때문이지?

사막이 부른다는군.

정신병동 같은 저 사막이 왜 부른다는 거야?

새들이 우는 속을 자네는 다 아나?

부르는지 마는지 우리만 애먹는군. 그가 있으면 운전을 해줄텐데. 쿠다르는 독신인가?

아내가 있었다더군. 열다섯 살의 베드윈 여인이었대. 빵 굽는 거, 물 긷는 거, 옷 짓는 거, 모두 다 잘했다더군. 그중에서도 낙타, 양 가죽으로 모포를 깁는 일은 그들 떠돌이 여인들 중에서 가장 으뜸인 여인이었대.

송은 얘기를 하다 말고 호호, 웃는다. 거친 사막의 열다섯 살 신부? 그는 상상이 되질 않았다. 물이 귀한 사막에서의 여자의 생존이라? 물을 긷고, 밀가루를 빻고 음식을 만들고 우유를 짜고 모래 속에서 애를 낳고? 그리고? 쿠다르의 아내는 어떤 용모였을까?

송은 눈앞이 뿌얬다.

베드윈 신랑들은 첫날밤 신부를 거칠게 다루죠. 예복을 사납게 벗기는 관습이 있어요. 유목 민족의 약탈 결혼의 흔적인가봐요. 첫날밤에 신부의 비명 소리를 듣는 게 풍속이죠. 예복이 여러 조각으로 찢기기까지 해요. 나는 뭐든 옛것이 좋데요. 책도 그렇고 풍속도 그렇고 사람도 말이에요. 그런데 그 관습은 싫었어요. 아내 이름은 무타아르, 당신네로 말하면 소낙비입니다. 아내가 태어나던 날 비가 한두 방울 내려서 얻어진 이름이에요. 우리는 이름을 그렇게 막 짓습니다. 친구 중에 킬랍이라는 이름도 있는데 아일 낳고 보니 바로 옆에 개가 있어서 킬랍이라고 부르는 식, 그런 식입니다. 모래 속에 애를 낳다 보니 칠 일을 못 넘기고 많이들 죽어요. 이름을 아

멀어지는 산 **89**

무렇게나 막 붙이는 건 오래 살라는 뜻이기도 하죠. 아무튼 나는 무타아르를 아무리 관습이지만 막 다뤄야 한다는 게 싫었어요. 그래서 옷도 얌전히 벗기고 조용히 잤죠. 그런데 무슨 일이 있었는지 아세요? 베드윈의 신부들은 첫날밤에 신랑이 잠들면 천막을 빠져나가서 어디론가 숨어야 하거든요. 될 수 있으면 신랑이 찾기 힘든 곳으로 모래 언덕이나 바위산으로 꼭꼭 숨어서 신랑의 애를 먹이게 되어 있어요. 간밤에 신부를 사납게 다룬 것에 대한 보복이죠. 눈에는 눈, 이에는 이…… 이것이 우리 사막의 율법이거든요. 신부가 어디에 있든 다음날 신랑은 신부의 발자국을 따라가서 신부를 데려와야 하죠. 신랑이 마음에 안 들면 신부가 친정집으로 도로 가버리기도 해요. 그러면 다시 사정을 해서 데려와야 하죠. 그런데 무타아르는 안 숨고 아침이 되었는데도 제 옆에 누워 있는 거예요. 그런 일이 처음이라 다들 어쩔 줄 몰라했죠. 무타아르는 그런 여자였어요.

송은 아득한 모래 바다를 찡그리며 쏘아본다. 저 속에 대체 무엇이 있다는 것인가? 석유? 하지만 쿠다르가 찾아간 건 석유가 아니다. 오히려 석유를 원망했었다. 이 사막에서 석유가 쏟아져나온 후로는 사막을 횡단하는 포장도로가 여기저기 뚫려 그 길이 베드윈들을 방해한다는 것이었다. 이상한 나라의 이상한 쿠다르.

송과 쿠다르는 아내의 부재를 공유하고 있었다. 쿠다르의 아내 무타아르는 움직이는 모래산에 덮여 모래 속으로 갔고, 송의 아내 나경은 메모 한 장 달랑 남기고 수면제를 먹었으나 깨어나 식도가 잘리는 병신이 되어 친정으로 갔다. 지다 만 저 꽃송이도 오늘이면 다 지겠죠. 그냥 왔다가 그냥 지는군요. 내가 죽어 아비규환에 떨어져도 다시는 사람으로 거듭나진 않을 거예요. 아내가 처녀 시절부터 실행한 자살 미수가 네 번이나 된다는 걸 송은 몰랐다. 결혼을 시켜놓고도 늘 조마조마 가슴 졸였던 장모는 한없이 미안해하며 아내를 데려갔다. 아내가 삶을 우울하게 참고 있다는 걸 모르고 있었던 건 아니었지만, 송 자신이 그렇듯이 아내의 것도 그런 것이려니, 했었다. 그는 그의 삶에 어떤 대안도 돼주지 못했던 고시 공부라는 기나긴 터널을 빠져나와 남들이 그러듯이 취직과 결혼을 했다. 그 과정이 유난스러이 좋을 것도 없었지만 별 무리도 없었다. 어느 땐 아늑한 기분도 들어서, 큰 욕망을 만나지 않는 한은 이리 이어지려니 했는데 느닷없이 아내의 죽음 시도 앞에 송은 멍해져 버렸다. 옆방에 나를 두고 약을 먹다니? 내게 이래도 되는 것인가?

아내를 잃고 쿠다르는 모래 속을 걸어나왔고 송은 서울을 비행기를 타고 빠져나왔다.

쿠다르의 생각이야 어떻든 이 나라의 경제는 석유 산업에 의존하고 있었다. 사막 속의 석유 매장량은 아랍국 중에서도 최대의 규모였다. 그래서일까? 외양이 색이 없는 나라이긴 하지만, 적지 않은 문화 유적과 지중해의 아름다운 해안선을 갖고 있으면서도, 관광 사업은 나 몰라라, 였다. 일반 외국인에게는 좀처럼 입국 비자를 내주려고 하지도 않았다. 입국 수속도 속속들이 신경을 건드리는 나라였다. 술이라든가 포르노 잡지 같은 건 들여갈 수도 없었다. 더울수록 옷을 더 껴입는 사람들. 거기다 통치권자 카다피는 엄격한 이슬람인답게 성격이 까다로워 걸핏하면 국제적인 고립에 놓였다. 송이 서울을 떠나온 장소는 그런 곳이었다. 정말 하늘은 파랗고 땅은 황색인 나라. 그들의 목적지인 사마는 사막 속에 있었고, 그곳에선 정유 공장이 착공되고 있다. 공사는 언제 끝날지 모르게 지지부진이었다. 이미 해외 근무를 해서 돈을 벌겠다는 분위기는 사그라진 지 오래였다. 송의 표현대로라면 고국은 그들을 내팽개치고 발전해 나갔다.

  송의 거친 표현에 그는 동감했다. 그는 이번이 첫번째 해외 근무가 아니다. 그는 88년 대선을 앞두고 자청 파견 근무를 나온 적이 있었다. 회사에서 지금 송이 차를 몰고 가고 있는 이 도로 공사를 따낸 바로 직후였다. 그는 대학을 졸업하고 대기업으로 직장을 옮겼고, 그러고도 십 년이 지나서야 그를 거쳐간 동생들이 제 밥벌이들을 해내고 있었다. 덕분에 그는 스무 살부터 십오 년간을 쉬지 않고 일을 했으면서도 전세방을 면하지 못하고 있던 때이기도 했다. 본래 그는 식당에서도 매일 앉았던 그 자리에 앉지 않으면 밥맛이 덜해 곧 수저를 놓아버리는 성품이었다. 그런 그가 단순히 식당을 옮기는 것도 아니요, 태어나 숨을 쉬고 살았던 자리하고는 완전히 다른 모래의 나라로 자청해 떠나왔던 것은 이제 자신을 위해 투자해보자는 것이었다. 그는 그때 나라를 떠나면서 3년만이라는 단서를 붙였다. 어차피 건설 회사에서 밥을 먹고 살아야 한다면 해외 근무가 경력이 되어줄 것 같았고 3년만 이 뜨거운 모래의 나라에서 뒹굴다 가면 서울에 집을 한 채 가질 수 있으리라는 계산도 있었다. 이를테면 그에게는 그 3년이 금욕의 기간이었던 셈이다. 그렇지만 그의 생애의 활기였기도 했다. 동생들이 아니라 자신을 위한 투자였기에, 3년은 이제부터 시작하는 그의 삶의 밑자본이 되어줄 거라 믿었기에, 그는 성실했다. 어떤 자질구레한 일이라도 끝마무리를 깔끔히 했고, 아내에게 일주일에 한 통씩의 편지를 썼고, 수동식으로 포화 상태인 이 나라의 힘겨운 통신망을 뚫고 이 주일에 한 번씩은 서울에 전화를 걸어 아내의 목소리를 들었다. 그 기간의 두번째 휴가를 다녀온 뒤 아내로부터 애가 생겼다는 소식을 들었을 때 그는 단박에 편지를 썼었다. 돌아가서 혼자 아이를 출산한 외로움을 충분히 달래주겠노라고. 그러나 3년을 채우고 그가 돌아가보니 서울은 엄청나게 변해 있었다. 9시 뉴스에 나오는 대통령의 얼굴이 바뀐 것이야 그렇다치고, 자신이 트리폴리에서 물 대신 콜라를 식수로 마시며 도로 공사 관리를 하고 있는 동안, 증권에 투자해 재미를 본 입사 동기는 서울 외곽에 땅을 사들이고, 아파트를 분양받아 되파는 일로 그가 뒤쫓아가지 못할 사람이 되어 있었다. 밤거리의 나트륨 불빛은 휘황했고, 리비아까지 갈 것도 없이 고국의 땅도 어디든 파헤쳐져 공사중이었다. 그는 어리둥절했다. 집값, 땅값만큼이나 사람들의 의식도 변해 있었다. 퇴근 후면 흔히 벌어지던 술자리도 뜸했고, 어쩌다 그런 자리가 생겨도 그가 떠나기 전의 분위기가 아니었다. 그들은 그토록 열을 내며 토론하던 정치 얘기도 상사의 흉도 보지 않았다. 어느 사우나장의 물이 깨끗하며, 어느 음식점의 장어구이가 맛있다는 얘기들이 두서없이 오고가다 파했다. 셋방을 살면서도 자동차를 사서 회사에서 시간 반은 족히 걸리는 곳까지 냉면을 먹으러 갈 정도로 바뀐 사람들을 그는 멍하니 바라보았다. 자신이 그의 앞날의 밑거름이 돼줄 것이라고 믿고 떠나 있었던 3년이란 기간은 거름이 아니라 공백이었다. 그 공백은 너무 커서 그로서는 메울래야 메울 수가 없었다. 송의 말대로 조국은 그를 떼어놓고 혼자 발전해나가기로 한 모양이었다. 해외 근무를 한 그 3년 동안 모든 돈으로 뒤늦게 증권에 투자했다가 고스란히 날려버리고 나자 차라리 홀가분했다. 그 홀가분함과 함께 그는 땀 흘려서 일해

보겠다는 생각을 버렸다. 그렇다고 그깟 점심을 먹으러 자동차를 몰고 두 시간을 달려갈 생각도 안 가졌다. 그는 아무것도 하고 싶지 않았다. 귀찮아서 담배 피우는 것도 그만두었다. 그저 출근을 했고 퇴근을 했다. 이 사막의 나라에 다시 온 것도 아무도 여기 근무를 원하지 않아서였다. 그는 딱히 서울에 남아 있고 싶은 생각이 없고, 그렇다고 여기에 올 생각도 없었지만, 다른 사람들이 서울에 남아 있고 싶어하다보니 그가 다시 오게 된 것 그것뿐이었다.

그는 눈을 크게 뜬다.

도로 옆으로 퍼진 눈앞의 광활한 사막은 온데간데없이 사라지고 바다다. 수십 킬로미터가 푸른색이 도는 은빛으로 출렁인다.

저것 봐 바다군.

아지랑이 현상이야.

송의 목소리엔 땀이 잔뜩 배어 있다. 송이 아지랑이 현상이라고 말해서인지 바다라고 느꼈던 푸른색이 보리 같아지고 뿌연 은빛은 그 보리밭의 아지랑이 같기도 했다.

왜? 아름다워 보이나? 속지 말게. 겉은 저래도 속으로는 살아 있는 것들을 말리고 묻어버리고 있는 거라구. 수많은 짐승의 뼈들이 저 아지랑이 속에 휘말리고 있을걸. 저 속의 나무들은 뿌리를 하늘로 쳐들고 죽지. 바위뼈들도 앙상히 드러나고 말이야. 그걸 감추기 위한 눈부심이야.

최소한의 입만 벌려서 혼자 웅얼거리듯 말하는 송은 졸리운 지 자꾸만 눈을 깜박거렸다. 송은 모든 것에 냉소적이었다. 쿠다르는 송의 냉소를 돌아갈 곳이 없는 자가 갖는 기질이라고 했다. 그는 송이 풍기는 냉소에게서 친화력을 느끼는 때도 없지 않았지만, 어떻게든 회피하고 싶은 자신의 한 단면을 정면으로 보는 것 같아 언짢을 때가 더 많았다.

　지나간다는 것. 아무것도 하고 싶지 않은 고국에서의 무기력한 날들을 그는 지나간다는 것에 기대어 보냈다. 모든 것은 지나간다. 80마일의 속도로 스쳐지나가는 저 모래 풍경들과 같이 다 지나갈 것이다. 첫사랑의 여자가 지나갔듯이, 청춘이 멍에 같은 가난한 고향을 둔 죄로 동생들 뒷바라지하는 사이 지나갔듯이, 그 멍에를 지나서 고생했던 3년이 고국의 불타오른 부동산 바람에 공허히 지나갔듯이, 지금까지 어떤 선거든 그가 지지한 자는 낙선으로 지나갔듯이, 앞날도 그렇게 지나가리라, 고 생각하니 못 견딜 일이 없었다. 그의 삶에서 열정이 환희가 빠져나가니까 울분도 광포해질 일도 같이 빠져나갔다. 다가와서 지나가는 것들에 대해 침묵하기로 했으므로 그것들이 어쩌다가 던져주고 가는 소소한 기쁨에 수다를 떨 권리도 그에겐 없었다. 인생은 나를 그렇게 대하기로 한 것이다. 그러니 더는 나도 참견을 말자, 했던 것을 송의 냉소가 야금야금 긁어댔다. 마주치고 싶지 않은 얼굴과 어쩔 수 없이 마주했을 때의 구토증 같은 것, 송의 냉소는 그로 하여금 그걸 느끼게 했다.

　그나저나 자네 현장에서 잘 견딜 수 있겠어?

　그 당나귀 곁에 있는 거보다야 낫겠지.

　잘 견뎠잖아!

　견뎠다구? 쿠다르가 있을 적 얘기지.

　쿠다르가 그 정도로 힘이 됐었나?

　그처럼 아름다운 사람을 만나본 적이 없네.

　자네?

염려 마 난 호모는 아니니까. 호모는 당나귀야.

부장이?

쿠다르가 왜 느닷없이 사막으로 들어갔는지 아나? 당나귀를 더 이상 참아낼 수 없어서야. 그 정도는 알고 있는 줄 알았는데? 전혀 몰랐나?

나는 그런 쪽으론 전혀 코드가 닿질 않아서 말이야.

그럼 그 당나귀가 왜 나만 유독 그렇게 갈구었는지 생각해본 적이 없단 말인가?

그저 신경성이겠거니 했지.

신경성? 그래 그런 점도 있었겠지. 그렇지만 왜 나한테만 그랬겠나. 쿠다르가 나를 따라서라는 생각은 안 드나?

그럴 법한 추리군.

추리? 그래 추리라고 해두세. 무엇이 계기가 됐든 쿠다르는 가고 싶었던 길로 간 거니까. 그러면 된 거지.

그는 송의 일그러진 안면을 훔쳐본다. 송과 쿠다르가 유달리 친하다는 걸 알고는 있었지만, 그 속에 끼여 자신도 여러 번 시간을 함께 보냈지만, 쿠다르가 송의 삶 속에 저토록 끼여들어 있을지는 몰랐다.

그가 아내가 보내오는 담배나 오징어 같은 걸 나눠줄 때마다 쿠다르는 그에게 카림! 이라고 했다. 그것은 쿠다르가 당신은 좋은 사람이라고 표현하고자 할 때 쓰는 말이었다. 반면 쿠다르는 나쁜 사람을 말할 때는 바킬! 이라고 했다. 그건 쿠다르만의 표현이 아니라 베드윈들이 사람을 가릴 때 공통으로 쓰는 표현이었다. 베드윈들의 손님 접대는 극진하지요. 손님이 오면 식구들이 사흘간은 굶어야 할 정도니까요. 베드윈의 천막율법은 찾아온 사람이 사람을 죽인 자라 할지라도 최소한 사흘간은 보호해줘야 합니다. 카림이나 바킬이나 판단은 손님을 어떻게 접대했는가의 기준이기도 하답니다. 관대한 사람은 카림이고 인색한 사람은 바킬이에요. 바킬이라 인식되면 경멸의 대상이 된답니다. 따지고 보자면 쿠다르는 현지인이었고, 그는 한국에서 건너간 이방인이니 그가 손님인 셈인데도 쿠다르는 자신이 현지인이라는 개념이 없었다. 그저께 쿠다르가 짐을 챙길 때 부질없는 줄 알면서도 왜 가야만 하는가 물었다. 이곳에서의 삶이 만족은 안 되더라도 우선은 사막의 여행자들이 갖고 살아야 하는 생필품 걱정이 없지 않으냐, 트랜지스터 라디오에서 흘러나오는 아랍 노래를 종일 들을 수도 있지 않으냐, 원한다면 경비가 아니라 유창한 영어 실력을 마음껏 발휘할 수 있는 자리를 알아봐주겠다고도 했다. 사실 그가 알고 있는 현지인 중에선 쿠다르만이 그에게 필요한 존재이기도 했다. 문명을 거부하며 모래 속으로 들어가겠다는 쿠다르만이 역설적이게도 문명인이라 자처하는 그들을 가장 이해하는 현지인이었던 것이다. 쿠다르는 자신의 이름을 풀이해주는 것으로 대답을 대신했다. 쿠다르는 초록이라는 뜻이지요. 내가 태어날 무렵은 조상들이 목초지를 찾아 걷고 있던 중이었답니다. 그렇게 걷던 도중에 낙타등 위에서 내가 태어나자 목초지를 그리워하던 대로 쿠다르라고 지은 거지요. 쿠다르는 결국 태어난 곳으로 돌아간 셈이다. 사막 속의 초록 속으로.

가도가도 끝없는 모래뿐이다.

드문드문 이어지던 그들의 대화는 끊어지고 바위 같은 침묵이 흘렀다. 똑같은 길을 너무 오래 달려온 탓일까? 도로가 달리는 건지

차가 달리는 건지 도로와 차가 한덩어리같이 느껴지기도 한다. 도로 양편으로 끝없이 펼쳐져 있는 모래 무덤도 이따금 보이는 올리브도 아지랑이 현상도 이젠 눈에 들어오지 않고 그저 반사 작용처럼 보인다. 그는 점점 희미해지는 시간 공간 개념을 되찾기 위해 아내에게 전화를 하든지 답장을 써야 한다는 생각을 반복적으로 한다. 그래도 의식은 점점 더 희미해져 간다. 이렇게 가면 사마는 나오기는 나오는 것인가?

지난번에 그는 처음으로 사마 현장의 최와 함께 벵가지까지 나가 본 적이 있었다. 이슬람 전통이 강한 도시답게 아라비아 상인들이 낙타를 타고 시가지를 돌아다녔다. 저런 차림으로 아프리카 오지까지 다니는 걸까? 그는 아라비아 상인에게서 손으로 짠 작은 카펫 하나를 샀다. 멍하니 바라보다가 시선이 부딪친 난처함이 순간적으로 그걸 사게 만들었다. 아내는 그걸 받고는 긴 편지를 보내왔다. 당신이 있는 나라 공기를 묻히고 있는 물건이거니 생각하면 커다란 위로가 돼요, 여보. 벵가지는 지중해의 상공업 도시로 번창한 곳이었는데도 오후 두 시가 넘자 상점들이 문을 닫기 시작했다. 상인들은 그늘진 곳이라면 트럭 밑이라도 기어들어가 낮잠을 즐겼다.

남대문시장 사람들이 보면 기절할 노릇이죠.

상가가 문을 닫아버리자, 현장의 최는 그를 벵가지에서 조금 떨어진 곳에 있는 자자계곡으로 이끌었다. 자자계곡은 사방이 층암절벽으로 둘러싸여 있어서 그 층암절벽을 향하여 소리를 지르면 소리의 반향이 되울려왔다. 그 소리의 반향을 이슬람인들은 신의 소리로 듣는다 하였다. 독실한 신자이지만 몸이 병약하여 도저히 라마단을 지켜낼 수 없을 것 같으면 라마단이 시작되기 전에 그 자자계곡을 찾아간다는 것이었다. 그리고는 계곡에 들어가 그 층암절벽을 향해 외친다고 했다. 금식을 해야 됩니까? 해야 됩니까? 그러면 신은 라, 라, 라— 라고 대답한다는 것이었다.

　라, 라, 라, 그만두라, 그만두라, 그만두라.

　어디서 들었는지 최는 우스갯소리같이 자자계곡의 울림에 대해 말을 했지만, 실제로 신이 라, 라, 라,라는 대답을 하는지 마는지야 그로서는 알 수 없었지만, 그는 부러웠다. 사실이야 어쨌든 자자계곡에 찾아와서 그런 통과 의례를 치르고야 마음이 편해지는 그들의 신에 대한 신뢰가.

　쿠다르는 발자국 해독을 아주 잘하니까 훌륭한 베드윈이 될 거야. 지난번 휴가 때 그와 함께 아라비아 사막을 횡단했지. 사막에서 길을 잃었는데 그의 발자국 해독법으로 길을 찾아냈지.

　쿠다르도 길을 잃는가?

　멀어지는 산 신기루 때문이었어. 평평한 모래 벌판을 걸어가는데 3km쯤에 모래산이 보이더라구. 끝없이 모래 위를 걷고만 있던 중이었으니 이정표를 삼을 게 생겼다 싶더군. 그 모래산이 가야 할 길에 대한 방향 감각도 잡아주고 평평한 모래길의 단조로움도 덜어주었어. 한 시간 후엔 그 밑에 가 있겠구나 했어. 그런데 가보니 웬일인가 그 모래산은 저만큼 4km는 더 멀어져 있더라구. 도깨비 장난 같더군. 갈수록 더 멀어지더라니까. 착각이었던 거지. 그 신기루 이름이 멀어지는 산이라네. 분지, 구릉 지대, 모래 언덕, 구릉 지대, 모래산 이런 순서로 지형이 이루어진 곳에서 나타난다더군. 평평한 분지에서 보면 맨 뒤에 있는 모래산이 바로 전방으로 보이는 거지. 안개와 아지랑이 때문에 말이야. 그런데 기껏 간 곳은 모래산이 아니고 분지인 거지. 그러니까 점점 더 멀어질 수밖에. 방향 감각을 잡아주는 게 아니라 완전히 거리감을 잃어버렸어. 점점 더 멀어지는 산 신기루에 걸려서 돌아오지 못하는 자들도 있다더군. 반나절을 헤맨 끝에 다행히 쿠다르가 모래에 찍힌 수많은 발자국 중에서 사람의 발자국을 찾아내 그 발자국을 따라 길을 찾아낸 적이 있지.

송은 아라비아 사막뿐 아니라 이집트의 동부 사하라, 시나이 사막, 튜니시아의 사막도 쿠다르와 함께 여행했다. 송은 지원연장 근무를 신청해 이곳에 4년을 머무는 동안 휴가를 받아도 고국에 돌아가지 않았다.

사막에서의 모래 바람은 무서운 것이었다. 모래산이 있는 곳에서 사풍이 불기 시작하면 하늘은 순식간에 모래알과 모래 먼지로 뒤덮였다. 때로는 모래산과 모래 언덕이 바람에 데굴데굴 굴러다녔다. 사풍에 흩어지는 모래들이 물구멍 샘을 막아버리면 싱싱하던 대추야자나무숲이 순식간에 말라비틀어졌다. 모래로 이루어지기는 했으나 산과 언덕을 움직이는 바람이었다. 사풍에 움직이는 모래산이나 굴러오는 언덕을 사막 사람들은 키르드라 불렀다. 사막 사람들이 키르드에게 갖는 공포는 대단했다. 사나운 키르드를 만나면 흔적도 없이 모래에 파묻혀야 할 삶이었다. 그런데도 그들은 사막에서 아이를 낳고 천막을 쳤다. 그들은 마음만 먹으면 도시 생활을 할 수 있었다. 곳곳에서 유전이 발견된 이후로 외국 기술진과 외국 근로자들이 떼를 지어 들어온 후 그들은 덤프트럭이나 건설 기자재들을 지켜주는 일을 하다가도 내팽개치고 사막으로 사라져갔다. 아랍 신문엔 사막 사람들을 정착촌에 나와 살게 하려는 권유가 심심치 않게 실렸다. 그들은 사막을 떠나와도 정부가 내준 도시 외곽의 최신

식 아파트에서 자지 않고 정착촌 뜰에 천막을 치고 생활을 해서 당국의 속을 끓게 했다. 송은 아파트 투기로 요란한 서울을 떠올리며 웃어버렸다. 그들은 그러다가도 못 참고 다시 사막으로 들어가버렸다. 키르드를 무서워하면서도 키르드 속으로, 그렇게 하게 하는 힘이 무엇일까? 키르드가 마을 입구까지 쳐들어와 순식간에 모래에 뒤덮이는 오아시스도 있었다. 사막인들이 굴러다니는 모래산을 막기 위해 대추야자나뭇잎으로 모래받이 방사벽을 쌓아놓은 걸 봤을 때 송은 그 부질없는 모래받이에 웃음이 터져나왔다. 너무나 웃어서 나중엔 눈물이 흘렀다. 모래 언덕이 모래산이 굴러오는데 그 따위 대추야자나뭇잎으로 대놓은 모래받이쯤 순식간에 무너질 걸 그들이라고 모르겠는가. 그런데도 그들은 그래놓았던 것이다. 할 수 있는껏 막아놓았던 것이다.

 여행 도중 길을 잃을 때마다 쿠다르는 모래 발자국 해독으로 길을 찾아냈다. 신비해하는 송에게 쿠다르는 베드윈들에겐 그런 것쯤은 아무것도 아니라고 말했다. 베드윈 소년들은 어려서부터 모래 자취를 눈여겨보면서 발자국 해독을 배우지요. 사람의 발자국뿐만이 아니예요. 염소 양 개 당나귀 들 것도 알아내요. 모래에 찍힌 발자국을 모래 바람이 덮지만 않는다면 발생 시간까지 알아내는걸요. 여자 발자국인지 남자 발자국인지 동물은 암놈인지 수놈인지, 믿지 않을는지 모르지만 간밤에 벌레가 기어가도 그게 이슬이 내리기 전 것인지 후 것인지도 알아내요. 낙타 발자국을 보고 낙타구나만 하면 별 소용이 없어요. 암낙탄가 수낙탄가, 짐을 실었는가, 사람이 탔는가, 몇 마리인가, 발자국 해독을 잘하는 사람이 많아야 강해지죠. 이웃 부족이 자기 영역의 양들이나 먹을 것을 가지고 도망가면 발자국을 해독해서 잡아내기도 하고 목초지를 찾아 대대적으로 이동할 때도 모래 발자국 해독으로 물구멍 샘을 찾아내기도 하죠. 그러면서 쿠다르는 허망하게 웃었다. 하지만 어렸을 적 얘기예요. 모래 속에서 석유가 나오고부터는 자가용 자동차를 굴리는 베드윈도 있는걸요. 모래 발자국 해독은 점점 사라질 거예요.

눈앞은 오로지 태양뿐이다.

테이프를 돌려 끼워야 음악이 계속될 텐데 그도 송도 하지 않는다. 덩굴숲과 돌출된 바위가 휙휙 지나간다.

그는 엄습해오는 졸음을 참기 위해 생각을 하자, 생각을 하자, 가물가물해지는 의식을 붙잡았다. 아내에게 편지를 써야 한다, 뭐라고 쓸 것인가? 아내는 제법 편지를 잘 쓴다. 가끔 아내의 편지는 그의 코끝을 맹하게 했다. 여보. 당신이 가고 난 뒤에 애가 온종일 울어서 몇 시간을 업고서 골목을 왔다갔다 했어요. 울다가 겨우 잠들어서도 코울음을 울며 당신을 찾아요. 휴가 기간 동안 아이는 그가 대문만 나가면 곧 소금 기둥으로라도 변할 것만 같은지, 한사코 그를 놓아주지 않았다. 아이가 잠든 신새벽에 목욕탕에 다녀온 적이 있었는데 목욕을 마치고 그가 수건이며 칫솔이 든 목욕 가방을 들고 들어오자 아내 뒤에 서 있던 아이는 후다닥 뛰어와 그의 다리를 붙들고 어헝, 울음을 터뜨렸다. 글쎄, 잠 깨자마자 당신이 안 보이니까, 화장실 문을 열어보고 저쪽 방을 열어보고 장롱까지 열어봐도 당신이 없으니까, 얼이 빠져 있더니 이러네요. 울음을 그치고 식탁에 앉은 아이는 아내가 만든 음식을 자꾸만 그 앞으로 밀어놓았다. 아빠, 먹어. 많이 먹어. 그는 자꾸만 눈이 감겼다. 생각을 하자 생각을. 5만 대군이라고 했던가? 2천 5백 년전 페르시아의 캄비

세스 황제의 5만 대군이 북아프리카 원정길로 사하라를 건너던 중이었다 했지. 점심을 먹기 위해 모래 언덕 아래에서 행군을 멈추었는데 거대한 회오리바람이 몰아닥쳐 그들은 굴러오는 모래산과 모래 언덕에 파묻혀버렸다던가. 인류 역사상 최대의 실종 사건이겠군. 그들은 사하라의 어디에 묻혀 있을까? 아내에겐 뭐라고 쓰지? 생각은 갈라져 엉망이다. 그는 떠밀려오는 졸음 속에서 웃어보려고 애를 쓴다. 태양 때문에 웃어지지도 않는다. 내 몸속의 피는 무거울 거야. 담막 카피프. 쿠다르는 송이 잘 웃고 농담을 즐길 때는 송을 담막 카피프라고 불렀다. 담막 카피프. 직역하면 당신의 피는 가볍다, 였다. 그러면 그 반대인 사람은? 담막 티-끌, 당신의 피는 무겁다. 말로 정하는 피의 가볍고 무거움. 그건 베드윈들에겐 가볍고 무거움을 떠나 엄청난 의미를 담고 있는 말이었다. 피가 가벼운 사람은 천당에 무거운 사람은 지옥행일 정도로. 그는 더 이상은 가스름하게조차도 길을 내다볼 수가 없었다. 햇빛에 꽂힌 조화 같구나, 그는 졸지 않으려고 안간힘을 쓴다.

송이 눈을 떴을 땐 햇빛도 모래도 하늘도 보이지 않았다. 다만 무엇인가가 눈앞에서 빛났다가 사라졌다. 그러다가 차츰 송은 자신이 이상하게 누워 있다는 생각이 들었다. 이런, 송은 몸을 뒤치락거렸다. 차가 도로에서 미끄러져 모래에 처박혀 있다. 송은 그를 흔든다. 그의 코엔 코피가 터져 입술로 흘러들다가 말라 있다. 보기 흉해서 송은 그를 깨우다가 말고 셔츠를 찢어 피를 닦아준다. 그런 줄도 모르고 그는 천근만근의 무게로 꿈을 꾸고 있는 중이었다. 분명 서울인데 길이 아스팔트가 아니라 모래다. 가물가물 모래 계곡을 넘어오는 여자는 아내다. 아내의 어깨는 너무 좁았다. 아내는 자박

자박 서울의 모래길을 걸어 산부인과에 들어가고 있다. 그는 꿈인 줄도 모르고 어머니에게 전화를 걸고 싶어졌다. 병원엘 아내 혼자 가게 하다니. 어머니에게 성을 내다가 그도 눈을 뜬다. 그의 눈앞에 아내도 어머니도 아닌 송의 근심어린 얼굴이 닿을 듯이 가깝게 있다.

졸았나봐. 깨어보니 차가 이렇게 꼬나박혀져 있네.

그는 부시시 일어났다. 차가 도로에서 미끄러지는 순간 송은 핸들을 잡고 아예 깊은 잠에 빠져 있었던 것일까? 차는 머리를 도로 이쪽도 저쪽도 아닌 모래 바다에 처박고 있다. 마치 모래 바다 쪽으로 달리던 중에 볼일이 있어 잠시 서 있다는 듯이, 엔진까지 그대로 켜진 채.

송과 그는 햇빛 아래서 서로를 훑는다. 송은 그의 코에 아직 약간 남아 있는 코피의 흔적을 쳐다보고, 그는 송의 팔이 차체에 긁혀서 약간 찢겨진 것을 본다. 그뿐 둘 다 멀쩡하다. 카트리지에서 테이프가 빠져나와 팽개쳐져 있는 것, 뒷좌석의 송의 소지품들이 들어 있는 가방이 뒤집혀져 있는 것, 미네랄 워터 작은 병이 저만큼 굴러가 있는 것, 그가 송에게서 빼앗아 건성으로 뚜껑을 닫아놓았던 소주병이 깨져 있는 것, 송과 그는 어쩌면 우리가 이렇게 멀쩡할 수가 있지? 믿기지가 않아서 잠시 멍하니 서로를 보았다. 트리폴리를 떠나서 그들이 도로를 사막을 작열하는 태양을 처음으로 잊은 순간이었다.

어처구니가 없다는 듯이 서 있던 송이 소변기를 느꼈는지 모래 바다 쪽을 향해 걸었다. 그는 저만큼 모래 바다의 암석층 위로 어슬렁거리며 걸어가는 송을 보며 차바닥에 개비째로 흐트러져 있는 담배를 한 개비 주워 물었다. 암석층 위에서 송이 바지를 내리는 걸

보며, 그는 라이터를 찾아 담배 끝에 불을 붙였다. 무기력증이 빠지고 난 뒤 처음 피워보는 담배였다. 라이터에 불 붙이는 것 하나까지 귀찮게 느껴지던, 손가락 하나 까딱하고 싶지 않았던 나날들. 연기를 속 깊이 빨아들였다가 뱉아내는데 현기증이 났다. 모래 바다 위를 자박자박 걸어 산부인과로 혼자 들어가던 아내가 생각났다. 꿈이었군. 그는 피식 웃음이 나온다. 차가 도로에서 이탈해 뒤집혀지려는 줄도 모르고 잠을 자고 심지어는 꿈까지?

이봐 이리 좀 와봐.

바지를 올리고도 암석층 위에 신기루처럼 서 있던 송이 다급하게 그를 부른다.

왜 그래?

글쎄 와보라구.

담배를 비벼서 모래에 박아놓고 송 곁으로 걸음을 떼는데 걷는 게 아니라 몸이 붕 공중으로 떠오르는 것 같다. 현기증은 몸을 가눌 수 없을 만큼 피로를 몰고 왔다.

이것 좀 봐.

송이 가리킨 송의 발밑은 조개와 굴투성이다. 그는 설마 싶어 하나를 집어보고 또 집어보았다. 암석층에 달라붙어 있는 돌조각들은 대합 고동 빗살무늬조개 불가사리 성게의 화석이다. 형체가 실물과 너무도 똑같아 송의 오줌발에 젖어 있는 불가사리는 금방이라도 꿈틀거리며 움직일 것만 같다. 이 사막이 지나온 언젠가는 바다였더란 말인가? 그는 잠깐 그것들을 줍느라고 바빴다. 미케네 문명권의 크레타 섬 산 정상에는 조개 화석이 수두룩하다는 얘긴 들었는데, 그곳은 활화산 지대이니 섬이 꺼지고 바다밑이 튀어오를 수도 있겠거니 했지만, 이 광활한 사하라 북쪽이 바다였다니, 아내가 혼자서 자박자박 딛고 가던 서울의 모래 바다가 꿈만은 아니었던가? 언젠가는 그곳도 바다거나 사막으로? 그는 실체보다는 무거운 화석들을 쏟아버리고는 암석층에 주저앉았다.

몇 시야?

정오.

네 시간을 달려왔군. 딱 반을 왔다는 얘긴데.

앉아 있는 그 옆으로 송도 발을 뻗댔다. 송의 얼굴에 낭패한 빛이 지나간다.

우리가 도대체 어느 쪽으로 달려온 거야?

그들은 화석밭에 엉덩이를 대고 앉아 차가 세워져 있는 쪽을 바라본다. 약간 기울어진 채 차머리는 사막 쪽으로 돌려져 있고 그 뒤 도로를 사이에 둔 풍경은 너무도 똑같다. 이쪽으로 저쪽으로 지평선까지 뻗어 있는 길만이 아니라 바다처럼 보이는 사막이, 그 아지랑이들과 곧 닿을 듯싶은 하늘의 거리가 이곳과 저곳이 똑같았다. 자칫 방향을 잘못 잡았다가는 태양을 뚫고 네 시간 달려온 보람도 없이 처음 출발지로 되돌아가게 될지도 모를 일이었다. 그런데도 그는 상황이 실감이 안 났다. 어떻게 이런 일이? 어처구니가 없어 긴장이 풀어지며 더욱 졸음이 엄습했다. 눈감김 속으로 서울의 모래길을 혼자서 자박자박 걸어가던 꿈속의 아내가 보인다. 아내의 순종의 힘은 어디서 나오는 것일까. 나요? 나는 그때 다짐했어요. 당신한테 순종하기로. 언제? 신혼 여행지에서. 신혼 여행지? 그들의 신혼 여행지 바다가 어디였더라. 이봐요! 그때, 아내가 정신없이 달려왔다. 그는 너무나 텅범대며 뛰어오는 아내를 멀뚱히 바라보았었다. 아내가 낮세수를 하는 사이 방파제로 혼자 나와 앉아 있던 참이었다. 허겁지겁 달려온 아내의 눈에는 눈물이 그렁했다. 왜 그러지? 아내는 갓 결혼한 신부답지 않게 그에게 퍽 안겨들더니, 그쪽이, 저기서 보니까 그쪽이, 꼭 저 물속으로 걸어들어가고 있는 것같이 보이잖아요. 자신의 그 모습이 어쨌기에 아내로 하여금 평생을 순종하겠다고 마음먹게 했을까? 아내는 알고 있을까? 그와 송이 어느 쪽에서 달려왔는지를.

이봐 뭐라고 말 좀 해봐.

송은 작열하는 태양 속에서 얼굴을 감싸더니 울음을 쏟는다.

아까는 몸이 공중으로 붕 떠오르는 것 같더니 송의 느닷없는 격정을 바라보는 그의 몸에서 그나마 안간힘이 다 빠져나갔다. 길을 잃었다고 눈물을 쏟는 성인 남자를 보는 그의 마음은 유쾌하고 슬프고 피로했다. 어쨌든 가자구. 방향을 잘못 잡는다 해도 네 시간 달려온 곳에서 이랬으니 그것만도 다행 아닌가. 되돌아간다 해도 반만 더 가면 되니 말이야. 여섯 시간쯤 달리고 이랬어봐. 길은 점점 더 멀어져. 그러니 눈물을 거두게.

송을 위로해야겠다는 건 마음뿐이다. 정작 피로한 건 여기까지 운전을 하고 온 송일 텐데 그는 너무 지쳐서 한마디의 말도 손을 뻗어 송의 어깨를 두드려줄 수도 없다. 무슨 생각인가를 하려고 해도 생각을 해야 한다는 생각 속으로까지 오수가 모래 파도처럼 덮쳐왔다. 가물가물한 의식 속으로 송의 서러운 울음 소리가 귀울림으로 층이 졌다. 그는 기어이 화석이 달라 붙은 암석층 위에서 잠속으로 빠져들었다. 자자, 조금만 자고 깨어나서 다시 생각을 하자. 그렇게 하도록 하자.

그 女子의 이미지

미자. 내 아내 이름은 그렇게 불리웠다. 나는 미자라고 불리웠던 오 년 반 동안의 아내 미자의 삶을 마무리해주기 위해 지도에서 교통의 요지라고 표시되어 있는 남쪽 이 군(郡)까지 왔다. 이제 버스를 타고 어떤 면(面)으로 가야 한다. 그곳은 황토와 자갈과 그리고 지금쯤 질경이꽃이 하얗게 피어 있을 것이라고 했다. 옆집 새참 심바람 광주릴 머리에 이고 철둑을 건너가는디요. 질갱이꽃이 어찌나 하얘야지라. 머리 밑, 또아리를 풀어서 새참 광주릴 덮어놓고는 그 길로 철둑길 따라와서는 한 번도 못 갔서라. 미자는 그 질경이꽃으로부터 내게로 왔다. 그렇다면 나는 이제 그에게로 다시 미자를 돌려주기 위해 거기로 가는 것인가.

1

 행방불명된 아이는 돌아왔나요?
 속치마 어깨선이 환히 내다보이는 깨끼 한복을 입은 다방 마담이 동사무소 직원인 듯한 중년 남자에게 아양을 떨며 묻는다. 각이 진 얼굴의 사내는 고개를 절레절레 흔든다.
 그 아이 멀리까장은 안 갔을 거예요. 신발도 작은 거 신지 않아요? 윤양아, 여기 쌍화차 두 잔.
 주방에서 두런두런 말소리 같은 것이 들려온다. 금방 슬리퍼를 착착 끌고 차쟁반을 들고 오는 윤양은 남자에게 살짝 눈을 찡긋한다. 미자. 네 허리도 저만 할까. 마담과 중년 남자에게서 돌아선 윤양이 이번에는 물조리로 바닥에 물을 뿌리고 싹싹 비질을 한다.
 아자씬 처음 보는 분이네?
 나는 웃는다. 내 웃음에 안심한 윤양.
 어디까장 간다요?
 검댕이!
 뻐스가 한참 있어야 올 것이어라오. 에이, 꼴짝까지 간다. 뻐스도 한나절에 한 대씩밖에 안 댕기는 곳인데.
 문이 활짝 열리고 서너 사람 젊은 축들이 소란스럽게 다방 안으로 밀려들어온다. 안면이 있는 사람들인가.
 어마!
 윤양은 바닥을 쓸던 빗자루를 내팽개치고 화르르 그들에게로 간다. 열린 문틈으로 내다보이는 다방 맞은편, 정육점 진열장에 매달린 고기들이 붉다. 그 곁을 지나가는 사람들의 얼굴에까지 그 붉은 기는 퍼져갔다. 구겨진 신문을 펼쳤다. 미자. 보잘것없는 체격. 앙상한 가슴팍. 사립짝 만한 키. 그리고…… 그리고 난 당신에 대해 뭘 알고 있나.

2

인사 한 마디가 다 무엇이랴. 어질어질한 쌀막걸리를 됫박으로 먹고 피어나는 꽃도 아니련만, 수북히 핀 꽃이 희어도 너무 희어서 당신은 광주릴 내려놓고 단봇짐도 없이 철둑 나무칸을 딛고 한없이 밀려왔다고 했나. 거기에서 나를 만나지 않았어도 되었었나.

아비와 살았는디, 아비 죽은 지 오래 되지우.

그리고 뭐라 했던가. 빈집으로 터벅터벅 다시 들어갈 일이 꿈만이로 아득해서……라고 했던가. 구불구불한 둑길에 발을 쭉 뻗대고 앉아 있던 미자. 내 자전거가 나타나자, 버스 세우듯이 손을 쳐들던 미자.

어디까장 간다요?

집이 가는 데까장.

그땐 젊은 여자. 당신의 무게가 실린 내 자전거 핸들이 비틀거렸지. 그때 내가 당신을 돌아보았던가 말았던가. 새똥이 묻은 것같이 가무잡잡했던 얼굴이었지. 기억이 나는 걸 보니 돌아보았군. 아아, 아니야. 그리 만난 오 년 반을 살아놓고 오직 한 번 꿈에 본 듯하니. 그러나 그날 있었던 일은 생각난다. 미자. 내 윗옷 앞주머니엔 만년필이 꽂혀 있었지. 파카. 잉크만 채워놓고 한 번도 써본 적이 없지만 백수인 내게 그 만년필은 그냥 백수가 아니라는 위세용이었지. 더구나 파카가 아니었던가. 선명하게 뚜껑에 패여져 있는 피이에이알케이이알. 미자, 당신 몸이 자전거 뒤에 실리니까, 그 구불구불한 길에서 바퀴는 통통 튀었지. 피이에이알케이이알도 윗주머니 속에서 들쭉날쭉했지. 그러다가는 만년필을 잃어버리고 말 것 같아서 이렇게 들고 있어요. 뚜껑을 잡고 당신에게 건네줬지. 그리고 우리는 십 리를 달렸지. 달려도 달려도 그저 아득히 구불구불한 길, 그 어딘가에 꼭 가야 하는 목적이 있는 것같이 오로지 달리다가 미루나무가 서 있는 냇가에서 자전거를 받혔을 때, 새똥이 묻은 것처럼 가무스름하던 당신 얼굴이 하얗게 질려 있었어. 만년필을 내가 이렇게 잡고 있어요. 한 대로 뚜껑만 이렇게 잡고서 그대로 십 리 길을 달렸으니 그 팔이 오죽 아팠을까. 미자. 그러나 당신이 돌려주는 만년필은 뚜껑뿐이었다. 오로지 뚜껑만 이렇게 잡고서 만년필 몸집이 어느 비탈길로 떨어지는지도 모르고 당신은 오로지 내가 말한 대로 이렇게 잡고만 온 거야. 땀이 끈끈하게 배인 만년필 뚜껑을 받으면서 나는 처음엔 웃었고 곧 모래밭에 넘어져 무릎 살갗이 실킨 것같이 가슴이 쓰라렸다.

쓰라림이란 얼마나 간갈치 같더냐. 그렇잖아도 짜디짠 가는 새끼줄에 묶인 간갈치 한 두름을 외숙모는 소금독에 간수하셨지. 소금독 안의 비린 것은 더 노릇노릇해진다. 언제 저것이 밥상에 오를 것이냐? 이를 닦으려고 소금을 한줌 집어낼 때마다 노릇해지다 못한 간갈치의 길다란 몸이 소금에 푹 절여져 휘어지고 있었다. 나는 그 그리운 비린내를 입속을 헹궈내는 물속에서나 맡곤 했어. 손님이

와야 그것도 마음에 맺힌 손님이어야 그 밥상에 간갈치는 올라왔다. 내 몫의 간갈치 반 토막. 그걸 먹고 나면 소금을 한 줌 그냥 삼킨 듯이 얼마나 속이 쓰라리던지 네댓 번 샘으로 달려가 두레박질을 해야 했어. 이렇게 잡고 있어요. 내가 건네준 대로 고스란히 만년필 뚜껑을 이렇게 잡고 오느라 팔에 쥐가 난 당신 얼굴을 보는 순간, 잠시 웃고 나서는 속이 꼭 그렇게 쓰라렸다, 미자.

3

나무가 없어 산모퉁이는 붉다. 메마르고 울뚝불뚝한 지형이 어쩌면 이곳의 전부일는지도 모르겠다. 그 황토를 끼고 달구지 길은 인적 없이 곡선을 그리며 뻗어 있다. 그 외로운 길을 버스는 이단자처럼 달린다. 빈집일 것이 분명한 이지러진 초가의 지붕, 돌보지 않는 무덤들이 버스 운전대의 뿌연 유리창 너머로 쓸쓸하게 내다보인다. 미자. 당신이 있던 병실 문만 버스 운전대 앞 유리창.

어디에서 내리요?

뒷좌석 빈자리를 다 놔두고 하필 운전대 바로 뒤에 오그리듯이 앉아 있는 내가 계속 신경이 쓰였는지 버스가 출발할 때부터 자꾸만 뒤돌아보던 기사가 퉁명스럽게 내뱉는다. 나는 기사의 물음을 못 들은 척 차창 밖의 아카시아, 말풀들의 하느작거림만 쳐다봤다. 버스가 내는 부릉 소리에 자신의 말소리가 묻혔을지도 모른다고 생각할 수도 있는 것을, 아무 대답 없는 내가 그저 노여운지 기사는 갑자기 속도를 확 낸다. 그 통에 무릎 위에 올려놓고 있던 당신이 저쪽으로 내팽개쳐지고, 내 몸퉁이 앞으로 쏠려서 바로 앞 운전사의 의자에 코가 뭉개진다. 나는 아주 재게 보따리를 집어 다시 무릎 위에 올려놓는다.

더럽게시리 벙어리인가!

기사는 더 사나워진다. 겹쳐진 뒷목 주름 사이로 늦봄의 끈끈한 땀방울이 기름처럼 퍼져 있다.

검댕이까지 가요! 왜 그러슈!

발끈하는데 갑자기 기사가 급브레이크를 밟는다. 늙은 부부. 지게에 망태길 담고 사태진 언덕받이 길을 끄덕끄덕 올라오던 그들은 갑자기 만난 버스를 보고는 놀라도 너무 놀라 앞으로 고꾸라지는 통에 지게 속의 망태기가 탈탈 내리막길로 굴러간다. 저 꽃을 왜 땄을까? 거름 내다주고 철쭉꽃들을 따 담았었는지 망태기가 굴러가면서 공중에 퍼뜨려놓는 것은 철쭉꽃잎들이다. 기사가 누르는 빵빵 소리에 그들은 어서 빨리 피하려는 것 같았지만 서로 손을 부둥켜잡고 뒤뚱거리다가 버스가 갈 길로만 달아나는 것이다. 그러다 검정신이 벗겨지자 신을 집으려도 뒷걸음치다가 차에 치일 뻔한 것이다. 한순간의 일이었다.

늙으면 얼렁 뒈져야지, 망할 놈의 망구들!

정말 한순간의 일. 그뿐이구나. 삶과 죽음이 그 한순간에 동시에 얼굴을 맞댔지만 한순간의 일. 버스는 또 아무 일도 없었다는 듯이 탈탈거리며 황톳길을 달리는구나. 나는 뒤돌아봤다. 붉은 먼지를 뒤집어쓰고 두 노인은 풀섶에 주저앉아 있다. 손만은 여전히 서로 부둥켜잡고.

4

서요! 서요!

여기는 검댕이가 아닌디.

그참에도 내 말은 알아들었던 것인가. 나는 상관 말고 문이나 열라는 뜻으로 출입문을 쾅쾅 때린다. 얼룩 낀 문으로 저 산자락의 절 집이 보인다.

거 참 저 양반 성미 더럽네이!

일부러 그러리라. 버스는 주춤 뒤빠꾸를 해서 내 얼굴에 황토 먼지를 저절로 눈이 감길 만큼 일게 해놓고 부릉 사라진다. 뭉게구름도 붉게 먼지를 뒤집어써서 한참 하늘도 없다. 하지만 잠깐 새 먼지를 마셔버렸는가. 뭉게구름은 다시 뭉게뭉게 물처럼 흘러간다. 저 구름은 어디에도 머물지 않을 것이다. 흰 뭉게구름 사이로 하늘이 멀다. 그래 미자, 당신은 저렇게 먼 곳만이 살 곳 같았었는가. 나무 그림자들을 딛는 마음이 조심스럽다. 절로 향하는 길이 보기보다 험하구나. 굴참나무 떡갈나무 단풍나무…… 단풍나무? 가을이 되면 빨갛게 물들 것인가. 하나 지금은 막 돋아 물오른 초록이 무섭다. 한참 더 걷는데 이번엔 가슴이 철렁하다. 비대한 큰 두꺼비 한 마리가 어디선가 풀쩍 뛰어나와 땅에 배를 넓적하게 대고는 내 얼굴을 빤히 쳐다본다.

저리 가!

발을 쿵쿵거려 두꺼비에게 겁을 줘보지만 두꺼비는 사마귀처럼 우툴두툴한 것들을 쫑긋 세우며 더 빤히 본다. 저렇게 쳐다보려고 앞다리가 짧았던 것인가. 뒷다리의 물갈퀴도 세우고 있다. 이 산길에 나와 정적과 두꺼비뿐이구나.

빌어먹을.

두꺼비하고 눈이 마주치지 않으려고 눈을 피하는데 바로 옆 바위 건너에 깨진 비석이 보인다. 비석 건너엔 이미 버려진 듯한 무덤이 있다. 무덤엔 이름도 모를 풀들이 들쭉날쭉 키재기를 하고 있다. 그 무덤의 자식들이 할미꽃들이던가. 드문드문 그들이 허리 굽혀 서러운 절을 하고 있는데 아 미자. 저놈의 장끼를 좀 봐.

꿔꿔어…… 꿔꿔어.

장끼가 구애를 하고 있구나. 빛깔 좋은 긴 꽁지로 포근히 원을 그리며 빙빙 돈다.

꿔꿔어…… 꿔꿔어.

이게 무슨 소린 줄 아느냐, 미자. 여긴 내 자리 여긴 내 자리…… 라는 소리란다. 꿔꿔어…… 꿔꿔어…… 가볍고 보드랍게 빙빙 돌자 색색의 깃털이 햇볕 속에서 무지개가 되는구나 미자. 저렇게 까투리를 부르는 거란다. 저 모습을 당신과 함께 보았으면. 여긴 내 자리 여긴 내 자리 저렇게 다시 한 번 당신을 부를 수 있었으면.

해찰을 하는 그새에 두꺼비는 없다. 섬뜩한 초록들을 빙 둘러본다. 어쩌자고 내렸는가. 두꺼비의 잔영이 좀처럼 눈앞에서 사라지지 않는다. 꿰져나온 눈. 북통 같은 배.

산에는 절이 있어야 한다지만 이 산길엔 없어도 괜찮을 것만 같구나. 하지만 이곳에도 겨울은 있었나보다. 바자림 속을 건너고 계단을 몇 계단이나 올라가서 디딘 절 마당의 백일홍 가지가 소생을 못 하고 거무튀튀하게 늘어져 있다. 잔가지를 꺾어보니 속에까지

검다. 누구의 소망이 저렇게 여러 개의 촛불을 켜놓았을까. 백일홍 나뭇가지 순은 열반을 했어도 경내를 빙 둘러 드문드문 촛불이다. 대낮 봄볕 아래 촛불이 참으로 안타까워 향을 사를 마음이 감히 생기질 않는다.

낡은 단청 끝에 흰나비 한 마리가 내려앉으려다가 간다. 마루에 쳐진 대나무 발의 가는 금 사이로 햇볕이 출렁거리고, 토담 밑에 벌들이 윙윙 한가로울 뿐 아무도 보이지 않는구나. 사미승의 고무신조차도. 노란 잔꽃들이 나란나란히 피어 있는 백일홍나무 밑 소롯한 뜰에 이런 팻말이 붙어 있다. '당신이 이곳에 오기 전에 이곳은 깨끗했었다.' 담배를 피워물려다가 그만둔다.

세사를 다 잊고 나랑 같이 중이 됩시다.

두꺼비가 나를 빤히 보고 하려던 말은 그 말이 아니었을까. 미자. 그렇다면 나는 작정을 하고만 싶다.

5

타향의 하늘 아래서 빈손이고 혼자라는 것 그보다 더 견디기 어려운 것이 없지 않았던가. 더구나 부모라든가 형님이라든가 그러면 안 된다고 말할 만한 그런 가족들이 아무도 없다는 것을 서로 알아버린 우리로서는. 자신을 무엇엔가 매어두고 싶었던 것. 우리가 그렇게 만나 함께 서울로 스며들 것을 마음먹은 것은 그것 때문이 아니었는지. 양념통에 언제나 잘 다져놓은 마늘이 들어 있다는 것이 내겐 더할 수 없는 행복이었다. 또 다른 양념통에 파란 파가 어슷어

숯 썰어져 담겨 있다는 것도. 미리 준비되어 있는 양념들은 내가 한 번도 겪어보지 못한 질서였다. 꼭 지키고 싶은. 국물이 있는 밥상 앞에 서로 마주 앉으면, 상이 작아 밥상 밑에서 우리 두 무릎이 서로 닿을 지경이라도, 이 세상 은밀한 모든 것들을 다 알아낸 듯 마음이 넓어지곤 했다. 언제나 가슴에 석연치 않게 남아 있던 집을 나온 당신의 그 이유, 질경이꽃이 너무 하얘서요……라는 그 말도. 당신이 그렇게 집을 나왔듯이 언젠가는 또 그렇게 가서, 나 혼자 타향의 하늘 아래서 실연하리라는 의심이 완전히 수그러드는 순간은 밥상머리 앞이었지. 국물에 밥을 말아 열심히 숟가락질을 하는 내 얼굴의 땀방울을 당신이 꼬박꼬박 닦아주었던 그때는 당신이 식당 일을 마치고 우리들의 방으로 돌아오고 싶어하지 않을지도 모른다는 생각을 까마득히 잊을 수 있었다. 우리가 함께 밥을 먹을 때는 나의 입에 겨우 풀칠만 할 수 있는 노동도 즐거웠고, 무엇이든지 재미가 없어져서 지겨워지기 시작한 그 이전, 권태라는 것이 무엇인지 전혀 의식하지 못했던 그때로 돌아간 것만 같았다. 난 태어나면서부터 그 밥상 앞의 순간을 원한 것만 같았다. 하지만 인생이란 어떤 것을 주었다가는 다시 앗아가버린다.

6

북망산 멀다더니
냇물 건너 북망산이로다.
무서운 초록을 다시 딛고 절집을 내려와보니 버스가 사납게 나를 팽개쳐놓고 간 달구지 길로 상여가 지나간다. 이 세상에 슬픈 것이 이별밖에 더 있겠느냐. 하물며 이승과 저승의 갈라섬이란. 그런데 저 노래는 그 먼 길을 그저 냇물 건너라는구나. 자별한 정도 이별하면 다 잊을까봐 가까운 곳이라는 거야. 헤어지기 싫은 거야. 죽어서도 문전옥답 서 마지기 날 가물 것까지 걱정하며 냇물 건너 저 산에서 내려다보는 거야. 그런데 미자 당신은 머리카락 하나 남아 있지 않구나. 그런데도 배가 고프고 피로하다고 당신에게 말하고 있다. 이젠 어찌 검댕이로 가야 하나. 터벅터벅 상여 행렬을 따라간다. 아무도 우는 사람이 없다. 상여를 멘 사람들도 용건만 겨우 갖추었을 뿐 어깨에 메고 가는 것이 상여라는 것을 잊은 듯이 웃기까지 하는구나. 청바지를 입은 모습도 보일 지경이다.

　사람들은 봄을 못 견디는지도 모르지. 긴 병을 앓아도 동지섣달 그 긴 겨울을 용케도 견디고는, 땅이 이렇게 신발 밑창에 폭삭폭삭할 때 그들은 간다. 한 번도 얼굴을 안 보다가 오두막 집으로 선을 보러 가서 머리 가리마와 우단저고리 동정 끝이 반듯한 것만 보고, 앉으면서 부끄러워 얼굴이 복사꽃이 되는 것만 보고, 얼굴 한 번 더 보려고 대숲에 숨었다가 뒤란 배추밭에서 못생긴 것 제치고 잘생긴 배추 골라 겉잎 따내는 것 겨우 보고, 저 배추 겉절이하려면 양념 뜨러 나올 것이다 장독대에 숨어 고작 한 번 더 보고, 그렇게 초례청에 선 사람들이 사십 년을 살다가 병들어 봄날에 간다. 그 긴 겨울을 견디고 견디다가.

　빗방울이 코끝에 톡 튄다. 먹구름도 없이 해맑은 볕살 속에 빗방울이라니. 어허, 미자. 호랑이가 장가가는구나. 맑은 볕 속에 갑자기 잦은 비 뿌리는 건 호랑이가 장가가는 날이라서 그런다고 외할

머넌 말했었지. 호랑이가 장가가면 왜 햇볕 속에 빗방울이 보이는 것인지 왜 그런 것인지 나도 누구도 묻지 않았어. 삶 속엔 그런 게 있지. 왜 그런가요? 물을 수 없는 것. 안 물어도 그렇다고 믿게 되는 것. 그저 저절로 오늘처럼 호랑이가 장가가는구나라고 말하게 되는 것. 부부로 맺어지면 한 사십 년은 왜 그런가라고 묻지 않고 사는 것인 줄 나는 그저 그런 것인 줄로만. 힘이 빠진다. 구름은 뭉게뭉게 솟아오르는 데 빗방울은 제법 후두둑이다. 아카시아 잎새들이 수런수런하다. 그 밑에 주저앉은 나를 놔두고 향두가는 하얗게 멀어진다. 향두가만 아니라면 그저 사람들이 흰꽃들을 머리에 이고 나들이가는 것만 같다.

7

낸 당신한티 거짓말을 했어라우. 한 번도 딴사람허군 살아본 적이 없다고 했지마는 검댕이에서 사팔뜨기와 살았지요. 이름이 정말 사팔뜨기여라. 아비가 어려서 장터에서 데려왔는디 내가 두 살 위였지만 그런 것 안 따지고 그냥 지냈지라. 뽀땃한 정을 주지도 않고 그타고 정나지도 아니게 그냥 그렇게 살았지라. 뭔 가정이나 어디 있었남요. 아비가 죽고 그저 방을 합친 일도 그냥 그렇게 일어났지라. 낸 어머니 낯도 단 한 번도 본 적이 없었웅게요. 그타고, 같이 있을 사람도 아무도 없었웅게요. 검댕이에 대해서는 말한 적이 있지라이? 저수지 건너에 집이 있었소. 마을 집들은 저수지 이짝편에 모여 있어서 내 집서 바라보믄 마을 쓰레트 지붕들이 얼룩덜룩했소.

비가 오믄 저수지로 마을이 떠날라오는 것맹기로 느껴졌지라. 낸 그르케 마을허고 집이 떨어져 있는 거이 좋습디다이. 사팔뜨기허고 내가 뭘 하던간에 그 거리가 담이 되주었으니께로. 낸 언지까지나 거기서 살기를 원했소. 철길 공사장에 나가 일을 허기도 하고, 새참 먹음서이 나락도 비고, 저수지에서 물괴기도 잡아 매운탕을 끓이고 이. 덩어리덩어리 호박구덩도 만들고이. 애를 여럿 낳아 길렀으믄 싶었소. 그릿스믄 당신을 만나는 일도 없어졌지라. 그저 어느 날 당신은 내 집 앞을 자쟁거를 타고 지남서는 저수지 옆에 집이 있고나 했겠지라. 그게 우리 둘 인연의 전부였겠지라. 내도 거그서 내 인생을 가졌겠고요. 당신이 안 들어오는 밤에는 당신 발짝 소릴 지다리다가 내가 떠나온 그곳이 여그서 얼매나 멀리 있는가를 마음으로 헤아려보곤 했소. 내가 지금 이곳에 있다는 것이 얼매나 또 무서운가를 헤아려보곤 했소, 예! 허지만 그건 거짓말이 아니오. 증말로 이 질갱이꽃이 너머 하애서 광주릴 내려놓고 온 것이오. 낸 고날을 결코 잊을 수가 없어라요. 낸 가끔 그날이 까마득히 기억이 안 나기도 하고, 차라리 고날이 내 죽음의 날이었기를 바래지기도 허고 그라요. 저수지 건너 집을 한 번 바라보고 따가운 햇볕을 받음서 천천히 걸었소오. 그리요, 이렇게 말헝게 모든 것이 기억나누마. 신발 밑에 밟히던 시름꽃들. 철로변의 거무틱틱한 자갈들. 저 멀리 마을 집들엔 감꽃이 눈처럼 떨어지고 있었소. 낸 울고 있었던가 말았던가. 여보. 낸 애를 낳았지라. 사팔뜨긴 애를 아버지 무덤 옆에 묻었어라. 애는 사산이었소. 낳자마자 한 번 울지도 못허고 죽은 거요. 사내아이라 합디다이. 그리도 거그 그대로 있었으믄 나았을랑가. 사팔뜨기는 내가 일 갔다 오믄 언지나 저수지 앞에 서 있었소이, 어찌믄 지금도 서 있을랑가.

맑은 볕 속의 잦은 비는 벌써 그치었다. 나뭇잎 속에서 저도 비를 피하고 있었던가. 까치 두 마리가 퍼덕 날아간다. 까치들이 얼마나 웃기는지 알아? 미자. 때까치집이 있는 미루나무를 벤 적이 있었지. 내 그때 아파트 공사장 일 나갔다가 보름 동안 집에 없었던 그때 말이야. 나무에서 까치집을 떼어내다가 웃어버렸다. 집이 꼭 구들이 놓인 방 같아서. 토방 올라 마루 올라 방문고리 잡아당겨야 나오는 초가집 방처럼 둥지 안 구조가 꼭 그렇더라. 그렇게 칸칸 건너 있는 때까치 방에는 이불처럼 아늑하게 푸른 나뭇잎이 깔려 있기까지 하더라. 다른 까치들도 그러는지 그놈만 그랬는지. 오래 살면 서로 닮는다지. 이마 주름살이 닮고 눈가의 웃음 꼬리가 닮는다지. 이 땅에 오래 함께 산 텃새라고 둥지를 우리들 구들방같이 만들어놓은 그 때까치들처럼, 아, 당신 쓰라림을 내가 닮아버렸나.

8

두어 시간을 더 걸어오니 서너 농가가 보인다. 언덕배기에서 내려다보니 집집마다 빨랫줄에 빨래가 하얗다. 당신과의 오 년 반도 저 주홍색 나일론줄에 널어놓으면 펄럭펄럭 마르는가. 마당에 떨어진 빨래를 잔등이 다 나오도록 굽혀서 집어올릴 때 나던 그 싸한 냄새가 우리들의 세월 속에서도 날 것인가. 사료를 실은 짐자전거 한 대가 지나가자 콩밭에 엎드려 있던 참새들이 포르르 날아오른다. 우리들은 그저 뭇사람들이지. 당신 서럽게 살다 간 세월을 누가 알아주리오. 지금 삼베옷 같은 이내 마음도 못 믿을 일. 나중엔 생각이 날 때면 담배를 태우고 더 나중엔 생각이 안 나도 담배를 태우겠지.

막걸리 한잔 하시려우?

언덕배기에 발을 뻗대고 앉자 비닐하우스 옆에서 혼자 잔을 기울이던 농부가 소리를 친다. 햇빛 때문에 더 노랗게 보이는 양은주전자에 끌리듯이 나도 건너간다.

보아하니 지쳐보이는구랴. 살기 힘들고 일 힘들면 막걸리 한잔이 최고라오. 나 젊었을 적은 고봉밥 안 먹어도 이 탁배기 한잔이면 쌀 한 가마도 들었지라. 헛. 쭉 들이키오.

나는 정말 쭉 들이킨다. 이런 순한 말을 들어본 적이 언제던가. 갈증을 못 느꼈는데 갈증이 났었나. 한 사발이 주룩주룩 다 들어간다. 식도를 타고 창자에 도착하는 기운이 다 느껴진다.

여깄소 안주!

물김치 속엔 어슷어슷한 붉은 고추가 동동 떠다닌다. 열무순을 놔두고 그 고추를 집어먹는다.

앗따 그 양반…… 되게 목탔었나비네…… 한잔 더 하실라오?

그만 할라요.

미안해 마시오. 혼자 마시던 차에 잘 되었소. 한잔 더 마시고 밭둑에 한잠 누워자면 그뿐이라오. 그믄 길도 줄어든 것 같을 것이고 이. 막걸리 두 잔이 어디 술축이나 드나.

나는 다시 잔을 받으면서야 꼭 끌어안고 있던 보따리를 내려놓는다. 보따리를 꼭 끼어안고 있는 내 폼이 우스웠던지 농부는 주전자를 기울이며,

그것이 무엇이오?

묻는다. 마른포 장사나 되면 좀 꺼내놓으라는 표정이다.

미자요!

미자?

나는 흐응 웃는다.

그런 사람이 있다오.

그는 의아하게 잠깐 있더니 알 바 아니라는 듯 뒤로 벌렁 드러눕는다.

산이 좋아서 바라를 보느냐.

정든님 계셔서 바라를 보느냐.

그는 팔베개를 하고 누워 두둥실 뭉게구름을 바라보며 대뜸 쌀뜨물 같은 목소리를 흥얼거린다. 논에서 솟아나오는 진한 열기를 쏘여놓은 그의 얼굴은 무쇠솥처럼 단단하나 맥빠진 낯빛이다. 그 낯빛이 나를 보는 듯하다.

내 안사람이라오.

노랫소리가 뚝 끊긴다. 햇볕 때문에 실눈을 떴었던 그가 둥그렇게 눈을 뜨고 보따리를 바라다본다.

에? 허먼 죽었소?

그렇다오.

그리서 몸을 화장해 들고 다니오?

그렇다오.

어찌다 그리 되었소.

병이 깊었지요.

무슨 병이었소?

첨엔 사고였소. 일 다니는 식당이 3층이었는디 일 마치고 집에 오다가 계단에서 굴렀다오. 머리를 크게 다쳤소.

쯧쯧…… 그리서?

수술을 허고 어쩌고 병원에 일 년이나 있었소. 퇴원할 때는 얼라가 되어 나왔다오. 꼭 생각하는 것이 다섯살배기 계집입디다. 먹는 것도 단것이요, 말하는 것도……

자식은 있소?

없소.

그믄 꼭 자식 같았겠구랴.

맞소. 아내가 아니라 꼭 내 딸내미 같습디다. 허허…… 그리 마음표내는 아낙이 아니었는데 얼라가 돼버린 그 생각으로도 이세상에 믿을 만한 사람은 나밖에 없다는 심중은 있었던가보오. 어디나 졸졸 따라 댕겼다오. 숨이 가빠하면서도 밥 할라치면 부엌으로 따라와 앉아 있고, 빨래하면 수돗가에 앉아 있고, 허허 내가 어디로 꼭 널러가버릴 것만 같았는지 변소도 따라와 앉아 있었다오. 강아지마냥 졸졸졸…… 낸 꼭 지금도 이 옆에 미자가 따라와 앉아 있는 것만 같소…… 걸어다니는디도 자꾸만 뒤돌아봐지고, 손잡아줄라고 자꾸만 손이 뻗쳐지는구려. 하도 졸졸졸 따라다니느라 늘 숨차했소. 심장이 안 좋았다오. 수술을 해주면 따라댕기기가 좀 수월할까 싶어서 지난 오년 반 동안 꼬박 모아뒀던 돈으로 수술을 해준다는 것이 이리 아예 보내고 말았소.

허어, 그리서 멀리서도 그리 추레하셨구랴. 홀애비는 홀애비가 알아보는 뱁인가보오. 내 아낙도 이태 전에 갔지라. 허허, 노래를 참말로 잘헸는디…… 생각히보믄 그건 노래가 아니고 이 시름타령이었는갑소. 있을 때는 모르겠더니만 없는 사람 자리는 참말로 휑뎅그럽디다이. 언제나 고 자리에 있응게로 그것이 그저 그런가비다 했더니…… 가고 나니 물김치 하나에도 표가 나는구랴. 에이구 저것 보구랴. 꼬추도 저리 맛탱이 하나 없게 어슷어슷 안 쓸었소이. 내 아낙은 저리 안 쓸고 반으로 갈라서는 씨만 탈탈 털어내고 넣었지라. 사는 일은 지독허요. 고생만 즉살토록 안 했남. 인자 밭뙈기 논뙈기 마련허고 먹고 살 만허다싶응제 갑디다. 방아 소리만 들으면 가슴이 쌉쌉허요이. 쿵덕쿵덕 소리가 그 예펜네 흥얼거리던 노랫소리하고 닮았지라. 도구통같이 그저 둥그렇게 생겼서라도 생긴 것이 그타고 정이 어쩝디여. 가슴 자리가 참말 푸짐했소이. 뙤약볕 아래서 요렇게 밑도끝도없이 삼서 지루허고 맥빠질 때마다 그 가슴 자리는 순허게도 낼 받아줬는디. 허어 상심헌 이녁 마음 앞에 두고 뭔 소리랑가. 자, 술 한잔 더 받소. 인생이 어디 우리 맘대로 된답디여. 참말 한시상 애면글면 살아온 것을 꼭딱지엔 이별허는 것에다 바치고 마는 것이 사는 것인갑디다.

9

춥다. 이마가 서늘하다. 뻐꾹…… 뻐뻐꾹. 잠깐 새에 또 춥고 이마가 서늘하다. 설핏 눈을 뜬다. 구름이 흘러가다가 별을 가리고 다시 흘러가다가 별을 가려서 그 사이사이에 나는 춥고 서늘하다. 막술 두 잔에 곯아떨어졌었구나, 미자. 다시 별을 가리는 구름을 바라보고 누웠자니 선잠 깬 눈에 눈물이 고이는데 뻐꾹 뻐뻐꾹…… 뻐꾹이가 먼저 우는구나. 고향 땅이 여기서 얼마나 되나 푸른 하늘 저만치 여긴가 저긴가 아이들이 한차례 노래를 부르며 지나간다. 아 카시아 흰꽃이 바람에 날릴 때 고향에도 지금쯤 뻐꾹새 울겠네. 검댕이로 어서 가야지. 이리 늑장 부리다가는 뻐꾹새 울음 소리가 먼저 검댕이에 닿겠구나. 나는 고향이 어딘 줄 모른다. 장항아리가 많은 외가댁 뒤란은 생각나나 거기서 턱수염이 자랄 때까지 살면서 뻐꾹새 소리를 들었는지 말았는지도 모르겠다. 그래 들었지. 아니다. 들은 게 아니라 내가 냈다. 뻐꾹…… 뻐뻐꾹. 나는 그 소리를 내면서 늘 의리를 앞장세웠다.

  우리는 피를 함께 나누진 않았지만, 한형제나 다름없다. 그러므로 내가 너희들에게 임무를 주겠다. 우선 너 철진이…… 너는 내가 매일 밤 너희 집 앞에서 뻐꾹이 소리를 낼 때 니 할메 비녀를 빼와야 한다. 못비녀 빼오면 죽을 종 알어! 꼭 니 할메 은비녀여야 돼 알았나!

  미자. 내 이런 이야기를 당신 모르지. 나는 내 졸개들한테 보리쌀을 퍼오게 해서 쌀집에 내다팔아 그 돈으로 또뽑기를 하곤 했다. 또라는 행운이 내게 찾아오길 바라면서. 하지만 행운은 언제나 숨어 있었지. 일찍부터 이 세상의 많은 것이 내 편이 아니라는 생각은 했으면서도 또라는 글자가 아예 없을지도 모른다는 생각은 왜 단 한 번도 못 했는지 모를 일이다. 피를 나누지 않았지만 한형제나 다름없다는 내 말은 졸개들한테 언제나 설득력이 있었어. 그들의 기성회비로 막걸리를 받아 묘지 위에 올라가 마시기도 했지. 그러나 해 저물면 그들은 다 불려갔어. 나는 남은 막걸리를 보리밭으로 갖고 들어가 마저 마시곤 했다. 보리대를 눕혀 보리밭에 알까러 온 종다리와 함께 잠을 자면서 내가 그리워했던 말은 밥 먹구 자! 였어. 당신 미자. 식당에서 축 늘어진 해파리가 되어 돌아와서도 한 번도 잊지 않고 내 팔뚝을 뒤흔들며 간곡히 하던 그 말 이보오, 밥 먹구 자.

10

여기가 검댕이오?

맞소!

저수지가 어느 짝이오?

저기 보이지라오. 철둑길 너머 저기. 근디 한 며칠은 낚시 못헐 것이오. 사람이 빠져 죽었어라오. 근디 묵고 갈 참이면 우리집서 묵우. 사팔뜨기 집은 이제 민박 못 허오.

사팔뜨기? 내 가슴은 철렁하다 미자.

왜 어디 갔소?

죽은 사람이 그라오!

예? 언지 말이오?

그저께라오.

그저께? 어허 이 일을 어쩌랴, 미자.

그저께 몇 시쯤? 왜 어쩌다가 그랬소.

그를 아오?

몇 시쯤? 어쩌다가 그랬소?

미자라고 그 아낙 집 나간 후 시름시름 앓기는 했소. 그러다가 사람이 어째 어린애맹이로 돼가더니 그저께 아침엔 마을로 내려와 횡설수설하지 뭐요.

뭐라 말이오?

그를 아오?

뭐라 말이오?

간밤에 그 아낙이 왔다갔다 안 하요. 그 아낙 집 나간 지가 언제 적 일인디 그나저나 사람이 어찌 그리 훌쩍 왔다가 또 그리 훌쩍 갔 겠소. 버스라고는 하루에 두 번뿐이 안 댕기는디 암도 본 사람도 없어라우. 그래 사무쳐서 헛것이 뵌 모양이라고 달랬더니만 아니라 하오 분명히 왔다갔담서 어디 가는 길이니 이제 함께 가자 하더라오. 정말로 아낙이 왔다갔다고 자꾸만 그러더니 그저께 서너 시쯤 저 저수지에 떠올랐다오. 오늘 마을 사람들이 거둥거둥해서 저 고개 고개 너머 묘지로 상여 내보냈소. 사십 평생을 이 마을에 살믄서 상주 없는 상여는 오늘 처음이었소. 누구 아는 사람이 있어야 부고를 치지라. 그를 아오?

그저께 서너 시라면? 오늘 그 산길에서 만난 상여가 사팔뜨기구나. 미자, 당신과 함께구랴. 어허허 그렇다면 여길 다녀오느라 그끄제 밤은 그리 숨이 더 찼었단 말이오?

11

당신과 사는 동안 어찌 당신이 좋기만 했으리. 당신 만나기 전에 내 안에는 이런 허세가 있었다. 새벽이면 기관장들과 정구를 치고, 운동복 차림으로 마담이 있는 찻집에서 커피를 마시는 거지. 그리고 저녁에는 오토바이를 타고 와서 파마머리 젊은 여자를 옆에 앉히고 맥주를 마시는 거야. 당신을 안 만났으면 내 별명이 검은 안경이 되었을지 모를 일. 껄끄럽지만 세련되게 뒤처리를 잘해서 무시 못할 그런 검은 유지가 되는 거지. 결국 당신이 나를 두고 사팔뜨기와 함께 갔다 해도 나 또한 당신을 만나 내 본성대로 살은 거야. 미자, 당신 이야기는 여기서부터 시작된 것인가. 저수지 밤 물결 위에 나보다 먼저 도착한 당신이 앉아 있구나. 당신 말대로 불 켜진 마을 지붕들이 이곳으로 떠내려오는 것만 같구나. 당신, 참으로 하얗고 하얗구나. 자, 여기에 퍼지고 퍼져라. 당신과 살면서도 때때로 그런 허세가 그리웠던 적도 있어서, 그것들로부터 나를 데려와버린 이가 당신이거니 생각될 때는 어디 가면 이보다 못하랴, 작정하고 집을 떠났던 적도 있었어. 하지만 나는 작정을 버리고 며칠 일 나갔다가 돌아오는 모양으로 다시 당신에게 돌아가곤 했다. 동앗줄 한쪽을 당신이 쥐고 다른 한쪽은 당신이 꼭 내 손에 쥐어준 것만 같이.

저쪽 언덕

눈이 올랑가. 늘 무쇠솥이 걸린 아궁이에 뚜득, 분질러 밀어 넣는 솔가지하고는 아무런 상관 없다는 듯이 정지 밖에 서 있는 굴뚝들. 집집마다 팥 삶는 단내가 연기 속에 섞여 있다. 바람이라도 부는 날이면 연기는 참 가볍게도 포롱포롱 사라져서 어느새 구름인가 눈시리게 하더니, 눈이 올랑가, 오늘 연기는 고샅 어디에고 낮게 퍼져서 참새들이 무밭에 쳐놓은 그물망에 허방짚겠다.

오늘이 뭔 날인가? 집집마다 팥을 삶고 있다. 뿐만 아니라 아침엔 울력으로 내내 살펴보지 않던 동구, 무너진 정미소 옆의 늙은 팽나무에 멍석을 말아 옷을 입히기도 하였다. 이제 누가 들어주지도 않는데 쉬지 않고 날마다 수다를 떨던 팽나무 사이의 낡은 풍차는, 사람들이 팽나무에게 멍석옷을 입힐 때는 저한테는 너무 무정하다고 물끄러미 코를 빠뜨리고 있었다. 그나저나 오늘이 무슨 날일까? 삶은 팥냄새를 맡고 있자니 배가 더 고파져 급히 고샅을 돌다가 그만 머리를 토담에 찧고 말았다. 호오, 머릿속이 출렁거린다. 속엣것들이 쏟아질 것만 같다. 명색이 박수 누룩이인 내가 코앞의 그깟 담벼락에 머리를 찧다니. 너무 아파서 눈물이 핑 도는데도 놀람을 당할세라, 재게 꼬마치들을 쳐다보았다. 다행히 동네 꼬마치들은 당근밭에서 제기차기에 빠져 있느라고 내가 머리를 찧고 쩔쩔매는 꼬라지를 못 보았다. 아직 뽑히지 않은 당근들이 주홍색 윗몸을 낮게 드러내놓고 포르르 웃어댔을 뿐. 백스물다섯, 백스물여섯, 백스물일곱…… 월성리댁네 육 학년짜리 효는 백서른, 백서른하나…… 설설 잘도 넘어간다. 효가 계속 져줄 기미가 없으니까 제기를 찰 때마다 힘차게 숫자를 세던 목소리들이 신명이 덜하는지 점점 풀이 죽는다. 소리만 작아지는 게 아니라 하나둘, 앉기 시작하더니 나중엔 제기를 차고 있는 효를 중심으로 빙 둘러 앉아버린다. 아무래도 눈이 한바탕 쏟아질 것 같은데, 남선아가씨는 어딜 갔을까?

　이 마을 사람들은 나를 두고 박수 누룩이라고 부른다. 아마도 내가 비 오는 날, 눈 오는 날을 잘 짚어내기 때문일 것이다. 사람들과 함께 십이 년을 살고 나서 얻어진 것은 비가 오려거나 눈이 오려는 날이면 귀끝에서 진물이 나고 다리가 저려오는 것이다. 그리고 오리 바깥까지는 훤히 내다보이는 것이다. 내가 진물과 다리저림을 참지 못하고 눈을 휘번득이며 신작로에 앉아서 짖어대면, 동네 사람들은 남선이네 누룩이가 왜 저런디야, 날 궂으려나! 한다. 내게 박수라는 칭호가 확실하게 붙여진 것은 이태 전부터인가 동네를 떠나가는 혼령을 보게 되고 난 후부터이다. 철길 건너 이슬어지 할머니가 돌아가던 무렵에 나는 처음으로 할머니의 혼령을 보았다. 저녁밥을 먹고 남선아가씨가 뒤꼍에서 물을 덥혀 머리 감는 모습을 배나무 밑에 엎드려서 보고 있는데 갑자기 하늘이 벌개졌다. 깜짝 놀라서 목을 빼고 쳐다보았더니, 이슬어지 할머니댁에서 동그란 횃불 같은 것이 솟아나와 동네 지붕들을 싸안 듯이 배앵, 돌고는 팽나무 사이로 스며드는 것이었다. 처음 보는 광경이라 그 밤중에 정신없이 이슬어지 할머니댁까지 달려가서 한참을 짖어대었다. 그때도 누군가가 남선이네 누룩이가 왜 여그까지 와서 짖는다냐, 했다. 그 며칠 안 있어 이슬어지 할머니는 죽었다. 그 뒤로 동네에 누가 돌아가기 전에 나는 그 혼령을 보게 되었고 잘 가라는 인사나 하려고 나는 그 집 앞에 가서 짖곤 했다. 혼령들은 동구의 정미소와 네 그루의 팽나무와 풍차 위에 마지막으로 앉아 있다가 훌훌히 가곤 했다. 사람들이 이제 이 마을 정미소에서 곡식을 빻는 일이 거의 없어져서 정미소는 자연적으로 허물어져갔지만 가래떡을 뜨겁게 빼내던 옛날 일들을 혼령들은 기억하고 있는 듯했다.

주인집은 동구를 향해 대문도 없이 자두나무밭이 펼쳐져 있다. 과수원의 서향이 마당인 셈이었는데, 십일 년 전만 해도 주인댁은 대종가댁으로 설을 쇠려면 떡국 쑬 가래떡을 뺄 쌀을 한 말이나 챙겨야 할 정도로 소란스러웠지만, 주인양반이 돌아가시고 종가를 이어받을 아들 없이 남선아가씨뿐이자, 차츰차츰 그 면모를 잃어갔다. 다만 열몇 칸의 기와집과 안채를 쓰던 할아버지와 솟을대문이 그 시절을 말해주었지만, 할아버지는 과수원을 팔면서 남선아가씨의 숙부가 모셔가버렸고, 작년에 그 솟을대문마저 허물어져버렸다. 어쨌거나 마당은 넓었다. 그 마당으로 내려오기 전에는 배나무가 두 그루 심어진 비탈길이 담 없는 이웃 기와집과 경계선이 되어주었다. 배나무 밑에서 배를 깔고 낮잠을 잘 때 밑알도 안 품고 뒤뚱뒤뚱 마당을 돌아다니다 주먹만한 알을 퐁퐁 내놓는 경망스런 오리떼 속에서도 멀리 풍차는 아늑한 풍경이 되어주곤 했다.

　주인댁도 자줏빛 팥 삶는 단내가 마당 공기 속에 동동 떠나닌다. 남선어머닌 팥을 삶아도 또 한 솥을 삶고 있을 것이다. 열여섯에 시집와 종가 큰솥밥을 하며 늙어온 남선어머니는 지금도 작은솥 살림을 잊어버린 듯 늘 손품이 크다. 혹시나? 해서 쓰러질 것 같은 몸을 이끌고 내 밥통을 들여다보았는데 여전히 텅 비어 있다. 내가 마당에 들어설 때, 무슨 호구나 만난 듯이 와르르 꽥꽥거리던 오리들을 재게 노려보며 마당을 돌아 정지문을 들여다보았다. 남선어머니가 삶은 팥을 솥에서 건져 내고 있다. 아궁이에 밀어넣은 장작불이 벌겋다.

　남선이냐?

　내 기척에 남선아가씨인 줄 알았는지 큰 조리로 삶은 팥을 한껏 퍼내면서 간신히 돌아다본다. 솥 안에서 계속 김이 펄펄 나서 남선어머니 얼굴은 한쪽만 물든 감나무 잎새처럼 주홍빛이다.

　썩을 것, 여적 뭘하느라고 안 오는고!

　잔뜩 화가 돋워진 목소리여서 잘못하다간 내가 부지깽이질을 당할 것 같아 모락모락 솟아오르는 팥김만 한 번 더 바라다보곤 돌아서 나왔다. 오늘은 아침부터 남선아가씨가 어딜 갔을까? 나는 오늘 한 끼도 먹지 못했다. 남선아가씨가 나에게 이렇게 무정할 리가 없는데. 요즘 내가 동현이네 깨순이와 눈이 맞아 새벽마다 주인집 산밭 이슬 속에서 깨순이를 만나기는 하지만, 비탈길 건너 기와집 금식이가 남선아가씨를 그 가슴에 묻어놓고 있다는 것을 동네에서 아무도 모르듯이, 누구에게도 깨순이와의 일을 들켜본 적이 없었다. 고샅에서 일 치르는 내 이웃들에게 어휴, 개새끼들이란! 탁, 침을 뱉으면서도 실실 웃어대던 청년들의 웃음거리가 되고 싶지가 않아서 나는 깨순이와 아무도 모르는 새벽에 은밀히 만나곤 했던 것이다. 아직 잠이 덜 깬 깨순이를 끌고 주인집 산밭까지 가는 일이 번거롭긴 했지만, 그것이 씨아기분 같은 남선아가씨를 주인으로 섬기고 있는 내가 지켜야 할 도리 같아서 나는 귀찮아도 꾹 참았다. 생각해보라! 내가 다른 놈들처럼 신작로나 자두나무 속에서 깨순이와 일을 벌인다면 아이구 저놈, 남선이네 누룩이 아냐! 하면서 얼마나 구경을 할 것인가. 더구나 남선아가씨와 종종 읍내로 영화 구경을 가는 듯한 깨순이네 주인 동현이가 본다면 남선아가씨 체면이 무엇이겠는가 말이다. 나는 이렇듯 주인을 생각해서 정분까지 몰래 내는데, 남선아가씨는 내 밥통에 밥도 안 부어주고 온종일 꼴을 안 보이는 것이다. 나는 너무 배가 고파서 밥그릇을 혀로 핥아보다가 우물가 물통에서 물질을 하고 있는 오리들을 또 노려보았다. 분명히 밑바닥에 찌꺼기가 남아 있었는데 집을 비운 사이 오리들이 밥알 한 톨도 안 남겨놓고 다 쪼아 먹어버렸나보다. 하긴 오리들을 방죽으로 몰아다주지 않은 걸 보면 남선아가씨가 내 밥만 주지 않은 건 아닌가보다. 앞마당에서 뒤란까지 꼬리를 축 내려뜨리고 돌아보았지만 팥냄새만 맡아질 뿐 마땅히 먹을 것을 찾지 못하니까 눈물이 다 글썽해졌다. 아가씨는 무정한데 나만 유정하네. 나는 짖을 힘도 없이 배나무 밑으로 기어올라가 등하고 붙으려고 하는 배를 썩어가는 낙엽 속에 대고 엎드려서 풍차를 바라다보았다. 날씨가 추워지자 더욱더 사람들은 동구 언덕 위에 풍차가 있는지조차 모르고 지내는 듯하다. 고프다 못해서 이젠 아릿아릿 쓰려오는 배를 더욱더 낙엽 속에 대고 문지르고 있는데 누가 오는지 오리들이 부산을 떨며 마당으로 내려서면서 꽥꽥거린다. 그 기척이 반가워 얼른 마당을 쳐다보니 건넛집 샘밭댁이다. 나는 실망하여 고개를 숙여버린다. 펌프가 고장이 났는지 샘밭댁은 물통을 두 개나 들고 와 두레박질을 하더니 양손에 들고는 끙끙거리며 간다. 샘밭댁을 물끄러미 바라보다가 나는 부엌을 향해 커엉, 짖어봤다. 하지만 부질없는 짓이라는 것을 안다. 내 밥을 늘 챙겨주는 남선아가씨는 어쩌다 내 밥 주는 일을 잊어도 내가 꼬리를 흔들면서 밥통과 아가씨 사이를 한 번만 왔다갔다 하면 어마, 내가 깜박했네! 하면서 얼른 챙겨주었다. 그런 날은 내게 미안했는지 내가 좋아하는 된장국을 말아주거나 된장국이 없으면 맛보기로 생된장이라도 풀어주는 남선아가씨이다. 하지만 남선아가씨 어머니는 달랐다. 마을 사람들이 동구 언덕에 풍차가 있는지 없는지 잊고 지내듯이 남선아가씨 어머니는 이 집안에 내가 있는지 없는지조차도 모르고 있는 듯하다. 당신의 딸 남선이의 마음을 내가 더 잘 알고 있는데도, 나에게 무관심한 데다가 건망증이 얼마나 심한지 전에 남선아가씨가 외가에 가서 닷새쯤 있다 왔을 때 나는 그 닷새 동안 하마터면 굶어죽을 뻔했다. 문풍지를 바를 생각으로 풀을 쑤려고 곤로 위에다 밀가루를 묽게 풀은 냄비를 얹어놓고 손수 젓기까지 하다가 잠깐 장항아리 뚜껑 덮으려고 나왔다가 풀 젓던 중이었다는 것을 까마득히 잊어버리고 마루의 빨래통을 들고 빨래터로 나가는 데 예사인 남선아가씨 어머니는 그 닷새 동안 단 한 번도 내 밥을 안 줬다는 것을 생각해내지 못했던 것이다. 하긴 그 때문에 깨순이의 밥을 훔쳐먹다가 깨순이와 정분이 난 것이지만. 아무튼 그때 나는 너무 화가 나서 내가 있다는 것을 알리기 위해 목청껏 커엉, 컹 짖어보기도 했지만 귀가 먹었나? 원망스러울 정도로 남선아가씨 어머니는 내 소리를 듣지도 못하고 방문을 꽝 닫아버리곤 했다. 하지만 그렇다고 남선아가씨 어머니를 미워하진 않는다. 남선아가씨 어머니가 툇마루에 나와 앉아 하염없이 저 먼데를 쳐다보고 있는 것을 보면 차마 미워할 수가 없다. 젊어서 고왔던 태를 아직도 이마에 뒷목에 턱선에 남겨갖고 있는 남선아가씨 어머니는 툇마루에 한번 나와 앉아 있으면 한나절을 꿈쩍 않는다. 무슨 생각을 하고 있는지는 가축 속과 사람 속이 다르니 모르겠지마는 힘이 다 빠져 허깨비처럼 먼데를 보고 있던 눈에 눈물이 글썽해지는 것을 보고 있으면 토란잎을 뜯어다가 눈을 싸악싹 닦아주고 싶은 것이다. 한데 남선아가씨는 내 마음과는 다르다. 어머니가 그러고 있는 것을 보면 분이난 표정을 짓고서 빨래통을 쾅 내려놓거나, 괜히 장대로 오리들을 사납게 내쳐서 집안을 수라장을 만들어놓고, 묶었던 머리를 싹 풀어제끼고는 팽 집을 나가버리는 것이다.

그런데 정말 남선아가씨는 어딜 갔을까. 아침과 점심을 쫄쫄 굶은 채로 배나무 밑에 엎드려 멀리 풍차를 바라보고 있으려니 어허허허, 목이 메인다. 사람들은 죽지 않고도 저 풍차를 지나 마을을 떠나갔다. 눈은 울면서도 몸은 바쁜 듯이 돌아서며 아무렴, 여그보단 낫겠죠, 인사들을 했다. 집이 팔리지 않아 살림만 트럭에 싣고 대문을 열어놓은 채로 가기도 했다. 한번은 그 빈집에 가봤더니 방 아랫목에서 폴이 돋아나고 있었다.

목을 움츠리고 네 발을 쭉 뻗고 있다가, 금식이는 뭘 할까 싶어 비탈길 배나무 저편의 기와집을 건너다보았다. 금식이는 토방에 쪼그리고 앉아 시래를 새끼줄에 엮고 있었다. 금식은 다 엮은 시래기를 헛간 벽에 걸어두려고 큰걸음으로 걸어가더니 무슨 생각이 들었는지 내내 정성껏 엮은 시래기를 저만큼 내팽개쳐버리고는 갑자기 폭삭 허물어져 일어설 줄을 몰랐다. 눈이 올 것이다. 지난번 첫눈 때의 땅만 더럽혔던 진눈깨비가 아니라 함박눈이 펑펑 내릴 것이다. 배가 고파서 눈앞이 핑핑 어지러운데 귀에 진물이 나고 다리가 부서질 것 같다. 나는 어슬렁거리며 신작로로 나와, 시래기를 내팽개치던 금식이처럼, 동구를 향해 짜부라져 앉아서 한참을 짖었다.

남선아가씨는 해저물녘이 다 되어서야 돌아왔다. 아이구 이 영물, 그만 못 짖어! 오가는 마을 사람들에게 타박을 맞으며 신작로에서 커엉컹, 거리고 있는데, 저만큼서 남선아가씨가 타박타박 걸어왔다. 읍내 다닐 때만 입는 단추가 다섯 개 달리고, 다이아몬드 무늬가 꼬불꼬불한 밀가루빛깔 스웨터를 입고, 손잡이가 달린 커다란 밤색 가방을 들고. 나는 짖다 말고 달려가서 네발로 반기었는데 웬일인지 남선아가씨는 맥이 쭉 빠져 있었다. 그저 내 등을 슬쩍 쓰다듬어주고는 그만이었다.

못난 것, 해 다 넘어가도록 안 와서 오늘은 갔나 했네. 돌아올 것을 왜 인자 와? 방앗간을 새로 지어서 빻아왔냐! 팥물 끓여놓은 지가 언진디, 인자서 와! 해 다 넘어갔는디 새알심은 언지 빚어서 죽을 끓인대?

남선아가씨를 탓하는 것 같기도 하고 안심하는 것 같기도 한 남선어머니의 마음을 나는 가끔 종잡을 수가 없다. 어머니가 이맛살을 잔뜩 찌푸리며 입담을 하는데도 남선아가씨는 그저 새침하게 밤색 가방에서 찹쌀가루 보자기를 꺼내기만 했다. 어머니는 팥물을 만들고 쓸 데 없어진 으깬 팥을 주걱으로 쓸어 모으다가 남선아가씨가 아무 말을 않자 역정을 더 낸다.

처녀가 입 다물고 있다가 삼신 할미한티 빌 일 있냐! 어째서 인자 왔냐니께!

어디 찹쌀 빻으려 온 집이 우리집뿐이어요.

그믄, 여적 방앗간에서 순서 지다리다가 왔단 말여?

그려요!

여적? 니가 읍에 간 지가 언진디? 기차를 탔시도 서울은 다 갔겄네!……

나는 남선아가씨의 갸름한 뾰족구두를 가만가만 혀로 핥았다. 남선아가씨는 분명 깨순이네 동현이랑 읍내에서 만났다 왔을 것이었다. 아가씨가 왜 버스도 안 타고 걸어올까? 했는데, 신작로에서 집으로 이어지는 골목으로 돌아서기도 전에 부릉, 오토바이 소리가 나서 돌아다봤더니 깨순이네 동현이었다. 남선아가씨는 분명히 마을로 들어서는 다리까지 동현이의 오토바이를 타고 왔다가 따로따로 헤어져 오는 길이었을 것이다.

반죽이나 해줘요, 내 새알심 다 만들테니.

동현이? 아이구 난 그꼴 못 본다아! 나는 젊어서 떼놈하고 혼인하고 싶었네. 그랬시믄 대륙에서 안 살았겄냐? 이 오목한 데에 묻혀 있응게 여그가 세상 전부인 것 같제? 동현이? 너 좋다 허니 다짐이 안 되는 것이여? 하아, 동현이는 그 버스 차장만도 못허다아! 동현이라면 차라리 차장하고 달아나서 잘 살 일이여. 좋다고 목까지 매는 것을 야멸차게 했시믄 큰 품을 지녔어야제! 기껏 동현이여? 여그서 이 새알심이나 만들면서 살 판여?

……

나 모르게 뜨란 말이네! 새파랗게 젊은 것이 왜 못 햐?

반죽이나 해도랑게요. 뜨기 바램서 뭣 땀시 팥물은 끓여놨대! 내가 찹쌀가루 안 빻아오고 달아났심 뭣으로 새알심을 맨들 것인가?

호오, 팥죽 못 쑬깜새?

두 모녀의 입씨름이 끝날 것 같지가 않아 나는 조바심을 쳤다. 배가 고파 이젠 남선아가씨의 구두를 핥을 기력도 없었다. 나는 화가 나서 긴 머리를 묶으며 물그릇을 찾으러 가는 남선아가씨 앞에 드러누워버렸다. 아가씨는 내 몸통에 채여 나동그라질 뻔하다가 대들거리를 찾아낸 듯 어머니에게 통박을 주었다.

누룩이 밥이나 챙겨줬대요?

사람 말까지 알아듣는 것이 어디 가서 밥 못 얻어먹겄냐.

내가 없시믄 며칠 안 되야 누룩이 굶어죽을 것이네!

삼십 년을 챙겨준 개밥이여, 그래서 뭣이 달라졌간?

화가 잔뜩 난 남선아가씨는 바가지에 식은 밥을 말아가지고 나오면서 부엌문을 쾅, 닫아버렸다. 그 소리에 내 속이 다 후련해졌다. 남선아가씨가 배나무 밑의 내 밥그릇에 말은 밥을 붓자 오리떼들이 그 기미를 알아차리고는 꽥꽥 소리치며 뒤뚱뒤뚱 몰려왔다. 저놈의 오리떼들. 나는 오리들이 비탈길을 올라오기 전에 빨리 해치워야겠다 싶어 정신없이 밥을 몰아넣다가 켁켁거렸다. 남선아가씨는 사뿐히 다시 마당으로 내려가서 사료항아리를 열고 사료를 한 바가지 퍼와 오리들 앞에 뿌려주었다. 내 밥그릇을 향해 오던 오리들이 사료를 향해 방향을 바꾸자, 나도 좀 여유가 생겨 그때야 남선아가씨를 돌아다보았다. 내가 없어봐, 누룩이고 오리고 다 굶기고 말 것이지. 배나무 빈 가지를 잡고 서 있는 남선아가씨는 새삼스럽게 중얼거리지만 어쩐지 그 목소리가 정지에서처럼 당당하지가 못하고 침울해져 있다. 아무리 배가 고파도 모른 척할 수가 없어서 다가가서 아가씨의 발등을 혀로 핥았다. 아가씨는 허리를 접고 앉더니 내 등을 길게 쓰다듬다가 갑자기 나를 꼬옥 껴안고는 흐윽, 울어버린다.

남선아아, 왜에? 왜 울어?

아가씨도 나도 깜짝 놀라 얼굴을 들었더니 배나무 비탈길 건너편 기와집의 금식이가 바투 서 있다. 나는 그대로 있는데 남선아가씨는 참새처럼 포르르 일어서더니 갑자기 금식이의 뺨을 찰싹 후려친다.

내가 만만해 보여? 왜 너까지 이랴? 덩치만 커다래가지고! 날짜 계산도 제대로 못하는 것이! 품삯이나 제대로 받을 줄 알어?

남선아아, 내가 뭘 잘못했다고?

흥.

아가씨 좀 봐. 남선아가씨가, 내 눈에 한없이 얌전하고 착해 보이는 남선아가씨가 괜한 금식이의 뺨까지 후려치고 남들처럼 금식이를 향해 코방귀까지 뀌며 뛰어가버리는 것이었다. 남선아가씨의 이런 뾰로통한 모습은 마음에 안 들었다. 여고 때 버스 차장하고 바람이 났다는 소문에 토라져서 당장 학교를 그만둔 당찬 면도 있는 남선아가씨는 이곳을 떠나도 언제나 당근 냄새를 풍기며 다닐 것 같은 처진 입술과 장밋빛 뺨과 둥그런 턱을 갖고 있었다. 좁다란 콧마루가 약간 신경질적으로 느껴질 때도 있었지만 아가씨는 그 콧마루를 더 좁게 보이게 할 찡그린 표정을 좀체로 짓지 않아서, 그 콧마루는 오히려 시골스러운 앳됨을 지워주고 고개를 싸악 돌리는 처녀스러움을 새겨놓고 있었던 것이다. 그런데 방금은 그야말로 못 보아줄 정도로 그 콧마루를 대뜸 좁히며 금식이를 휘저어놓은 것이다.

하지만 남선아가씨의 말이 틀린 것은 아니다. 하관이 쭉 뻗어서 복은 좀 없게 생겼지만, 쌍꺼풀진 소같이 맑은 눈과, 긴 다리와 커다란 덩치가 겉보기엔 짱짱하고 멀쩡해 보이는데, 금식은 무엇이든 계산을 할 줄을 몰랐다. 이이는 사, 이삼은 육…… 정도는 나도 알고 있는데 금식은 하루 품삯과 이틀 것을 합해서 받을 줄을 몰라서 과수원 일을 하고도 닷새를 했으면 하루분씩 오 일분을 방바닥에 쭉 갈라놓고 건네야 예, 맞네요, 했다.

남선아아!

사람들은 정말 왜 이런담. 남선아가씨가 울고 간 자리에 이번에는 금식이가 주저앉아 눈물을 쏟는 것이다. 하지만 나는 금식이의 마음을 알 것 같았다. 금식이에게 남선아가씨는 끔찍했다. 사정을 말하자면 지난 늦봄 배꽃 피던 무렵으로 돌아가야 한다. 또랑의 느티나무를 베다가 감전 사고로 돌아간 연님이네 아버지 혼령을 보았던 무렵이기도 하다. 워낙 느닷없는 사고이기도 했지만 연님아버지 혼령은 그 집 빨랫줄에 오래 앉아 있었다. 그리고는 아직 일곱 살밖에 안 된 방안의 연님을 하염없이 바라보고 있어서 나도 짖지도 못하고 눈물을 글썽거렸었다. 그 전날도 오늘처럼 남선아가씨는 읍내에 나갔다가 밤중이 되어서 돌아왔었다. 그날 내내 자두나무밭에 거름 주는 삯일을 나갔던 남선어머니는 피곤할 텐데도 신작로에 나와서 막차가 지나가는 것까지 지켜보았다. 막차에도 남선아가씨가 내리지 않자 어머니는 깊은 숨을 푹 내쉬며 한 식경을 더 서 있다가는 동구 다리께로 휘적휘적 걸어가는 것이었다. 이번 참엔 정말인가?…… 혼령처럼 혼자 웅얼거리며 서성서성하던 어머니는 다시 마을 쪽으로 돌아서다가 저만큼 다리에 우두커니 앉아 있던 남선을

저쪽 언덕 141

발견하고 풀썩 주저앉아버렸다.

못나빠진 것!

사람들 말은 잘 알아듣지만 남선아가씨 어머니 말은 가끔 알아들을 수가 없었다. 남선아가씨는 어둠을 풀어내며 폴짝 일어서서는,

어머니가 못한 일, 나한티 풀려 하지 말란 말이에요!

내찰스럽게 대들고는 앞장서 걸었다.

떠나지도 못할 것이면서 속옷은 왜 하나도 안 남기고 다 챙겨가아? 장롱 밑에 돈 둔 것은 어뜨케 알고?

남선어머니는 무너진 몸을 재게 일으키더니 큰걸음으로 다가와 남선아가씨가 들고 있는 큰 가방을 채가듯이 빼앗았다.

가슴 터지도록…… 그토록 바라며 마중은 뭣하러 나와요! 이젠 이런 돈 안 챙겨놔도 돼요. 난 어머니 흔적은 단 한 가지도 안 가지고 갈 테니!

남선아가씨는 어머니가 든 가방을 다시 빼앗아 들더니 딱단추를 따고는 봉투 속에서 돈을 꺼내 신작로 바닥에 뿌려버리는 것이었다. 파란 지폐는 바람 부는 날 빨랫줄의 얇은 속옷처럼 펄럭펄럭 흩날렸다. 그날, 남선은 어머니에게 호되게 귀뺨을 얻어맞고도 펑펑 울며 대들었다.

눈 위로 지나간 기러기 발짝이 눈 녹은 뒤에 남아 있는 것 봤냐아? 여글 왜 못 떠나? 삼십 년 뒤에? 그땐 헛것이제! 샛문을 만들어 열어주는대도 왜 못 가녀! 삼십 년 동안 대종가댁 며느리 노릇허고 남은 것이 이것이여. 여그서 뭔 좋은 꿈을 보았다고 못 떠나? 여 깃는 것들은 살아 있시믄 산 귀신이고 죽었시믄 죽은 귀신이여. 니 눈에는 귀신들도 안 보여?

다음날까지도 두 모녀의 싸움은 끝나지가 않았다. 자두나무 과수원 품삯 일을 나가려고 마루를 내려서는 어머니에게 남선 아가씨가, 뿐때도 없어요? 넘 것이 된 자두나무밭 삯일을 나가게?

어젯밤에 당한 것을 되게 갚아주려는 듯이 톡 쏘아대는 것으로 어머니 걸음을 잡은 것이었다. 남선아가씨의 비아냥거림에 어머니는 결국 일을 안 가고 머리를 무명띠로 동여매고 누워버렸었다. 그러건 말건 남선은 내내 라디오를 크게 틀어놓고 노래를 따라 부르더니 점심상을 차려 어머니 방에 탕 소리가 나도록 들여놓고 나서 뒤란에 엎어져 있던 고무통을 끙끙대며 옳게 해놓고 샘에서 물을 길어 날랐다. 물을 길어 나르면서 남선아가씨가 입술을 얼마나 야무지게 다물고 있던지 나는 뒤따라 다니지도 못하고 할 수 없이 배나무 밑에 엎드려서 오락가락하는 남선아가씰 구경만 했다. 물을 길다가 배나무 밑에서 잠깐 뻣뻣해진 팔목을 만지며 쉴 때였다. 양동이 속으로 삼베같이 흰 배꽃이 떨어져내리는 것을 처음엔 물끄러미 보고 있더니 아가씨는 양동이 속을 한참 들여다보았다. 봄날이 좋아 하늘도 양동이 물 속에 들어 있었는데, 가만 보니 물결이 지고 흰꽃은 한쪽으로 밀려나고 하늘이 출렁거렸다. 내게 신호도 없이 갑자기 봄비가 내리는가 했더니 그게 아니라 아가씨가 무릎을 포옥 싸안고 양동이 속의 흰꽃 위에다 또르륵 눈물을 떨어뜨린 것이었다. 자꾸만 배꽃은 양동이 물속으로 떨어지고, 자꾸만 아가씨는 물 묻은 꽃 위에 눈물을 떨구었다. 울보 아가씨. 또 물결이 지고 양동이 속 하늘이 또 출렁거리고 배꽃이 또 밀려나서 아가씨 옆으로 다가가 머리를 비볐는데 아가씨는 울던 눈을 동그랗게 뜨고는 왜 이러니! 냉담하게 뿌리치고는 화가 난 듯 양동이를 들고 가버렸다.

열대여섯 번을 물을 길어 나르던 아가씨는 덥히지도 않은 그 찬물 속에 옷을 홀랑 벗고 들어갔다. 봄이 늦어 있었지만 찬물을 마시기도 선뜻한 때였는데 아가씨는 찬 물통 속에 맨몸이었다. 툇마루에 나와 있던 어머니처럼 남선아가씨도 한참을 고즈넉이 물속에 있다가 비누칠을 해 싸악싸악 몸을 씻었다. 아가씨의 분홍빛 살빛은 찬 물기운에 소름이 돋아 파르스름해졌지만 도도록한 젖은 여전히 발그스름했다. 나는 깃굼해져 뽀얀 거품 훑치마를 입은 아가씨를 바라보며 하아, 웃다가 기와집 쪽을 쳐다보니 엇, 쭝나무 위에 금식이가 올라가 있는 것이 아닌가. 일부러 엿보려고 그런 것은 아니었다. 금식이의 손에는 낫이 쥐어져 있으니까. 아마도 너무도 무성히 자란 쭝나무 가지를 쳐내려고 올라갔을 것이었다. 금식은 낫을 든 채로 멍하니 아가씨를 바라보고 있었다. 우두커니가 된 듯이. 깜짝 놀라 커엉, 짖어댔더니 남선아가씨가 쭝나무 위의 금식이를 보고는 어마, 소리치며 물통 속에서 뛰어나와 정지로 재게 달아났다.

금식이의 아가씨에 대한 사무침은 그때부터 시작된 것이었다. 금식은 일을 하다가도 문득 남선아가씨네 집을 쳐다보았고, 모두가 잠든 밤이면 비탈길을 건너와 남선아가씨가 있는 방을 향해 앉아 있곤 했다. 나는 금식을 잘 아는 처지라 짖지도 못하고 그 옆에 가만 앉아 있어야 했다. 그날 이후, 잘디잔 하얀 배꽃은 밤마다 비탈길에 짐승처럼 앉아 있는 금식의 어깨 위로 머리 위로 하얗게 떨어졌다. 밤하늘에 떠오르는 별처럼 금식은 밤마다 비탈길을 하늘 삼아 하얗게 떠 있었다. 한번은 밤이 깊을 때까지 건너갈 생각을 안 하고 비탈길에 앉아 있는 금식 옆에 망을 보고 누워 있다가 그만 깜박 먼저 잠이 들었다가, 눈썹 위로 가는 이슬비 기척이 느껴져 눈을 떴는데 저만큼서 어슴푸레 날이 밝아오고 있었다. 그제껏 금식은 남선아가씨 방을 향해 앉아 있는 게 아닌가. 소등을 안 하고 잠이 들었는지 남선아가씨 방은 형광등 불빛이 희끄무름했다. 금식은 그때껏 새어나오는 그 안개 빛깔 불빛을 쳐다보고 앉아 있었던가 보았다. 새벽비까지 맞고, 밤새 금식의 머리 위로 흰 배꽃이 소복히 쌓여 있었는데, 나는 깜박 금식이가 간밤내에 하얗게 늙어버렸나? 그때까지 졸립던 눈을 반짝 떴었다.

금식이의 마음을 갈퀴처럼 긁어놓은 남선아가씨는 어느새 시골뜨기의 앳됨과 수줍음을 되찾고는 소반 앞에 앉아 있다. 찹쌀 반죽을 양푼에서 떼어내 손바닥으로 비빌 때마다 동글동글한 새알심들은 간지러운지 까르륵, 웃어대며 소반 위에 나뒹군다. 나도 한번 해보고 싶어 발바닥이 굼싯거리는 걸 겨우 참고 남선아가씨 어머니를 쳐다보았더니 펄펄 끓는 붉은 팥물을 큰주걱으로 휘휘 내젓는 얼굴이 또 물든 감나무잎새 같다.

초여름이 가고 장마가 시작되었을 때, 더 이상 비탈길에 앉아 있을 수가 없게 된 금식은 서성서성대다가 남선아가씨 들창 밑으로 기어들어갔다. 못마땅해서 내가 끄응 끙, 거리자 금식이 열 손가락을 맞대고는 손바닥이 닳도록 비벼대는 통에 나도 따라서 잠자리를 옮길 수밖에 없었다. 내가 이 집에서 밤을 먹고 사는 소임은 집을 지키는 일인데, 아무리 금식이가 손이 닳아지도록 빌어도, 여름이나 들창을 환하게 열어놓고 자는 남선아가씨 창 밑에 금식이를 혼자 둘 수는 없었으므로. 하지만 다행스럽게도 계속 그런 수고는 안 해도 되었다. 어느 날 밤에 소피를 보러 나온 남선아가씨 어머니가 시커멓게 앉아 있던 사람의 기척을 보고는 도둑이야, 소리를 치는 통에 금식은 비탈길 밑의 토란대를 마구 짓밟고, 솔잎대강이 같은 머리를 날리며 줄행랑을 쳐야 했던 것이다.

팥죽을 쑤는 동안 두 모녀는 서로 아무 말도 하지 않는다. 말은 하지 않으면서도 두 모녀의 손발은 척척 들어맞는다. 펄펄 끓는 팥물을 보고 남선아가씨가 빚은 새알심 소반을 건네자, 어머니는 주걱으로 새알심을 싸악싹 밀어넣는다. 두 사람은 고즈넉한데 새알심이 첨벙 쏟아져내릴 때 뜨거운 팥물이 내 코에 튀어서 엠한 나만 호들갑이다. 내가 무슨 축귀인 줄 아나. 나는 후다닥 여기저기 튀어박힌 붉은 팥물을 닦아냈다. 새알심들은 쏟아져들어간 솥 속의 뜨거운 팥물에 놀랐는지, 소나기가 슬레이트지붕 위에서 후두둑 뛰어다니듯 와글와글거린다. 그래도 두 모녀는 말이 없다. 어머니가 주걱 끝으로 맛을 보는 표정을 쳐다보던 남선아가씨는 얼른 소금을 건네주고, 어머니가 아궁이를 들여다보면 남선아가씨는 또 얼른 쏘시개를 밀어넣어주었다. 팥죽이 보글보글 끓기 시작했을 때는 두 모녀의 얼굴도 아궁이 속의 장작불처럼 벌겋게 달아올라 있다. 이마에도 땀방울이 송글송글 맺혀 있다. 그러면 그렇지. 그 큰 손품이 어딜 가나 뭐. 팥죽을 다 끓여서 긴 손잡이가 달리고 윤이 반들반들한 양동이에 퍼내는데 하나 가득이다. 모녀가 어떻게 저걸 다 먹는담. 분명 며칠 후부터는 내 밥그릇에 새알심이 부어질 것이다. 남선아가씨가 새알심을 만들어 담던 소반의 찹쌀가루를 행주로 싹싹 닦아 퍼놓자, 어머니는 흰 사기 주발 두 개에 갓 퍼올린 팥죽을 담아 얹는다. 남선아가씨가 수저 두 쌍을 소반 귀퉁이에 내놓자, 어머니는 동치미 국물을 떠와 소반 가운데에 놓는다. 남선아가씨가 어머니 치마에 묻어 있는 검불을 떼어내니 어머니는 치맛자락을 깡총 잡아당겨 말기에 감쳐넣는다. 어머니가 물통에서 물을 한 바가지 퍼서 손을 찬찬히 씻는 걸 보는 남선아가씨가 행주걸이 줄에서 흰 수건을 거둬 건네준다. 어머니가 그 수건에 투박하고 두툼한 손바닥을 싹싹 비벼대니 뽀송하게 말라 있던 수건의 까슬함이 바람 속의 밀대처럼 젖혀진다. 이마에 송글송글 맺혀 있던 땀방울은 그 새에 사라졌지만 두 모녀의 얼굴은 아직도 붉게 상기되어 있는데 마치 나를 증인으로 앉혀놓고 무슨 의식을 치르는 듯이 입은 꼭 다물고 열 줄을 모른다. 어머니는 손 닦은 수건을 건네고, 그걸 받아 남선아가씨는 다시 행주걸이에 걸면서도. 서로 분을 내며 못마땅해하는 것은 자주 봤어도, 두 사람 사이의 이런 침묵은 또 처음 구경하는 거라서, 두 모녀의 상기된 얼굴을 번갈아 쳐다보느라고 내 눈이 튀어져나올 듯한데 어머니가 살강 위에서 흰 주발을 꺼내 남선아가씨에게 내민다. 여태껏 어머니 표정만 보고 뒷일을 착착 해내던 남선아가씨는 흰 주발을 건네주는 이유는 모르겠는지 멀끔히 어머니를 건너다본다.

　동현네 장꽝 뒤 시암에 가서 물 떠오니라, 거그 물이 동네에선 가장 깨끗한게!

　어머니가 무슨 말만 하면 뺨 밑의 주근깨가 다 실룩거리게 알방구리같이 굴던 남선아가씨였던지라, 또 그럴래나? 아가씨의 주근깨를 쳐다보며 실룩거리기를 기다리고 있는데, 뜻밖에도 남선아가씨는 순하게 흰 주발을 받아들고 정지문을 열고 나간다. 열린 문으로 설기를 띤 바람이 휙 밀려 들어온다. 나도 일어서서 남선아가씨를 따라나섰다. 동현네 집이라면 깨순이가 있지 않은가. 옷섶을 잡아 꼭꼭 여미던 남선아가씨가 자두나무 길로 들어서면서 무슨 생각이

난 듯 배나무 밑의 비탈길을 쳐다보다가 고개를 싹 돌리길래 나도 비탈길을 쳐다봤더니 금식은 아직도 거기에 짜부라져 앉아 있다. 남선아가씨가 폴짝폴짝 뛰길래 나도 오랜만에 등의 털이 곤두서도록 뛰어 따라갔다.

해가 다 기울고 어스름이 깔린 고샅길에도 찬바람이 쿨렁거린다. 언제나 어스름녘의 코끝이 싸아한 추위는 서먹한 방랑기를 가져다주곤 한다. 저 풍차를 지나 신작로 길을 한없이 따라 산모퉁이를 돌면 무엇이 보일까? 혼령들은 저 팽나무를 지나 어디로 갔을까? 나는 그 낯선 기운에 빠져들지 않으려고 꼬리를 바짝 치키며 남선아가씨 뒤를 바싹 따라붙었다.

다 저물녘에 니가 웬일이랴?

남선아가씨는 마치 제 집 마당에 들어서기나 하는 듯이 대문을 쑥 밀어젖히더니, 방금 또랑에서 오리를 몰고 왔는지 장화를 신은 채로 장대를 내려놓다가 어, 반색하는 동현이를 본 척도 안 하고 장꽝이 있는 대숲 뒤로 돌아간다. 동현이만큼이나 깨순이도 날 반겨줄 텐데 마실을 나갔는가. 냄새조차도 없다. 마루 밑까지 찾아보다가 그만 실망하여 남선아가씨를 따라 동현이네 뒤꼍으로 갔다.

그깟 물 뜨러 여그까지 왔어?

어머니가 그러랴. 여그 시암물이 동네에서 젤 깨끗하다네.

맴속에 여적 그런 정성이 남아 있어? 아짐이?

울 어머니가 어째서? 니가 울 어머니 얕볼 참?

아, 아니 나는 니가 날보러 왔었시믄 해서!

동현이는 애달아하는데 산자락에서 졸졸 새어들어 샘에 얕게 고여 있는 생수를 한 그릇 떠낸 남선아가씨는 핑 돌아선다. 얼마나 순식간에 몸을 돌려세우는지 바람이 펄렁거려 남선아가씨 옆에 있는 것이 아니라 꼭 풍차 옆에 서 있는 셈이다.

야아, 남선아 저녁에 팽나무 밑에서 고사를 지낸다는디 니도 나올 것이제?

그깟, 팥죽고사 뭔 볼일로 간대? 발 시려서 까닥 동상이나 걸리기 알맞을 것이네!

나올 것이지?

……

나올 것이지?

……

남선아가씨가 대답 없이 쌀쌀하게 돌아서자, 동현은 장화걸음으로 미끄러지듯이 앞을 가로막고는 남선아가씨를 품에 안아버린다. 댓잎들이 깜짝 놀랐는지 한쪽으로 파랗게 쏠리며 소곤소곤거린다.

니는 봄날맹키로 오갈 때 맴이 왜 그르케 다르냐아?

남선아가씨가 들고 있던 흰 주발이 땅바닥에 떨어져 깨져버렸는데도 동현은 아예 작정을 한 사람처럼 입까지 맞춰버린다. 이상하네. 빳빳한 문풍지처럼 날쌔게 빠져나와서 맵디맵게 볼다구라도 한대 올려붙일 줄 알았던 남선아가씨는 풀기가 다 죽어 동현의 품에 픽 쓰러져버린다. 동현이가 마른 풀 같아진 아가씨를 담싹 안고 가보리짚에 기대놓고 또 한 번 입을 맞추고는 장화 신은 다리로 아가씨 몸을 꼭 누르며 손을 스웨터 사이로 밀어넣을 때야 남선아가씨는 동현을 밀쳐낸다. 그러나 시늉뿐이다. 어스름 속에 그새 검은 물이 더 풀어져서 어둑해지기는 했지만 누가 나와 보기라도 하면 어쩌려고? 내 속이 까맣게 다 타는 것 같아서 동동거리는데 동현의 손은 아가씨 스웨터 단추를 따고 밀가루색 내의를 들춰서 찾아낸 아가씨의 빨그스름한 젖을 꼭 쥐고 있다. 동현의 얼굴이 스웨터 속의 젖으로 내려오고 손이 치마를 걷어올릴 때야 아가씨는 세게 동현을 밀어낸다.

너한텐 안 돼…… 비켜 비키란 말야!

어느새 남선아가씨의 분홍색 아래 속옷에까지 손이 가 있던 동현은 그때서야 거침없던 손짓을 멈추고 아가씨의 눈을 들여다보았다.

나한텐 안 된다고?

풀기를 되찾은 아가씨는 보리짚에서 몸을 세워 스웨터 단추를 잽싸게 채우고는 화가 잔뜩 난 목소리로 동현을 떠다밀었다.

물그릇을 깼으니 너네 주발에 얼렁 물이나 떠줘.

그믄 누구한티?

……

누구한티?

동현은 분이 난 목소리로 남선아가씨 얼굴을 바투 쳐들었다. 피해보려다가 안 되니까 이번에는 아가씨가 성큼 대든다.

낸 여글 뜰 거란 말이네…… 내가 저깟 팽나무에 고사나 지냄서 여그서 살 것 같은가? 내는 한 번 뜨면 다신 안 올 것이야. 여그 사람이면 다 지긋지긋해. 십 년 후에 만나도 여그서 뭘 허고 살았는가 다 알 수 있을 거네. 낸 여글 뜨기만 하면 깡그리 잊어먹고 살 것이야. 그런디 너한테 나를 열어? 내가 그리 강단이 없어 뵈? 빨리 물그릇이나 줘…… 물그릇이나 달란 말이!

남선아가씨가 금방 울음을 터뜨릴 듯이 볼멘소리로 대들자, 동현은 황황히 정지로 가서 주발을 꺼내와 물을 떠 담아왔다. 물그릇을 받아든 남선아가씨는 내의를 스웨터 안에 다 갈무리지도 않고 총총 걸어나왔다. 동현이가 대문까지 장화 발짝으로 저벅저벅 따라나오며 아가씨 등에 묻은 보리짚을 털어내주었지만 아가씨는 살쐐기처럼 동현의 손을 털어버리며 신작로로 나섰다. 동현은 뜻밖의 아가씨 속내를 알게 된 것이 충격이었는지 어찌할 바를 모르고 어둠 속에 어두커니 서 있었지만 아가씨는 뒤도 돌아보지 않고 큰걸음을 걸었다.

집안은 온통 팥죽 냄새가 떠다녔다.

장꽝 소반 위에 물주발 갖다놓아!

배나무 밑까지 팥죽을 뿌리고 있던 남선어머니는 늦게 돌아온 남선아가씨가 못마땅한지 퉁명스럽게 내뱉고는 헛간으로 돌아갔다. 내 저녁밥 주는 것을 또 잊을까봐 부리나케 남선아가씨를 뒤쫓아갔다. 아가씨는 살강 위에서 깨뜨린 주발과 같은 것을 꺼내 물을 따라 붓더니 장꽝으로 갖고 나가 동치미 국물 주발 옆에 내려놓았다. 그 뜨겁던 팥죽은 그 사이에 다 식어서 겉이 뻣뻣한 가죽같이 굳어 있었다. 아가씨이! 내가 슬퍼보이라고 꼬리를 축 내려뜨리며 낑낑거리자, 물끄러미 소반 앞에 서 있던 아가씨는 내 밥을 된장국에 말아서 밥통에 부어주었다. 그리고는 귀찮게도 밥 먹는 내 등허리를 하염없이 쓰다듬었다.

눈서린 바람 때문에 입이 침을 적시는 족족 말라붙었다. 입술 거스러미를 하염없이 물어뜯고 있는데, 남선아가씨가 방문을 열고 한참을 서 있다. 우두커니 마당을 내다보고 방문고리를 여짓거리며 서 있던 남선아가씨는 털신을 꿰신고 토방으로 내려선다. 고사 지내는 팽나무 곁에는 안 나갈 모양이더니? 남선아가씨가 간다면 나도 구경이나 해볼까 하는 몸을 털고 일어서는데 남선아가씨는 정지로 가서 양동이를 들고 샘으로 간다. 검은 솥에 몇 번 물을 길어나르던 아가씨는 갈퀴나무에 불을 붙여 아궁이에 밀어넣는다. 왜 다 늦은 저녁 때에 물을 덥히는고? 한참 불소시개를 밀어넣던 아가시는 솥뚜껑을 열고 손가락을 담가보더니 갈퀴나무를 한 짐 더 밀어넣는다. 아가씨는 뒤꼍의 고무통에 덥힌 물을 퍼나르더니 세숫대야에 긴 머리를 화르르 풀어 담근다. 그러고는 머리를 건져내지 않는다. 흐윽. 머리를 너무 오래 담그고 있다 했더니 어깨를 들썩이며 흐느끼고 있다. 또 우네, 머리 감다가 울다니. 울보 아가씨. 샴푸 냄새가 좋아 앉아 있고도 싶었지만 남선아가씨가 속상해하는 모습을 보니 마음이 언짢아져서 집을 나와, 벌써 촛불이 환한 팽나무 밑으로 타박타박 걸어나왔다. 동현이도 저만큼 서 있고, 웅성웅성 사람들은 꽤 모였는데, 정작 제주가 없어서인지 고사상이 허틍하다. 누가 낮에 공기총으로 잡은 듯한 꿩 한 마리가 통째로 놓여 있고, 수수경단의 팥죽이 흰 사발에 여러 그릇 나뉘져 있다. 이런 일이 있을 때면 늘 제주를 맡아 했던 무병 다복했던 삼남양반이 있었으면 형식으로라도 고사상이 걸었을 텐데. 멥쌀에 꽂혀진 향조차 불똥이 안 붙여진 것 같다. 나는 풋배가 열리기 전에 아들 따라 동구를 떠난 삼남양반이 작년에 고사상에 술을 따르며 훠이훠이 외던 노래가 떠올라 커엉컹, 한바탕 짖었다.

    목말라 죽은 귀신
    이틀 걸러 죽은 귀신
    배고파 죽은 귀신

잡귀신들아
　　추진 것은 먹고 가고
　　넓은 골목 비좁도록
　　썩은 손목 서로 잡고
　　올 걸음 줄 걸음으로
　　어서가소 어서가소

　그런데 이게 웬일인가. 나는 그저 생각대로 뽑아냈을 뿐인데 팽나무를 빙 둘러 켜놓은 흔들리는 촛불 속에서 혼령들이 팥죽 앞으로 날아갈 듯이 내려오는 것이 아닌가. 이슬어지 할머니도 있고, 연님이 아버지도 있고, 지난 늦여름에 철길에 깔려 죽은 쌍둥이도 있고, 엇, 세상에 해순이네 텃밭에서 쥐약을 주워먹고는 방구들 속으로 파고 들어가 죽은 누렁이도 있네. 누렁이는 하필이면 방구들 속이여. 죽은 저를 꺼내느라고 구들을 파내며 부아를 내던 해순아버지를 쳐다보고 있다. 축귀가 되어서도 배가 고픈지 눈이 퀭하다.

　　오동추야 달 밝은데
　　처녀총각 단둘이 놀다
　　불알 커져 죽은 귀야
　　엿 사먹고
　　목구멍 메어 죽은 귀야
　　너도 먹고 가게서라
　　천만 리로 이별하고
　　억만 리로 가소라

내가 눈물이 글썽해져 한바탕 더 짖어댔더니 누군가 사정도 없이 발길질을 한다.

아이구 이 영물아, 너도 한 그릇 먹고 이제 그만 가거라이!

화가 나서 돌아다보니 남선어머니, 내 주인이다. 어서 못 가! 서슬퍼렇게 다시 소리치는 통에 나도 폴짝폴짝 뛰었다. 한참 뛰다가 돌아다보니 축귀가 되어서도 사람들 틈에 끼어 팥죽을 제대로 못 차지하고 쩔쩔매는 누렁이가 귀를 쫑긋거리며 발을 흔든다. 잠깐 깨순이에게 들를까도 했지만 서글퍼져서 그냥 처덕처덕 집으로 돌아오는데 눈앞에 뽀얗게 흐려진다. 눈이다. 잘가라 누렁아. 엇, 차가워. 눈발은 금세 함박눈으로 바뀌어 푸짐하다. 등이 시려워서 자두나무길을 한달음에 내달려 내 집으로 들어가려는데 비탈길에서 기척이 난다. 남선아가씨가 뭔가를 비탈길에 내려놓고는 가볍게 길을 건너 기와집으로 가고 있었다. 울며 머리 감던 남선아가씨가 이 밤중에 기와집은 왜 가지? 금식의 얼굴이 떠오르고 정신이 반짝 나서 껑충 뛰어갔다. 아가씨가 비탈길에 내려놓은 것은 큰 밤색 가방이다. 가방을 혀로 핥아보다가 나도 기와집으로 건너갔다. 어느새 아가씨는 금식의 방에 들어가 있다. 어룽대는 그림자로 보아 잠자다가 놀란 금식이가 벽에 등을 붙이고 엉거주춤 앉아 있는가 보았다. 어어, 금식은 황급하게 손을 내젓는다.

내 들창 밑에 밤새 섰던 게 금식이라는 거 다 알어!

남선아…… 근디 나한티 왜 이려?

내 속을 말하믄 니가 알어? 내를 생각하믄 나 자신도 수수께끼디? 잊으려 해도 내 속감냥은 몇백 년 전을 다 알고 있는 것 같여.

복잡한 내 속을 들여다보믄 사연도 많네. 낸 넋이 빠지고 거짓말쟁이에다가 죄투성이란 말이네. 미칠 것만 같단 말여. 니와 정분 내고 달아나믄 그땐 안 돌아올 것 같어 왔어.

　남선아가씨는 훌훌 옷을 벗고 있다. 아가씨! 남선이 하는 짓에 금식만큼이나 나도 놀라서 생방귀가 다 뀌어졌다. 잠깐 사이에 옷을 하나하나 벗어내던 아가씨 그림자도, 어어, 하면서 황황하게 손을 내젓던 금식의 그림자도, 녹고 있는 눈 위의 꿩발짝 지워지듯이 금세 방문에서 사라졌다. 토담벽에 걸려 있던 무시래기들이 다 당황스러웠는지 수런수런거렸다. 그대로 서성거리고 있을 수도 없어 눈이 휘둥그래진 채로 나는 비탈길의 아가씨 가방 곁으로 와서 쭈그리고 앉았다. 함박눈은 세상을 훤하게 해놓고 내 등 속으로 포옥포옥 쌓였다. 멀리 늙은 팽나무 옆에 켜진 촛불들이 흰 눈발 속에서 펄럭펄럭거린다. 팥죽을 다 먹었는가. 아니면 그들도 눈 때문에 발이 시려운가. 축귀들이 불 속으로 펄렁 날아 들어간다. 누렁이란 놈은 풍차 축귀였는가. 귀퉁이의 팥물을 맨 나중까지 핥아먹더니 풍차 속으로 날 듯 스며들어간다. 사람 속을 다 알아도 아가씨 속은 모르겠네, 그때다. 무시래기들 수런거리는 소리가 딱 멎었다. 나는 또 한 번 눈이 휘둥그래져버렸다. 금식의 기와집 지붕이 촛불보다 함박눈보다도 더 훤해지더니 금식과 남선아가씨의 혼령이 벌거벗은 채 휘익 공중으로 솟아오르는 것이었다. 혀 밑에 고여 있던 침이 그때야 꼴깍 삼켜졌다. 어허허허, 아가씨이. 놀란 내 눈 속으로 동짓날, 함박눈이 날이 새도록 퍽퍽 쌓였다.

배드민턴 치는 女子

그녀는 의자 위에서 몸을 약간 기울어지게 해본다.

처음엔 그녀 혼자 창 쪽을 물끄러미 바라보며 거기 앉아 있었다. 그러다가 빗소리와 함께 차차 그가 느껴졌다. 아니다. 그렇게 늦게는 아니다. 그녀는 새벽녘이 다 되어 겨우 잠이 들었었다. 그 잠을 아침까지 잇지 못하고 동이 트기도 전에 다시 눈이 떠졌을 때, 그때도 그의 얼굴이 바로 눈앞에서 그녀를 그윽이 내려다보았었다. 이제 일어났니? 그는 가만 웃는 것도 같았다. 마치 그녀가 잠 깨기를 기다리고 있었다는 듯. 그녀는 그 환영을 외면하기 위해 눈을 질끈 감았고, 그래서 그는 잠시 사라진 듯했다. 그러나 사라진 게 아니라 그가 먼저 창가의 의자로 가 앉아 있었을까? 맨 먼저 눈을 뜨자마자 그의 얼굴을 생각해내고 말았다는 것이 그녀를 다시 잠 못 들게 해서, 그녀가 아예 일어나 의자로 몸을 옮겨갔을 때, 그녀는 의자가 아닌 그의 무릎에 앉는 듯한 기분이 들었었다. 비가 오는구나. 괜히 무안해서 그저 말이 나오는 대로 중얼거리는데, 그녀 뺨이 입술보다 더욱 실룩거렸다. 비라든가 바람이라든가 하늘 같은 것에 너무나 예민한 자신이 순간 못마땅해서였다. 방금 그런 자신을 못마땅해했던 그 순간만, 잠 깨고 난 뒤 처음으로 그녀는 그를 잊었다. 그래서 설령 그가 의자에 먼저 앉아 있었다고 해도 그때 그는 그녀로부터 멀어졌다. 그러다가 그는 저기 멀어진 곳에서 조금씩 가까이 오더니, 다 와서는 창 쪽을 향해 물끄러미 앉아 있는 그녀를 물끄러미 내려다보더니, 그녀 속으로 쏙 들어와버렸던 것이다. 아무도 보는 사람이 없는데 그녀는 확 열이 올라 얼굴이 붉어졌다. 창피해서 눈물까지 글썽여졌다. 열이 가라앉으라고 붉어진 얼굴을 찬 손바닥으로 문지르는 데 열은 오히려 이마까지 확 퍼졌다. 그래서 그녀는 방금, 그를 어떻게 해서든 그녀 밖으로 내몰아보려고 몸을 기울어지게 해보았던 것이다.

그런데 그는 나가지 않고 그녀 몸속에서 함께 기울어진다. 기울어지면서 손가락을 동그랗게 모아 그녀 뺨을 기타줄처럼 퉁긴다. 팅팅팅. 그녀 뺨이 그의 뜻대로 퉁겨졌다. 깜짝 놀란 그녀는 의자 위에서 일어서다가 넘어진다. 그녀는, 자신을 바라보듯 넘어진 의자를 잠깐 물끄러미 보더니, 냉장고를 씌워놓은 덧씌우개 주머니 속을 뒤적거린다. 덧씌우개 위에 얹혀져 있던 신문이 툭 떨어진다.

오토바이 납치범 극성, 최근 들어 떼를 지어 다니는 오토바이족들 주택가에까지 침입. 어젯밤 아홉시경 퇴근하던 타이피스트 홍모양을 집 앞 오십 미터 앞에서 납치해 어린이 놀이터에서 폭행하고 도주. 뒤늦게 발견당한 홍모양 급히 병원으로 옮기던 도중 사망.

그녀는 신문을 집어 방금 그녀가 앉아 있던 의자에 던져놓는다. 그녀는 냉장고 덧씌우개 주머니 속에서 수영장 티켓과 사물함 열쇠를 찾아내자, 그걸 들고 거리의 빗속으로 뛰어든다. 확 열을 받았던 그녀의 이마와 눈썹과 뺨, 그리고 목과 어깨와 팔뚝, 허리와 엉덩이와 종아리와 복사뼈에 빗방울이 속속 파고든다. 차가운 빗방울에 열은 씻겨내려갔지만, 그녀는 이제 간지러운 빗방울 때문에 눈물이 날 지경이다. 그가 어떻게 해서 이렇게 내 속으로 들어와버렸지? 그녀는 자신의 살갗을 통과해 비까지도 함께 맞고 있는 그녀 속의 그를 다시 느낀다. 불안이 와아, 하고 솟아난다. 빗속을 찰박찰박 뛸 때마다 불안도 자꾸만 와아 와아 와아, 솟아나서 잔 올챙이들처럼 와글와글거린다.

어제, 그녀는 문방구에서 사온 새 노트에 이렇게 적었다.

지난여름 동안 아무 일도 없었다. 오로지 뜨거운 태양 속으로 어떤 영상이 한 컷 잠시 떠올랐다가 사라지곤 했다. 그 영상은 화원의 어떤 여름꽃들보다도 바로 내 곁에 있었다. 나는 그걸 글로 옮겨보고 싶었다가도 더위에 지쳐 그만둬버리곤 했다. 그 영상 앞에 '오로지'라는 단어를 붙였지만, 생각해보면 그 영상이 다른 무엇들보다 좀더 선명했을 뿐, 더위를 핑계삼아 내가 그만둬버린 일들은 수두룩했다. 그러니까 나는 지난여름 동안 무엇이든 하려고 마음먹었다가 그만둬버리는 일을 반복하며 지냈던 것이다. 내가 무슨 일이든 포기를 얼마나 잘하는지를 보여주기라도 하려는 듯한 그런 전시회 같은 생(生). 그런 여름.

그녀에게 있어서 글을 쓴다는 것은, 그 글 속으로 그녀 자신이 숨는 일이었다. 그녀는 본격적으로 글을 쓰는 사람은 아니었지만, 그럴 기회가 그녀에게 온다면 감사하게 여길 것이었다. 그녀는 가끔씩 지금보다 나은 환경에서 글을 쓰고 싶다는 설렘을 갖곤 했었다. 그녀가 생각하는 나은 환경이란 이런 것이다. 그 누구한테도 방해받지 않는 널찍한 방이 있고, 그 방에 널찍한 탁자가 있는 것. 탁자는 넓을수록 좋다고 생각했다…… 탁자가 넓다면 읽던 책을 다시 제자리에 꽂아놓지 않아도 될 것이고, 그 한쪽에서 밥을 먹어도 될 것이고, 때때로 나는 그 위에 누워 잠도 자리라…… 그녀는 그런 널찍한 방과 널찍한 탁자를 가지고 글을 쓰고 있는 자신을 생각할 때, 그때만큼은 어쩌면 인생은 살 만한 것인지도 모른다는 느낌을 가지곤 했다. 그러나 지난여름 동안은 글을 쓴다는 것, 그런 열망을 가슴속에 품고 있는 것이 더 이상 아무것도 아닌 듯했다. 될대로 되라는 식으로 내팽개쳐둔 것같이 세상은 돌아간다고 생각해서이다. 모든 일에 거의 별 주장이 없이 사는 그녀였는데도 어리둥절할 때가 많았다. 글을 쓸 수 있다면, 갈망했던 것이 지난여름 동안은 남의 마음속 같았다. 내 펜 끝이 어디로 가서 숨을 것이며, 무엇을 찾아낸단 말인가? 그녀는 갑자기 뭔가를 적어보는 일에 싫증을 느꼈고, 그래서 그녀는 지난여름 동안 노트에 아무것도 적지 않았다. 그러다가 어제 간신히 위와 같은 몇 줄을 적어봤던 것이다. 그림자같이 따라다니는 그의 환영을 피하기 위해 숨을 곳이 그 노트 속이어서.

까만 수영 모자 위에 걸쳐두었던 물안경을 끄집어내려 눈을 덮자, 수영장 안은 한 꺼풀 어두워진다. 비가 와서일까? 이른 새벽이라고 해도 다른 날엔 몇 사람씩 첨벙 다이빙까지 하는 사람들이 있었는데 저쪽 풀에 한 남자, 그리고 이쪽 풀에 그녀, 헤엄을 치는 사람은 두 사람뿐이다. 그녀는 무릎을 구부려 물속에 온몸을 담갔다가 팔짝 일어서는 시늉을 서너 번 해본다. 저쪽 풀에서 두 손을 앞으로 뻗어 접영을 하고 있는 남자의 큰 몸짓은 눈앞의 닭을 채가려는 솔개처럼 활달해서, 그 남자가 있는 주변 물살은 여러 각도로 활기차게 갈라지다가 튀어오른다.

 살갗은 물의 차가움을 분명하게 받아들인다. 그녀는 조용히 물 위에 몸을 대고 두 발끝을 찰박거리며 팔을 내저어간다. 지금 이 순간은 이 차가움보다 더 확실한 건 없는 것 같다. 그녀는 이제 물 위에 엎드렸던 자세를 뒤집어 물 위에 눕는다. 누워서 팔을 휘저어간다. 수영장 천장 가까이에 보자기만한 창문들과 그 사이 커다란 정사각형 환기통으로 바깥 하늘이 내다보인다. 여전히 빗방울. 빗속을 달음박질해 수영장에 도착해서, 여자 라커룸이라고 씌어진 문을 그녀가 드르륵 밀었을 때, 차마 여자 라커룸까지는 따라들어올 수 없었는지, 그녀에게서 떨어져나간 듯했던 그가, 물 위에 누워 규칙적으로 팔로 물을 가르는 그녀를, 빗방울이 섞인 바깥 하늘에 달라붙어 물끄러미 바라본다. 그녀는 당황해서 들숨을 쉬어야 할 차례에 날숨을 쉬어, 코에 물방울이 쭈르륵 딸려 들어간다. 그녀는 누웠던 몸을 다시 뒤집어 개구리가 되어 그로부터 펄쩍 도망친다. 코로 들어간 물이 망치로 때린 것처럼 머릿속을 찡하게 한다. 괴로워서 풀 벽에 올챙이처럼 달라붙어 숨을 크게 몰아쉬고 있는데, 저쪽 풀에서 펄쩍 튀어나온 남자가 그녀 숨을 가로질러 남자 라커룸 쪽으로 성큼성큼 걸어간다. 멀어질수록 물이 흐르는 남자의 머리가 안 보이더니, 허리가 안 보이더니, 이제는 다리만 보인다. 하얀 남자. 남자의 종아리와 허벅지는 근육질이면서도 하얘서 털만이 까맣다. 어쩐지 얼굴은 없이 그 다리만 다시 확 돌아설 것만 같은 환영에 그녀는 재빨리 남자의 다리에서 시선을 떼고 다시 물속에 납작하게 엎드린다.

그를 만난 건 나흘 전이다. 거리, 어스름이 내리고 있는 거리, 거리에서였다. 그를 그날 처음 본 건 아니다. 이미 그들은 기억할 수 없는 어느 날인가 한 번의 만남이 있었다. 그러나 그날은 중요하지 않다. 그녀에겐 나흘 전만이 살아 있다. 나흘 전, 그날, 그녀는, 팔소매가 짧은 자줏빛 실크 블라우스에 흰 물방울이 그려진 연둣빛 치마를 입고 있었다. 나흘이 지난 오늘은 이렇게 가을이지만, 나흘 전은 가을은 아니었다. 분명 여름과 가을 초입 사이였다. 그녀는 나흘 전과 오늘에 분명히 금을 그을 수 있다. 그건 분명히 서로 다른 날이었다. 그렇다고 해도 팔소매가 없는 블라우스와 흰 물방울이 그려진 연둣빛 치마는 어정쩡한 차림이랄 수 있었다. 그래서 생긴 팔뚝의 그 좁쌀 같은 소름.

그가, 그 좁쌀같이 수두룩히 난 소름을 매만졌던 것이다.

사진 기자인 그. 그가 어떤 사진들을 찍는지 그녀는 모른다. 화원 주인은 어느 날 그를, 그녀에게 소개하면서, 그가 하고자 하는 일을 도와주라고 했었다. 그가 하고자 하는 일이 무슨 일인지를 몰라서, 그녀는 처음엔 그가 무슨 지시를 내려주기를 기다렸다. 그는 손에 카메라를 들고 있었는데, 키가 볼품없이 작아서 나란히 서 있었던 그녀가 그 카메라를 바라보려면 눈을 내리깔아야 했다. 그는 잠깐만, 하면서 눈을 내리깐 그녀를 그대로 서 있게 했고, 그리고는 셔터를 눌렀다. 그 행위는 즉흥적이었을 뿐, 화원 주인이 말한 그가 하고자 하는 일은 아닌 모양이었다. 바이올렛이 어떤 것이오? 그녀가 바이올렛 화분 중에서 꽃이 서너 개 핀 화분을 구석에서 끌어와 그 앞에 내려놓았을 때 그는 인상을 썼다. 이게 바이올렛이란 말이오? 그는 마치 바이올렛은 다른 것인데 그녀가 잘못 가져오기라도 한 듯이 소리까지 쳤다. 그는 그 바이올렛을 화원 탁자 위에 놓고 계속 셔터를 눌러댔다. 그러면서 뭔가 불만인 듯 계속 중얼거렸다. 이 꽃이 뭐가 예쁘다는 것이지? 이런 순 엉터리. 중얼거리다가 그녀와 눈이 마주치자, 아가씨도 이 꽃이 좋소? 아, 글쎄 초등학교 여선생들이 가장 좋아하는 꽃을 조사했는데 이 바이올렛이라지 뭐요? 보기나 했는지? 이름만 듣고 그러는 건 아닌지? 아니 이 꽃을 어떻게 표지로 하지? 꽃 생긴 건 생각도 않고 내 사진 탓만 할 거 아냐? 그는 생각만 해도 화가 나서 못 견디겠는지 투덜투덜거리면서도, 바이올렛을 이렇게도 찍어보고 저렇게도 찍어봤다. 당신 사진 받고 싶으면 여기로 연락해요. 아무래도 만족이 안 되는지 셔터를 눌러대는 동안 계속 바이올렛에 대한 실망을 누그러뜨리지 못하던 그가 필름을 두 통이나 소비하고 나서 내민 명함에는 월간 원예지『꽃세상』사진 기자 '이세호'라고 금박으로 박혀 있었다. 그러나 나흘 전의 만남이 그 명함 때문에 이루어진 건 아니다. 바이올렛을 찍어가던 그날의 그는 그녀에게 아무런 느낌을 주지 못했다. 그래서 그 명함은 다른 명함들처럼 고객들이 놓고 간 명함통 속으로 들어갔었다.

그의 명함이 그녀에게 아무런 의미도 못 되고 명함통 속에서 뒹굴고 있을 동안 여름은 지나갔다. 그녀는 틈만 나면 화원 유리창을 물걸레질했고, 거의 삼십 분마다 한 번씩은 화원 앞 길목에 물을 뿌렸다. 여름 햇살은 재빨리도 유리창과 길목으로 물기를 빨아들였다. 금세 메말라버린 길목을 내다보고 있으면, 그녀는 그녀 살갗이 터지는 듯했고, 유리창에 물방울이 서려있지 않으면 물통 속의 여름 꽃들은 헉헉, 숨을 몰아쉬는 듯이 보였다. 길목에 물을 뿌리거나 화원 유리창에 물걸레질을 하는 동안은 그녀의 얼굴에서 왜 이렇게 아무 일도 없지? 하는 표정이 풀리는 듯도 해서 어쩌면 그녀는 지난여름 동안 삼십 분마다 한 번씩은 금방 가라앉을 듯한 그녀 내부를 향해 힘껏 물을 주고 있었는지도 모를 일이었다. 여름은 그렇게 지나갔고, 나흘 전에 그녀는 그 명함통 속에 섞여 있던 그의 명함을 애써 찾아 그녀 수첩에 끼워넣었다. 그녀로 하여금 명함통을 뒤져 그의 명함을 찾게 만든 상황은 거리, 거리에서 생겼다. 그녀가 화원 일을 마치고 화원의 동료와 함께 팔짱을 끼고 광화문에서 종로 쪽으로 걸어갈 때 동료를 아는 남자가 그들을 불러세웠다. 남자는 같이 차를 한잔 마실 것을 제의했는데, 그녀들도 다른 일이 있었던 것이 아니어서, 남자의 뒤를 따라갔다. 남자는 자신의 단골 찻집이 있는 듯 그녀들을 뒤따르게 하고 성큼성큼 큰걸음을 걸었다. 찻집 입구에는 이미 고인이 된 카라얀이 지휘봉을 이마 위로 막 쳐드는 사진이 걸려 있었다. 그 사진에 걸맞게 찻집 이름은 '라 뮤즈'였다. 눈을 감고 입술을 얄브스름히 다물고 있는 카라얀. 사진은 제법 생생해서 카라얀이 쳐들고 있는 지휘봉에서는 금방 피아노의 폭풍이 휘말려나오는 것 같았다. 중앙에 넓은 테이블 하나, 그리고 벽을 향해 붙여진 사인용 테이블 네 개가 그 찻집의 전부였다. 찻집의 구조는, 어디에 앉으나 주방에서 찻잔 씻는 모습을 환히 볼 수 있게 되어 있었다. 카라얀을 지나서 찻집 한 자리를 차지하고 앉았을 때, 남자와 그녀들이 주문을 채 하기도 전에, 다시 찻집 문이 열렸는데 아아, 바로 그가 들어왔던 것이다. 혼자는 아니었다. 그에게도 두 사람의 동행이 있었다. 분명히 그때 그 남자의 눈은 반가움으로 흔들렸다. 그녀가 그를 동료와 남자에게 인사시키고, 그가 남자와 그녀들에게 그의 일행들을 인사시키고 이렇게 그들은 중앙의 넓은 테이블에 합석을 했다. 그때까지 그녀에게 있어서 그는 공적으로 만난 아는 사람일 뿐이었다. 하지만 불과 십 분도 지나지 않아 그는 그녀의 단조로움을 깨워놓았다. 차 대신 맥주가 날라져오고 나서였을 것이다. 아니 좀더 정확히 말하자면 우리들의 만남을 위하여! 축배를 한 잔씩 들고 나서였을 것이다. 갑자기 그가 말했다.

나, 할 말이 있어. 이런 말 하는 사람이 아니지만 솔직히 말하자면 내가 지난여름에 그놈의 바이올렛 때문에 당신을 처음 봤을 때 내 가슴이 얼마나 뛰었는지 알아? 당신 내 카메라 바라보느라고 눈 내리깔고 있을 때, 아 이 세상에 저렇게 아름다운 눈썹도 있구나, 내내 생각했지. 내 마음 몰랐지요?

갑작스런 고백에 좌중은 물속 같아졌다. 무엇보다도 당황한 것은 그녀였다. 누군가가 농담을 한마디 던져서 그의 말을 희화시켜줬으면 좋겠는데, 아무도 그렇지 않았다. 오히려 당황해서 얼굴이 붉어진 그녀에게, 저저, 얼굴 붉어지는 것 좀 봐. 놀려대었다. 그 놀림을 피해보려고 그녀는 하아, 웃었지만 갑자기 모든 것이 서먹해지더니 이전엔 바라보기 아무렇지도 않았던 그의 얼굴을 맞바라보기가 창피해졌던 것이다. 창피하고 서먹해서 겨우 한다는 말이, 남자들은, 남자들은 마음을 먹으면 그렇게 할 수 있잖아요, 였다.

여자는 그럴 수 없나?

좌중의 누군가가 되물었을 때 그녀는 어물어물, 여자들은, 여자들은, 글쎄 여자들은…… 그러다가 또 한 번 얼굴이 붉어져서 고개를 숙여버렸다. 곧 화제는 다른 방향으로 흘러갔으나 휘둥그래진 그녀 마음은 쉽게 가라앉지가 않았다. 하지만 정작 그는 아무렇지 않은 듯했다. 그가 화장실을 가느라 잠깐 자리를 비웠을 때, 그의 동행 중의 대머리가 그녀 얼굴에 입김이 닿을 정도로 몸을 기울이고서 그녀에게 속삭였다. 저놈 말에 신경쓰지 마십시오. 저놈 집엔 당신보다 훨씬 더 예쁜 마누라가 있죠. 저놈은 누구에게나 다 그래요. 여자 킬러라니까요. 헤어질 때 그는 자연스럽게 손을 뻗어 그녀의 팔에 내려놓았다. 그때 그도 느꼈을 것이다. 그녀의 팔 위에 돋아난 오소소한 소름들을. 추운가보군, 그는 그녀의 팔을 쓸어내렸고, 소름들은 그의 손바닥에 쓸려내려갔다. 그 짧은 순간, 그녀는 울 뻔했다. 그 울 뻔한 마음이 무엇이었는지 그 밤을 지내고 난 새벽에 나타났다. 잠에서 깨어나 눈을 떴는데, 다른 날 같으면 하나 둘 셋…… 마흔쯤은 세어야 보일 천장이 눈을 뜨자마자 보였다. 그리고 그 천장에 얼굴이 하나 있었다. 바로 그의 얼굴이었다. 잠자는 내 얼굴을 바라보고 있었나? 그녀는 이불을 당겨 목까지 덮었다. 와아, 슬픔이 솟구치더니, 그 솟구침이 가라앉는 데 한참이 걸리더니, 아아 어쩌는가, 그때부터 그는 계속 그녀 곁에 앉아 있는 것이었다. 차를 마셔도 함께 차를 마시고, 밥을 먹어도 함께 밥을 먹고, 그녀가 화원에서 주문받은 화환을 만들면서 장미를 꽂을 자리에 국화를 꽂고 있으면, 그게 아니야, 속삭이며 장미를 집어주는 것이었다. 그녀는 꽃을 떨어뜨리며 그만 울고 말았다. 이게 무슨 짓이야, 내내 아무렇지 않다가 이토록 마음을 내주다니. 아, 나란 여자는 웬 틈이 이렇게 많단 말인가. 그러나 그로부터 그녀는 헤어나올 수가 없었다. 그녀는 지난 나흘 동안 그의 명함을 주머니에 넣고 다니면서, 그에게 전화하고 싶은 마음과 사투를 벌이듯이 지냈다. 그에게 전화를 해서 어쩌자는 것인가? 설사 그의 말이 유효하다고 해도 둘이 마주앉아 무슨 일을 할 수 있을 것인가? 그녀는 걷잡을 수 없이 밑바닥으로 가라앉았다. 너 자신이 지금 끌려다니는 것이 무엇이지? 그의 고백이냐? 아니면 그를 사랑하게 된 것이냐? 두 질문을 놓고 그녀는 지난 나흘 동안 자주 소철에 이마를 대고 서 있어야 했다. 권태로웠던 여름은 그녀에게 공허한 함정을 파놓고 떠났던 것이다. 갑자기 사랑이라니?

수영장에서 나와 그녀가 다시 빗속으로 나서려고 할 때, 비 맞지 마, 그가 나직이 속삭인다. 찬비야, 감기 들 거야. 그녀는 처마 밑에 우두커니 서 있다. 내내 그녀 속에서 일렁이던 관능은 이제 차가워져 있다. 그녀 속의 그가 그녀의 뺨을 만지려고 하거나, 그녀의 이마에 쏟아져내려와 있는 앞머리카락을 쓸어 올리려고 하지는 않는다. 그는 다만 물끄러미 그녀가 바라보는 곳을 함께 바라보며 비는 맞아서는 안 된다고, 샤워를 끝낸 뒤라 찬비를 맞으면 감기에 들 거라고 걱정해주고 있다. 그녀는 가판대의 차양 밑으로 뛰어든다. 그녀가 숨차하며 비닐 우산을 손가락으로 가리키자, 신문을 만지작거리던 가판대 주인은 많은 비닐 우산 중의 한 개를 꺼내주며 그녀

손의 돈을 가져간다. 그녀가 펼쳐든 파란 비닐 우산 위로 빗방울이 투닥투닥 떨어진다. 새벽에 거리로 뛰어나올 때의 여자와 지금 차분히 비닐 우산을 받쳐들고 걸어가고 있는 이 여자가, 분명히 한여자인가? 두 얼굴은 너무나 다르다.

  정오가 될 무렵에, 다시 생각난 듯이 한바탕 소나기가 지나갔다. 그 소나기 속을 뚫고 처녀 서넛이 몰려와 부케를 맞추고 간 것 이외에는 화원의 문턱을 넘어오는 사람은 한 사람도 없었다. 머리에 묻은 빗방울을 털어내며 처녀들은 꽃들 앞에서 와와와거렸다. 비가 와서 어떡하니? 설마 내일까지 오려구. 비 오는 날 시집 가면 더 잘 산다던데? 명혜 걔, 여기에서 더 잘 살아 어디에 쓰니. 걔, 오디오 못 봤니? 시어머니 될 분이 특별히 결혼 선물로 준 거라는데, 그게 글쎄 별것 아닌 것같이 보이잖니. 그런데 알고 보니까 내 방 전세돈하고 같더라니까. 그래서 질투났니? 질투? 그래 솔직히 질투나더라. 걔가 우리하고 비교해서 나은 게 뭐 있니? 공부 잘했니? 노랠 잘했니? 운동을 잘했니? 걔가 잘하는 거라곤 눈썹 뽑고서 거기다가 제멋대로 그리는 거 그것밖에 더 있었니. 너 모르는 소리 말어. 그게 바로 진짜 잘하는 거다. 걔 신랑 그애의 그 눈썹에 반했대요. 이럴 줄 알았으면 나도 일찌감치 눈썹 뽑고 새로 그리는 일이나 열심히 해둘걸. 명혜 들으면 좋아하겠다. 너 알고 보니 명혜의 무서운 라이벌이었구나. 이런 눈썹 때문에 도전도 못 해보고 케이오패당한 셈이로구나. 비에 젖은 처녀들은 빗방울과 웃음을 함빡 떨궈놓고는 갔다. 그녀들이 부케로 선택한 꽃은 백합이었다. 백합의 노란 꽃술을 툭툭 건드리며 그 무리 중의 한 처녀가 말했다. 이 부케는 내가 받을 거야.

그녀가 오전에 한 일이라곤 그 처녀가 건드리고 간 백합을 오래 바라다본 것뿐이었다. 너무 오래 들여다봐서 백합의 흰색이 그녀의 눈을 되찔러올 때는, 바로 눈앞이 한없이 멀어지면서, 텅 빈 상태가 되곤 했다. 그녀는 그때마다 눈을 감았다. 어느 하얀 공동(空洞) 속으로 빠져드는 것 같은 나른함을 이겨볼 양으로.

그녀에겐 타자 학원을 열 달이나 다녀서 딴 3급 자격증이 있다. 그녀는 공식적인 것으로는 3급이었지만, 지금도 눈을 감고 오자 하나 안 내고 책 한 권은 쳐낼 자신이 있다. 타자 학원을 다닐 때에 그녀는 얼마나 타자 치는 일에 몰두했는지, 뭐든 손에 짚이기만 하면 그 손에 짚인 자판을 생각하며 손가락을 움직여보곤 했었다. 버스를 기다릴 때는 정류장의 나무에 열 손가락을 대고, 나는 버스를 기다린다, 라고 쳐보았고, 버스 안에서는 무릎 위에 손을 얹고, 나는 버스를 타고 달린다, 라고 치곤 했다. 그녀는 그렇게 열심이었지만, 회사에서 모집하는 타이피스트 모집에는 번번이 떨어졌다. 그녀가 이 꽃집을 발견한 날도 바로 그런 낙망의 날 어느 한켠이었을 것이다. 이 큰 꽃집 유리문에 '꽃을 돌볼 종업원 구함'이라고 써 있었다. 유리문을 밀고 꽃집으로 들어설 때는 길어야 한두 달만 있으리라, 했었다. 그녀는 무엇보다도 타이피스트가 되어야 했다. 그게 꿈은 아니었지만 일년여 동안 타자 학원을 다녔고, 마음놓고 잘하는 일은 타자 치는 일이라고, 스스로 생각해서였다. 더구나 꽃집은 거리에 있지 않은가. 직장에 나와 있으면서도 거리에 나와 앉아 있는 기분을 그녀는 갖고 싶지 않았다. 그러나 그 마음의 기한인 한두 달이 지나도 그녀에겐 별일이 있어주지 않았다. 거기다가 꽃 가꾸는 일이 손에 익어지면서 식물이 주는 위로가 있었다. 꽃집 주인은 도시

근교에 땅을 가지고 있었다. 그는 한 달에 한 번씩 그 땅에서 뿌리를 키운 식물들을 트럭에 실어서 이 도시로 가져오곤 했는데, 그녀가 할 일 중의 하나는 그 뿌리들을 분에 심어주고 비료를 주어 땅에서처럼 분 속에서도 잘 자라게 해주는 일이었다. 그 일은 즐거웠다. 식물들의 초록빛은, 그녀에게서 이미 희미해진 꿈조각이나 실타래같이 엉킨 기억들까지 일깨워주려는 양으로, 늘 푸르게 웃자라주었던 것이다. 그녀는 뿌리를 분에 심어주고 돌아온 날 밤에 다시 화원으로 돌아가 불을 켜고 앉아 있는 날도 있었다. 손톱 속에 끼여 있는 흙을 파내고 금방 허리가 짜부라들 것같은 피로에 휘말려 자리에 누우면, 방금 분에 옮겨 심어준 식물의 뿌리들이 후, 후, 숨쉬는 소리가 들려왔다. 한 번 그 숨소리를 듣기 시작하면 그녀는 참을 수가 없어졌다. 피붙이에게서나 느낌직한 본능적인 친밀감이 결국 그녀를 다시 화원으로 들어서게 했다. 밤이 깊은 화원에, 혹은 새벽이 오고 있는 화원에, 그녀는 환하게 불을 켜놓고서, 천장까지 들어찬 이중 삼중의 식물들 속에 미소를 띠고 앉아 있곤 했다. 어쩌다 지나가던 밤술꾼이 윈도로 그녀의 모습을 보았다면, 그녀의 미소가 조금은 요기롭게도 보여서, 황급히 도망쳤을지도 모를 일이었다. 그리고 날이 밝자마자, 소문을 냈을 것이다. 간밤에 꽃귀신을 보았노라고.

좁다란 통로에까지 들여다놓았던 벤자민, 소철, 고무, 난 화분들을 바깥으로 다시 내놓다가 그녀는 넘어져서 무릎이 깨진다. 어디에 숨어 있던 햇살인가? 하늘에서 쏟아진 부신 햇살이 그녀 무릎에 맺힌 핏방울 위까지 넘실거린다.

무슨 걱정거리가 있어?

배드민턴 치는 女子 169

무릎에 연고를 바르고 밴드를 붙이다가 말고 다시 우두커니 백합을 바라보고 있는 그녀의 어깨를 그날 그 자리에 같이 있었던 동료가 툭툭 건드린다. 떼를 쓰는 어린애를 달래는 듯한 투. 걱정거리가 없다는 뜻으로 그녀는 고개를 가로젓는데 뇌속의 모든 것이 출렁거리며 한쪽으로 쓸려가는 듯한 편두통이 느껴진다. 그녀는 잔뜩 이마를 찌푸린다.

그렇지 않아. 너 그제 어제 오늘 다 이상해. 도대체 무슨 생각을 그렇게 골똘히 하는 거지? 요즘 너를 보고 있으면 꼭 어디 아픈 것 같단 말야. 너 육신만 여기 앉아 있고 정신은 다른 데 있는 것 같다구. 도대체 무슨 일이 있는 거야? 너 지금 얼굴이 얼마나 하얗게 질려 있는 줄 알아? 도대체 무슨 일이야? 무슨 비밀인 거지?

……

이애! 정신 차리라니깐?

머리가 좀 아파 그래.

머리가?

응…… 너무나 아파. 아무 생각도 할 수가 없어. 공중에 붕붕 떠 있는 것만 같아. 나 좀 쉴게. 부케 혼자 만들 수 있겠니? 이 정신으론 백합을 다 이겨놓겠어. 나 바깥 좀 걸어다니다 올게.

걸어다니는 걸로 되겠니? 약을 먹든지? 아님 병원엘 가보든지 해야 되는 거 아니야?

찬바람을 쐬면 괜찮아질 것 같아.

순하게, 그럼 그렇게 하라는 동료의 꽃그늘 진 목덜미를 잠깐 바라보다가 그녀는 화원을 나온다. 아아아. 맞은편 빵집 유리창에 쏟아지는 햇볕이 저절로 탄성을 지르게 할 만큼 눈부시다. 엄마, 무지

개야. 단발머리 소녀가 앞서가는 엄마 손을 끌어당겨 하늘을 보게 한다. 새로 빵을 구워서 배달 나온 청년까지 어깨에 빵통을 짊어진 채로 하아, 진짜 무지개네, 탄성을 질러서 그녀도 이마에 손을 짚고 하늘을 쳐다본다. 하늘이 그대로 쏟아져서, 푸른 물이 확, 그녀 얼굴을 덮어씌우는 것 같다. 정말 무지개네. 믿기지 않는다는 듯 눈을 깜박거리던 그녀의 눈에 눈물이 글썽여진다. 가슴이 싸르륵 쓰라려온다. 따라갈 수 없는 서러움. 닮아볼 수 없는 안타까움. 먼, 멀디먼 그리움. 그녀는 방향도 없이 공허하게 앞을 향해 걷는다.

거리, 어느 고등학교가 있던 자리, 지금은 미술관이 들어선 자리에서 그녀는 걸음을 멈추고, 미술관 뜰을 넘겨다본다. 석조 계단이 끝나는 공터에서는 지하철 공사가 한창이다. 땅을 파먹은 포클레인이 입 벌린 공룡처럼 우뚝 버티고 서 있다. 그녀는 그 공룡의 입속으로 빨려들어가는 듯 힘없이 미술관 뜰로 걸음을 옮기다가 주저앉는다. 괴어 있던 빗물이 금방 그녀 치마를 적셔온다. 그녀는 개의치 않고 그대로 주저앉아 있다. 저만큼, 붉은 모자를 쓴 지하철 공사 인부들이 노란색 철책에 기대어 담배를 피우고 있다. 담배를 피우면서 미술관 공터에서 배드민턴을 치고 있는 여자 둘을 바라보고 있다. 배드민턴 채를 여기까지 일부러 들고 나온 것일까? 무릎 위까지 올라간, 그리고 아주 타이트한, 짧은 진치마 아래로 두 여자의 다리는 미끈하다. 그 여자들의 미끈함만 없으면 근처의 모든 것, 심지어는 미술관까지 한 장의 그림 속 풍경 같았을 것이다. 그 풍경 속으로 스스로 끼어든 그녀는 힘껏 몸을 일으켜서 나무 밑으로 가 쪼그리고 앉는다. 경쾌한 하얀 다리들. 그녀는 거기 무릎을 싸안고 앉아서 붉은 모자를 쓴 인부들처럼 배드민턴 치는 여자들을 바라본다. 공중에서, 참새처럼 날아다니는 하얀 공이나, 그녀들의 머리결이나 얼굴이나 가슴은 보지 않고, 미끈한 다리들만 눈을 가느스름하게 뜨고 다 바라본다. 울지 마. 어느새 그녀 곁에 와 앉아 있는 그가 나직이 속삭였을 때야, 그녀는 자신이 울면서 배드민턴 치는 여자들을 바라보고 있다는 걸 깨닫는다. 저리 가세요. 그녀는 그를 밀어내는 시늉으로 몸을 옆으로 비키려다, 내가 왜 이러지? 가슴이 철렁 내려앉는다. 울지 마, 속삭였던 그 목소리가 너무 생생해서 되돌아봤지만, 그는 없다. 나뭇잎들만 출렁거리면서 저희들 몸 위에 쌓인 빗물을 털어내고 있다. 배드민턴 치는 여자들의 미끈한 다리는, 물고기들이 물살을 차내듯이 미술관 뜰의 잔모래들을 사삭, 차내며 명랑하게 움직인다. 바닥에 떨어진 공을 주울 때 짧은 진치마는 더욱 아슬히 올라간다. 어쩌면 엉덩이가 보일 듯하다. 그녀는 지레 가슴이 설레어서 얼른 지하철 공사장의 인부들을 바라본다.

저년, 여우 같은 년들!

우리가 보고 있다는 걸 알고 더 그러는 거야!

귀엽잖아, 놔둬! 우리 같은 처지에 돈 안 내고 어디 가서 공짜로 저런 구경을 하겠나? 아, 나는 피로가 다 풀리네 그래!

밝히기는!

뭐, 눈으로 바라보기만 해도?

그녀는 더 듣고 앉아 있을 수가 없어 일어선다. 인부 중의 한 사람이 담배를 땅바닥에 내꽂으며 그녀 쪽을 쳐다본다. 그녀는 그 눈길에 황황해져 잔 꽃무늬가 퍼져 있는 플레어 치맛자락을 여미며 성큼 인도로 내려선다.

여름이 지나도록 아무 일도 없었던 그녀의 심금에, 그로 인한 슬폼은 한순간에 시작되었다. 아무 연대감을 갖고 있지 못한 그 남자에게로의 이끌림은, 가끔 한밤중에 잠이 깨었을 때, 그녀 가슴을 훑고 지나가던 참담함, 그 불안을 막아주던 식물들의 위로, 지금 이 칠흑 같은 밤중에도 뿌리들은 흙 속에서 키를 키우겠지 싶어, 눈물을 삼키던, 그 위로까지도 뛰어넘어 그녀를 길게 울게 했다. 그녀는 그 남자에게로의 이끌림이 나흘 전부터가 아니라, 수천 년 묵은 슬픔으로 뿌리를 틀고 있었던 것을, 이제 풀어낸다는 듯이 길게 울었다.

그는 사진 기자다.
그녀는 그를 처음 만났을 때처럼 눈을 내리깔면서 살포시 웃는다.
그는 사진 기자다.
그녀는 얼굴을 하늘로 향하고 목을 젖혀보기도 한다.
그는 사진 기자다.
그녀는 엉덩이를 뒤로 빼며 수족관을 들여다본다.
그는 사진 기자다.
그녀는 영화관 앞에 멈춰 서서 예쁜 여배우가 정수리에 총부리를 대고 있는 스틸을 구경한다.
그녀는 자신이 멈출 때마다 그가 사진을 찍는 듯했고, 그래서 그녀의 산보는 다소 포즈를 취하는 듯해 부자연스럽다.

그녀가 지금 움직이지 않고 서 있는 자리는 그의 명함 속에 적힌 빌딩 맞은편이다. 그녀 속에서 그녀와 함께 숨을 쉬던 그가, 정작 진짜 그가 있는 빌딩 앞에서 그녀가 걸음을 멈추자, 재빠르게 달아난다. 그가 빠져나가버리고 혼자 남아 그녀는 오랫동안 빌딩을 바라보고 서 있다. 그녀는 거기 서 있으면서 자신이 지금 뭘 하고 싶은지를 알아냈지만, 곧 포기한다. 전화를 한다면 그는 나를 멸시할 것이야. 그 생각 속으로 다시 복받쳐 오르는 불안 때문에, 커다란 유리창이 있는 커피집으로 들어가는 그녀의 뒷모습은 금방 쓰러질 듯 맥이 빠져 있다. 바깥에서 오랫동안 바라보았던 빌딩이 잘 보이는 곳에 자리를 잡고, 그녀는 폭삭 무너진다. 커피가 날라져올 때, 유선 방송 음악이 바뀌었다. 그녀는 그 자리에 무너져 처음으로 빌딩만 바라보던 눈길을 찻집 구석에 매달려 있는 스피커로 옮긴다.

당신의 눈썹처럼 여윈 초승달 숲 사이로 지고
높은 벽 밑둥아리에 붙어서 밤 새워 울고 난 새벽
높은 벽, 높은 벽, 높은 벽, 높은 벽, 높은 벽, 높은 벽 아래
밤새 울고 난 새벽

그녀는 팔소매로 눈자위를 꾹꾹, 눌러줘야 할 만큼 금세 눈물이 고인다. 그녀는 찻잔을 밀어내고 햇살이 소복한 그 자리에 엎드린다. 그녀는 그녀 자신이 지금 그녀를 관찰하고 있음을 느낀다. 관찰하고 있는 그녀는 엎드려 있는 그녀를 어느 정도 알고 있다. 엎드려 있는 그녀가 지금 탁자 위에 눈물을 쏟고 있는 그녀가 나흘 전부터 무언가에 휩싸여 있다는 것을. 한가지 것에 휩싸인 그녀는 다른 모든 것에 태만해졌다는 것을. 그녀는 바보같이 군다. 걷다가도 아무 것하고나 부딪친다. 말투는 평소보다 더 느릿느릿해졌고, 눈초리는 방심해 있다. 무언가를 바라보고 있지만 아무것도 보고 있지 않다. 뭔가를 슬퍼하는 것 같은데도 곧잘 웃는다. 그녀는 자신을 관찰하

고 있는 자신이 싫은지 고개를 쳐든다. 고개를 든 그녀의 눈에는, 지금까지 관찰하고 있던 그녀가 전혀 보지 못했던 불안이 넘치도록 담겨 있어서, 관찰하던 그녀는 놀라 사라져버린다. 고개를 든 그녀는 노트를 꺼내고 거기에 뭔가를 적기 시작한다.

지난여름, 그 무위 속에서도 비교적 선명하게 영상으로 떠올랐던 그것은 미나리밭이었다. 어쩌면 그곳은 밭이 아니라 저절로 생긴 야생 미나리 군락지였는지도 모른다. 그 속에 등장하는 여자 아이 둘의 나이가 아홉 살이나 열 살 어쩌면 여덟살이었다는 짐작으로 미루어보아, 그리고 그 두 여자 아이 중의 한 아이는 내 어린 시절이었으니 이십 년은 거슬러올라가야 하는 그때에, 더구나 그 지방의 농사짓는 사람들의 농작물 선호도로 보아, 일부러 미나리를 가꾸지는 않았을 것이라는 생각이, 영상 속의 그곳이 미나리 야생지였을 거란 쪽으로 기우는 것이다. 하지만 야생지라고만 보기에는 영상 속의 미나리지는 너무 넓었다. 끝도 없는 초원 지대 같은 그런 미나리지를 바라보고 있었다는 기억. 어쩌면, 그래 어쩌면 진짜로는 몇 평 안 되는데 내 영상이 그 땅을 끝도 없이 넓혔는지도 모르겠다. 그만큼 나는 골똘히 그 미나리지를 생각하곤 했으니까. 그곳에 파란 미나리들의 허리가 반쯤 물에 잠겨 있었다. 삼월이거나 사월이거나 오월. 포근한 햇살이 또 거기에 있었다. 여자 아이 둘은 파란 미나리지를 바라보며 뭘 하고 있었을까? 도대체 뭘하고 있었길래 옷을 벗기 시작했을까? 그 미나리지 둑 밑으로 도랑이 흐르고 있었으니, 그 여자 아이들은 장난을 치다가 혹시 그 물속으로 빠졌던 건 아닌지. 젖은 옷을 말리기 위해 옷을 벗었던 건 아닌지. 왜 옷을 벗었는지는 모르겠는데 그애 등의 푸른 점은 선명하다. 둑의 돋아오른 풀 위에 엎드려 있던 터라, 처음에 나는 풀물이 묻어 이는 줄 알았다. 파란 풀에 휩싸여 하얗게 엎드려 있던 그애의 작은 몸. 내 기억 속에선 그애의 몸만 있다. 그애에겐 어쩌면 내 몸만 있을 것이다. 하지만 지난여름 무위 속에서, 용케도 그 미나리지를 사진으로 찍어 내면서, 나는 내가 봤던 그애의 몸과 그애가 봤을 내 몸을 동시에 만들어넣었다. 아름다운 쪽은 그애다. 나는 그앨 사랑했으니까. 훗날엔 어땠을지라도 그 순간엔 그애도 나를 사랑했기를. 만약 그렇다면 내 지난 여름날처럼, 그애가 혹시 그 미나리지를 생각해낸다면, 그애의 영상 속에선 내가 더 아름다울 것이다. 사랑이란 그런 것이다. 처음에 여자 아이들은 그 파란 미나리지를 바라보며 팔은 괴서 턱을 받치고, 엎드린 채로 발을 허공에 뻗어대며 흔들었다. 공중에서 둘의 복사뼈가 부딪치지만 않았더라도, 나는 일어나 앉지 않았을 것이다. 일어나 앉지 않았더라면 나는 그애의 어리고 부드러운 몸을 보지 못했을 것이다. 그앤 그대로 엎드린 채로 팔을 뻗어 자신의 발을 동그랗게 끌어당겨 복사뼈를 매만졌는데, 나는 끌어당기는 대로 타원형으로 구부러지는 그애의 몸이 신기해서 내 아픈 곳을 만지다 말고 그앨 바라봤다. 그애 하얀 등의 푸른 점도 부드럽게 구부러져 있었다. 내 손바닥이 그 점으로 뻗어갔으나 그 푸른 점을 다 덮지는 못했다. 내 손바닥은 작았고 그애의 푸른 점은 넓었다. 지난여름, 그 무위 속에서 나를 버티게 해준 건 바로 이 푸른 영상이다. 나 혼자만 간직한 이 영상을 그 침묵의 무더위 속에서 생각하고 있으면, 어떤 희열이 시원하게 나를 감싸오곤 했다. 하지만 내게 이 영상을 글로 옮겨보게 만든 것은 그 보드라운 희열이 아니다. 영상 속에서 그애의 푸른 점을 덮었던 내 손바닥은 그 점 위에서 머물러 있지만은 않았다. 내 손바닥은 그대로 그애의 목덜미 쪽으로 올라갔고, 엎드려 있던 그애는 간지러운지 돌아누웠다. 그애의 눈, 잉크빛 하늘이 담겨 있던 눈동자, 하얀 목, 밋밋한 가슴, 도드라져 있던 분홍색 젖꼭지. 그애가 눈을 찡긋거리면서 내 뺨에 입술을 댔다. 나는 떨었을 것이다. 그러면서 그애의 메마른 입술에 내 입술을 포갰을 것이다. 영상은 여기에서 끝난다. 영상이 끝난 자리엔 야생 미나리 군락지도, 벗은 여자 아이 둘의 몸도 없다. 그 자리엔 내 쓰라린 상처와 그애의 차가운 멸시가 남아 있다. 풀밭에 벗어놓은 옷을 입으면서 나는 생각했었다. 너를 나 자신보다 더 사랑할 거야. 하지만 그앤 나와 반대였었나보았다. 그앤 다시는 나와 함께 그 미나리지에 가주지 않았고, 내가 부르거나 찾아가면, 엄마한테 다 일러줄 거야, 소리를 쳐서 겁을 주었다. 봄이 가고 초여름이 다 되었을 무렵에야 그 야생 미나리 군락지가 바라다보이는 다리 위에서 나는 그앨 만날 수 있었다. 내가 이름을 부르자 그앤 도망쳤었다. 그러다가 되돌아 달려와서 주먹을 꽉 쥐고 내 뺨을 제 힘껏 때렸다. 그 영상의 희열 뒤에 남는 이 아픔……

그녀의 글은 군데군데 눈물에 얼룩이 져서 글씨가 번진다. '야생 미나리 군락지' '나 혼자만 간직한 푸른 영상' '메마른 입술' '어떤 희열' '그애의 푸른 점' '너를 나 자신보다 더 사랑할 거야' '영상이 끝난 자리' 등등에.

놀랍게도 그녀는, 그의 얼굴을 볼 수 있게 된다. 노트에 떨어진 눈물 자국이 다 말라가고 있을 무렵, 빌딩 안에서 그가 걸어나왔던 것이다. 그의 옆에는 한 여자가 서 있다. 그의 어깨에는 카메라가 메져 있다. 꿈인가? 그녀는 손바닥으로 유리창을 만져본다. 그는 분명 찻집 유리창 건너, 빨간불이 켜져 있는 신호등 건너에 서 있다. 신호등이 파란불로 바뀌자, 그 남자와 여자는 사람들 속에 섞여 그녀가 있는 쪽으로 건너온다. 여자를 바래다주러 온 것일까? 그는 그녀가 앉아 있는 유리문 바로 앞에서 여자에게 손을 내민다. 여자는 씽긋 웃으며 내민 그의 손을 가볍게 잡고 흔들더니 길 저편으로 뛰어간다. 이제 혼자 남은 그 남자. 그녀는 마치 화면을 보라보듯이 유리문 안에서 그 남자를 바라보고 있다. 방금 헤어져서 저쪽으로 뛰어간 여자를 뒤돌아볼 때, 그도 그녀를 바라본 듯했다. 다시 신호등이 바뀌기를 기다리며 무심히 찻집 쪽을 돌아봤을 때도, 그는 그녀를 바라본 듯했다. 하지만 그는 두 번씩이나 그녀 얼굴을 보면서도, 그녀를 지나쳐 다시 신호등을 건너가고 빌딩 속으로 사라져버린다.

그녀는 다시 거리에 있다. 탁자에 엎드려서 눈물을 글썽이며 그 애에 대한 영상을 새 노트에 적어놓고 나니, 나흘 전부터 그에게 품었던 슬픔이 어느 정도 사라진 듯하다. 아니다. 어쩌면 바로 눈앞에 두고도 그녀를 못 알아보는 그 남자에게서 받은 놀라움이 아직도 그녀 마음속에 풀기를 세우고 있어서일지도 모른다. 그날, 소매가 없는 자주색 실크 블라우스 아래 좁쌀만한 소름이 돋은 채로 얌전하게 놓여져 있던 그녀의 팔은, 추운가보군, 무심한 그의 한마디로, 무심한 그의 쓰다듬음으로, 그랬다, 욕망을 품게 된 것이다. 아직 추억이 되지 못한 욕망은 파릇파릇하다. 그것이 격렬하게 불타올라 그녀는 방심 상태가 돼버린 것이다. 그녀는 그가, 그녀 내부 안에 일어나고 있는 이 불안을 알아주기를 바라지는 않는다. 알아주기를 바라다니? 아니다. 그녀는 자신의 욕망을 자신에게 내보이는 것만으로도 지금 벅차다. 슬픔에 사로잡힌 자신의 육체를 바라보고 있기만으로도. 그런데도 그가 바로 그의 눈앞에 있는 자신의 얼굴을 그것도 두 번씩이나 지나쳐가자, 그녀는 지금 야릇해진 것이다.

이제 그녀는 전화를 건다. 사진 기자인 그에게가 아니다. 화원 단골 최에게다. 마흔 살쯤 되어 보이는 최는, 언제나 그녀가 예뻐서 못 견디겠다는 표정을 짓곤 했다. 그녀는 수화기에 매달려 자신이 있는 위치를 그가 혼동하지 않도록 설명하고 나서, 잊지 않고 덧붙인다.

일 때문에 지나가다보니 이 앞이잖아요. 그래서 차나 한잔 할까 하구요.

전화를 끊고 자리로 되돌아온 그녀는, 최에게 전화를 건 것에 대해 후회하는 빛이 역력하다. 이 마음의 이중. 그녀는 우울해져 손깍지를 깊게 낀다.

잊었을까, 그는? 그날 밤, 내 팔을, 소매 없는 자주색 실크 블라우스 밑에서 찬 밤바람에 오소소 소름이 돋은 채로 떨고 있던 내 팔을?

그녀는, 최가 들어와 맞은편에 앉는 것을 전혀 모르는 듯 깊게 낀 제 손깍지만 보고 있다. 최가 팔을 뻗어 그녀의 어깨를 짚는다. 가만히 짚었을 뿐인데 그녀는 거의 무너졌다가 일어난다. 최의 흰 와이셔츠 주머니에 잉크가 한 방울 묻어 있다. 자신의 얼굴에서 곧 시선을 돌려 잉크 떨어진 자국을 바라보는 그녀 때문에 최도 새삼스럽게 자신의 와이셔츠 주머니를 내려다본다.

이거? 글씨가 잘 안 써져서 만년필을 흔드는데 잉크가 튀었어.

하필이면 여기에 튀었담.

그녀가 하아 웃자, 최는 곧 명랑해진다.

웃으니까 더 이쁜데, 우리 뽀뽀 한번 할까?

홍!

홍이라니! 코 나올라!

그녀는 정말 코라도 나오는 듯이 자신의 코를 손바닥으로 쓱 문지른다. 최는 예의 그 예뻐죽겠다는 표정을 지으면서 담배를 꺼내 문다.

그런데 웬일? 이런 적이 없었잖아. 저녁 한번 함께하자고 그렇게 보채도 사미승이더니…… 오늘 저녁은 어때?

배드민턴 치러 가야 돼요!

그녀의 입에서 엉뚱한 대답이 튀어나온다. 배드민턴이라니? 자신이 말해놓고, 그녀가 놀라 눈이 휘둥그래진다.

배드민턴?

최가 입에 문 담배를 내려놓지 않고 배드민턴?이라고 반문을 하는 통에 입술에 물려 있던 담배가 탁자에 떨어져 데구루루, 구르더니 바닥에 팽개쳐져버린다. 최가 담배를 주우려고 몸을 굽히고 바닥에 숙이는데 흰 주머니에 튄 잉크 방울이 형편없이 구겨진다. 그녀는 갑자기 참을 수가 없어져서 발딱 일어나 재빠르게 최에게서 달아난다. 하지만 곧 뒤따라나온 최에게 그녀는 팔목을 억세게 붙들린다. 최근 그녀가 한 번도 본 적이 없는 사나운 표정으로 그녀를 노려보고 있다.

잘못했어요!

뭘?

그녀는, 오늘 처음으로 정신이 번쩍 든다. 최가 뿜어내는 사나움을 그녀는 용케도 알아낸다.

네가 뭘 원하는지 나는 알아!

아니예요, 틀렸어요.

최는 그녀를 끌고 지하 계단으로 내려간다. 그녀는 버둥거리지만 최의 힘은 완강하다. 어떻게 해서든 도망쳐야 한다고, 최로 하여금 노여움을 풀게 해야 한다고 마음을 먹지만, 숨소리만 높아질 뿐 그녀는 버둥거리는 것조차도 힘이 든다.

제발…… 나를 놔줘요, 제발.

왜 나를 찾아왔지? 그런 나태한 표정을 짓고서 말이야. 그리구선 지금은 놔달라고? 사람을 잘못 봤군. 내가 그래줄 것 같은가? 자자, 긴장을 풀라고. 너무 긴장하면 재미없어. 여긴 비상구야. 엘리베이터가 고장이 나지 않는 이상은 아무도 여기에 오지 않아. 또 한두 사람쯤은 어때? 관객이 있으면 더 재밌지 않겠어?

최는 그녀를 계단 모서리로 몰아붙이고 그녀의 치마를 확 들춰올린다. 그녀가 놀라 최의 어깨를 물어뜯자, 최는 주먹을 꽉 쥐고 그녀의 귀뺨을 내리친다.

제발 이러지 마!

그녀도 있는 힘껏 그의 귀뺨을 내리쳤지만, 최는 재빠르게 그녀의 손을 붙잡아 등뒤로 억세게 돌려놓는다. 그녀는 눈을 질끈 감는다. 지하 계단의 천장과 벽이 괴로운 숨을 몰아쉬며 좁혀든다. 힘이 빠진 그녀를 최는 조금 느슨하게 풀어준 뒤 그녀의 입술을 더듬는다. 그녀는 입술을 꽉 다문다. 아무리 열려고 해도 열리지 않는 그녀의 입술에 화가 난 최는 다시 힘을 가해 그녀를 벽으로 밀어붙인다. 그녀의 치마는 이미 벗겨져 바닥에 흘러내려 있다.

여기서 이러지 말아요…… 방으로라도…… 나를 방으로라도 데려다줘……

네가 달아나지만 않았다면 그럴 양이었지. 우선 향기로운 저녁을 먹고, 술을 한잔 곁들이고, 강변이 내려다보이는 곳으로 춤을 추러 가고, 그렇게 부드럽게 순서를 밟을 양이었지. 하지만 네가 급해 보여서 말야, 이렇게 거칠게 바뀌어버렸구나. 이것도 괜찮잖니. 조금만 협조해준다면 더 좋겠는데…… 오늘은 이렇게 반항해도 내일은 너 스스로 전화할걸. 여기에서 나를 기다리겠다고 말야…… 니 얼굴에 씌어져 있어. 나 죄 없어. 다만 니가 말 못 하는 걸 내가 알아서 해주는 것뿐이야…… 자, 그러니 좀 얌전히 굴어.

다시 거리에, 그녀는 놓여졌다. 정신을 온통 무엇인가에 내맡기고 있어서, 그녀는 헛껍데기다. 거리의 그 어느 누구도 그녀가 외로이 그들 속에 섞여 있다는 것을 주의 깊게 보는 것 같지가 않다. 다만 어떤 여자가, 뒤로 묶어놓은 방울 달린 머리끈이 느슨하게 풀어지는 것도 모르고 가는구나, 하였을 것이다. 조금 더 주의 깊게 본 사람이라면 최에게서 얻어맞았을 때 터진 그녀의 귀가 뺨 쪽으로 통통 부어올라서 갸름한 그녀의 얼굴형이 야릇해진 것쯤은 보았을 것이다. 어쩌면 또 어느 누구 하나쯤은 그녀의 창백한 얼굴빛을 보고 사람의 얼굴이 저렇게 파리해질 수도 있다니…… 어디쯤에서 쓰러지나, 싶어 호기심으로 한번쯤 그녀를 돌아다봤을지도 모른다. 하지만 더 이상은 그녀에 대해 관심 없이 사람들은 그녀를 앞질러 가거나 마주쳐 지나간다. 그녀의 머리를 겨우 한곳에 모아놓고 있는 방울 달린 머리끈은 곧 땅바닥에 떨어질 것이다. 하지만 그때도 그녀는 그걸 모르고 걸어갈 것 같다. 그래도 지금은 그 방울 달린 머리끈 때문에 그녀의 검은 머리는 그녀의 목덜미 뒤에 모아져 있다. 그녀가 걷는 대로 그 머리끈은 따라 움직이면서 그녀의 감춰진 목덜미를 어루만지고 있다. 그녀가 건물 사이사이를 걸을 때 그 머리끈은 때때로 햇빛을 받아 황금색이 되기도 한다. 넋이 나간 듯했지만 그래도 자연스러웠던 그녀의 걸음걸이가 어느 순간 뻣뻣해지기도 한다. 그럴 때면 그녀는 몹시 오한이 나는 듯 멈춰 서서 오들오들 떨다가 다시 걸음을 옮긴다.

그녀가 걸음을 멈춘 곳은, 그녀가 화원으로 영원히 되돌아가지 않겠다고 마음먹은 곳은, 미술관 앞이다. 어둠이 내려 있는 미술관 앞의 공터는 괴괴하다. 노란 철책에 기대어 담배를 피우던 인부들도 가고 없다. 다만 땅을 깊게 파먹은 포클레인이 여전히 공룡의 형상을 하고, 공터로 내려서는 허깨비 같은 그녀를 지켜보고 있다. 그녀는 지난 오후에 그녀가 앉아 있던 나무 그늘 밑을 지나, 인부들이 피로한 목소리로 음담을 늘어놓던 노란 철책 밑으로 쓸리듯 걸어가고 있다. 철책 밑에서 그녀는 담배꽁초 하날 줍는다. 이걸로 뭘 하지? 어리둥절한 표정이던 그녀는 잠시 후 꽁초를 입에 물고 피로한 듯 철책에 기대어 담배 연기 내뿜는 시늉을 해본다. 저기였지. 그녀는, 한낮에, 짧은 진치마를 입고, 햇살 아래서, 인부들의 시선을 의식하며, 여자들이 힘껏 배드민턴을 치던 자리를 슬픈 눈으로 더듬는다.

슬픔 때문에 죽을 수도 있다고 생각한 또렷한 기억이 그녀에겐 있다. 나를 사랑하느냐고 묻기도 전에 다가온 그애의 돌연한 멸시를 갚아주기 위해서는, 죽을 수밖에 없다, 내 죽음만이 그애의 마음을 돌이켜놓을 것이다. 언젠가 죽어야 한다면 지금 여기서 죽으리라. 그녀는 그 푸른 영상 속의 야생 미나리 군락지 앞에 쪼그리고 앉아서, 여기서 어느 날이든 죽으리라, 너의 마음을 돌이켜놓기 위해서라면 난 죽으리, 그 매일매일을 그 생각으로 버티었다.

그녀가 담배꽁초를 버리고 가만히 일어선다. 그녀가 포클레인을 향해 천천히 걷는다. 그녀가 힘껏 손톱으로 포클레인 몸체를 긁어본다. 포클레인은 긁혀지지 않는다. 그래도 계속 긁어대니, 그녀 손톱이 부서져 달아난다. 그녀가 이제 포클레인 아무 곳이나 몸으로 밀어보고 있다. 미는 게 아니라 부딪쳐보고 있다는 표현이 맞을 것이다. 몇 발짝 떨어져서 힘껏 달려들어도 포클레인은 꿈쩍도 안 한다. 그녀는 어마어마한 곳을 쳐다보는 양, 포클레인 아가리를 오래 쳐다보더니, 신발을 팽개치고 낑낑대며 포클레인 위로 올라가기 시작한다. 정강이가 쇠붙이에 부딪혀 깨지는 소리가 났고, 기어가느라고 엎드린 몸을 펼 때는 포클레인 모서리에 그녀의 가슴살이 패여 찢겨진다. 그런데도 그녀는 별로 고통스럽지 않은 모양이다. 다만 위험스럽게 포클레인 몸체에 매달려서 아가리 쪽으로 한 땀씩 바느질하듯, 한 뼘씩 좁혀가고 있다. 최가 사납게 다루어 실밥이 뜯겨져 있던 치마의 호크가, 어디쯤에서 마저 뜯겨져, 치마가 주루룩 흘러내린다. 그동안 간신히 그녀 목덜미에서 대롱거리던 방울 달린 머리끈도 풀어져나가, 그녀의 검은 머리채는 산발이 되어 있다. 포클레인 아가리 속엔 지하에서 떠낸 흙이 반쯤 차 있다. 그녀는 후욱, 숨을 몰아쉬며 그 흙 속에 두 발을 꼬옥 묻는다. 뭔가 안심이 된다는 표정이다. 자꾸만 흙을 퍼올려 자신의 무릎을 묻고 허벅지를 묻고 엉덩이를 묻던 그녀는 무슨 생각이 났는지 호오, 웃기까지 한다.

당신은 잊었지? 그날 밤 내 소매 없는 자주빛 실크 블라우스 밑의 팔뚝에 돋아 있던 좁쌀만한 소름들, 그걸 쓰다듬어주었던 일을, 당신은 잊었어, 내가 어떻게 해야 당신이 나를 기억할까.

그녀는 더 이상 자신을 매장할 흙이 없어 손짓을 멈추고 밤별들을 눈으로 올려다본다. 그의 얼굴이 잠시, 별들 속에 섞여 피어났을 때 그녀 눈 속의 공허함이 잠시 사라진 듯했다. 그러나 곧 다시 초점이 없어진다. 너무 짧은 공허한 빛남. 지금 그녀는 넋을 잃었을까? 공허한 빛남이 사라지고 난 뒤 그녀는 아무 짓도 안 하고 끄덕끄덕 졸고만 있다. 가슴살이 찢겨나갈 때 스며든 피, 그 피비린내가 바싹 말라갔을 때쯤이었을까? 꼭 한 번 힘껏 눈을 떠보는 것도 같았다. 그리고 밤별이 질 무렵, 그녀가 겨우 한 일은, 꾸물꾸물 윗옷 주머니에서 노트를 꺼내 아무 장이나 펼치고서, 해사하게 웃기까지 하며, 뭔가 꾹꾹, 눌러 적어넣을 양을 하다가는, 힘이 팽기는지 눈물 젖은 얼굴을 푹, 수그리는 일이었다.

새야 새야

——눈이 녹고 봄이 와서,

　새햇살을 받으며 그 마을의 신작로를 지르고 비탈을 건너고 능선을 지나던 한 거렁뱅이 여인이 무언가 생각난 듯 골짜구니로 내려갔다. 여인은 잘잘거리는 개울물 소리를 들으며 버려진 삽을 집어 한나절을 땅을 팠다. 구덩이에 여자와 남자의 얼음이 덜 풀린 몸을 옮기고는 그때껏 열려 있는 사체의 검은 동공을 손바닥으로 쓸어 닫아주었다. 비린내를 내며 썩어가는 개의 피 묻은 뜬눈도 감겨주곤 거렁뱅이 여인은 가던 길을 찬찬히 갔다——

(쉿,
조, 조용히 해.)

작은놈은 턱턱턱, 우물 벽 돌 그루턱을 타고 밑으로 내려간다. 오래전에 물이 말라버린 우물은 세 발만 짚으면 바닥이다. 그 바닥에 낮부터 내려 쌓인 눈을 융단처럼 깔고 앉아 여자는 졸고 있다. 배가 고파서 정신이 들 때까지 여자는 그러고 졸 것이다. 안채의 나씨는 여자가 이 우물 속으로 기어드는 걸 가장 질겁했다. 해괴한, 나씨는 작은놈이 우물 속에서 졸고 있는 여자를 업고 나올 때마다 가까이 오려고도 하지 않고 마루 끝에서 발을 굴렀다.

작은놈은 여자를 먼저 우물 밖으로 밀어내놓고 기어나온다. 비척대는 여자를 부축여 걷게 하고 자루를 든다. 기미가 이상한지 마루 밑에서 푸른눈을 번득이고 있던 개가 빠르게 기어나와 작은놈과 여자의 그림자를 밟는다.

(쉿, 새야, 날아가지 마. 누, 눈아 잠시 멎어봐. 다, 달아 구름 속에 들어가 있어. 나, 나는 돌아갈 거야. 짖지 말아. 부르지 말아. 모, 모두들 자, 잠시만 숨을 죽여줘. 눈 뜨지 말아줘. 내, 내가 어디로 가는지 보지 말아줘. 나, 난 아무것도 남기고 싶지 않아. 바, 발짝까지 채, 챙겨가고 싶어.)

눈 쌓인 마당은 거울이다. 저만큼 까치밥이 말라비틀어진 감나무가 시커멓게 비치었고 생각난 듯 간간이 송이져 내리는 눈이 검은 얼룩으로 그림자진다. 졸음에 겨운 여자는 순하게 손 한쪽을 잡히고도 윗몸을 작은놈에게 기웃했다. 작은놈은 여자를 잡고 있지 않은 다른 손에 들고 있던 자루로 걸음을 막는 개를 밀어낸다.

개의 푸른 눈빛이 불안스러이 허둥거린다. 카앙, 개는 작은 놈에게 엉겨붙는다. 그 통에 졸음이 깨인 여자가 깜짝 놀란다.

숨겨주세요.

여자는 철로에서 작은놈에게 업혀올 때나 지금이나 그 말밖에 할 줄을 모른다. 그 말마저 끊은 지 며칠이어서 작은놈은 와중에도 여자에게 상대할 일이 생긴 게 반갑다.

(쉿, 조용히 하라니까.)

여자는 손가락을 입술에 갖다대는 작은놈을 향해 헤싯 웃었다. 작은놈은 개를 더 밀어내고 자루를 추스린다. 밀려난다 싶었던가? 작은놈이 여자를 이끌고 몇 발짝 떼었을 때 엉겨붙음을 그만둔 듯 싶었던 개가 사납게 달려와 자루를 물어뜯는다. 작은놈도 질세라 개를 걷어찬다. 개의 이빨에 뜯긴 자루 속에서 삽날이 눈빛에 번득인다. 함께 갈 수 없어. 작은놈이 돌아서자 개는 잠시 멈칫하더니 이번엔 작은놈의 정강이를 문다. 개의 잇새에 끼인 정강일 빼내려고 다리를 이리저리 휘저을 적마다 사금파리 같은 개의 이빨이 느껴온다. 꽉 깨물면 작은놈의 정강이에 그 이빨이 박히리라. 조금 느슨해진 틈을 타 개의 잇새에서 정강이를 빼낸 작은놈은 여자를 부추겨 뛴다. 다급해진 개가 재빨리 따라와 작은놈의 정강이를 카앙 물었다간 제 풀에 놀라 얼른 뱉어낸다. 피가 바지를 적신다. 놀라 꼬리를 엉덩이에 갖다붙인 개의 이빨도 빨갛다.

다행히 안채에선 아무런 기척이 없다.

작은놈은 비척거리며 여자를 다시 이끈다. 앞다리를 모으고 앉아 있는 듯 싶었던 개도 지지 않고 비틀거리며 작은놈을 따라 걷는다. 작은놈이 뒤돌아보면 집 쪽으로 물러서는 듯하다가 작은놈이 앞을 보면 얼른 사이를 좁혀온다. 작은놈은 자루를 내려놓고 여자를 그 위에 앉게 해놓고 개를 향해 홱 내닫는다. 개는 귀를 쭈뼛 세우고 뒤돌아 도망친다. 눈 위에 개의 발자국이 어지러이 찍힌다. 작은놈은 얼른 돌아와 여자를 부추기고 걷는다. 하지만 금방 개는 작은놈을 따라잡는다. 작은놈이 걸음을 멈추면 저도 멈추고 작은놈이 어버거리며 쫓으면 조금 뒤로 물러서기를 하며 사이를 좁혀온다. 작은놈이 폭폭했다. 소리를 지를 기회가 단 한 번이라도 있다면 지금 소리를 질렀을 것이다.

고샅을 돌아 신작로로 나왔을 때 작은놈은 신작로 가상의 큰놈 집을 건너다본다. 불탄 자리가 구덩이처럼 시커먼데 그 위로 눈은 종잇장처럼 가벼이 쌓인다.

(눈은 어떤 소리를 내지?)

(차가운 소리.)

밤하늘의 구름은 얼어붙었는데 달빛은 담장에서 은근하다. 사랑한다는 말을 단 한 번 세상의 공기 속에 섞어놓을 수 있다면…… 눈과 달빛과 바람에 휘감긴 큰놈 집을 건너다보는 작은놈의 눈에 큰놈의 휑뎅그런 눈이 잠겨온다. 그럴 수만 있다면…… 마음자리 마디마디에 접붙여져 짙푸르게 옹이진 그 말을…… 작은놈은 여자와 자루를 추스린다. 그 말을 이 세상에 주고 갈 수 있다면…… 작은놈은 슬몃 뒤돌아본다. 개는 눈 속에서 앞발을 가지런히 모으고 앉아 작은놈을 지켜보고 있다. 그렇다면 저 집의 한 시절에게 주고 가고 싶다. 어머니와 큰놈과 셋이서 살던 그 시절에게로.

그땐 웅덩이같이 아늑했던 집이었다. 그들이 집 안팎의 허공에 대고 그린 손짓 말그림은 거미줄처럼 포개져 떠다녔다. 소리가 없어 달팽이집같이 조용했지만 저 집에 셋이 살 땐 그들은 서로 시끄러워서 눈을 질끈 감곤 했었다. 문이 닫히거나 밥수저를 들었다 놓았다 하는 소리마저 끊길 때가 그들에겐 가장 시끄러운 때였다. 방

안에서 그들 셋이 시끄럽게 떠드는 줄도 모르고 마을 사람들은 그 집에 기어들어 감을 따가고 자두를 따갔다. 아무려나, 그들은 개의치 않았다. 그땐 모시천 같은 햇빛도 끌어당겨 덮고 잘 수 있을 것만 같았으니.

작은놈에게 외로움은 어머니의 부탁으로 나씨가 글을 가르쳐주면서부터 생겼다. 어머니는 글을 몰랐고 큰놈은 글을 깨치려 들질 않았다. 어머니가 늘 회초릴 들지 않았다면 큰놈은 읽으려 들지도 않았을 것이다.

ㄱ ㄴ ㄷ ㄹ ㅁ ㅂ…… 아 야 어 오…… 나씨가 그린 글씨들은 미로였다. 어머니와 셋이서 허공에 그린 손짓처럼 투명하질 않았다. ㄱ과 ㅏ를 합치면 가이면서 ㅗ랑 섞이면 고라니. 저희들끼리만 미로인 게 아니라 셋의 마음을 어지럽게 갈래지게 했다. 그들이 바람 속에 햇살 속에 그렸던 손그림으로는 헤아릴 수 없는 섞갈림이 ㄱ과 ㄴ 사이엔 있었다. 셋 사이의 틈은 그로부터 생겼다. 어머니에게 큰놈에게 ㄱ과 ㄴ 사이의 갈래진 것들을 일러줄 수 없게 되고부터 작은놈은 외로웠다. 손그림만으론 무언가가 그립고 모자라 허방을 딛은 듯 아슬아슬하기조차 했다. 그 골이 더 깊어지는 줄 알면서도 작은놈은 열심히 했다. 큰놈이 쓰는 걸 하지 않으려 해 어머니가 슬퍼했으므로. 어머니가 덜 슬퍼한다면 그것으로 되었기에. 결국 ㄱ과 ㄴ은 똑같았던 그들 셋을 달라지게 해놓았다. 어머니는 글을 모르는 사람이 되었고 큰놈은 읽을 줄만 아는 사람이 되었다. 오로지 그것 하나를 남겨주려고 살아왔던 것마냥 작은놈이 쓰고 읽는 걸 예사로 하게 되자 어머닌 자리에 누웠다. 작은놈에게 네모난 수첩에 볼펜을 달아서 호주머니에 넣어주며 어머니가 그린 마지막 손

그림은 너는 이것을 가졌으니 슬퍼하지 말고 미래를 가져라, 였다.

어머니는 알았을까. 큰놈이 쓰기가 고통이었던 건 소리를 들을 수가 없어서였다는 걸. 당장에 니은에 아를 보태면 '나'가 된다는 나씨의 글 가르치는 소리마저 들을 수가 없었으니. 어느 날 큰놈은 작은놈에게 노래책을 들이밀었다. 노래책 밑줄 그어진 노랫말엔 동백꽃이 떨어지고 있었다.

(눈물처럼 뚝뚝 떨어지던 동백꽃 말이에요.)

큰놈이 밑줄 그어온 곳은 뚝뚝, 이었다.

이게 무어지?

작은놈은 땅바닥에 막대기로 글씨를 썼다.

(꽃이 떨어지는 소리.)

소리?

(움직이는 것들에게선 소리가 나.)

어떻게 알아?

(귀에 들리는 거야.)

들린다구?

큰놈은 적막한 제 귀를 쓸쓸히 만져보았다. 큰놈은 하늘을 가로지르는 움직이는 기러기를 보았고 저 새는 무슨 소리를 내는가, 물었다. 작은놈은 또 막대기를 집어들었다. 포르르,라고 썼다가 작은놈은 휘저어내렸다. 그런들 소리를 들을 수 없는 큰놈이 포르르, 를 느끼겠는가. 작은놈은 기러기 날아가는 소리를 땅바닥에 적었다가 지웠다.

(그리운 소리.)

이후 큰놈은 소리를 듣는 게 아니라 작은놈이 써주는 대로 읽었다. 큰놈은 움직이는 것만 보면 물었다.

물은?

(헤어지는 소리.)

뱀은?

(눈이 감기는 소리.)

때까치는?

(대문 여는 소리.)

바람은?

(잠깨우는 소리.)

큰놈이 가고 작은놈은 잠을 보채이었다. 자신이 써주었으나 큰놈의 적막한 귓속에 갇혀만 있던 소리소리들이 작은놈의 잠 속으로 밀려들어와 소용돌이지며 떠돌다가 식은땀으로 밀려나왔다.

작은놈은 여자를 안으로 싸안는다.

소리를 이기게 해준 건 여자였다. 여자를 업어온 후 작은놈은 잠을 깨도 선뜻하지 않았다. 잠자는 여자의 마른 손가락에 손깍질 낄 땐 쿵쿵, 소리가 났는데 그것이 여자에게서 나는 것인지 자신에게서 나는 것인지 가만 숨죽여 가리다보면 다시 잠이 들곤 했다. 여자가 어디서 왔는지 어떤 사람이었는지 헤아리는 일은 어머니가 말한 슬퍼하지 말라는 말을 가늠해보는 일만큼이나 시리고 자욱할 뿐인데도 가슴 저렸다. 그 저림은 작은놈의 몸에서 손가락 하나 움직일 힘까지 쏙 빼내갔다. 그럴 적이면 작은놈의 귀에 그토록 넘치던 소리가 끊겼고 적막 속에서 아련히 무엇인가가 어서 오라고 손짓을 했다. 어서 와. 여긴 아무도 들여다보지 않지. 어느 틈으로든 들어가 숨어야 하기에, 우물도 굴도 들여다보이기에 작은놈에게 그 손짓은 반가움이었다.

작은놈은 걸음을 재촉한다. 새벽이 되기 전까지 거기엘 가야한다. 동이 트면 안 될 것이다.

미래.

어머니가 말한 미래는 무엇이었을까? 작은놈은 두엄을 내다가, 나락을 베다가 자주 하늘을 올려다보았다. 미래는 어디에 있는 것일까? 햇빛이 가물거리는 끝에 걸려 있는 것일까? 여름 밤하늘의 은하 같은 것? 오는 것인지? 찾아가야 하는 것인지? 그도 저도 아니면? 어머니는 글씨를 쓰고 읽을 줄 알게 되었으니 미래를 가져라, 했지만 그럴 줄 알게 되고부터 작은놈의 마음엔 투명이 걷히고 시리고 자욱하기만 했다.

그 마음이 작은놈으로 하여금 큰놈이 가져온 노래책 뒤에 수없이 적힌 주소의 한 이름에게 글씨를 써서 보내게 했다. 미래란 그런 것이려니, 저 먼 곳을 그리워해보는 것이려니. 우체부가 편지 한 장을 들고 와 코밑에 들이댔다.

이 작은놈?

작은놈은 편지를 가만 뜯어보았다.

……수없이 받은 많은 편지 중에서 댁의 편지가 제일 마음을 끌었어요. 정말 이름이 작은놈이세요? 저를 놀리려는 게지요? 어쨌든 그 점이 마음에 들었어요. 다른 사람들은 돋보이게 하려고 이름을 더 근사하게 지어 쓰는데 댁은 그 반대니까 진짜일 거예요. 다음 편지 땐 꼭 이름을 밝혀주세요 네?……

나씨가 맨 처음 가르쳐준 글씨는 '이작은놈'이었다. 나씨는 그게 너의 이름이라 하였다. 그런데 진짜 이름이라니?

미래와의 편지 왕래는 그리 이루어졌다.

사랑.

그 말도 편지에서 처음 읽었다. 미래는 사랑이란 말과 함께 사진을 넣어왔다.

(이렇게 멀리서 더 이상 아파하고 싶지만은 않아요. 그쪽 얼굴도 모르고 희망을 갖는 게 두려워요. 사랑해요. 지금까진 어디로 가는지도 모르고 그저 걷고만 있는 것 같았는데 지금부턴 그쪽을 향해 걸을래요.)

미래는 정말 걸어서 왔다. 사진 속의 큰 얼굴과는 달리 키가 도토리만한 여자였다. 와서는 작은놈을 보고는 설핏 고갤 돌렸다. 어마, 웃겨. 미래는 작은놈을 보고 길을 잘못 왔다는 표정을 감추려 하지도 않았다. 잠잘 때마다 별들에게도 산들바람에게도 단꿈꾸라고 속삭인다는 도토리만한 미래는 가만 대문을 밀고 빠끔히 얼굴을 들이밀던 거와는 달리 콰당,거리며 가버렸다. 미래는 그저 맥을 놓고 따라가보는 작은놈을 돌아다도 안 보고 다리를 건너 멀어지곤 다신 편지를 보내오지 않았다. 작은놈도 이후 다신 글씨 따윈 쓰지 않았다.

아아 — 소릴 질렀는데 혓밑에선 헛바람만 말려나올 때면 작은놈은 마을 외곽을 걸었다. 걸으면서 들었다. 바람 소리를, 물소리를, 기차가 지나가고 새들의 날개치는 소리를. 그러면 시리고 자욱한 마음이 조금 가라앉았다. 세상의 모든 소리를 다 들어서 속을 채우면 말을 못해 공허한 자리가 메워질 것만 같았다. 어느 날 밭에 씨감자를 묻고 있는데 저쪽 고랑에 먼저 심어놓은 것에서 호로로 소리가 났다. 가만 땅의 어둠에 귀를 대보니 감자에 붙어 있는 씨눈이 눈뜨는 소리였다. 씨눈은 캄캄한 데서 호로로 호로로 눈을 떴다.

거길 가면 어머니도 눈을 떠줄 것이었다. 호로로 호로로.

작은놈이 다시는 안 쓰리라던 글씨를 다시 쓰게 된 건 큰놈 때문이었다. 이름도 없이 큰놈 작은놈이라 불리는 형제를 일을 부리며 가까이 두고 살았던 나씨는 더는 참을 수 없다며 큰놈의 아내가 그 사내와 함께 자고 있는 역전 앞 여관에 김씨 최씨와 함께 들이친 후 돈뭉칠 가지고 왔다.

나씨는 손과 발로 열심히 큰놈을 설득했다.

집으로 들어올 예펜네가 아니라네. 거저 맥없이 삐낄 수는 없잖여. 이리 헐 수밖에 읇없어. 이걸루다 논을 사드라고. 잘 갖구 있어. 내 알아봐 사줄 테니께.

나씨는 큰놈 마음이 어쩐지 몰랐다. 아니 알 수가 없기도 했다. 큰놈은 돈뭉칠 앞에 놓고 이틀을 앉아만 있었다. 작은놈은 가끔 먹을 걸 가지고 가서 방에 들이밀었다. 큰놈은 멀거니 바라다만 볼 뿐 아무것에도 손을 대지 않았다. 삶은 고구마며 감 따위가 들이미는 대로 쌓였다.

이대루 죽을쳐!

작은놈은 버럭 성을 냈지만 마음이 시렸다. 사흘째 되는 밤에야 큰놈은 휘청이며 작은놈을 찾아왔다. 그들은 어두운 방에 불을 켜고 한바탕 허공을 휘저었다.

글씨를 써주어.

누구한티?

니 형수한테.

인제는 안 온대잖여.

와, 한 번은 와. 벽장 속에 가방이 있거던.

뭐라 써?

큰놈은 속주머니에서 두툼한 책을 내밀었다. 큰놈이 펼쳐놓은 쪽에 붉은 줄이 그어져 있었다. 작은놈은 밑줄쳐진 데를 읽어보았다.

(살아가는 것이 슬픈 생각이 든다.)

작은놈은 슬픈 생각이란 말을 가만 들여다보았다.

큰놈은 접어놓은 다른 쪽을 폈다.

(당신도 그러겠지만 슬퍼도 당신은 그에 버금가는 힘을 가졌으면 한다.)

큰놈이 그 문장들을 모아서 그대로 써달라기에 작은놈은 공허히 고갤 저으며 화가 난 듯 손그림을 그렸다.

글씨는 다신 안 쓰기루 한 거 알잖여.

다시 쓰기루 하면 안 되나?

그걸루 형수를 붙잡진 못한단 말이네.

아름다이 보내줄 순 있지.

작은놈은 큰놈의 검은 동공을 멀거니 바라보았다. 아름다이? 글씨가 그런 일을? 그럴 수 있으리란 생각을 작은놈은 한 번도 안 했다. 작은놈은 그제서야 큰놈이 밑줄 그어온 문장을 모아 보았다.

(살아가는 것이 슬픈 생각이 든다. 당신도 그러겠지만 슬퍼도 당신은 그에 버금가는 힘을 가졌으면 한다.)

작은놈이 엎드려 큰놈이 밑줄 그은 문장을 다 옮겨 적었을 때 큰놈은 작은놈의 어깨를 툭, 쳤다.

이걸 갖고 떠나라고도 써주어.

큰놈이 꺼내놓은 건 나씨가 놓고 간 돈뭉치였다.

이건 형거라고 했잖여.

작은놈은 글씨를 쓰던 걸 멈추고 또 한바탕 허공을 휘저으며 대들었다. 큰놈도 막무가내였다. 작은놈은 나씨에게 들은 대로 형수는 형에게 이제 오지 않으니 돈을 형수에게 줘서는 안 된다 했고, 큰놈은 그 사내에게서 받아낸 돈을 자기가 가질 수는 없는 것이라 했다. 우리들 중 그 돈을 갖기에 알맞은 이는 그래도 형수라 했다. 작은놈은 형수는 나쁘다 돌아오지 않는다만 저어댔다. 그러다가 손짓이 물끄럼해져버렸다.

그리두 내 맴을 모르겠니.

가슴을 탕탕탕, 치는 큰놈의 얼굴이 창백해졌다. 그리 계속 치면 구멍이 뚫려도 뚫릴 것이었다. 작은놈은 그처럼 창백하고 그처럼 노염을 탄 큰놈을 그적 못 보았다. 슬픈 생각이란 저런 것인가.

누군들 내 곁에 있고 싶으까. 니 형수도 그것뿐이야. 기찰 타구 먼데로 가라구 그리 써주어.

작은놈은 할 수 없이 덧붙였다.

(살아가는 것이 슬픈 생각이 든다. 당신도 그러겠지만 슬퍼도 당신은 그에 버금가는 힘을 가졌으면 한다. 이 돈으로 기차를 타고 먼데루 가라.)

그러고도 큰놈은 뭔가 부족한지 작은놈을 쳐다보았다.

더는 안 쓰리라, 했지만 버티고 앉아 있는 큰놈에게 또 떠밀려서 작은놈은 삐툴삐툴 그리구 행복하여라, 를 말미에 써넣었다. 그제야 큰놈은 작은놈이 차려준 밥을 떠먹었다. 밥을 먹고 비척비척 걸어가는 큰놈을 따라가니 큰놈은 벽장문을 열고 형수가 챙겨놓은 가방을 열고 편지와 돈뭉칠 집어넣었다. 뚜껑을 닫으려던 큰놈은 무슨 생각이 났는지 형수가 자주 입던 긴 치마를 꺼내서는 오래 들고

서 있었다.

　작은놈은 마을의 끝진 데로 돌아선다.

　더는 개를 쫓지 않는다.

　자신이 지금 개 못 따라오게 하듯 언젠가 큰놈이 자신을 그리 내몰던 기억이 났던 것이다. 작은놈은 어린 시절 그 웅덩이 같은 집에서 큰놈과만 있을 때 또래들이 입술을 둥글게 네모지게 모으거나 흐트러뜨려 말이라는 걸 한다는 걸 몰랐었다. 빠꼼히 대문을 밀고 길을 내다보니 또래들의 입은 나팔꽃같이 열려지고 닫혀졌다. 그때마다 음악 소리가 나는 것 같았다. 작은놈은 입을 벌리고 아, 해보았다. 이게 뭐야? 누구에게나 나는 음악 소리가 자신에게서는 흘러나오지 않았다. 작은놈은 휘둥그래져 사방을 둘러보았다. 혼자만 그러는 건 아니었다. 큰놈은 아예 사람들 입이 나팔꽃처럼 열려지고 닫혀질 땐 음악소리가 난다는 것마저 몰랐다. 그걸 알고 작은놈은 큰놈 옆에만 붙어 있었다. 또래들 중 그들 둘, 그들 둘의 입속만 공허히 바람이 새나왔기에. 우리 둘만 같은 거야, 작은놈은 큰놈 곁을 떠나지 않았다. 아예 큰놈의 그림자 속으로 들어가고 싶었다. 그러면 못 떼어놓을 것이기에.

　그때 큰놈은 어딜 가려던 것이었을까?

　한사코 작은놈을 떼내려 했다. 한사코 그랬기에 작은놈도 한사코 떨어질 수가 없었다. 혼자 어딜 가려기에. 지금도 그때 큰놈이 어딜 가려 했는지는 모르지만 작은놈은 오로지 큰놈을 못 가게 하거나 뒤따라야 한다는 생각밖에 안 했다. 일곱 살 때였는지 그보다 조금 더 지났었는지? 계절은 봄이었을까. 큰놈이 한사코 떼어놓으려는 길이 새파랗게 되살아난다. 산길에 마저 쑥이 돌아서는 곁을 지나면 냄새가 쌉쓰름했고 이른 산 벚꽃은 나비같이 화르르 피었는데 그 속을 뚫고 가며 큰놈은 뒤따르는 작은놈을 내몰고 내몰다간 나중엔 산벚꽃 가지로 사정없이 등을 후리곤 내뺐다. 아파서 눈물이 쏟아지는데 울면 눈앞이 흐릿해져 큰놈을 놓칠까봐 참고 뒤쫓았다. 큰놈이 돌아보면 나무 뒤로 숨고 큰놈이 앞을 보면 따라 걷고 또 돌아보면 바위 뒤에 숨었다가 또 따라 걸었다. 능선을 지나 큰봉에 올랐을 때야 큰놈은 뒤따르는 작은놈을 내버려두었다. 너른 벌이 다 내려다보이는 바위에 앉았을 때는 산벚꽃 가지에 얻어 맞은 작은놈의 등에 배인 피를 제 셔츠를 찢어 닦아주었다.

자꾸만 올라가면 하늘에 닿을까 싶어서.

피를 닦아주며 큰놈이 그린 손그림은 공허했다.

가도가도 안 닿으면 저 아래로 뛰어내리려 했지.

큰놈이 가리키는 저 아래는 가파른 벼랑이어서 작은놈은 큰놈 곁에 바짝 다가 앉았었다. 형이 가면 나도 가지.

사방은 금세 눈보라이다. 작은놈과 여자는 그 속을 걷는다. 길인지 밭인지 논두렁인지 도통 가늠이 안 되는 비탈진 데로 방향을 튼다. 눈 속에 바람이 섞인다. 저만큼 눈보라 속을 개가 처연히 뒤따른다.

큰놈의 말대로 형수는 한 번 왔다. 봄밤 길을 어디서부터 걸어왔는지 옷에 가득 봄밤 냄새를 묻히고서 나씨의 뒤채로 작은놈을 찾아왔다. 형수는 노랑 빨강이 섞인 스웨터 주머니에서 미리 챙겨온 듯 돌돌 말려진 종이를 꺼냈다. 말려진 속에서 연필이 툭 떨어졌다. 형수는 새초롬히 앉아 연필을 집고는 무릎을 책받침 삼아 뭐라 써서 작은놈에게 내밀었다.

(큰집에 가서 마루 벽장문을 열어보아야. 거기 가방 두 개가 있을 거여요. 것 좀 갖다주어요.)

작은놈은 형수가 쓴 글씨를 대번 잘게 잘게 찢어서 형수의 무릎께로 날려버렸다. 형수는 작은놈이 하는 대로 가만히 있었다. 형수의 손톱엔 노랑 매니큐어가 발라져 있었다. 간혹 마을 여자들이 빨간색을 칠한 건 봤어도 노랑색은 첨이었다. 작은놈은 달력을 떼와 그 위에 또박또박 적었다. 다시는 안 쓰리라던 글씨였다.

(왜 그러라는 거지요?)

형수는 손톱의 노랑색만 자꾸 뜯어냈다.

(나는 여기 살 수 없어요. 형도 날 받아주지 않을 거야요.)

작은놈이 아니라고 아니라고 하면 형수도 아니라고 아니라고 했다. 절대로 여기선 살지 않는다고 큰놈의 얼굴은 꼴도 보기 싫다고 어디 멀리 멀리로 갈 거라고. 누구랑 갈 거냐니까 형수는 잠깐 고갤 숙이더니 다시 쳐들고는 자기는 아무하고도 함께 살지 않는다고 그저 멀리 갈 거라고 한 소리를 또 하고 또 했다. 작은놈은 나씨가 놓고 간 돈뭉칠 앞에 두고 깊은 구멍처럼 앉아만 있던 큰놈의 마음을 어떻게든 형수에게 전해보려고 성을 내다가 순해지다가 허공을 휘젓다간 꾹꾹 눌러 다시 글씨를 썼다.

(어디루 도대체 어디루 간다는 거예요.)

형수는 다시 샐쭉해지며 짜증난 듯 연필을 휘둘렀다.

(몰라요.)

새벽이 되어서야 작은놈은 형수의 마음을 돌이킬 수 없다는 걸 알았다. 어차피 그럴 거면 큰놈에게 가지 않고 자기에게 와준 게 다행이었다. 형수는 이미 어디론가 가고 있는 사람이었다.

큰놈 집엔 불이 켜져 있었다. 형수가 나간 뒤로 큰놈은 늘 불을 켜놓았었다. 큰놈은 알고 있었을 것이다. 한 번은 올 거라는 형수가 밤에 올 거라는 걸. 큰놈이 아무 소리도 듣지 못하니 살금댈 필요가 없다는 걸 알면서도 가방을 꺼내기 위해 마루 벽장문을 여는데도 조심하느라 십여 분이 걸렸다. 작은놈만 조바심을 냈을 뿐 두번째 가방이 손에서 미끄러져 철버덕 소리가 났어도 큰놈의 귀는 적막했다. 어떻게 해도 큰놈 귀엔 까마귀색이 들어가 있는 거였다.

그 밤으로 형수를 떠나보내고 나서야 작은놈은 큰놈의 적막이 시려웠다. 콩이 싹트는 소리, 바람 소리, 개울물 소리, 씨감자 눈뜨는 소리, 칡뿌리가 나무 뿌리를 휘감는 소리 그것들이 큰놈에게 무슨 소용이 닿는감. 왔다 가는 줄도 모를 거면서 뭣 때문에 불을 켜놓았는구? 형수가 가방을 몰래 꺼내는데 편하도록? 작은놈은 눈앞이 자욱했다. 슬픈 생각은 불을 켜놓게 하는 것일까? 형수가 들고 갔을 그 가방 안엔 나씨가 그 사내에게서 받아낸 돈뭉치와 작은놈이 써 준 그 편지가 들어 있을 것이었다.

(살아가는 게 슬픈 생각이 든다. 당신도 그러겠지만 슬퍼도 당신은 그에 버금가는 힘을 가졌으면 한다. 이 돈으로 기차를 타고 먼데루 가라. 그리구 행복하여라.)

형수가 다녀간 뒤 여름 내내 잠잠하던 큰놈은 마른 참깨들이 저절로 토톡, 터졌던 밤에 형수와 살던 집에 불을 질렀다. 불타는 큰놈 집은 가을밤 불꽃놀이 같았다. 불을 끄려고 덤비는 마을 사람들에게 큰놈은 식칼을 들이밀었다. 칼보다도 큰놈의 눈에서 튀는 시퍼런 불똥이 무서워 나씨조차도 가까이 가질 못했다. 가을밤에 큰놈 집은 활활 잘도 탔다. 늦도록 경운기로 나씨 집 먼 논의 지푸라기를 실어나르느라 곤한 잠에 빠져있던 작은놈이 깨어났을 땐 집이 반이나 탄 뒤였다. 작은놈은 뛰쳐나가 큰놈 집 빨랫줄을 받쳐놓았던 장대 간두를 마구 휘둘러 큰놈을 쓰러뜨렸다. 이게 뭐야 이게 뭐야. 작은놈은 나씨와 함께 마당 오동에 큰놈을 묶었다. 어찌나 힘껏 몸을 뒤채는지 꼭대기의 오동이 후두둑 떨어졌다. 큰놈은 오동을 맞으며 자기가 지른 붉은 불에 찬물을 퍼붓는 사람들을 시퍼렇게 쏘아보았다. 붉은 불길이 사그라들 때 큰놈도 정신을 잃었다. 그것이 잘못이었을까? 그냥 붉게 타고 재가 되도록 놓아두어야 했을까? 그랬으면 큰놈 마음이 풀렸을래나. 그랬으면 큰놈이 철길을 베고 자지 않았을래나. 기차는 잠든 큰놈 머리통 위를 지나가버렸다. 기차가 멎었을 땐 피비린내만 사방에 퍼졌을 뿐 큰놈의 머리통은 보이지 않았다. 튕겨나간 사지도 냄새가 나는 쪽을 찾아 헤매여서 맞추어야 했다.

(기차는 무슨 소리를 내지?)

(과거로부터 도망치는 소리.)

큰놈은 형수보고 멀리 가라 해놓고선 정작은 자신이 더 멀리 도망쳤다.

비탈을 넘어서니 하늘과 능선이 온통 눈이다. 달빛이다. 쌓인 눈 속에 무릎이 빠진다. 개가 물어뜯은 자리 엉긴 피가 눈 속에 풍덩거리자 쓰라리다.

숨겨주세요.

이런 폭설은 처음인지 얌전하던 여자가 고함을 지른다. 여자에겐 모든 표현이다 숨겨주세요, 이다. 숨겨주세요. 숨겨주세요.

작은놈이 내쫓지 않자 개는 이제 맘놓고 바로 뒤를 따라온다. 눈이 깊어 때로 개는 배로 눈을 밀고 있는 것 같다.

고함을 지르던 여자가 눈길에 무너진다. 작은놈에게 매달려 오던 거였는데도 못 견디겠는 모양이다. 견디는 게 무언지 여자가 알기나 할까? 그걸 눈곱만큼이라도 여자가 안다면 나씨가 한사코 여자를 내쫓으려고만 하진 않았을 거였다. 여자는 추운지 무너져서도 몸을 오그린다. 여자의 숨소리가 고르지 못한 건 저녁으로 밥을 밥통째 갖다놓고 정신없이 먹어서다. 여자는 늘 그런다. 넋을 놓고 앉아 있는다. 아니면 헤싯거리고 웃는다. 밥통을 숨겨놓으면 생고구마를 여섯 개 일곱 개씩 베어 먹는다. 그도 아니면 잠을 잔다. 이것밖에 여자는 다른 걸 할 줄 모른다.

큰놈의 사지를 모아 뗏장을 씌우고 나니 가을이 끝났다.

벌판은 비었고 하늘도 휑뎅그랬다. 얼마간 작은놈은 큰놈 집을 쳐다볼 수 없었다. 덩그렇게 남아 있는 큰놈의 흔적과 맞닥뜨리지 않아도 방문을 열고 큰놈이 들어설 것만 같고 고샅을 돌아서면 큰놈의 뒤테가 집힐 것만 같았다. 작은놈은 처음으로 자신이 무슨 소리를 들을 수 있다는 게 괴로웠다. 가을에 못 떨어진 감잎이 밤바람에 날려도 큰놈인가 싶어 문고리에 손이 갔으니. 문고리에서 손을 떼면 큰놈이 형수에게 썼던 편지의 한 구절이 또록또록 생각이 났다. (살아가는 것이 슬픈 생각이 든다.)

작은놈이 큰놈을 조금 잊을 수 있었던 건, 큰놈 집을 가만히나마 쳐다볼 수 있게 된 건, 여자를 만나서였다.

첫벌 두벌도 지나 세벌째로 열린 손톱만한 풋고추가 주렁주렁 매달린 채 눈서릴 맞은 고춧대를 뽑아놓고 돌아서던 길이었다. 그냥 산길을 타고 마을로 내려가도 되는 걸 작은놈은 부러 엉거주춤 허리까지 접으며 철길을 탔다.
 어린 시절 큰놈과 작은놈에게 금하는 게 없었던 어머니는 철길만은 금하였다. 유순하던 어머니가 성을 내며 한사코 가지 말라 하였기에 그들은 틈만 나면 거길 갔었다.
 거기 무엇이 있기에?
 큰놈과 작은놈은 철길 옆 둑길에 저희 둘만이 들어갈 수 있게 굴을 팠다. 거기에 배를 대고 엎드려 철길을 내다보았다. 그리고서 그들은 기다렸다. 어머니가 무엇 때문에 여기 가는 걸 금하는지 알 수 있게 되기를. 하지만 그들이 볼 수 있었던 건 멀리 이쪽이거나 저쪽 굽이진 곳에서 수없이 많은 창문을 단 기차가 튀어나와 그들 앞으로 폭음을 내지르며 지나가는 것, 그것뿐이었다. 그나마 큰놈은 그 소릴 듣지도 못했을 것이었다. 그저 길다란 것이 미끄럼을 타듯 장난같이 눈앞을 스쳐가는 것으로만 그런 것으로만 알았을 것이다.
 어느 날 그들은 그 굴속을 들여다보는 어머니 눈과 마주쳤다.
 집으로 돌아온 어머니는 시퍼렇게 돌아서며 대나무 가지를 꺾었다. 어머닌 얼굴을 만져주고 옷을 추켜주고 손톱을 깎아주던 그 손으로 그들 종아리에 피멍을 그었다. 깊은 밤에야 성이 풀린 어머닌 덥힌 물에 수건을 담갔다 짜내 종아리에 맺힌 핏자국을 가만가만 눌러주며 그들에게 이야기 하나를 허공에 그렸다.
 ……옛날에 어린애 둘과 아낙이 딸린 말도 못 하고 귀먹은 사람이 있었더란다. 혼자 힘으룬 못 살겠어서 걸어걸어 형을 찾아 이 마을로 왔더란다. 형이 문을 안 열어주어서 문밖에 서 있다가 네 사람은 마을 기찻길로 갔어. 모두들 철도 침목을 베고 철로 안쪽으로 누웠니라. 기차가 지나가길 기다리기로 했더니라. 참말루 저만큼서

기차가 오는데 아낙은 그만 무서웠구나. 어린애 둘만 끌어안고 뛰쳐나와 버렸더란다. 거긴 가지 마라. 언제든 혼자 죽은 그 사람이 끌어당길 테니……

작은놈은 상처가 아물 때쯤 말 못 하고 귀먹은 사람이 등장하는 어머니 얘기를 잊어버렸다. 더는 철길 옆에 파놓은 굴속에 들어가는 일 같은 건 하지 않았다. 하지만 큰놈은 잊은 게 아니었을까? 정말로 어머니 얘기 속의 말 못 하고 귀먹은 그 사람이 끌어당기는지 알아보고 싶어 철로를 베고 누워 있었을까? 그러다가 잠이라도 든 겐가?

큰놈에게 뗏장을 씌우고 돌아오는 길에 작은놈은 그들이 어린 시절 파놓았던 그 굴이 남아 있나 찾아보았다. 놀랍게도 굴은 그대로 있었을 뿐 아니라 바닥에 짚과 옷가지가 깔려 있었다. 어린애 둘이 겨우 배를 대고 엎드릴 수 있었을 뿐이었는데 작은놈이 성큼 들어가고도 헐렁했다. 그즈음에 새로 깊게 팠다는 걸 작은놈은 금방 알았다. 침침하던 굴 안이 환해졌을 때 작은놈은 굴바닥에 깔려 있는 옷가지가 형수의 긴 치마라는 것도 알았다. 큰놈이 혼자 여기에? 굴 안에 갇힌 바람은 단 한번 빠져나와본 적이 없는 듯 우렁우렁 시커먼 소리를 냈다. 그소린 작은놈이 철로에 귀를 대고 들어보던 소리와도 같았다. 작은놈은 그 바람 속으로 무너졌다. 왜 어머니가 여기에 오는 걸 금했는가를 그제서야 알 것 같았다.

산길을 안 타고 철길을 탄 작은놈 뒤를 여자는 졸졸 따라왔다. 처음에 작은놈은 저쪽 동네에서 마을을 지나가는 여자인 줄로만 알았다. 여자에게 길을 내줄 양으로 작은놈이 둑길로 올라섰는데 여자도 작은놈이 하는 대로 둑길로 올라서더니 작은놈이 굴속으로 들어가자 그 속까지 종종 따라들어왔다. 여자의 눈은 초점이 없었고 곁에 작은놈이 있는 걸 아는지도 의문이었다. 그저 무슨 아른거림을 따라온 듯 가벼이 따라와서는 헤싯 웃었다.

숨겨주세요.

여자는 종알거리더니 작은놈 옆에 앉았다간 곧 잠이 들어버렸다. 기차가 세 차례 지나갈 때까지 여자는 깨어나지 않았다. 여자가 옷을 너무 적게 입고 있어서 작은놈은 바닥에 깔린 형수의 긴 치마를 걷어 여자에게 덮어주었다. 그래도 추운지 여자는 덜덜거리면서도 잠에서는 깨어나질 않았다. 굴 밖이 어두워질 무렵 작은놈은 여자를 등에 업고 큰놈이 철로를 베고 잠든 곳을 지나왔다.

깜짝 놀란 나씨가 여자를 받아 방에 뉘었다.

누군데?

작은놈이야말로 여자가 누군지 알고 싶었다. 여자에 대해 나씨가 이것저것 물었지만 작은놈은 도리질밖에 할 게 없었다. 여자에 관해 나씨보다 더 아는 게 없었으므로.

아삭아삭 소리에 밤중에 눈을 떠보니 여자는 윗목 고구마꽝에서 고구마를 꺼내 흙째로 베어먹고 있는 중이었다. 작은놈은 일어나서 칼을 가져와 고구마를 깎아주었다. 여자의 먹는 탐은 끝이 없었다. 한 개를 들고 먹고 있으면서도 작은놈이 다시 한 개를 깎아놓으면 다른 손으로 집어들었다. 먹는 속도보다 깎는 속도가 더 느릴 지경으로.

여자의 식탐이 그리 지독하지만 않았어도 나씨 가족 눈밖에 나지 않았을지도 모른다. 여자를 못 견뎌한 건 나씨보다도 나씨의 아내였다. 여자는 어느 때고 배가 고프면 뒤꼍의 작은놈 방을 빠져나가 안채를 온통 휘젓고 다녔다. 밥소쿠리가 떨어지고 국솥이 열리고 무꽝이 헤쳐졌다. 그러다가 나씨 손에 이끌려 작은놈 방에 가두어졌다.

어쩔려?

나씨는 작은놈에게 혼자 몸도 건사하기 번잡하면서 사소한 일거리도 거들어야 하는 여잘 어쩔 참이냐고 밥이라도 지어줄 수 있는 여잘 여기저기 알아볼 테니 여잘 내보내라 하다가도 고갤 떨구곤 돌아갔다. 큰놈 생각이 났던 거였다. 어디선가 형수를 찾아내 큰놈과 살게 해준 것도 나씨였지만 형수가 큰놈에게 다시는 못 돌아오게 한 것도 나씨였다. 사람을 서넛이나 데리고 가 형수를 사납게 드러내놓았으니 형수로서도 이 마을쪽에 대고는 머리도 빗고 싶지 않을 것이었다. 집으로 돌아올 여자가 아니라서였다지만 나씨가 그 사내에게서 돈을 받아오자 큰놈은 기다림을 끝냈다. 그러지만 않았어도 큰놈은 얼마든지 형수를 기다렸을 것이다. 그것이 턱없는 헛것이어도 그 기다림은 살아가는 그루터기가 돼주었을 것이다. 그 사내로부터 돈만 받아오지 않았어도 큰놈은 형수를 기다리느라 철길을 베고 잠을 자는 따위는 하지 않았을 것이다.

눈은 점점 더 깊어진다. 오른쪽 다리를 꺼내면 왼쪽이 푹 빠지고 왼쪽을 꺼내면 오른쪽이 빠진다. 원근에 보이는 잡목들은 눈에 묻혀 자그마해져 있고 솔잎들이 사릉사릉 떨어댄다. 작은놈은 그저 길을 잃지 않기만을 바랐었다. 눈만 쌓여 있지 않다면 거길 찾아가는 길이야 우습지마는 이 눈이 길을 하야하게 덮고 있어 두어 발만 잘못 들면 산 너머 마을이 나올지도 모른다. 길을 잃어 새벽이 되면 문은 열리지 않을지도 모를 일이다.

숨겨주세요.

여자는 기진해 또 한 번 무너진다. 밤바람이나 눈이나 달빛도 여자의 졸음을 어쩌지 못한다. 눈길에 무너진 채 거기서 그대로 졸 생각인지 잠잠하다. 작은놈은 자루를 내려놓고 여자를 업는다. 함께 걷느니 이러는 게 빠를 것이었다. 공만하게 커진 여자의 배가 등뒤에서 뭉클했으나 여자는 등에 진 무 몇 다발 무게일 뿐이다. 외려 본능적으로 작은놈의 목을 휘감은 여자의 팔이 숨을 죄는 게 힘들다.

여자가 애를 가졌을 거란 생각을 작은놈은 해본 적이 없었다. 그저 처음엔 도도록했던 여자의 배가 업어온 지 두달도 안 되어 터무니없이 커졌다고만 생각했다. 여자가 입고 있던 스웨터 단추가 불러오는 배 때문에 저절로 끌러질 때는 장난스런 기분이기까지 했다. 누군가 여자의 배에 날마다 바람을 집어넣는 것만 같아서.

그게 바람을 불어넣는 장난이 아니고 여자가 진짜 아이를 뱃속에 넣고 있다고 해서 그저 여자와 살고 싶은 작은놈 마음이 달라질 건 없었다. 하지만 나씨는 아닌 모양이었다. 그렇잖아도 어찌해서든 여자를 작은놈에게서 떼어놓으려던 참에 여자의 불러오는 배는 맞춤한 구실이었다.

나씨는 작은놈을 방앗간에 보내고는 여자를 철길에 데려다 놓고 혼자 돌아와버렸다. 방앗간에서 돌아와 여자를 찾아헤매는 작은놈을 본체만체하다가 밤이 되어서야 눈이 빨개져 마당을 나뒹구는 작은놈에게 말했다.

거그서 만났다 하니 가던 길 가라고 데리다준 걸 가지고 왜 이려?

여자를 찾아낸 건 철길이 아니라 우물 속이었다. 어느 틈에 여자는 돌아와 우물 속에 들어가 있었다. 물이 말라 들여다보지도 않는 우물이었는데 나씨의 큰애가 우물 속에 자꾸만 돌을 던지기에 가보니 여자가 웅크리고 그 속에 있었다. 나씨는 기겁을 하며 뒤로 물러섰고 작은놈은 반가워서 우물을 타고 내려가 여자를 업어내왔다. 아이가 던진 돌이 여자의 치마에 수북했다. 여자는 몇 번 더 내쫓겼으나 용케도 다시 돌아와 우물 속으로 기어들어가 있곤 했다.

여자가 우물 속에서 졸 때는 그 무엇도 여자를 건드릴 수 없을 것 같았다. 우물 속에선 밥이나 무 생고구마 같은 건 여자는 알지도 못하는 이 같았다. 드러나는 것이 여자를 미치게 한 것이었을까? 우물 속에 들어가 있을 때 여자는 넋이 나간 표정도 헤싯거리며 웃는 표정도 아니었다. 졸고 있는 여자의 얼굴은 기분좋은 꿈을 꾸고 있는 것같이 부드러웠다. 그냥 거기 우물 속에 이불을 깔아주고 싶을 만큼.

내쫓아도 여자가 용케도 찾아오는 만큼 나씨도 생각이 났는지 시내에 자주 나갔다.

내보고 박절하달지 모르지만 정신이 지대로 박히길 했나? 꺼덕하면 을씨년스럽게 우물 속에 기들어가질 않나? 미친앤 그런다 하구 배는 점점 불러오는디 어린앨 어쩔참? 시립병원으로 보낼기여. 애 라두 낳게 하구 그담 일은 생각해보는겨.

나씨의 말을 여자가 알아들었는가? 여자는 나씨의 병원으로 보내겠다는 언질이 있고부터는 아예 우물 속으로 기어들어가 살았다. 나씨는 혀를 끌끌 차며 해괴해도 별 해괴한 일이 다 있다 했지만 여자는 애도 우물 속에서 낳고 살기도 거기서 살았으면 좋겠는가 보았다. 작은놈 보기엔 그렇게만 해주면 여자는 행복할 것도 같았다.

작은놈은 능선을 지나 골짜구니로 내려간다. 눈보라는 더 세진다. 여기저기서 쌓인 눈의 무게에 나뭇가지가 툭툭 부러지는 소리가 난다. 그럴 적마다 잠자코 뒤따라오던 개가 카앙 짖어댄다. 꿩 한 마리가 퍼더덕 날아가는 소리 사이로 산 아래 굽진 모롱이를 지나가는 밤기차 소리가 우렁우렁 섞인다. 작은놈은 귀를 세운다. 잠잠하던 철로 속의 바람들이 팩팩거리다 소용돌이지는 소리를 듣는다.

여자를 만나지 않았던들 작은놈도 큰놈처럼 그 굴에 다시 드나들기 시작했을 것이었다. 그리고 어느 날 문득 정말로 어머니 옛날 이야기 속의 혼자 죽은 그 사람이 자신을 끌어당기는지 아닌지 알아보려고 철도 침목을 베고 누워 있으려 했을 것이었다.

저만치 개울물 소리가 난다.

작은놈은 눈보라 속에서 희뜩 웃는다.

이제 다 온 것이다.

거기엔 개울이 흘렀다.

물은 얼지 않고 지금 눈 밑에서 흘러가고 있는 것이다.

큰놈과 작은놈은 그 개울물에 서로를 밀어넣다가 둘 다 빠지곤 했었다.

골짜구니엔 오래 된 소나무들이 가지를 눈 위에 질질 끌고 있다. 능선을 넘어서인지 야트막하고 넓다. 펑퍼짐한 골짜구니는 느닷없는 틈입자들에 의해 소란해진다. 50년은 됨직한 참나무 구멍에서 잣새인지 진박새인지 오목눈이인지 날개 달린 것이 퍼르르 날아간다. 오소리인지 산토끼인지 분간이 안 가는 다리가 짧은 짐승 한 마리도 비명을 지르며 내달린다.

작은놈은 개울물 소리를 조금 더 따라간다.

눈을 뒤집어쓰고 있는 나무들의 형상이 밀가루를 반죽해 빚어 세워놓은 이상한 짐승들 같았다. 땅에 스미거나 하늘로 치솟으려다 무엇에 붙잡힌 듯 엉거주춤 있었다. 그 형상들 사이로 어머니의 무덤이 낯선 눈어림으로 들어왔다. 늘 파란 풀이 살랑대는 모습이었지 이토록 눈이 쌓일 때 와보긴 처음이다.

손에서 자루가 먼저 떨어진다. 저절로 목을 감고 있던 여자의 팔이 스르륵 풀린다. 조심스러이 여자를 내려놓는다. 그새에 잠이 든 겐가. 여자는 가벼이 눈 위에 무너지며 몸만 조금 오그린다.

눈 속을 푹푹거리며 걸을 땐 땀이 솟아 이마며 등허리가 척척했는데 걸음을 멈추니 순식간에 몸이 차가워진다. 그러기는 여자도 마찬가지인지 더 동그랗게 몸을 오그린다. 작은놈은 손짓으로 개를 부른다. 저만큼 떨어져 앉아 물끄러미 이쪽을 보며 있던 개는 두 발을 맞부딪치며 옴싯거리고만 있다. 어떻게든 저를 내쫓으려던 작은놈이 정다이 불러주는 게 믿기지 않는 모양으로. 골짜구니 어디선가 둥치 큰 나뭇가지가 짜작 꺾여진다. 그제서야 개는 조심스러이 작은놈께로 온다. 작은놈은 여자의 손을 모아 개의 털 속에 파묻어준다.

그렇게 그들은 조금 쉰다.

척척했던 땀이 다 식고 손이 곱아올 무렵 작은놈은 자루 끈을 풀고 삽을 꺼냈다. 눈빛에 달빛에 삽날이 번뜩인다.

어딜 그렇게 헤매고 다녔던 것인지.

삽질 소리가 황량함과 적요함을 철경철경 울린다. 막상 작은놈은 두려움에 얼마간 숨을 죽인다. 저기로 가려는 것이 여자에게 실망일 것인지 기쁨일 것인지. 식었던 몸에 삽질이 다시 땀을 돋게 한다. 얼마 지나 작은놈은 삽을 눈 위에 던지고 차가워지는 여자를 끌어안고 무덤을 두드리고 있다.

(어머니.)

(……)

(어머니, 열어주세요.)

(……)

(작은놈이에요. 사, 삼켜주세요.)

조금, 조금 무덤의 아가리가 벌어진다. 널빤지가 짜개지는 소리가 나고 앙상히 마른 두 손이 삐끄덕거리며 기어나온다. 그리도 내리던 눈이 멎는다. 바람이 잠잠하다. 달이 얼어붙은 구름 뒤로 스민다. 꿩인지 오소리인지 날개 달리고 다리 달린 것들이 눈을 감는다. 개의 눈에만 퍼런 번개가 친다. 개는 뒷걸음질치다 다가서다 비명을 지르다 나뒹군다. 캉, 카앙. 안타까운 퍼런 눈은 피범벅이다. 그들의 몸은 이미 안에 들어와 있다. 밑으로 밑으로 한없이 아늑한 웅덩이다. 어딜 그렇게 헤매고 다녔던 것인지.

해변의 의자

사진을 보고 있는 나의 뺨은 시들었다. 그 뺨을 문지르며 사진 속의 너의 자리를 물끄러미 들여다본다. 나만 해변의 모래 밭에서 아득한 수평선을 바라다보고 있다. 밀짚모자를 손에 들고, 너는 어디에 있는지? 햇볕을 너무 받아서 얼굴이 사라졌는지? 나는 너를 찾으려고 내 얼굴을 사진 가까이 한껏 갖다대보지만 말벌에 쏘인 듯이 살갗이 아프기만 하고 헛수고다. 나의 뺨은 지금 시들었지만 너와 함께 그 해변에 가기 전까지는 붉고 생기가 돌고 윤이 나서 너도 내 뺨에 손바닥을 대보고 싶어했었다.

꿈이었나?

우리가 그 해변에 도착했을 땐 저물녘이었다. 너의 뺨에 붉은 잔양이 묻어서 어룽거리는데도 그 잔양 밑의 살빛은 창백해서 피로해 보였다. 해가 저물고 있었지만 해변엔 반벌거숭이 사람들이 왁자했었다. 고무 튜브와 벗겨진 수영모들, 어린 아이들과 모래 위 겹친 발자국들이 물거품에 잠겼다가 드러나곤 했었다. 그것들을 바라보고 있던 너가 바닷물에 발을 담가볼 생각으로 샌들을 벗고 있는 나를 돌아보더니, 너, 집에서 나올 때 가스레인지 불껐니? 물었다. 바다 앞에서 갑자기 가스레인지 불이라니. 그때 난 너도 참, 하는 뜻으로 피식 웃었는데, 너는 정색을 하며 왜 집 나오기 전에 보릿찻물 얹어놓았었잖아. 나는 그 불을 끈 기억이 없는데? 네가 껐냐구?

해변의 잔양을 받으며 너가 성마르게 굴어서 나도 갑자기 입이 다물어졌다. 그리고는 추억을 더듬듯 집 떠나기 전의 나 자신의 행동을 되짚어봤다. 반바지가 없어 긴 면바지를 잘라 입었었고, 젖은 머리를 말렸었고, 카메라를 챙겨 가방에 넣었었고, 창문의 연두색 종이 발을 끌러 내려놓았었고, 밑바닥에 우유가 묻어 있는 컵을 설거지 통에 담가두었고, 그리고 또? 열쇠를 안에 놓고 나와 수위실에서 보조키를 빌려 다시 문을 열고 들어가 열쇠를 가지고 나왔었고…… 행동을 떠올릴 때마다 가스레인지 쪽은 어땠었던가를 기억해보려고 했지만 일곱평 원룸 형식의 공간 안, 어디서 보나 훤히 보이는 가스레인지가 있는 곳은 기억 속에서 칠흑이었다. 그러다가는 점점 그 칠흑 속으로 주전자가 보였다. 뚜껑은 붉고, 손잡이는 검고, 몸통은 알루미늄 빛깔인 주전자가 불꽃 위에서 뜨겁게 달궈지는 것, 물이 끓기 시작하면서 꼭지가 들썩거리는 것, 보리찻물이 기포가 되어 천장으로 스며드는 것, 주전자 바닥이 바싹 말라가는 것…… 아, 나는 돌연 내가 뜨거워져서 너를 해변에 남겨두고 뛰었다. 맨발인 발바닥에 한낮 동안 태양에 달궈진 모래가 달라붙을 때마다 움찔움찔 진저리를 쳤다. 발바닥에 박히는 모래가 아파서가 아니었다. 공중전화통까지 숨차게 달려가는 나의 마음에 야릇한 동요가 일어났던 것이다. 주전자야, 폭탄처럼 터져버려라! 내 일상을 일궈주는 것들 모두를 형체도 알아볼 수 없게 태워버리고 망가뜨려버려라. 다시는 수습할 수 없도록.

다시 내가 해변으로 돌아왔을 때 너는 바다 쪽을 보며 우두커니 앉아 있었다. 나는 너의 뒤에 서서 네가 바라보는 쪽을 바라보았다. 내 눈에는 푸른색 멀리 갈매기가 깃을 치는 게 보였지만 너의 눈에 그 갈매기는 보이지 않았을 것이었다. 너는, 오래전부터 가끔 우두커니가 되었는데 그럴 때 너 앞으로 내가 지나가도 너는 몰랐다. 그럴 때의 너의 눈은 아무것도 보고 있지 않은 것이다. 그저 네가 바라보고 있는 쪽에 갈매기가 있고 파도가 있고 수평선이 있을 뿐인 것이다. 그러려니 싶었던 너의 멍함이 해변에서는 측은해 보여서 나는 너의 뒤에서 널 품어안 듯이 발을 뻗고 앉아 너의 어깨에 내 얼굴을 얹었다. 어떻대니? 끄고 나왔었나봐, 아무렇지도 않대. 어떻게 알아봤어? 수위실로 전활 해봤지. 안에 들어가보라고 하지 그랬어? 그랬어, 밸브까지 다 올려져 있더라는데. 너는 얼굴을 돌려서 내 얼굴을 간지럽히고 있던 너의 머리결을 가다듬었다. 그때 나는 너의 얼굴에 두려움이 지나가는 걸 보고 말았다. 나는 파르르 떨고 있는 너의 손을 잡아쥐었다. 그리고 속삭였었다. 생각해보니까 내가 가스 불도 끄고 밸브도 올려놓았더라구. 그래? 응, 내가 그래놓고는 깜박 잊었어.

하지만 나는 하지 않았다. 보리찻물을 가스레인지에 올려놓지도 않았고, 내려놓은 적도 없으며, 밸브 단속을 한 적도 없다. 했으면 너가 했을 것이었다. 너는 언제부턴가 너 자신이 한 일들을 까마득히 잊어버리기 시작했고 그 무렵엔 그 망각을 무척 두려워하고 있었다. 숙소를 정해야 되지 않겠니? 다시 멍해지려는 너를 억지로 일으켜세우는 일은 힘이 들었다. 너는 나에 의해 끌리듯이 일어나는 것이 민망했는지 깨끗한 데서 자고 싶어,라고 속삭였다. 글쎄, 이토록 사람들이 바글거리니 우리들이 묵을 방이 남아 있기나 할는지 모르겠구나. 내가 샌들을 꿰신는 동안 너는 돌아서서 설마 하는 표정으로 모래밭 뒤 번잡한 건물들을 잠깐 응시하더니 앞서 걸어갔다. 그리고는 긴 너와 나의 숙소 잡기 여로가 시작되었다. 방갈로와 여관을 다섯 군데나 들어가봤으나 되돌아나왔다. 나보다도 너가 자고 싶은 방이 없었다. 너는 방이 더럽고 시끄럽다고 했다. 문들이 너무 활짝 열려 있다고. 거기다 젊은 남자들이 기타로 딩동댕 소음을 만들고 있다고. 세상 사람들이 다 여기에 모인 것 같다고. 소나무 숲 옆에 있는 횟집, 민박이라고 씌어 있는 이층방에 올라가서 너는 바다 쪽을 내다보았다. 나도 네 곁에 서서 네가 보고 있는 쪽을 보았다. 우리들이 내다본 바다 모래밭에 사람들이 빽빽했지만 그 횟집 이층엔 방이 하나뿐이어서 열려 있는 문도 기타를 치는 남자들도 없었다. 횟집 남자가 올라와 말을 거들지 않으면 어쩌면 우리는 그 방에서 묵었을지도 모른다. 이 방 쓰시오. 경치가 그만이라. 바다를 내다보고 있던 너는, 뒤따라와 말을 거드는 횟집 주인남자를 보더니 내 팔목을 다시 잡아끌었다. 여기도 방이 마음에 안 들어? 너는 끈끈이 땀이 밴 내 손을 잡아쥐었다. 아니 주인남자가 험상궂게 생겼잖아. 사흘이나 묵어야 되는데 매일 어떻게 저 얼굴을 보니. 우리는 다시 여관과 방갈로를 기웃거렸다. 깨끗한 방을 찾아

헤매는 너의 등뒤로 어둠이 내렸을 때야 우리가 문을 열고 들어간 곳은 처음부터 들어가고 싶었지만 방값이 너무 비쌀 것 같아 미루어두었던 해변의 콘도였다. 그 방은 깨끗했지만 우리가 짐작했던 것만큼 비쌌다. 어떡허지? 내가 그렇게 물었던 것은 그만 나가자는 뜻이었다. 우리가 그 해변에서 사흘 묵어야 할 비용이 그 깨끗한 방을 하루 쓰는 데 다 소용되었으니까. 너는 뜻밖에도 여기서 자고 내일 떠나자, 라고 했다. 어차피 그 여행은 너를 위한 여행이었으니 내게 의견이란 있을 수가 없었다. 방을 찾아 헤맬 때 생기로웠던 너의 방이 정해지자 다시 맥을 놓아버렸다. 네가 무료해질 때마다 내가 얼마나 조바심이 들곤 했는지 너는 모를 거야. 그때 내가 소파에 주저앉는 너를 향해 사진 찍어줄까? 했던 것도 그 조바심 때문이었다. 사진은 무슨. 손을 내젓는 너를 나는 사진 찍었다. 웃어봐, 고갤 옆으로 돌려봐, 잠깐 일어서봐, 머리를 뒤로 쓸어넘겨봐, 나의 주문에 맞춰주던 너는 베란다 저쪽을 쳐다봐바, 에서 더 이상 움직여주질 않았다. 그 다음 나의 주문은 무엇이었나? 유리창에 얼굴을 대봐, 그랬다. 유리창에 얼굴을 대봐, 였다. 순하게 웃으라면 웃고 일어서보라면 서던 너가 유리창에 얼굴을 대지 않고 가만 있었다, 베란다 저쪽을 쳐다보고서. 결국 내 조바심은 어느만큼 너를 움직이게 해주었을 뿐 진 것이다. 나도 기운이 빠져 카메라를 내려놓고 네 곁으로 갔다. 해변과 반대쪽인 베란다 저편은 산자락이었고 숲은 어둠에 휩싸여 덩치 큰 짐승처럼 네 시야 속에 잠겨 있었다. 씻지 않겠니? 너는 꿈적도 하지 않았다. 내가 방을 쓸고 닦고 너무 단정한 침대 시트를 흐트러뜨리고 머리를 감고 몸을 씻고 세면장 욕조에 물을 가득 받아놓을 때까지도 너는 내가 유리창에 얼굴을 대봐, 라고 주문하기 전에 했던 주문 그대로 베란다 저쪽을 쳐다보고만 있었다. 제발 그러지 마. 너를 가만 내버려두고 싶었지만 나는 결국 참질 못하고 다시 네 어깨에 내 얼굴을 얹고 말았고, 어떤 얼굴을 참고 있는 듯 너가 움찔거릴 때마다 너의 어깨에 얹혀진 내 얼굴은 잠깐씩 들려졌었다.

꿈이었나?

너의 부재는 네가 내 곁에 바싹 있었던 것만큼 분명하다. 네가 나에게 생기를 줬던 만큼 나는 맥이 빠져 있다. 네가 웃게 했던 만큼 웃음을 잃었고, 네가 머물렀던 것만큼 나는 기다린다. 처음부터 좁은 길, 샛길, 아니 어쩌면 아예 없었던 길을 나, 갓난아이처럼 한 발짝씩 갔으나 그토록 가까운 거리에 너를 두고도 너에게 이를 수가 없었다. 의자 하나 사이, 커피잔 하나 건너 사이, 세면장과 부엌 사이에 하얗게 끼여 있는 너의 부재를 끌어안고 나는 이따금씩 중얼거린다. 괴롭히지 않겠어요, 단 한마디도 하지 않겠어요.

너가 처음 나에게 왔을 때 나는 아주 어린 나이였다. 너는 빈집 그림자 속에 앉아 눈물을 글썽이고 있는 내 어깨를 툭 쳤다. 왜 울고 있니? 이가 아파. 이가? 저런! 너는 한없이 다정하게 잇몸이 부어올라 도도록한 내 뺨을 만져주었다. 지금의 밀랍 박물관 같은 너의 얼굴에서 어떻게 그때의 모습을 찾아낼 수 있을까. 너는 너의 무릎에 나를 앉히고 속삭였다. 잘 들어봐, 이가 왜 아픈지 말해줄게. 신이 하늘을 만드시고 나서 하늘을 대지를 만들었고, 대지는 강을 만들었으며 강은 개천을 만들고, 개천은 도랑을 만들었으며 도랑은 벌레를 만들었단다. 한데 벌레는 먹을것도 없었을 뿐 아니라 더러운 도랑이 싫어서 정의의 신을 찾아가서 울고 또 울었어. 또 지혜의 신 에아 앞에 가서도 하염없이 눈물을 뿌렸지. 무얼 먹게 해주시려는지요? 무얼 먹게 해주시려는지요? 하면서. 나는 너의 무릎에서 눈이 맑아졌었다. 치통으로 부어오른 내 뺨의 실핏줄 속으로 훈훈한 바람이 미끄러져 들어왔다. 재미있니? 응. 그 다음엔? 정의의 신은 말했지. 잘 익은 무화과를 주마, 살구도 주마. 벌레는 도리질했지. 이 도랑에 살면서 잘 익은 무화과가 뭣이랍니까? 살구 따위가 무슨 소용이랍니까, 소리치며 눈물을 멈추지 않았어. 그리고는 매달렸지. 저를 도랑에서 끌어내 사람들의 이빨들 사이에 놓아주시어요. 그러면 이에 흐르는 피를 마시며 턱부리에 앉아 음식을 먹으렵니다. 정의의 신은 할 수 없이 허락을 했단다. 알았느니라, 네 소망대로 하여라. 사람들의 이 사이에 자리를 깔고, 사람들의 턱 속에 눕도록 하라. 치통은 그렇게 생긴 거야. 하지만 걱정 마. 정의의 신은 또 이렇게 덧붙였거든. 이제부터 영원토록 에아의 강한 손이 너를 짓이길 것이니라. 에아? 물속에 살고 있는 지혜의 신이야. 주술이랑 의술을 행하려면 물이 있어야 하잖니. 에아는 의학을 비롯해서 모든 학문을 책임맡고 있거든. 그 에아의 시종이 치과의사란다. 내 이야기는 틀림없어. 세상에서 가장 오래된 이야기 중의 하나거든. 너는 마치 너 자신이 에아의 시종이나 되는 듯이, 맨 처음 그 이야기를 점토판에 새긴 이가 바로 너 자신이라는 듯이 생기가 있고 자신감이 넘쳤다. 어렸을 때 내 소원이 뭐였는줄 아니? 금방 파도에 쓸려갈 듯이 너는 창백하게 웃었다. 언제까지나 너를 지켜줄 사람을 갖는 것. 어떻게 알았어? 누구나 다 그런 생각을 하는 거야. 나는 너가 그 사람이라 믿었어. 그랬다. 나는 너가 나를 언제까지나 지켜줄줄 알았다. 그런데 그 모래밭 햇빛 속에서 꿈에서 깨어난 듯이 내게서 사라져버린 너처럼 모두들 점점 멀어져만 간다. 그럴 때마다 꼭 쥔 손바닥을 천천히 펴보곤 했지만 태어날 때부터 꼭 쥐고 나온 손금만 있을 뿐이다. 모두들, 모래 위를 걸어가네.

밤 모래밭을 걸었다. 뜨겁던 모래들이 밤에는 축축했다. 발바닥에 닿은 습기로 보면 우리가 걸었던 모래 위까지 파도가 다녀간 모양이었다. 누가 파도 소릴 쏴아, 라고 했을까? 해변의 모든 것엔 그 소리가 묻어 있었다. 길, 간판, 불빛 속에도. 소리는 가까이 파도는 멀리서 희미하게, 소리 없는 너도 파도처럼 희미하게. 언제까지 사랑하는 것과 헤어지며 살아야 하나. 모래밭을 걸었다, 한없이. 너도 가까이 있었지만 끝없이 멀게만 느껴졌다. 우리가 지나갈 때 모래 위에 촛불을 켜놓은 무리 쪽에서 웃음 소리가 흩어졌다. 너는 촛불을 바라보고 나는 너를 바라보았다. 한 중년 남자의 공허한 목소리가 촛불 위에서 넘실거렸다. 그애의 분홍빛 입술이 얼마나 어여쁘던지 참 이쁘다고 말을 건네고 싶은데 그애가 기휠 줘야 말이지. 그래서 술을 막 마셨지. 그리곤 전화를 돌렸어. 그런데 이게 웬일이냐? 아내가 받는 거야. 그애네 집으로 한다는 게 내 집으로 한거야. 내가 너무 깜짝 놀라서 뭐랬는 줄 알아? 뭐랬는데요? 아니 당신이 왜 거기 있는 거야? 그랬다니까. 웃음 소리.
　나는 문득 너의 그를 생각했다. 그가 너 곁에 있는 동안 너는 정말 잘 웃었었다. 그를 만나고 돌아오는 너에게선 늘 살고 싶은 장소에서 오래 머물다 돌아온 사람의 생기가 있었다. 옷도 벗기 전에 너는 냉장고 문을 열었다. 밥 없어? 그와 저녁 안 먹었어? 먹었어. 그런데도 배가 고파? 이상해, 헤어지고 나면 늘 배고파. 사과를 깎지도 않고 와삭와삭 베어먹고, 생계란을 이로 깨트려 후루룩 마시고, 아이스크림통이 긁히는 소리가 나도록 스푼질을 하고도, 상추잎을 서너 장 말아 볼에 빵빵하게 집어넣고 나서야 하아, 웃던 너, 그 생기로웠던 너를 보는 나의 즐거움들이 꿈이었나? 저곳까지 건너가볼까? 너무 멀어. 금방 갈 수 있어. 어떻게? 너와 함께. 나는 네가 가리키는 곳을 바라보았다. 너는 여기 있기 싫은 것이다. 하지만 나에겐 바닷속의 검은 바위는 너무 멀었다, 너무 멀었다. 그래도 갔어야 했나? 나야말로 너와 함께.

밤 모래밭 산보 끝에 너가 발을 멈춰선 곳은 붉은 백열등 아래 발이 긴 영덕게들이 납작하게 엎드려 수북하게 쌓여 있는 포장집이었다. 금방 삶아진 게 등 위에서 솟아오르는 더운 김이 네 얼굴을 덮었다. 먹을까? 너는 대답 없이 그저 삶아지고 있는 덩치 큰 게를 보고만 있었다. 그 자리에 너무 오래 서 있어서 그냥 갈 수 없게 될 지경까지. 우린 결국 그 포장집 간이 의자에 앉게 되었고, 탁자엔 토막토막 잘라진 영덕게가 한 접시 놓였다. 아이스박스에서 건져올려진 음료수와 함께. 아, 어쩌면 그 집에 들어가지 말았어야 했을까? 건너편 의자에 머물러 있던 여자와 남자를 우린 만나지 말았어야 했다. 내가 영덕게의 등껍질을 벗기고 있을 때 너는 그 여자 쪽을 향해 귀를 기울였다. 너는 무엇에나 무심해 있었기에 그 귀 기울임은 나를 반갑게 했었다. 어쩌면 너가 이제 웃게 될지도 몰라. 여자는 술이 취해 있었다. 여자는 파마머리를 자꾸만 치켜올리며 뭐라고 남자에게 속삭였다. 얼핏 보면 남자에게 건네는 정겨운 사랑의 말 같았다. 그 여자의 속삭이는 말을 내가 알아들었을 때 너도 여자의 말을 알아들었는지 우리는 동시에 눈이 둥그래졌다. 내 돈 내놔, 내 돈 내놔, 술 취한 여자가 남자에게 속삭이는 말은 내 돈 내놔, 였다. 나는 영덕게의 등 속에서 흰 살을 끄집어내 네 입 속에 넣어주었다. 너는 무심히 우물우물 깨물다가 도로 꺼내 탁자에 내려놓아버렸다. 너 먹어, 난 못 먹겠어. 왜? 맛있잖아. 그냥 난 음료수 마실게. 여자는 파마머리를 흔들며 기어들어가는 목소리로 계속 속삭였다. 나쁜 놈아, 내 돈 내놔. 여자는 속삭이고 싶어서 속삭이고 있는 게 아니었다. 여자는 성이 나서 소리를 버럭 지르고 싶어하는 것 같았지만 술이 너무 취해서 맥이 빠져 있었다. 마음과는 달리 입은 자꾸만 속삭이게 되는 것이었다. 내 돈 내놔. 여자 옆에 앉아 있는 남자는 점점 사나워졌다. 남자의 벌건 얼굴이 백열등 불빛을 받아 더 붉게 번들거렸다. 너는, 남자가 사나워지는 기미를 보일 때마다 너는, 내 앞으로 자꾸만 몸을 기울였다. 너는 떨고 있었다. 그만 가자. 내가 네 손을 잡기도 전에, 이 썅, 남자가 탁자를 뒤집어엎었다. 이년이 보자보자 하니까. 남자는 들고 있던 맥주병을 여자의 파마머리에 내리쳤다. 펑. 나는 그렇게 들었다. 펑. 순식간에 피투성이가 된 여자의 머리채를 남자는 싸잡아 끌고 나갔다. 남자가 거머쥔 머리채의 힘에 여자의 무너진 몸 전체가 질질 끌려갔다. 떨고 있는 너를 데리고 도망치듯 포장집을 빠져나와 보니 사나운 남자는 바닷가 여관으로 통하는 계단으로 피투성이 여자를 끌고 가고 있었다. 어쩌면 여자는 그때까지 속삭이고 있었는지 모른다. 내 돈 내놔.

꿈이었나?

우린 여기에서 함께 살았다. 더블 침대 하나와 소형 냉장고, 건전지 갈아끼우는 걸 깜박 잊어버려서 어느 날부턴가 시침 초침이 모두 멎어버린 낡은 나무시계, 가끔 소국이 꽂히는 흰 화병, 창을 가리고 있는 연두색 발, 5.2kg의 신식 세탁기, 둥근 식탁과 그에 딸린 불편한 의자 두 개, 몇 개의 커피잔과 화장품이 담긴 대바구니, 나나 무스쿠리의 노래, 때때로 나는 고아처럼 느껴져요. 이 자리에 네가 있었다는 게 꿈이었나? 백화점에서 온종일 계산기를 두드리며 발이 퉁퉁 부어오를 때 여기 자리를 자유롭게 차지하고 있는 너를 생각하면 계산이 틀리지 않았었다. 너는 꿈이었나? 마늘을 다져주고 꽃을 꽂아주고 오래된 이야기를 내게 새기던 너는.

우리가 묵은 그 해변의 깨끗한 방은 오층에 있었고 바로 옥상과 통로가 연결되어 있었는데 너는 방으로 들어오질 않고 옥상으로 올라갔었다. 나는 어디서나 방을 쓸고 있다. 닦고 있다. 머리를 감고 있다. 발을 씻고 있다. 세면장 욕조에 물을 가득 받아놓고 옥상으로 나가봤을 때 너는 거기 긴 나무탁자 위에 누워 있었다. 옥상은 군데군데 탁자가 있었고, 위엔 둥근 초가 두 개 세 개 세워져 있었다. 네 귀퉁이에 켜져 있는 가등에서는 옅은 오렌지빛이 흘러나왔다. 쏴아, 파도 소리도 모래밭과 해송과 텐트촌과 영덕게집의 광기를 넘어 귓속으로 흘러 들어왔다. 누워 있는 네 곁으로 다가가서 나는 걸터앉았다. 바닷가 하늘에 별이 떴다. 별은 무수히 떠서 졸음을 참고 있는 듯했다. 그러다가 밤 바닷가 사람들이 모래밭에서 소릴 지르면 눈을 떠보는 듯 드문드문 반짝였다. 너는 너의 적막을 쏘아올려 어느 별에 박히게 하고 싶은 모양으로 오래 그 나무탁자에 누워 있었다. 그런 너의 모습이 아니라도 나는 너에게 언제나 순종하고 싶었다. 다시 돋아오르는 그 마음이 너의 손등에 내 손을 얹고 맹세하고 싶게 했다. 나는 너의 생각에 따르겠어, 네가 저 별을 넘어가더라도. 너의 곁에서 잠들기란 늘 얼마나 어려운지. 그날 밤 깊은 한밤중에 너는 물어왔다. 자니? 나는 졸음을 참으며 대답했다. 안 자. 파도 소린 바다로부터 너와 내가 자는 방 문턱을 넘어오는 듯 쏴아 가깝게 들렸다. 얼마쯤 지나 너는 다시 물었다. 너, 자니? 나는 너를 놓치지 않으려 손을 뻗어 너의 이마를 쓰다듬으며 힘껏 대답했다. 안 자. 너의 목소린 점점 잦아들긴 했으나 나보다 먼저 잠들진 않았다. 잠은 내게 더 넘쳐서 자니?라고 물었던 너의 목소리가 언제 끊겼는지는 모르겠으나 잠속으로도 너의 목소린 밀물처럼 밀려 들어왔다. 옛날에 먼 옛날 하늘과 땅도 없었던 먼 옛날에 용감하고 무서운 것이 살고 있었지. 세상에는 다만 물만이 있었을 때…… 아무것도 이루어지지 않고 있을 때…… 자니? 너는 내게로 돌아누웠다. 네 얘기 좀 해봐. 내 얘기? 응, 꿈이 있는 것으로. 나는 맑은 정신으로 그 얘길 했을까? 흐릿한 정신으로라도 그 얘긴 하지 말았어야 했을까? 그랬어야 했는지도 모르겠다. 하지만 너가 꿈이라고 발음했을 때 흐릿함 속에서도 가슴이 싸아, 저려왔었다. 눈 속에 손을 묻었을 때처럼. 언제나 만날 수 있는 저림이 아니었기에, 그랬기에. 얘길 하는 동안에 내 목소리만큼이나 내 의식만큼이나 흐릿하게 너가 가보자던 그 바닷속의 검은 바위가 아른거렸다. 꽃게가 마당을 기어다니는 집이 있었어. 알밤이 수두룩히 떨어져도 아무도 줍지 않는 곳. 그곳에서 내게 오래된 이야기를 말해주는 이가 있었지. 그가 얘기를 꺼내면 나는 들었어. 돌다리를 함께 건너고 함께 햇살을 쪼이고 여우비를 쫓아다녔지. 손을 잡고 밤하늘의 별을 보며 서로 맹세했어, 헤어지지 말자고. 저녁에는 철길로 나가 지나가는 기차를 보았지. 끝없이 열려진 꿈 같은 날들이었어. 그는 오래된 이야기를 해주면서도 내가 기다리는 것은 미래에 있다고 말했어. 내가 미래가 언제 오냐고 물으면 그는 곧, 이라고 대답했지. 곧이라고요? 믿어지지가 않아요. 내가 되물으면 그는 불확실한 게 더 좋아, 희망이 있잖니, 라고 말해줬어. 미래가 된 지금 그는 어딘가로 간다고 해, 곧 온다면서. 나를 보내주겠니? 자꾸만 물어. 나는 이제 그러세요, 라고 대답할 거야. 나는 그를 더 따라갈 수가 없거든. 내가 할 수 있는 말은 당신이 없는 동안 난 당신이 그리울 거예요, 이것뿐이야. 이것이 내가 기다린 미래였어. 그가 떠날 때 나는 그의 등뒤에 대고 처음으로 말하게 될 거야. 사랑한다고. 하루 이틀 일주일 한 달, 나는 그가 떠난 자리에 서서 일 년 이 년 기다릴지도 몰라. 밤이면 이제 혼자 기찻길에 나가보겠지. 기차가 지나갈 때면 그가 간 곳까지 나도 데려다달라고 외치면서 뛰게 될 거야. 기차는 늘 나를 떼어놓고 달아나겠지. 나는 기차 뒤에 남아 울거야. 그러다가 어느 날 정신이 든다면 그때야 조용해지겠지. 내가 이야기를 마쳤을 때 너는 울었다. 누워 있던 너가 일어나서 내 가슴에 얼굴을 묻고 몸을 너무 형편없이 구겨가며 울었기 때문에 흐릿한 내 의식은 다시 맑아져야 했다. 너는 내 귀에 대고 서럽게 속삭였다. 우리 오늘 밤 일은 잊지 말자. 다시 우는 너를 나는 껴안았다. 그 깊은 껴안음 끝에 남겨지던 슬픔이 지금 내 뺨에 묻어난다. 그런 얘길 해줘서 미안하다. 돌아오면 다시 말해줄게. 좋은 이야기가 아니었다고. 네 마음뿐만 아니라 내 마음조차도 언짢게 한 이야기였다고.

꿈이었나, 너는?

수국이 피어 있었다. 흰빛과 보랏빛이 막 섞여서 그 해변 뒤 절집 암자 뒤켠에 함빡. 나는 너를 그 꽃 곁에 세워두고 웃어봐, 했었다. 웃어봐, 수국처럼 하얗게 보랗게. 보랗게? 응 보랗게! 그게 뭐야? 보랗게가 뭐야? 드디어 네가 그 화석 같은 무료함을 깨고 질문을 했었다. 보랗게가 뭐야? 어떻게 웃어야 그렇게 되지? 그 바닷가에서 처음으로 나타낸 너의 호기심이 하필이면 얼결에 튀어나온 농이었다니. 하지만 나는 네게 다가가 윗니가 다 보이도록 입을 벌려놓았다. 찡그리지 마, 이렇게 웃는 게 보랗게야. 수국이 피어 있었다. 흰빛과 보랏빛이 막 섞여서, 함박. 나는 너를 보랗게 웃게 하고 사진 찍었는데, 분명 셔터를 눌렀는데 왜 수국만 있지? 그때 넌 어디 있었던 거야?

그와 함께 있는 동안 너에게선 샘물 냄새가 났다. 그때 너는 정말 특별했었다. 늘 어딘가를 맨발로 뛰어다니다 온 것 같은 야생의 냄새, 아, 네가 그와의 맹세를 내 귀에 대고 속삭일 때는 이것이 저것 속에 덮여 있듯이, 내 속에도 너 같은 모습이 살았었다고 너 몰래 생각했었다. 너는 내 퇴색한 꿈이라고, 이 속으로 걸어들어오기 전의 내가 꾸었던 꿈이라고. 그리움으로 내 얼굴이 일그러지는 때도 있었지만 너가 행복했으므로 너를 보고 있는 동안의 나도 행복했다. 내일은 다른 얘길 해줄게. 너의 입술은 내내 살아 움직였다. 얘기가 또 남아 있어? 어디라도 가서 캐올 거야. 너는 움직였다. 너는 그를 위해 헤맸고, 너는 그를 위해 땅을 팠고, 너는 길을 걷다가도 미소지었었다. 왜 웃니?라고 물으면 너는, 그가 보고 있는 것 같아서, 라고 대답했었다. 그로 인해 한없이 기뻤던 너의 그 날짜들을 표현해줄 알맞은 말이 어디에 있겠니. 그는 너무나 몰두한 너의 삶이었어. 너의 입속에서 노래처럼 새어나오던 얘기들. 왜 얘길 하니? 힘을 느끼려고? 무슨 힘? 그를 잃지 않으려는 힘. 얘길 하면 그게 느껴져? 응. 얘길 하면 내 목소리가 그의 영혼으로 들어가서 그를 웃게 할 수 있을 것 같애.

수국을 지나가니 파도굴이었다. 암자는 해변을 향해 있는 바위와 바위 위에 얹혀져 있었다. 여기 처음이우? 종이모자를 쓰고 무슨 서명인가를 받고 있는 보살이 적막하게 물어왔다. 처음이면 저 법당 안에 들어가서 마루에 뚫려진 뚜껑을 열고 파도굴이나 보고 가우, 장관이지. 법당 한구석에선 늙은 여인이 꽃방석 위에 염주를 쥐고 불상과 마주앉아 있었다. 법당 마룻바닥은 오래된 냄새를 풍기며 윤이 반질반질 났다. 뚜껑을 열려고 엎드렸을 때 옆에 있는 너의 얼굴이 비칠 정도로. 파도굴 뚜껑은 손바닥만 했지만 그걸 열고 들여다본 저 밑은 섬뜩했다. 그 밑바닥, 아스라한 밑바닥에 굽이치고 있는 흰 물거품들을 나는 오래 들여다보고 있을 수가 없었다. 거기에서 솟아오르던 어지럼증. 내가 물러서자 너가 들여다봤다. 꿈이었나? 광활한 해변의 앞바다에서 몰려온 물들이 더 이상 갈 데가 없어 부딪치고 부서지다 어쩔 수 없이 다시 거슬러 되나가는 그 흰 밑바닥을 너는 오래 들여다보았다. 낙원 같았니? 어쩌면 그렇게 편안하게? 이제야 말이지만 나는 내가 휘말려 들어가는 것만 같았다. 내가 먼저 법당을 빠져나왔던 건 그 때문이었어. 수국 그늘에 앉아 너를 기다리는 나를 보며 너는 웃었었지. 무서웠니? 무섭긴, 그냥 발이 저려서…… 넌? 언제 한 번 가본 집이 생각났어. 집? 내가 태어난 집. 파도굴을 보고 왜 태어난 집이 생각나? 그 집도 섬에 있었거든. 사실은 나도 잘 모르는 곳이야. 그저 어느 날 이모의 말이 생각나서 가봤던 것 뿐이야. 이모가 그랬거든. 내가 거기서 태어났다고. 아무도 살지 않는 빈집이더라. 바닷물이 마당까지 들어올 지경이었어. 거기다 인적이 끊겨서 집이 아니라 풀밭 같았어. 수북이 자란 잡초가 무너진 대문을 덮어버려서 그게 대문이란 걸 하룻밤 지나고서야 알았어. 거기서 자기도 했어? 그냥 그러고 싶었어. 내가 태어난 곳에서 묵고 싶었어. 방문을 열어보니까 잡초가 방구들을 뚫고 나와 수북했어. 거기서 잤어? 응, 벽에 등을 기대고 발을 잡초 속으로 뻗고. 잠이 와? 글쎄 그게 잠이었는지 꿈이었는지 누가 팔을 둘러주는 것 같았어. 눈을 떠보니 아침이었어. 밤새 누가 옆에 같이 자다가 간 것같이 따뜻했어. 언제 갔었어? 작년에 왜 너가 나 없어졌다고 야단을 부렸잖아. 그때. 그때 너 거기 갔었던 거야?

앞에 걸어가는 중년 여인들이 시시덕거렸다. 어젯밤에 내가 그이한테 말했지. 나는 도무지 살아 있는 것 같지가 않다고. 무슨 생각을 하고 있는지 뭘 하고 싶은지를 모르겠다고 말야. 그랬더니 뭐라셔? 뭐라긴 똑같은 말이지. 세상 살기 편해진 탓이래. 그래서 뭐라고 대꾸했수? 사는 게 미친년 같다니까요! 소리쳤지. 그랬더니? 나 참 기가 막혀서…… 그이 하는 말이 미친년이 정신차리면 행주로 요강을 닦는다면서 정신차리지 말래. 중년 여인들은 호르르, 웃음 소리를 남겨놓고 대웅전 쪽으로 걸어갔다. 너는 그들과 간격을 두고 싶은지 걸음을 멈추더니 나무 그늘 속의 나무의자를 찾아 들어갔다. 우리는 거기 오래 앉아 있었다. 나 아까 파도굴에서…… 해변의 파도 소리가 절집까지 넘어와 네 목소리를 잘라먹었다. 나는 너의 목소리를 알아들으려고 네 옆으로 다가가 앉았다. 뭐라구? 아까 파도굴에서 죽은 새를 봤어! 새? 갈매기 같았어. 너를 들여다보고 있는 것이 힘이 든다, 고단하다. 나는 내게 기울였던 귀를 너에게서 떼고 사라져가는 중년 여인들의 뒷모습을 보았다. 하필이면 죽은 새를 보았다고? 내가 너에게서 떨어지자 너가 내게 몸을 기울여 속삭였다. 그 새는 어디서부터 떠밀려서 파도굴 속까지 쓸려왔을까? 나는 대답을 안 하고 입을 다물었다. 굴을 빠져나가질 못하고 다시 쓸려오고 다시 쓸려오곤 했어. 새가 아닐지도 몰라, 난 못 봤는걸. 그 깊고 아스라한 데에 뭐가 떠다니는지 어떻게 보이니? 너가 잘못 봤을 거야. 너는 샌들로 나무의자 밑의 흙을, 쿡, 들쑤셨다가 다시 다지고는 했다. 아니야, 새였어. 나는 어디에 있든 새는 알아볼 수 있어. 새가 먹이를 쪼아댈 때면 나는 마음이 아파. 포르르, 날아갈 때도, 나는 드디어 참질 못하고 너를 잡고 소리를 질렀다. 왜 그를 사랑했지? 응, 왜? 너가 이렇게 달라질 거라면 너를 위해 좀더 애쓰는 이를 사랑하지 왜 그를 사랑했느냐구? 이게 뭐야, 이런 침울함이나 남겨놓고 갈 이를 뭐 하려고 그토록이나? 너는 슬프게 나를 보았다. 내가 소리를 더 지르려고 하자 너는 간절하게 내 입을 막았다. 부탁이야, 내 꿈을 망치는 말은 더 하지 말아줘. 난 말할 수 있어. 그는 내 몸 안에 꿈을 퍼뜨려놓았어. 처음 가져보는 놀라운 꿈을. 다만 난 그 꿈을 미래까지 가지고 갈 수 있다고 생각했고 그는 그것이 아니었던 것뿐이야. 나는 그와의 시간을 내 생애하고 바꿀 수 있어. 그를 탓하려면 차라리 날 잊어줘. 너, 발 밑의 흙은 헤쳐지고 다져지기를 너무 여러 번 해서 그때는 다른 흙들과 빛깔이 달라져 있었다. 나는 몰랐었어. 그때까지도 그가 너의 삶, 너의 꿈이었다는 걸, 나는 정말 몰랐었단다. 알았으면 내가 그렇게 흉포하게 굴었겠니, 알았으면.

해수 관음상은 뙤약볕 아래서 하얗게 물병을 들고 바다를 향해 서 있었다. 관음상은 내다보고 있는 푸른 바다 첫 물방울의 시작이 자기가 들고 있는 물병이라는 듯한 미소를 짓고 있었으나, 그 아래의 너는 너무 마르고 쇠약해서 입속에조차 침 한 방울 없어 보였다. 너는 신발을 벗었다. 해수 관음상 가까이 가기 위해 너는 샌들 속의 맨발을 태양에 달궈진 대리석 바닥에 디뎠다. 나무 그늘 속에서 너를 바라보고 있는 내 발바닥이 또 뜨거웠다. 대리석 바닥에 너의 몸이 어룽거리다가 새겨졌다. 나는 나무 그늘 속에서 나와 뜨겁게 서 있는 너를 사진 찍었으나, 지금 내 손바닥 위의 인화지에 너는 없고 너의 머리맡에서 흩어지던 말벌떼들만 윙윙 찍혀 있다.

한자리 꿈속을 헤매다가 갑자기 눈을 떠보니 내 품속에 잠이 들던 사람은 한숨 속에 날아가버려,

노래를 지나오니,

남을 것은 공허한 너,라는 껍질. 너가 나를 감싸올 때마다 내 가슴에 떨어지는 헛것의 그림자들. 왜 너를 떠난대니? 나를 만나기 전에 만난 사람이 있대. 그럼 너를 왜 만났지? 그렇게 말하지 마. 내가 그를 만난 거야. 너 괜찮아? 응.

그를 잊은 것처럼 보였다. 나는 이제 말할 만한 친구조차도 없어. 너의 낯빛은 희고 투명해졌다. 어디에서도 본 적이 없는 너만의 투명함이어서 나는 가끔 너의 숨소리를 점검해야 했었다. 너는 점점 더 투명해지면서 힘이 없어졌다. 내가 침울한 건 그가 떠나서가 아니야. 그가 간다고 했을 땐 미칠 것 같았어. 눈에 보이는 것 모든 것이 내 마음을 찔렀지. 하지만 그 미칠 것 같음 때문에 그가 없는 시간들을 버틸 수가 있었어. 내가 견딜 수 없는 건 지금이야. 슬픔도 기쁨도 없는 광대를 바라보고 있는 듯한 기분 알아? 어느 날 밤 나는 한없이 얘기하는 너의 꿈을 꾸다가 눈을 떴다. 꿈은 너무도 현실 같아서 너가 해준 얘기가 방안에 흘러다니는 것 같았다. 눈을 다시 감으려다가 윗목에 구겨져 있는 너를 보고 말았다. 너는 거기 구겨져서 무릎을 싸안고는 꼼짝을 안 했다. 울고 있었으면 나는 잠자리에서 일어서서 네 손을 잡아줄 수 있었을 것이다. 하지만 그대로 하나의 무덤인 너를 성가시게 할 엄두가 나질 않았다. 외려 불규칙해진 내 숨소리가 너를 방해할까봐 나는 눈도 가만히 떴다 감았다. 여기 저, 둥그런 구겨진 자리. 무슨 생각해? 영화의 한 장면. 무슨 영화? 몰라, 생각 안 나. 어떤 장면인데? 한 처녀가 교회 갔어. 사람들이 그 처녀가 지나가자 뒤에서 말했어, 저 처녀 착하긴 한데 너무 평범하다고. 그래서? 그 말을 듣고 처녀는 무척 슬퍼했어. 왜? 왜긴 평범한 게 싫어서지. 그리고 끝이야? 아니 처녀가 슬퍼하니까 어머니가 넌 눈이 예쁘잖니, 그랬어. 어머니의 위로를 듣고 처녀는 더 슬퍼했어. 그건 평범하다는 말이에요, 하면서. 나는 손을 뻗어 너의 손을 쥐었다. 너도 평범한 게 싫어? 응, 내가 너무 평범해서 그가 떠난 것 같아.

너의 숨결이 낫질을 기다리는 풀 같은 줄도 모르고 나는 한사코 너에게 무엇인가를 해보게 하려고 했었다. 그 해변에서 밀짚모자를 쓰게 하고. 밀짚모자? 그래 밀짚모자. 나는 그 해변의 상점에서 똑같은 밀짚모잘 두 개 사서 하나는 너의머리에 씌워주었다. 우리는 그걸 쓰고 수국을 지나왔다. 우린 그걸 쓰고 파도굴을 들여다봤다. 우린 그걸 쓰고 그를 만났었다. 아름다운 담장을 돌아서 황토를 딛고 대발이 쳐진 문을 들어섰을 때 그는 합장을 왔다. 그는 너의 얼굴을 뚫어져라 바라보았다. 너가 더 투명해지려 해서 나는 너를 잡아당겼다. 그는 너 앞에 붓을 내밀었다. 이름을 써놓고 가시면 내일부터 천일기도를 해드리지요. 너는 그로부터 붓을 받아들고 너의 이름을 또박또박 적었다. 너의 이름을 받아들고 그는 사라지고 그 아름다운 담장을 다시 돌아 깨끗한 방으로 돌아오는 긴 산책길에서 너는 내 밀짚모자 위에 네 것을 덧씌웠다. 나는 네 것을 벗겨 다시 네 머리 위에 씌워주며 네 어깨를 감싸안았다. 다시는 아무 곳에나 네 이름을 적지 마. 너는 이내 눈물이 그렁해졌다. 깨끗한 방에 도착해 세수를 하고 머리를 감고 방을 비워주기 위해 짐을 꾸릴 때까지도 너는 눈물이 그렁해 있었다. 나는, 우리가 깨끗한 방을 나와 이층 커피숍에서 팥빙수를 한 그릇씩 시켜놓고 앉았을 때 나는, 기어이 너의 눈물을 보고 말았다. 어디나 황무지야. 태양 때문에 바닷물은 급속도로 더워진 모양이었다. 사람들은 다시 바닷속으로 들어가거나 모래무덤 속에 들어가 있었다. 바닷물 속에서 공놀이를 하고 있던 어린아이 중의 한 아이가 바닷물에 떠밀려가자 엄마인 듯한 여자가 황급히 아이를 물에서 떠안고 모래밭으로 나왔다. 우는 너를 나는 흔들었다. 울지 마, 나도 울고 싶잖아. 너는 빨개진 코를 손바닥으로 가리고 가만 나를 들여다보았다. 나는 부끄러워졌다. 너는 내 앞에 밀짚모자를 내려놓았다. 나 좀 잠깐 다녀올게. 어딜? 저기. 너는 손을 뻗어 아무데나 가리키며 저기라고 했다. 너는 천천히 내 앞에서 사라져갔다. 너는 오래 오지 않았다. 네가 오 킬로미터는 더 걸어가고도 남았을 시간이 지날 무렵에 가슴이 뜯겨나가는 듯 아파왔다.

지금 무슨 일이?

다 녹아버리고도 다 식어버린 팥빙수 그릇마저 흔적으로 보일 때였다. 기다림에 멍해진 내 눈이 빛났다. 네가 해변에 서 있었다. 나는 이층에서 투병하게 빛나는 너를, 수많은 사람들 속에 섞여 해변 모래밭에 반짝이며 서 있는 너를 보았다. 너는 맨발이었다. 모래가 뜨거워 발바닥이 아플 것이었다. 너는 어리둥절한 듯 사방을 휘둘러보았다. 내가 여기 있다는 걸 아무래도 너는 잊어버린 것 같았다. 너는 오지 못한다. 내가 가야 한다, 고 생각했지만 나는 움직여지지가 않았다. 나는 안타까워 손을 내밀었다. 얘, 여기야! 내가 창에 손바닥을 갖다대자, 너는 없어져버렸다.
너는 내 뺨을 통과하려는 숨이었나?

너는, 알고 있었지? 너가 사라진 후에도 내 생활은 계속되리라는 걸. 조용하고 텅 빈 채로도 나는 살아가리라는 걸. 다시 손바닥을 천천히 펴보지만 여전히 그 속엔 태어날 때부터 쥐고 나온 손금만 있을 뿐이네. 너에게로 가야 하는데 나 어떻게 가지? 누가 그토록 좁은 샛길을 막아놓은 거지? 복사뼈까지 퉁퉁 부은 다리로 돌아와 다른 생각 없이 잠을 자고, 일요일이면 얌전하게 빨래를 삶는다. 너를 찍었으나 바다와 말벌과 구릉과 수국으로 남은 너를 여기 놓고 나는 빨래 바구니를 들고 옥상으로 나갈 것이며 빨랫줄에 삶은 빨래를 널 것이야. 내가 널어놓은 빨래는 사라져갈 듯이 하얗게 마르겠지? 너를 응시할 수 없게 된 나의 뺨, 이렇게 시들어도.

나, 모래 위에 남아 있네.

너가 천 킬로미터는 더 사라졌을 시간이 지난 뒤에 나는 그 해변에서 혼자 돌아왔다. 너는 총이었어. 가끔 밥상을 차려놓고 너를 찾기는 했다. 지켜주고 상처도 주지. 잠을 자다가 내게 팔을 내주려 헛손질을 하기도 했다. 언젠가는 탄환이 내 가슴을 뚫을 거야. 그러다 꺼져 있는 가스레인지를 들여다보며 나는 조용해졌다. 열쇠를 안에 두고 문을 잠그지 않게 되었을 때, 전기세 내는 날짜를 잊지 않게 되었을 때, 나는 너를 찍었던 필름을 27분 현상소에 맡겼다. 기다려서 받아온 인화지에 너는 없었다. 너가 자취를 감춘 하루, 이

틀, 몇 달, 바다와 구릉과 말벌과 수국이 있는 네 자리를 들여다보다 그를 찾아갔다. 햇살은 좋았고 나뭇잎은 반짝였고 발자국들은 환했고 그의 얼굴은 기름졌다. 그에게 너가 어디에 있는가 물었다. 그녀가 어딨지요? 무덤 속까지 따라가마 했다던 그의 눈이 휘둥그래졌다. 그걸 내가 어떻게 알겠소? 당신이 모르면 누가? 그는 찻잔을 비우지도 않고 가볍게 일어섰다. 나는 모르는 일이오, 그녀만이 알겠지요.

멀리, 끝없는 길 위에
──그녀에게 바친다 그녀 삶의 기미에게

　그녀의 걸음걸이는 독특했다. 지금 이 어둠 속 저기서 그녀가 뭉개진 얼굴로라도, 아, 뭉개진 얼굴로라도 걸어오기만 한다면 나는 실루엣만으로도 멀리서도 그녀를 알아볼 수 있다. 고개를 숙이고 윗몸을 안으로 오므리기 때문에 둥글어진 어깨를 더 둥글게 말아서, 마치 자신의 내면을 들여다보는 듯하던 그 내성적인 걸음걸이.

　Hello……?
　파란끈으로 꼭꼭 묶어 책상 맨 아래 서랍에 넣어두었던 해묵은 상자의 끈을 풀고 있는 중에 받은 전화, 저편 목소리의 생소한 발음에 나는 손을 놓았다. Hello라니. 빨리 머릿속을 뒤적거려봤지만 내게 이런 발음으로 전화를 걸어올 사람은 아무도 없었다. 먼 곳의 목소리는 내 긴장을 알아챈 모양이었다.
　Can you speak English?
　……

Is is 738-3822, Korea, right?

……

Could you talk to me? I am looking for someone.

내 머릿속은 동굴 속이 되어버렸다. 수화기를 내려놓았다. 예스나 노 이외의 대답은 떠오르지도 않았고, 알지도 못했다. 나는 그 먼 곳의 여자 목소리를 알아들을 수가 없었다. 전화는 다시 걸려왔다.

Hello……?

좀 전과는 달리 이국 여인의 목소리에는 전화를 끊지 말라는 간절함이 담겨 있었다.

I seek for a person.

나는 소리 안 나게 수화기를 다시 내려놓았다. 실없이 웃음이 나왔다. I seek for a person. 사람을 찾고 있다고? 마음이 기묘하게 엉기었다. 사람을 찾고 있다고? 사람을?

'어둡고 황량한 고속도로, 머리에 스치는 찬바람. 아득한 곳에 희미한 불빛. 머리가 무겁고 시야가 흐려지면 하룻밤의 안식처를 찾아 차를 멈춘다. 문가엔 한 여인이 서 있고 교회의 종소리가 들려온다. 이곳은 천국인가 지옥인가. 여인은 촛불을 밝혀 방을 안내하는데 아래층 복도에서 들려오는 소리…… 아름다운 호텔 캘리포니아에 오신 것을 환영합니다. 한여름의 땀을 흘리며 춤추는 저들을 보라. 춤은 온갖 상념을 불러일으켜서 망각 속에 묻어버린다. 주방장에게 술을 청해본다. 그놈의 영혼 각성제는 1966년부터 취급하지 않아요. 멀리서 누군가 부르는 소리에 깨어나니 들려오는 소리. 아름다운 캘리포니아 호텔에 찾아오신 것을 환영합니다. 자신의 존재

를 잊을 수 있다는 건 얼마나 멋진 일입니까……'

그녀 노트 맨 첫장에는 엉뚱하게도, 정말 엉뚱하게도 이글스 그룹의 호텔 캘리포니아 노랫말이 적혀 있다. 여전히. 오 년 전에 내가 그녀의 언니로부터 이 노트를 전해받았을 때, 자꾸만 뿌예지는 눈으로 이 첫장을 펼쳤을 때, 그 뿌연 마음에도 이 첫장은 내게 암호 같았었다. 지금도 그 기분은 여전하다. 하긴 그녀가 남긴 암호가 이것만이겠는가만.

'건강 진단을 받고 싶다. 내 육체 어느 한 곳 허점 없이 완전무결하다는 확인서…… 하긴, 나는 열흘간의 금식 끝에도 멀쩡했으니……'

'취직을 하고 싶다…… 온종일 마흔 통의 이력서를 써서 출판사가 다른 책들을 모두 꺼내놓고 주소를 베꼈다. 일곱 통이 남았다.'

'어젯밤 내내 정강이가 너무나 아파와서 왜 이렇게 아픈가 생각하다가 잠을 한숨도 못 잤다. 무슨 병이 든 건 아닌가 싶었는데 아침에 마당에 나가 괭이를 보는 순간 그때야 생각이 났다. 며칠 내린 빗물이 빠져나가지 못하고 마당에 괴어 있어서, 처마 밑에서 대문까지 도랑을 파주다가 괭이에 정강이가 부딪힌 것이었는데 까마득히 생각이 안 났다.'

'S에게 전화를 걸려고 시내까지 나갔었는데 S는 없고 그의 새언니가 받았다…… 집에서 걸면 하고 싶은 말을 다 못 해서 일부러 나온 길이었는데…… S를 만나거나 통화라도 꼭 하고 싶었던 마음을 둘 데가 없어서, 언젠가 S가 가본 적이 있다던 전등사에 가보았다. 전등사는 멀었다. 서울까지 나가서 신촌에서 강화도에 가는 버스를 탔다. 서울에서 S에게 다시 전화했으나 이번에는 S의 조카가 받았다. 전등사는 초라하고 외로워까지 보였다. S는 여기를 왜 왔었을까? 아침저녁으로 목욕재계하고 서까래 올리던 목수들을 지휘하던 도편수한테 사랑하는 여자가 있었는데 그 절을 창건하는 동안 다른 이와 달아나버렸대. 언젠가, S가 내게 했던 말을 좇아 하늘 쪽으로 치켜올린 추녀를 살핀 끝에 용마루 밑에 벌거벗은 채 매달려 있는 여자상을 찾아냈다. 실연한 도편수가 저를 배신한 여자에게 복수하기 위해 그 여자를 조각해 추녀 네 귀에 매달아놓았다지 뭐니. 나는 여자가 너무 안되었어서, 너무했다. 그랬는데 S는 의외로 도편수를 편들었었다. 비관하는 마음이 얼마나 컸으면 그랬겠니. 나는 그 마음이 이해되는데. 추녀 네 귀를 받치고 있는 여자의 괴로움으로 도편수의 마음은 좀 나아졌을까? 나는 전등사에서 내내 S하고 얘기했다. 중간에 다시 한번 S에게 전화를 걸었으나 여전히 S는 없었다.'

'신부님. N섬의 아이들과 보낸 기억은 제게 소중합니다. 신부님은 어딜 가나 아이들과 함께 계시네요. A읍의 재활원 아이들도 신부님이 소중히 여기시기에 제게도 몇 배나 소중합니다…… 그런데도 저는 왜 이렇게 힘이 없을까요. 신부님과 함께 아이들을 돌본 기억들이 이렇게 선명한 위로로 남아 있는데도…… 전쟁이나 전염병

같은 장애물을 뛰어넘어야 할 일도 아직 한 번도 없었는데, 어딘가로 끝없이 굴러떨어지는 것만 같아요. 제가 굴러떨어진 곳엔 바닥이 없어요. 아무데도 닿질 못하고 허공에 매달려 있는 것만 같아요.'

……그녀의 노트를 덮었다. 나는 너를, 여기에 엮으려 한다……
……소설은, 나를 바라보지 않는다. 돌보지 않는다. 소설의 눈을 들여다보면, 그 밤의 내가 보인다. 볏짚 속에서 칠흑의 하늘을 향해 눈을 뜨고 있는 짐승의 눈, 나의 눈. 거기, 그의 눈 속에 추수하는 벌판이 있다, 내가 있다, 농부의 아낙, 나의 어머니, 그의 딸. 청결하게 쏟아지는 햇빛, 아, 그의 눈은 영화관의 화면, 멍석을 깔아놓고 벼를 한줌씩 잡고 홀태질을 하는 여인들을 그의 눈은 펼쳐놓는다. 얼굴로 흘러내리는 기름진 땅방울까지. 홀태 밑으로 소복소복 쌓여가는 누런 낟알들은 당그래로 다시 긁어 모아져 가마니에 담겨 한쪽에 쌓여간다, 그의 눈 속에서. 낟알이 떨어진 지푸라기들도 쌓여쌓여 다발로 묶여져 산이 되어간다, 그의 눈 속에서. 방 빗자루를 만들 양으로 홀태에 감긴 결 고운 속 지푸라기들을 한줌씩 들고 있는 아이들이 뛰어다닌다, 여전히 그의 눈 속에서. 들판에 넘치는 햇빛이 어린 나를 졸립게 한다, 그의 눈 속에서. 볏짚더미 어느 속에 들어가 나는 무릎에 얼굴을 묻고 사람들 속에 섞여 홀태질을 하는 나의 집, 어머니를 바라본다, 그의 눈 속에서. 이마에 땀방울을, 그 반들거림, 밀짚모자 위의 노란 수건, 털어진 낟알들, 누렇게 빛나는 햇빛, 졸리웠던 게 아니라, 숨바꼭질을 했던 건 아닐까, 청명한 하늘이, 먼산의 능선이, 그의 눈 속의 나의 시선 속에서, 멀어지고 가까워지고 정지. 여기에서 그의 눈 속의 나, 움직임이 느려진다.

......눈을 뜨자마자, 울진 않았으리. 살갗을 스쳐지나가는 찬바람에 잠이 깨어서 내가 먼저 보았던 건 별이었을까? 칠흑이었을까? 느리게 움직인다. 잠을 깬 곳이 방이 아니라 들판이라는 걸 어리둥절한 채 뒤늦게 짚더미 잠자리가 다 차가워진 다음에야, 모두들 돌아가고 들판의 낟가리 속에 혼자 남았다는 걸 알게 되는 순간, 밤하늘의 별도 짐승의 퀭한 눈처럼 보였으리. 그의 눈 속의 나의 모션 다시 빨라진다. 어둠을 휘젓는다. 낮에 함께 있던 사람들 다 어디로 갔나? 어디로? 어머닌? 왜 나만 여기 혼자 남았는가. 마른 밤공기 속, 마을은 멀고, 불빛은 가물가물, 벼 낟가리들이 아가릴 벌리고 있는 괴물들처럼 여기저기, 나, 볏동에 걸려 넘어지고 얼굴이 찍혀 피 흐르고, 덤벼들었다 멀어지는 별, 무서워 떨 때 더 크게 뛰는 발짝 소리, 집은 왜 그리 멀기만 한지, 그의 눈 속의 장면들, 고정된다. 식은땀, 땀에 젖어 방문을 여니, 모두들 잔다, 평화롭게. 내가 들판에서 돌아오지 않았는데도? 어린 나, 그의 눈 속에서 식구들의 어느 틈에 몸을 눕힌다. 그때야, 콧등이 찌르릉거려, 어린 나, 그의 눈 속에서 운다. 눈물은 그의 눈 밖으로 흘러나오지 못한다. 그의 눈이 닫힐 때, 나, 그를 부여잡고 말하려 한다.

......가끔 그, 그때 새, 생각이 나요. 하, 하늘의 벼, 별이나, 부, 불빛 같은 것은 아, 아득히 지, 지워져버리고는 무, 무서움만 차, 차라리 아, 아침까지 모, 모르고 그, 그 낟가리 소, 속에서 자, 자버렸던들, 그, 그 무섬을 모, 몰랐을 텐데, 호, 혼자구나. 이, 이치, 칠흑 속에 나, 나를 두고 다, 다들 가, 가버렸구나 사, 삶에 대한 고, 공포 어, 어찌나 무, 무섭던지, 지, 집으로 와, 왔을 땐 시, 식은땀에 윗옷이 다 젖어서는, 다, 다시 한번 그, 그 공포 속에 노,

놓여진다면 나, 난 아마 수, 숨이 머, 멎을 거예요……

……하지만, 말하지 말자. 깨진 유리조각 위를 걷더라도 붙잡지 말자. 무엇이든 붙들면 떠나버리는 것이다, 그런 것이다, 하물며 나를 바라보지 않는 그임에야……
……하지만, 그, 에게로 쏟아진 마음만이 실핏줄을 건드리므로, 발바닥 각질에 피를 흐르게 하므로, 관절을 열고 들어가 거기 끼어 있는 먼지를 씻어내므로, 기어이, 또 하나의 영상을, 끄집어내어 여기에.

나는 이 글을 그때 있었던 일 그대로 쓰고자 한다. 그녀와 이 지상에서 맺고 있던 사 년의 세월에 대해서. 나는 처음에 그녀,라는 표현의 부드러움을 포기하려 했었다. 그녀를 그 사람이라고 지칭하려 했었다. 그녀에게 베풀지 못했던 나의 애정이 그 사람이라는 호칭 속에 실리기를 바라는 간절한 마음으로. 하지만 나는 결국 그녀,라는 표현의 부드러움을 택한다. 너무 부드러운 사람이었으므로. 그녀와 손을 잡을 수 없게 되고 난 후, 그 위로 오 년이란 세월이 쌓였다. 점점 그녀의 미세한 일상이 사라지고 있다. 사라지고 사라져서 하나의 이미지로 모아지고 있다…… 어떻게 해서든 말을 해보려고 애쓰던 애처로운 모습…… 입술을 달싹하기 전에 손이 먼저 모아지고 그리고 얼굴이 붉어져서는 어어, 하다가 너 너, 는 내 마음을 알겠지?

가끔씩 손도 사라진다. 치마 위에, 혹은 찻잔을 잡고서, 그리고 어느 때는 탁자 위에 두 개가 포개져 있던 그녀의 손. 내 눈은 그녀의 손보다도 얼굴을 바라보는 날이 더 많았을까? 그녀의 손은 오 년 동안 조금, 조금씩 사라지더니 이제 안 보이기도 한다. 진흙 구덩이에 빠져 있는 말을 건져내는 듯, 말을 할 때마다 붉어, 붉어지던 그 뺨만 더욱 강렬해진다. 그녀가 더 사라지기 전에 나는 그녀를 여기에 붙잡아놓고 싶다. 그녀를 혼자 내버려두었다는 서글픔이 더 이상 앙금지기를 그만두고서 뻔뻔한 더께를 갖기 전에. 하지만 그녀를 점점 잊어가고 있는 나를 변명하려고 이 글을 쓰는 건 아니다. 살아 있는 이가 죽은 이를 잊지 않고 어떻게 견디리. 우리는 더구나 다행히도 아무 이념도 갖지 않았지. 상기시켜서 분쇄할 그 아무것도 없지. 다만, 더 내주었어야 했을 내 마음자리를, 열풍에 휩쓸려 다니느라 그러지 못했던 내가 이제라도 내 마음의 한 자리를 그녀에게 내주고 싶은 것이다. 기억에서조차 흔적도 없이 사라, 사라지려는 그녀에게.

……그녀,와의 교류는 82년 가을날 『소설작법』이란 책 위로 다방 레지가 던져놓고 간 메모지로부터 비롯됐다……

'나하고 얘기 좀 할 수 있겠어요? 뒤돌아보면 왼쪽 창가에 앉아 있는 게 저예요.'

『소설작법』 위로 떨어진 메모지엔 그렇게 적혀 있었다. 뒤돌아보니 메모지에 쓰인 대로 왼쪽 창가에 그녀가 앉아 있었다. 나는 의아했다. 나하고 얘기 좀 할 수 있겠어요?라고 청한 사람이 강의실에서 자주 얼굴이 마주치던 그녀가 아닌가. 전혀 모르는 사람이 아니고 그녀라는 사실에 나는 낯선 기분이 들었다. 봄 여름…… 일 학기가 지나도록 그녀와 이야기를 한 번도 해보지 않긴 했지만, 같은 학과 사람끼리 메모지로 얘기할 시간을 청하다니? 더구나 높임말로. 나는 언제부터 그녀가 거기 앉아 있었는지 알 수가 없었다. 내가 겁을 잔뜩 집어먹고 입학한 대학의 학과는 문예창작학과였고, 이 학기가 시작되면서 문장론이라는 강의 시간이 새로 마련되었으며, 그 시간의 교재로 선택된 저자는 잊었지만, 두 사람이 공동으로 집필한 『소설작법』을 들여다보며 간혹 고갤 들어 카페 유리창 밖의 프린스 호텔 계단을 바라다봤을 뿐 뒤는 돌아다보지 않았었으니까. 나는 스무 살이었고, 모든 것에 주눅이 들어 있었다. 명동성당과 미도파 백화점 사잇길, 지금은 사라졌지만 그땐 의상실, 스튜디오, 극장, 카페, 들 속에 꽤 당당히 끼어 있는 문예서림에서 막 『소설작법』을 구해가지고 나오다가 전투경찰이 쏘아올린 최루탄에 쫓겨, 거기로 도망쳐가 숨죽이고 있던 중이기도 했다. 그 책이 개정되지 않았다면 제1장은 '착상을 소설로 발전시키는 방법 및 그에 관한 평가'라는 제목일 것이다. '모든 전통적 소설은 작가로 하여금 소설을 쓰도록 영감을 주는 착상에서 비롯된다.' 이런 소제목이 붙어 있을 것이다. 나는 그 찻집에서 그 소제목을 읽고 또 읽으며 거리로부터 받은 목메임을 참아가고 있던 중이었다. 그녀가 내 자리로 건너왔는지, 내가 그녀 앞으로 건너갔는지는 잘 기억나지 않는다. 다만 내 앞에는 『소설작법』이, 그녀의 앞에는 『공룡의 기원 창조냐? 진화냐?』라는 책이 무슨 금처럼 놓여져 있었다. 갑자기 마주 앉게 된 어색함을 물리쳐보려고 나는 그녀 앞의 책을 집어서 펴 보았다. 긴 꼬리와 긴 목을 가진 거대한 공룡이 수련 못 주변을 어슬렁거리고 있었다. 공룡이 살던 시대에 수련이? 나는 수련을 가만 들여다보았다. 개화 시기를 기다리고 있는 중이었던가. 수련은 서로 어우러져 꽃봉오리를 다물고 있었다. 나는 한 장을 더 넘겼다. 낮은 키의 상록 활엽수의 숲이 광활하게 펼쳐지고 있는 가운데 뿌리 줄기 잎이 구분되어 있지 않은 양치식물과 담쟁이 덩굴이 서투르게 땅을 뒤덮고 있고, 강이 구불구불하게 흐르고 못이나 작은 소(沼)들이 장애물 없이 전개되어 있는 평원이었는데, 거기에도 큰 발의 공룡들이 어슬렁거리고 있었다. 내가 다른 장을 다시 넘기려고 하는데 그녀가 더듬거리며 말을 건넸다.

(저, 전부터 마, 말을 붙여보고 싶었어요.)

저한테요?

(……네……)

그녀가 말을 높였기 때문에 나도 그렇게 했다. 그녀는 약간 말을 더듬거렸다. 처음엔 어색함 때문인 줄 알았으나 더듬거림은 그녀의 특징이었다. 뺨이 붉어서 그녀의 그 더듬거림이 수줍음으로 인한 것인 줄, 처음엔 그런 줄 알았었다.

(시, 시창작 교수가 친, 친구해보라고 궈, 권했거든요.)

저하구요?

(……네……)

나는 의외였다. 하관이 빠르고 비쩍 마른 교수의 얼굴이 스쳐지나갔으나 그녀의 친구로 나를 권했다는 것이 무슨 말인지 선뜻 이해가 되질 않았다.

(제, 제게 모자라는 점을, 그, 그쪽이 갖고 있대요. 또……)

또?

(제, 제가 갖고 있는 점이 그, 그쪽한테 모, 모자란대요…… 그, 그러니 서로 어울리면 조, 좋지 않겠는가? 그, 그런 마, 말씀이세요.)

그녀가 갖고 있는 점? 내가 갖고 있는 점? 우리가 서로 모자라고 넘치는 점? 서로 어울리면? 나는 잠시 머릿속이 복잡해졌다. 그녀에 대해 전혀 모르고 있어서였다. 만약에 그날 그녀가 학교 입학 후의 나의 어지러운 행방에 대해서 묻지 않았다면 나는 더 그 분위기를 이끌어가지 못하고 어물어물 시간을 보내고 그만이었을 것이다. 조금 어색해서 물컵을 들었다가 놓았거나, 괜히 우리들 앞에 놓여 있는 내 『소설작법』이나 그녀의 『공룡의 기원 창조냐? 진화냐?』를 손바닥에 쥐고 비벼대고 있었을 그 어색한 순간에 그녀가 물었다.

(하, 학기초에 왜 사, 삼 주일이나 하, 학교 안 나왔어요?)

그녀의 뺨은 더 발그레해졌고, 내가 얼마나 찾았는데요? 그녀의 눈은 꼭 그렇게 말하고 있는 것 같았다. 나는 그녀를 그때야 정면으로 바라보았다.

너무 자유스러움을 감당할 수 없었다고 하면 그것이 대답이 될까?

지금 생각해도 그때의 심정을 정확히 뭐가 어째서라고 집어낼 수는 없다. 시골에서 중학교를 졸업하고 서울로 옮겨와 한강 이남에 있는 여고 삼년을 다니는 동안 나는 서울역 너머의 시내에 발을 디뎌본 적이 없었다. 회현동이나 명동 동숭동이나 삼선동 그 너머로 가본 적이 없었다. 그때까지 서울의 휘황함이라고 해보아야 내게는 시골집에 다녀오는 길에 서울역에서 마주 바라보게 되는 대우빌딩이나, 마찬가지로 거기서 보게 되는 남산타워가 전부였다. 글을 쓰는 사람이 되고 싶다는 나에게 여학교 입시 담당 선생님은 내게 입학원서를 쥐어주면서 그 학교는 남산에 있다,고 하셨다. 남산이라는 말에 나는 안도했었다. 다른 곳은 다 몰라도 남산이라면, 서울역에서 보이지 않았던가. 나중에 알고 보니 그 학교로 가려면 버스를 타고 퇴계로에서 내려 영화진흥공사 쪽으로 걸어 올라가면 십 분이면 되는 길을 나는 그때 서울역에서 내려서 무작정 남산타워를 바라보며 걸었다. 내겐 남산이란 곧 남산타워였던 것이다. 그때 남산타워는, 그저 바라보는 것이지 거기 도착할 수 없다는 듯이 아무리 걸어도 가까워지지가 않았다. 지금도 나는 남산타워를 바라보면 그 도보가 생각나서 아득해진다. 남산타워를 향해 후암동으로 들어서서 순환도로를 끼고 돌고 또 돌아도 나무와 아스팔트 벤치들만 나올 뿐이었다. 아침에 출발해 점심때가 지나도록 나는 남산타워에도 남산이 있다는 그 학교에도 이르지 못하고 소나무와 앙상한 나무들 사이를 헤맸다. 눈이 쌓여 있던 그늘진 길에서 신발 속의 내 발은 꽁꽁 얼었다. 숭의음악당 밑, 대한적십자사 앞, 그저 거기 있을 뿐인 그 학교에 도착했을 때는 해가 다 저물녘이었다. 해가 짧은 겨울이긴 했어도 지금도 생각하면 귀가 윙윙거리고 뺨이 얼어붙는 듯하였다.

여학생들과 남학생들의 자연스런 어울림. 너무 화사함. 너무 발랄함. 버럭 성을 내는 것까지 그 공간에서는 독특한 개성이었다. 나는 그처럼 자유로운 공간에 태어나 처음 놓여졌다. 연극과의 연극쟁이들은 아무데서나 햄릿이나 오필리아 대사를 중얼거리고 있었고, 눈썹을 그리고 가야금을 뜯는 국악과 여학생들의 새초롬한 자태도 나는 어지러웠다. 카메라 가방들, 방송대본들, 한껏 머리를 틀어울린 긴 머리의 어린 무용수들, 학교 화장실 거울 속에서 마주친 뽀얀 영화과 여학생의 얼굴을 그날 밤 텔레비전 드라마 속에서 보게 되었을 때의 당황스러움. 어디에 앉고 싶었으나 늘 피크닉을 떠나고 있는 듯해서 나는 캠퍼스를 서성이고만 있었다. 그렇게 서성이던 어느 날, 때때로 큰 연극이 공연되기도 하는 대강당에서 타학과와 합반 수업을 하는 특수연구 시간이었다. 그 시간은 학번대로 앉게 되어 있었는데 그때만 내 옆에 앉곤 하던 여자애가 있었다. 수업 도중에 여자애는 내 손을 슬그머니 끌더니 화장실로 데리고 가 안에서 문을 걸어 잠갔다. 어리둥절해 있는 나에게 그 여자앤 중국 여인이 수를 놓은 듯한 담배 케이스에서 담배를 꺼내 내 입술에 물렸다. 라이터 불도 붙여주었다. 그애에겐 재미였겠지만 나는 내가 감금당했다고 생각했다. 화장실에서 눈물 콧물 재채기를 해대며 담배 한 대를 다 피웠다. 그의 루즈가 담배 필터에 분홍색으로 찍히는 걸 보면서. 왜 그랬을까? 왜 나는 그가 내미는 그 담배를 피우지 않으면 안 된다고 생각했을까? 화장실에서 나와 그애는 다시 대강당으로 들어갔으나 나는 그럴 수가 없었다. 눈앞이 노랗고, 속이 메슥거려서 좀 앉아 있다 들어가려던 것이 그대로 학교를 나와버리는 길로 이어졌다. 다음날, 학교의 정문까지 갔다가 그 여자애가 공중전화 박스에서 전화를 걸고 있는 걸 보고 되돌아나왔다. 그 다음날은 아예 학교는 가지도 않고 집을 나서서는 여기저기 배회하다가 오후에는 사촌언니가 근무하고 있는 남영동의 동사무소 근처의 음악다방에서 시간을 보냈다. 그런 날들이 이어졌다. 그저 거기에 앉아 사촌언니가 퇴근하길 기다렸던 날들. 나는 그 얘길 그날 그녀에게 해주었다. 내가 얘길 마치자 그녀는 눈을 동그랗게 뜨고서 더듬

더듬 물었다.

(그, 그걸 어, 어떻게 그, 극복했어요?)

극복이라는 말은 좀 거창해요. 사촌언니가 퇴근해서 나한테 오면 그저 상점 여기저기를 기웃거리고 영화관의 스틸 구경이나 하고…… 라면이나 칼국수 같은 것으로 저녁을 때우거나 가끔 한강에 나가보는 게 고작이었는데, 그렇게 보내다 문득 어쩌면 학교의 그 분위기도 별것 아닐지도 모르겠다, 내가 매일 거리를 배회하고 사촌을 기다리고 하는 것과 무슨 차이인가? 싶었어요. 거기다가 유일한 마음 붙이인 사촌이 제 헤매임이 삼 주일째 계속 이어지는 데다가 언제 끝날 것 같지도 않고 하니까 나중엔 화를 냈어요. 자기는 대학의 문턱에 발을 대보지도 못했다고 하면서…… 그래서 할 수 없이 학교로 돌아왔어요.

그렇게 말문이 터진 우리는 그날 많은 얘기를 했다. 그녀는 집이 청평이고, 거기서 기차 통학을 하고 있으며, 자기도 이 학교에 오기까진 서울에 단 한 번도 와보지 않았고, 어렸을 적부터 시인이 되고 싶었으며, 용돈이 일주일에 일만 원이라는 것…… 용돈 일만 원은 기차삯 때문에 조금 빠듯하다, 하지만 온종일 가게에 서 있는 어머니를 생각하면 그것도 과분하다는 것, 나와 달리 처음부터 학교에 다니는 일이 기뻤던 것은 시창작 교수를 존경하게 돼서라는 것…… 제임스 조이스의 『젊은 예술가의 초상』에 대한 얘기, 노동자들을 가득 태운 낡은 중고차를 본 것이 존 스타인벡으로 하여금 『분노의 포도』를 쓰게 했다는 얘기…… 잊혀진 것들이 생각이 난다. 내가 동경을 가지고서 남태평양에 가서 살고 있던 화가 고갱의 이야기가 섬머셋 모옴의 『달과 6펜스』의 모티프가 되었다더라고 했을 때, 그녀는 내 얘기를 듣다가 뜨문뜨문 엉뚱하게도 공룡 얘기를 섞는 것이었다. (모, 몸길이가 30미터나 되, 되고, 자, 자그만치 25톤의 무, 무게가 나가는 거, 것들도 있었다는데, 미, 믿어져? 이, 지구상에 그, 그런 어, 엄청난 새, 생물이 사, 살고 이, 있었다는 게?)

우리는 어느새 말을 놓고 있었지만, 그녀가 우리들의 대화 속에 공룡 얘기를 섞을 때면 나는 뭐라고 대답할 말이 궁색해지곤 했다. 공룡이라니? 나는 그 이름을 자연책에서 스치고 지나갔을 뿐 그녀가 믿어지지 않는다는 그 거대한 생물에 대해서 골똘히 생각해본 적이 없었던 것이다. (그, 그의 모, 몸집이 너, 너무 커, 커서 그, 그가 이리저리로, 돌아다닐 땐 따, 땅 표면이 우, 우르릉우르릉 우, 울렸을 거야.)

공룡에 대해서 한없이 더듬거리면서도 그날 그녀는 릴케에 대한 동경을 나타내기도 했다. (어, 언젠가 꼭 써보고 싶은 긴 글을 쓸 그런 기, 기회가 오면 마, 『말테의 수기』 같은 걸 써 써보고 싶어…… 생각나? 가난한 여인이 생각에 잠길 때는 발자국을 들고 걸어야 한다고 했잖아.)

발짝을 왜?

(그, 그 여인의 생, 생각이 깨지니까.)

……생각이 깨진다고? 나는 그녀가, 그녀의 분위기가 좋아졌다. 만약 내게 글쓰는 나의 분위기가 있다면 그 시작은 『소설작법』으로부터가 아니라 그녀로부터 시작되었을 것이다. 그리고 훗날, 소설 창작 교수의 평범한 한마디. 한산섬 앞바다에서 싸움이 있었던 날, 이순신은 아침 상에서 무얼 먹었을까? 그는 우리에게 엉뚱한 질문을 했다. 우리가 모두 어리둥절해 있을 때, 그는 덧붙였다. 어느 역

사책에도 그건 씌어 있지 않다. 하지만 나는 그것이 궁금하다……
그는, 그의 귀 안쪽으로 돋은 점을 무심히 문지르며 다시 덧붙였다.
제군들, 자기 안에 있는 우물에 얼굴을 깊이 비춰보도록.

　그녀 이야기를 하려면 1963년. 그러니까 지금으로부터 삼십 년
전으로 거슬러 올라가야 하나? 그녀가 태어났을 때는 이미 지독한
역사가 도시와 소읍과 촌락을 훑고 지나간 뒤였다고? 북에서 피난
내려온 남자가 그녀의 아버지, 그 남자가 남에서 만난 여인이 그녀
의 어머니…… 이런 식으로? 그녀가 태어나기도 전에 이미 결정되
어진 건 또 무엇이 있었나? 언니 하나와 집 앞을 흘러가는 강물, 그
강물 위의 안개, 유원지 나루터의 상점 집의 둘째딸? 누구나 이렇
게 결정되어진 속에서 태어나는 것이다. 누구나 자신의 이야기를
그 속에서 캐내야 하는 것이다. 그녀의 아버지가 남에서 한 살림을
이루고도 늘 북쪽을 바라보게 되는 여러 가지 이유들 중에는 그쪽
엔 그 소유의 토지가 있기 때문이었다. 그녀의 아버지는 그녀에게
말하곤 했다. 애야, 땅이 없는 사람들이 우리집에서 고용살이를 했
디. 내겐 황서방이라고 따로 나만 돌보는 머슴도 있었디. 되련님요,
내 등에 업혀보이소이. 지금부터 내가 가는 곳까지가 되련님댁 땅
인기라요. 하니 되련님은 의젓해야디요. 다른 사람덜하군 달라야
한다 이 말이요…… 하디 안간. 그 등에 업히서 이제 그만 가려나
가려나 하다 잠이 들어빼릴 정도로 넓은 땅이 있었단 말이디.
　그녀의 아버지는 남쪽에서 토지가 없어 무능력자가 되었지만, 그
의 마음속에는 어떤 기품처럼 땅이 자리잡고 있었다고 나는 쓴다.
거기다가 아버지는 훌륭한 미래를 기대해서 책을 많이 읽었고, 중

국어와 러시아어 일본어를 할 줄 알았다. 글을 깨우치지 못한 그녀 어머니에겐 그녀 아버지의 어학 실력은 경탄이어서 어렵게 가게를 꾸려가면서도 아버지에게 물건을 팔라고 하지는 못했다. 어린 딸들에게 고리키를 읽어주는 남편의 어학 실력에 그녀의 어머니는 희망을 가졌었는지도 모른다. 남편에게서 풍겨나오는 기품이 미래를 이대로 끌고 나가지는 않을 것이라는, 어쩌면 그녀가 부러워했던 학교 사택에서 살게 될 것이라는. 하지만 그 기대는 꿈이었다. 그녀의 아버지는 한없이 너그럽거나 우울했지만 그녀의 어머니에게는 요지부동 엄격했을 뿐이었다. 그래서 그녀의 어머니는 늘 움직여야 했다고 쓴다. 직접 짐자전거를 끌고 나가 도매상에서 식료품을 떼어왔고, 톱으로 널빤지를 잘라 상점에 진열장을 늘였고, 못질할 때 망치머리가 손등으로 빗나가 비명을 질러야 했다고.

……구정물을 강가에 내다버리고 돌아오면서 어머니는 강둑에 앉아 그저 강 저편을 바라보고 있는 아버지를 봤다. 어린 그녀는 아버지와 어머니를 번갈아보며 눈물이 그렁그렁해졌다. 어머니는 더 이상 참지 못할 것이다. 이미 어머니는 너무 오래 참았다. 어머니는 아버지의 등뒤에 구정물 통을 콰당 팽개쳐버렸다. 내가 어쩌다 당신 같은 무지렁일 만났으까. 하늘의 별맨치나 사람도 많으디 어찌다 내가 당신을 만나 이리 엎어졌시까. 내 눈에 뭣이 씌어도 한참 씌었던가비여. 하느님도 무심치. 그때 내 나이가 몇이었소? 열일곱 나이가 뭣을 알겄소. 내 자청해 따라왔으니 남 탓할 것 없지마는 암만 길을 잘못 들어도 한 번은 씻을 기휠 줘야지, 그리야 하느님 아니요. 늘 다른 디만 쳐다보는 저 인살 의지허고 내 어찌 창창한 날을 살다 갈까.

어머니는 자신의 푸념을 무심히 참고 있는 아버질 징그럽게 바라보다, 팔을 걸어붙이고 안으로 들어간다. 살림이 부서진다. 장롱이 긁힌다. 강 쪽을 향해 세워져 있는 짐자전거가 넘어지고 살강의 그릇들이 팽개쳐진다. 조각나고 던져지고 깨지는 어느 와중이다. 그녀의 아버진 어린 그녀를 담싹 등에 업고 다시는 돌아올 것 같지 않는 걸음으로 집을 나선다. 밤이다. 칠흑이다. 반짝이는 것. 아버지 별! 그래 별인디. 그짝 하늘에 별은 말도 마라. 쏟아지니라. 한 가족이 살다가 버리고 간 빈집. 옛 농가. 하릴없이 그 집을 개조했던 아버지. 빈 농가 삐걱이는 마루에 그녀를 내려놓는다. 어머니가 와서 어린 그녀를 끌고 가지만 그녀는 아버지를 버릴 수 없다. 돌아온다. 어머니가 다시 그녀를 데리고 간다. 그녀, 또 돌아온다. 거길 가지 말어. 어머니가 그녀의 머리끄덩일 잡아당긴다. 어린 그녀, 울면서 돌아온다. 아무것도 먹을 게 없다. 그짝에는 땅이 많디. 감자를 캤다 하면 온통 하얀 감자알이 말이디 하늘까장 닿을 지경이라. 그녀 아버지, 어디선가 구해온 감자알을 그녀에게 구워준다. 그슬린 감자. 둘은 입술이 새까매진다. 빈집, 그 농가…… 그들은 배가 고파 결국 다시 유원지의 그 가게 어머니 곁으로 돌아온다. 오랜만에 받은 밥상 앞. 아버지와 어린 그녀는 숟가락질을 했지만, 음식물은 식도를 타질 못하고 되나와버린다. 다시 먹어보지만 다시 국물까지.

……이제, 여기 국민학생이 된 그녀,가 있다……

그때껏 그녀는 그 변두리를 떠나본 적이 없다. 둑길을 걸어 강폭이 좁아지는 곳에 있는 학교도 이십 분이면 다 간다. 학교에 가기 전에 그녀는 어머니가 챙겨주는 손잡이 달린 소쿠리를 들고 아버지 한테 먼저 간다. 그 안엔 하루분의 밥과 반찬거리들 숟가락과 젓가락이 들어 있다. 국이 들어 있을 때는 국물이 넘치지 않도록 그녀의 걸음걸이는 더욱 아장아장해진다. 그녀는 가끔 소쿠리를 내려놓고 길섶에 피어 있는 강아지풀 개망초 따위를 꺾어서 소쿠리를 덮고 있는 보자기 위에 얹어놓기도 한다. 아버지는 그런 것들을 좋아한다. 아버지는 이제 아예 그 빈 농가에서 산다. 언덕바지에 있는 그 농가로 가는 길에 있는 것이면 그녀는 자갈 생김새까지 다 안다. 어머니는 아버지가 그 빈집에서 아무것도 안 하는 줄 알지만 아버지는 늘 조금씩 그 집을 다듬고 있다. 넘어지려는 토담에도 다시 흙을 이겨 발라놓았고, 어느 날은 강가의 석류나무를 그 담 밑으로 옮겨 심어놓았다. 찌그러진 대문은 아예 떼어내버려서 그녀가 밥 소쿠리를 들고 언덕만 넘으면 마루에 앉아 있는 아버지와 석류나무 옆에 산에서 캐다 심어놓은 이름 모를 식물들이 보인다. 아버지는 언덕과 이어지는 곳에까지 알뿌리와 묘목을 심는다. 꽃이 피고 보니 백합이다. 치자다. 향기들은 사이좋게 섞이고 섞여서 바람이 불면 강가 어머니의 가게까지 퍼져나간다. 그때만 어머니는 빈 농가 쪽을 잠깐 바라본다. 후와, 그녀는 감탄한다. 아버지 꽃! 그래 꽃이다. 그쪽 마당에는 더 가득했디. 아버진 꽃그늘 속에 창백하다. 꽃이 우거져 길이 사라진다. 마루도 안 보인다. 그녀가 밥 소쿠릴 들고 겨우 들락거릴 만큼밖에 길이 없다. 꽃이 떨어져 길을 묻어도 아버진 쓸어내는 법이 없다. 그 위로 아침마다 그녀만 왔다갔다 한다.

……아름다웠을지도 모를 집, 하지만 그곳에서, 그녀는 스물네

해 동안의 저 자신을, 참아내지 못하고, 거기에서, 종지부를 찍고 말았다……

지금 내 소설의 주인공이 된 그녀. 무엇인가를 증명해보여야 하는 것이 소설이라고 생각하는 사람들에겐, 이 글은 소설이 아니라고 보여질지도 모르겠다. 증명은 싸움이 필요하다. 그런데 나는 싸움이란 아무래도 괜찮다고 느껴지는 것이다. 나는 사촌과 형제가 많은 집, 제사와 어른들의 생신이 다달이 끼어 있는 종가집에서 자랐다. 하여 내 어린 시절은 언제나 그 나이에 알맞은 어떤 싸움의 상황에 저절로 끼어들게 되어 있었다. 처음부터 이겨보려고 하지 않았던 것은 아니다. 새파래지며 대들긴 하는데 어느 순간 아무려면 어떠냐 싶어지는 것이다. 그 순간은 그야말로 순간적으로 찾아와서 숨넘어갈 듯 팽팽하게 겨루다가는 순간 맥을 놓아버리는 통에 내 사촌은 엉겹결에 갑자기 힘이 빠진 내 팔목을 부러뜨리기도 했다.

겨울날의 어느 제삿날에 할아버지뻘 되는 분은 밀감 한 상자를 사오셨다. 지금이야 흔해터진 게 밀감이지만 그때는 아주 귀한 것이었다. 큰 제사를 총지휘하고 계셨던 어머니는 어린이들에게만 밀감을 한 개씩 나눠주셨다. 모두들 양지 쪽에 서서 껍질을 벗기고 속엣것을 꺼내 먹었다. 시어서 눈을 질끈 감아 가면서. 나는 그 예쁘고 말랑말랑한 것을 아무래도 먹을 수가 없었다. 폭폭 쌓인 하얀 눈과 밀감의 주홍색이 너무 잘 어울려서 일부러 눈밭에 떨어뜨려보거나, 그것에 싫증이 나면 주머니에 넣고서 조물락조물락 만지기만 했다. 나중엔 너무 만져대서 껍질이 무를 지경이었다. 힘센 사촌이 그걸 탐하였다. 벌써 제것은 다 먹고 없었다. 내가 얼마나 아끼던 것인데, 처음엔 뺏기지 않으려고 버팅겼는데 무슨 이런 애가 있을까? 노염이 극에 오르는 순간쯤에 그 병이 도지는 것이다. 아무렴 어떠냐, 그냥 꺼내 줘버렸다.

 병이 아닐까? 너는 아무것도 할 수 없을 것이라고 삶이 내게 건 최면술 같은 것, 그렇다고 해도 원한은 없다. 그렇게 함으로써만 나는 그 순간에서 다른 순간으로 옮겨질 수가 있었으니. 병이 도졌다. 나는, 그녀, 어린 그녀,에 대한 얘길 적다 말고 이 글쓰기를 멈춰버렸다. 그녀의 삶이 여기 있었다고 인상지워주고 싶었던 욕망이 등뼈에 구멍을 내고 스르륵 빠져나가는 걸 봤다, 뱀처럼. 욕망이 기어나가버린 자리에 주저앉아 멀거니 앉아 있었다.

 또 왜 그러고 있어?
 어느 날, 『등산』이라는 월간 잡지사에 근무하는 친구가 방문했다가 멀거니 앉아 있는 나를 보고는 후, 한숨을 쉬었다.
 내가 어떻게 하고 있든 땅속에서 감자는 굵어지고 있을 것이고, 새는 날아갈 것이고, 안 그래?
 나는 내 병을 숨기고 달아오른 전구알같이 얼굴에 열이 퍼져서 거의 대들 듯이 안 그래? 또 한 번 덧붙였다.
 쓰긴 좀 썼니?
 누가 무슨 말을 해도 다 거슬릴 참이라 '좀'이라는 말이 대번 신경을 잡아당겼다. 대답을 안 하고 찻잔만 뚫어져라 바라보았다.
 애 좀 봐, 나, 그냥 가?
 아니야.

그럼 왜 그래?

네 말대로 병이 든 거지 또. 자기 맘대로 안 되면 아파버리는 게 제일 마음 편하잖아.

이번엔 또 왜?

문장으론 삶을 완벽히 다룰 수 없다는 게 내 생각이야. 이렇게 써놓으면 저것이 모자라고, 저렇게 써놓으면 이것이 기울어. 그런 일이 있기까지의 과정을 세세히 그려보고 싶으나 어느새 건너뛰어 그런 일이 있었다,가 되어 있다니까. 나는 그녀 이야긴 그렇게 쓰고 싶지 않다고. 보탬도 뺌도 없이 써놓아야 여기가 그녀의 무덤이 될 것 아니니? 그런데 안 돼. 간절히 바라기는 하나 그녀의 삶을 있는 대로 적을 수 없어. 삶은 적는게 아니라는 걸 깨달아가기 위해서 쓰고 있는 것 같다니까. 그렇다면 무엇 때문에 그녀 얘길 써야 하지? 가만히 살다 간 그녀에게 무덤을 만들어줘보겠다, 이것이 내 생각인데 그대로의 그녀를 쓰지 못하면 그게 무슨 소용이 있느냐고? 나는 나도 모르게 상황을 독특하게 만들고 때론 부풀리고 심지어는 극단으로 몰아가고 있으니. 그런 작위로 어떻게 그녀 속의 우연, 기미, 어찌할 수 없음, 이런 것들을 내가 짚어내느냐고? 놓쳐버린 것들, 그녀가 느꼈던 기미들. 내가 써보고 싶은 건 그것들인데 그런데 그런 것을 다 놓치고 지금 나는 뭘 적고 있는 것인가? 적어보려고 애쓰면서 사는 삶은 도대체 무엇인가? 도대체 어떤 기준을 가져야 하는가? 내가 물어보는 거지. 이번에는 그녀의 기저음들을 그 시간의 결에 스며들었던 햇살이나 빗방울들을 놓치지 않을 자신이 있는가? 내 마음은 대답을 못 해. 이번에도 어느 부분은 과장될 것이고, 어느 부분은 소멸될 것이야. 있는 그대로 쓰겠다고 해놓고, 그렇겠다고 해놓고는.

　내 어수선한 푸념을 듣고 있던 친구는 연민스럽게 내 눈을 들여다보더니 피식, 웃는다.

　그녀가 책이고 넌 그 독후감을 쓰고 있는 것 같다, 이 말이니?
　뭐?
　왜? 내가 너무 심했어?
　……
　우리 지구상에서 가장 높은 부락이 어딘 줄 알아?
　그건 왜?
　안데스 산맥에 있는 아우칼킬타래. 그곳엔 대기중의 산소 농도가 해면에 비해 절반밖에 안 된대.
　글쎄, 그건 왜?
　산소가 부족하면 정신적으로나 육체적으로나 기능이 떨어지지. 고소에 오르면 처음엔 목이 아플 정도, 염증 통증 위궤양 나중엔 심장이 순응할 수 없을 정도로 팽창되지…… 불면증, 비타민 부족, 식욕 감퇴……
　도대체 왜 그래?
　5,300미터만 넘어도 거기서 오래 살 수 있는 사람은 없다는 얘기야. 자기의 한계를 벗어난 고소에 머무르려고 하는 자는 결국 죽는다는 얘기라니까. 혈액농축, 출혈, 폐수증.
　겁주네.
　할 수 있는껏 하는 거야. 그래도 안 되는 건 네 몫이 아니라고. 그래, 너 말 잘했다. 그래도 안 되는 건 아까 네가 말한 감자인 거야 새인 거라고. 네가 뭘 하든간에 땅속에서 쑥쑥 굵어지고 창공으로 날아가고.

　……

　그런데도 사람들은 모를 데가 있지. 라인홀트 메스너라는 산악인이 있어. 남티롤 태생인데 국제적인 전위 등산가라고 하면 맞을 거다. 알프스의 가장 어려운 벽을 그것도 혼자 올라갔지. 6대륙에 있는 최고봉 모두 등정했어. 낭가 파르바트 등반길에서는 눈사태로 같은 등산가이던 동생을 잃기도 했어. 그는 그 자신이 산에 병들었다고 말해. 그런데 그 사람이 이런 고백을 해. 고산에 오를 준비를 할 때마다 장비를 챙기면서 운다고. 무서워서 운다는 거지. 너무 무서우면 싼 짐을 다시 다 푼대. 하지만 얼마 지나면 또 울면서 다시 짐을 챙긴대. 그에게 산이란 무섭지만 가야 할 곳인 거야. 그래도 영 무서우면 다시 풀고, 다시 싸고…… 결국은 눈물을 머금고 떠난다는 거야. 그토록 무서우면 안 가면 될 것 아니겠니? 그렇다고 생각 안 해?

　……

　그런데도 그는 울면서 떠나는 거야. 다시 돌아오지 못할지도 모른다는 무서운 생각이 들어서 울지만 막상 추락의 위기, 죽음의 지대에 놓이면 생의 전망이 보인다는구나. 자기 지각이 가장 투명해지고 민감해지고 시간 공간 감각도 사라지고 자기가 빠져나와 자기 몸 밖에 있다고 느껴진대. 바로 이게 병이라는 거지. 하지만 그것만이겠어? 메스너를 설득해서 등산을 그만두게 하려는 사람들이 수없이 많대. 한번은 어떤 침술사가 침을 한 대만 맞으면 등산병을 고칠 수 있다고 메스너를 찾아와서 급소를 찾아내려고 덤빈 적도 있대. 그 침에 대해 메스너 자신이 스스로 이렇게 질문해. '아마 침술로 등산병을 고치게 될 날이 진짜 올지 모른다. 뿐만 아니라 죽음의 지대나 산 정상에서만은 감정마저 침으로 일으킬 수 있을지도 모른다. 그렇게 되면 앞으로 낭가 파르바트까지 오를 필요가 없어질까? 네 생각은 어떠니?

……

메스너의 답변은 이거야. '아니다. 전기 화학 요법이나 침으로 내 육체가 극한 영역을 맛볼 수 있도록 조작된다 하더라도 나는 역시 낭가 파르바트에 갈 것이다.' 메스너가 지금 하고 있는 일이 뭔 줄 알아? 고산에서 숨쉬기 위해 필요한 산소 마스크 없이 등정하고 있어. 산소 마스크란 자연과 자기 자신 사이에 가로놓인 체험 제한 장치라고 하면서.

그런데 왜 이 이야기를 나한테 해?
모르겠니?

……

엄살 그만 부리라는 얘기야.
엄살?
그게 아니면 지금 뭐야? 누구에게나 무서워 울면서도 가야만 하는 길이 있는 거 아니겠어. 메스너한테 산 같은 게 누구한테나 한 가지씩은 있는 거 아니겠는가, 이 말이야.

……그래, 다시 여기, 조금 더 자란 그녀가 있다……

엄마를 기쁘게 해주고 싶은 어린 그녀. 초여름. 계절은 명랑했다. 밭딸기들이 붉어서 그걸 따먹고 다니는 그녀의 입술도 붉은 물이 들었다. 뭘 하면 엄마가 기쁠까? 그녀, 강가를 향해 나 있는 가게

안집을 왔다갔다 한다. 엄마는 빨래하는 걸 가장 힘들어했지. 여름의 초입에 그녀는 장롱 속에서 아버지 오버를 꺼낸다. 어머니의 겨울 스웨터와 언니들의 겨울옷들도. 그녀는 그것들을 끌고 강가로 나간다. 두꺼운 겨울옷들이 물에 잠긴다. 그녀는 땀을 뻘뻘 흘려가며 옷가지에 비누칠을 한다. 그녀의 엉덩이가 하늘을 향해 쳐들려 있다. 그녀는 빨래 위로 올라가 땟국물이 빠지라고 자박자박 밟아보지만 어린 그녀의 손목은 옷감에 비누조차 제대로 먹혀놓질 못했다. 그걸 발견한 어머니의 눈이 휘둥그래진다. 그러잖아도 돌아서면 일인데…… 어머니의 내면이 빨래하는 어린 그녀를 향해 터진다. 그녀는 피할 길 없이 어머니에게 얻어맞는다. 오랫동안 비치던 여름 햇빛이 구름 속으로 들어간다. 여름은 명랑하지 않았다. 한동안 침묵을 유지했던 어머니의 내면은 한 번 터지자 거의 미친듯했다. 딱히 그녀가 아니라도 그랬을 것이다. 어린 그녀. 놀라 경기를 일으킨다. 엄마, 난 엄마 기쁘게 해주려고…… 그러려고. 그녀의 입에 흰 거품이 물리고 그녀, 자지러진다. 1973년쯤이나 있었을 이 일을 1983년 무렵에 내가 듣는다. 어느 날 찻집에서 갑자기 내 말을 못 알아듣는 그녀를 향해 나는 짜증을 냈었다. 귀가 안 들리니? 이렇게 크게 말하는데도 못 알아들어? 터진 그녀 어머니의 내면이 어린 그녀의 귀청을 터뜨려놓는다. 치료를 안 했니? (해, 했어…… 엄마가 가게 문도 닫고서…… 어, 업고 다니면서…… 다, 나았어…… 그, 그런데 가끔씩 다, 다시 안 들려.)

Hello?
먼 곳의 이국 여인은 다시 전화를 해왔다. 외출에서 돌아와 자동

응답기를 돌려보고 있는데, 녹음된 애절한 목소리 Hello……? 아무 연대감도 없이 국경을 넘어온 다만 애절한 목소리 Hello……?

시창작 시간이었다. 창밖으로 보이는 남산의 나날이 새파래지고 있었다는 기억이니 오월이었을까? 명동성당과 장충단공원을 뒤에 두고 있는 타대학에서는 어느 하루 빤한 날 없이 최루가스가 날아왔다. 우리는 울면서 김준오의 『시론』을 배웠다. 시창작 교수는 이미지의 종류를 칠판에 적었다. 정신, 비유, 상징, 이미지…… 언어에 의해서 우리의 마음속에 떠오른 감각적 이미지가 바로 정신적 이미지다. 정신적 이미지는 좀더 구체적으로 시각, 청각, 미각, 후각, 촉각…… 그리고 여기에 기관(器官) 이미지…… 심장의 고동과 맥박 소화 호흡과 근육 감각적 이미지까지 덧붙여 세분된다…… 나는 칠판을 뚫어져라 바라보았다. 근육 감각적 이미지? 나는 바짝 긴장을 했었다. 근육의 긴장과 움직임까지? 시창작 교수는 몽상가였고, 선배 시인들에게 늘 선생이란 존칭을 썼다. 미당 선생 김춘수 선생 박용래 선생…… 교수는 이미지 설명을 하기 위해 이상의 「거울」이란 시를 인용하다 말고 나날이 푸르러지는 창밖 남산 어디께로 시선을 주었다. 그러다가 눈을 껌벅거리시며 잠시 고개를 갸웃하시었다. 방금 든 생각인데 말이다. 이상 선생한테 이상 선생 이상 선생 하니까 기분이 묘하구나. 스물일곱에 죽은 사람보고 그저 하아, 웃었다. 그때만 해도 나는 우리 중의 누군가가 더 이상 나이를 먹지 않게 될지도 모른다는 생각을 해본 적이 없었다.

아직도 김준오의 『시론』은 프레이저의 『황금가지』 옆에 얌전히 꽂혀져 있다. 흔적들. 수없이 많은 단상들이 깨알같이 적혀져 있는 페이지들, 접었다 편 자국이며 뜯어져서 스카치 테이프로 붙여놓은 곳, 덮었다가 아무 장이나 펼치고 들여다보니 세계와의 교섭이라는 문맥에 줄이 그어져 있다. 다시 덮었다가 펼치려는데 이번엔 무엇이 툭 떨어졌다. 옛 사진. 부여로 답사여행 가서 찍은 단체 사진. 살아서도 교섭이 끊겨 사라진 얼굴들. 그 틈 속에 그녀가 엉거주춤하게 서 있다. 내 옆이다.

……그랬다, 그녀는, 그날, 이후로 거의 내 옆에 있었다……

별로 말은 하지 않고 그녀는 내 옆에서 대부분의 시간들을 책을 읽고 있었는데 무슨 책을 읽나 표지를 살펴보면 대부분 공룡에 관련된 책이었다. 그녀의 공룡에 대한 관심은 대단했다. 공룡들이 번영을 누리고 있던 시대, 자그마치 6,500만 년전의 일들을 바로 어제 다녀온 여행지를 얘기하듯이 했으니까. (펴, 평원은 빛났다고 해. 여 연평균 기, 기온은 16°C였지만 기, 기후는 그보다 오, 온난했다는 거야. 겨, 겨울 동안 어, 얼음이 어는 일이 어, 없을 정도로. 강, 강수량은 800밀리, 벼, 별로 많지 안, 않지? 그, 그래도 무, 물은 푸, 풍부했던가봐. 자, 작은 시내에도 악어, 거북, 양서류, 어류들이 모, 모여 살았다거든. 사, 상상이 되니? 그 덩치 큰 고, 공룡들이 펴, 평화롭게 푸, 풀을 뜨, 뜯어 먹으며 이, 지구에 사, 살았었다니 말이야.) 나는 공룡에 대해서만은 다변이 되는 그녀를 늘 우두커니 바라보았다. 별 특징이 없는 그녀의 얼굴, 붉은 뺨, 동그스름한 턱, 마르지도 살이 찌지도 않은 적당한 체형, 성경책을 옆에 끼고 교회 가는 할머니들이 신고 다니는 듯한 검정이나 흰색의 얌전한 단화가 그녀의 발을 늘 덮고 있었다. 정말 그녀의 외모는 특징이 없었다. 어쩌면 그런 특징 없음이 공룡 이야기를 하는 그 부분을 야릇한 특징으로 만들어버렸는지도 모를 일이었다. 나는 그녀에게 뭐라고 해줄 말이 없었다. 그녀가 공룡에 대해서 더듬거리는 다변을 그저 묵묵히 들어주는 일밖에. 그러면서 고작 언젠가 그림책으로 본 적이 있는 극북의 땅, 노르웨이의 트롬쇠에서 한 시간 반 정도 가면 나온다는 스피츠베르겐, 엉뚱하게도 그녀는 겨울에도 얼음이 언 적이 없다는 공룡들의 번성기 백악기 시대를 이야기하는데 나는 그 스피츠베르겐의 거대한 빙하, 얼어붙은 거대한 강이나 빙하곡이며 만년설, 조금 더 보탠다고 해봐야 그 극북의 땅에 찾아오는 짧은 여름, 짧기 때문에 자그마치 백칠십여 종의 식물들이 일제히 꽃을 피우고 백여 종의 새들이 일제히 날아오르고, 북극의 곰, 여우 순록 해마며 해표들이 생명력 넘치게 활동을 한다는 그 땅의 분주한 여름을 떠올려보는 것, 그뿐이었다. 그녀는 어느 날, 소설특강인 첫 수업 시간에 쫓겨 허겁지겁 강의실에 들어서는 내 팔소매를 잡아끌고 강의실 앞 계단으로 가서 책 한 권을 내밀었다. (이, 이걸 좀 봐. 어, 어젯밤에 이, 읽었어.) 그녀가 내민 책은 노랗게 금박이 입혀진 욥기였다. 그녀가 펼쳐서 내 앞에 내밀어준 페이지 그 중에서도 붉은 줄이 그어져 있는 곳을 나는 들여다보았다.

　이제 소같이 풀을 먹는 하마를 볼지어다. 내가 너를 지은 것처럼 그것도 지었느니라. 그 힘은 허리에 있고 그 세력은 배의 힘줄에 있고 그 꼬리치는 것은 백향목이 흔들리는 것 같고 그 넓적다리 힘줄은 서로 연결되었으며 그 뼈는 놋관 같고 그 갈빗대는 철장 같으니

그것은 하나님의 창조물 중에 으뜸이라

나는 그녀의 얼굴을 빤히 쳐다보았다.

이젠 공룡이 아니고 하마니?

겨우 이것 때문에 그리 수선을 떨었느냐? 내 말은 그녀에게 그렇게 들렸던 모양이었다. 그녀가 더듬거리며 무슨 말인가를 하려고 했을 때 소설특강 교수가 올라왔다. 나는 그녀를 거기 세워두고 교수의 뒤를 따라 강의실로 들어왔다. 그녀도 뒤따라 들어올 줄 알았다. 그런데 수업이 끝나고 보니 그녀는 없었다. 가방도 책도. 다음 날, 그녀는 나를 보자 반갑게 웃었다. 나에게 삐뚤어져 있는 줄 알았는데 그게 아니었다. 그녀는 그 길로 국립 도서관으로 갔고, 내내 거기에서 자료를 찾아보았다는 것이었다. (하, 하나님께서 요, 욥에게 마, 말한 그 도, 동물, 하, 하마라고 번역되어 있는 것 말이야. 하, 하마는 부, 분명 아니야. 꼬, 꼬리치는 것이 배, 백향목이 흔들리는 것과 가, 같다고 했는데, 내, 내가 도서관에서 배, 백향목이란 나무를 찾, 찾아냈거든. 그, 그건 레바논에서 나는 길이가 30미터나 되는 침엽수래. 레바논의 산맥에만 서식했다는 나무야. 서, 성전 건축 자재로써, 썼다는데 오, 오늘날에 살아 남아 있는 것도 거, 거의 없대. 하, 하마 꼬릴 봐……배, 백향목은 무, 무슨? 하마 꼬린 가, 강아지 꼬리만밖에 안 하잖아.)

나는 그날, 그녀의 공룡에 대한 관심이 처음으로 무서워졌다. 누구나 어느 한때를 견디느라고 별뜻도 없이 그 당시에 눈에 들어오는 그 무엇인가를 마음에 두듯이, 그녀의 공룡에 대한 관심도 그런 유의 것인 줄 알았는데, 아닐지도 모른다는 생각이 들었던 것이다. 나는 그날 공룡에 대한 그녀의 집요함에서 두려움과 함께 서늘한

이질감까지 느꼈다. 뭔가 다르다는 낯섦. 나는 끝내 묻고 말았다.
 도대체 뭣 때문에 공룡에 대해 관심을 갖니?
 내가 끝내 묻고 말았다고 표현한 것은, 그 물음 뒤에 그녀가 짓던 도무지 종잡을 수 없는 표정이 생각나서이다. 모든 현재를 떠나버린 듯한 시선, 삭막하고 무슨 끔찍함을 견디고 있는 것 같은, 이젠 더듬거림까지 멈춰버릴 것같이 외로움이 가중된 시선, 그런 시선으로 허둥대다가 그녀가 겨우 끌어낸 말은,(사, 사라졌잖니)였다.
 ……소설의 눈은 내 쪽으로 옮겨오질 않는다, 그녀의 시선만 여기, 내 가슴에 떨어진다, 나는 불량해져 있다……
 방바닥에 떨어진 머리카락을 꼭꼭 집어내서 그것이 동생의 것인지 내 것인지를 가려내고 있는 나를, 그녀가 물끄러미 바라본다. 머리카락은 짧다, 동생의 것이다. 청결치 못하게, 머리카락을 떨어뜨려놓다니, 없는 동생에게 성을 내는 나를, 그녀가 물끄러미 바라본다. 그녀는 오늘 아침의 나도 바라봤을 것이다. 나는 잠자는 동생을 흔들어 깨워 소리쳤었다, 숨 좀 크게 쉬지 마. 동생은 나를 측은히 바라다보며 숨을 안 쉬려고 노력했었다. 배달된 우유를 마시는 동생에게 또 소리쳤었다, 소리 좀 안 나게 마실 수 없어! 동생은 마시던 우유를 세면장에 가지고 가서 마셨다. 세면장에서 나오는 동생의 눈이 빨갰다. 어디 바람이라도 쐬고 오면 어떨는지?

 ……습관처럼, 습관처럼 FM을 켜본다. 피아노 소리가 멎었다. 아나운서의 곡 해설이 모처럼 귀에 잡힌다. 방금 들으신 곡은 리스트의 '사랑의 꿈' 제3번이었습니다. 리스트는 3개의 피아노곡을 모아서 '사랑의 꿈'이라는 제목을 붙였는데 제1번 제2번은 쇼팽의 '야

상곡'에 비할 만합니다. 방금 들으신 제3번이 여러분 귀에는 가장 익으셨을 것입니다. 원래 이 곡은 피아노곡으로 만들어진 게 아니라 독일의 프릴리 그라트의 시에 곡을 붙인 가곡이었습니다. 그 가곡을 가지고 피아노곡으로 편곡한 것이 방금 들으신 '사랑의 꿈' 제3번입니다. 얘기 나온 김에 먼저 만들어진 가곡도 이어서 들어보실까요. 가곡으로서의 제목은 '오오, 사랑할 수 있을 때 사랑하라'입니다. 프릴리 그라트의 시 제목을 그대로 붙였죠. 사랑할 수 있을 때 사랑하라, 누구에게나 어느 날 묘지 앞에서 후회의 날이 온다……라는 내용을 담고 있습니다. 소프라노 엘리아 멜링이 노래합니다.

……묘지 속의 그가 살아 있을 때, 나는 그를 네 번 만났다. 개인적인 만남은 한 번도 없었고, 우연히 그리고 여럿 속에서 그를 만났다. 그를 처음 만난 곳은 어느 출판사였는데, 그와 나는 그 출판사에서의 일이 비슷하게 끝나서 같이 버스를 타는 데까지 걸어오게 되었다. 단지 그것뿐이었는데 어느 날 아침 그가 죽었다는 소식을 듣게 되었을 때, 기다렸다는 듯이 그날 그의 모습이 떠올랐다. 기억은 현재의 어떤 일을 닥치고 났을 때 예감처럼 떠오르는 장면을 숨기고 있는 법이다. 내가 타야 할 버스가 먼저 와서 나는 버스에 오르고 그는 바깥에서 버스를 더 기다리고 서 있었는데, 그는 아주 피로한지 버스 정류장 옆에 세워져 있는 전신주에 몸을 기대면서 햇살을 향해 강렬하게 인상을 썼다. 권태로워서 못 견디겠다는 듯한 표정이었다. 나는 그가 죽기 며칠 전에도 거리에서 우연히 그를 만났다. 나는 이쪽에서 걸어가고 그는 저쪽에서 걸어오는 중이었는데,

그는 할 말이 궁색했는지 느닷없이 창작집을 낼 때가 되었지요?라고 물었다. 그렇긴 하지만,이라고 나는 대답했다. 그런 그가 죽었다는 것이다. 어느 날 새벽 영화관에서, 그는 고개를 수그리고 이미 상영이 끝난 칠흑의 화면을 향해 앉아 있는 채로 발견되었다. 그 소식을 나는 내가 가끔 들락거리는 빌딩 복도에서 들었다. 내게 소식을 전해준 사람은, 그가 죽었대요!라고 말했다. 나는 장난을 치는 줄 알았다. 그래서 그런 싱거운 소리하지 말아요? 하는 뜻으로 피식 웃으며 스쳐 지나가다가 뜨끔했다. 나는 뒤돌아서서 그가 죽었대요,라고 말했던 사람 이름을 크게 불렀다. 그리고 되물었다. 방금 한 말 정말이에요? 그는, 정말이에요, 그러고는 웃었다. 정말이라고? 나는 어리둥절해서 그 복도에 한참 서 있었다. 정말이라고?

바로 그 사람, 묘지엘 다녀왔다. 벌써 그의 2주기여서, 그의 친구들이 버스를 대절했다. 함께 가보지 않을 테냐는 전화를 받았을 때, 나는 다시 한번 권태롭게 햇볕을 쏘아보던 그의 얼굴을 떠올리며 그러마고 했다. 버스는 주말의 복잡한 거리를 아주 어렵게 빠져나가 안성의 천주교 묘지를 향해 달렸다. 그의 사인은 뇌졸중, 만 29세, 독신, 새벽 극장 안에서 숨진 그의 가방 안에는 시작 메모로 채워진 푸른 노트, 이국에서 온 몇 통의 편지, 꼼꼼히 줄쳐 읽던 몇 권의 책과 소화제 알약이 들어 있었다고 했다. 나는 묘지를 향해 털털거리며 달리는 버스 속에서 차창 밖을 내다보거나 졸다가 문득 그가 죽었다는 소식을 듣고 조문을 갔다가 나오면서 영안실이 있는 맞은편 피자집에서 피자를 먹었던 걸 떠올렸다. 피자를 먹었다? 그랬다, 우리 몇은 그때 피자를 먹었다. 피자를 먹으면서 생각했었다. 그 사람은 죽어서 영안실에 있는데, 나는 여기서 피자를 먹는구나.

영안실 앞에서 피자를 먹었다는 것이 아무래도 꺼림칙했던 모양이다. 이렇게 정확하게 기억이 나는 걸 보니. 그의 묘지로 가는 버스 안에서 옆에 앉은 벗의 옆구리를 툭툭 치며 웃었다. 그날 우리는 병원 영안실 맞은편 집에서 피자를 먹었지? 그렇지? 벗도 공허하게 웃었다. 그랬지, 우리들은 피자를 먹었고, 다른 한패들은 서로 치고 패고 싸웠지, 피 터지게. 벗은 웅얼웅얼 덧붙였다. 아무튼, 우린 친구 묘지 찾아가기엔 너무 젊어. 그녀에 대한 글쓰기를 하던 중에 나가서이기도 하겠지만 나는 동시에 생각에 잠겼다. 그녀가 거식으로 숨을 거두었던 그 순간, 제발 뭘 먹고 있지 않았기를.

묘지로 가는 길은 황폐했다. 산야를 뒤집어놓고 있었다. 포클레인이. 황토가 거친 바람에 휘말리다가 차창에 부딪히기도 했다. 눈에 띄는 대로 포클레인을 계속 세어봤는데 스물세 대였다. 묘지 앞 산도 포클레인이 깎아먹고 있는 중이었다. 그의 친구들이 그의 묘지 앞에 꽃을 놓고 담배에 불을 붙여놓고 절을 하고 있는 중에도 포클레인은 타타타…… 산을 파먹었다. 바로 옆이 아버님묘예요, 오래 누워 계셨는데 그애가 그렇게 되고 난 후 작년에 돌아가셨죠. 아기를 안고 있는 그의 누나가 누군가의 질문에 대답하는 목소릴 들었다. 묘? 나는 아들과 아버지의 묘를 번갈아가며 바라보았다. 그리고 계속 타타타 소리를 지르며 산을 깎아내고 있는 포클레인을. 묘지를 내려올 땐 그의 누나와 나란히 걸었다. 그의 누나는 얼굴이 희디흰 아이를 포대기에 싸안고 있었다. 첫아이를 낳고 아무리 애를 써도 둘째가 안 들어서더니 열네 해 만에 이 아일 얻었지요. 그애가 살아서 돌아온 것만 같아요. 나는 아이를 받아서 안아보았다. 가벼웠다. 포대기 속에서 아이는 하얗게 웃었다…… 그때였을 것이다. 그녀에 대해 뭔가를 써보겠다는 욕망이 빠져나간 자리, 그 자리가 다시금 뜨거워지는 것이었다. 그는 없지만, 그는 여기 있지 않은가. 그의 묘가 여기 있고, 남은 사람들이 원고를 모아 만들어낸 시집이 있고, 그의 환생이라고 믿고 있는 이 아이가 있고, 하지만 그녀는? 나는 몸을 돌려 묘지 위의 산을 깊게 파먹고 있는 포클레인을 다시 한번 쳐다보았다. 스물네 살에 사라져버린 그녀, 치악산 자락 끝의 북한강 상류를 따라 흘러가버린 그녀…… 그녀는 죽었고, 지금 다시 소멸이 이루어지고 있다는 느낌. 건조한 숲에 그 느낌이 성냥을 갖다댔다. 그녀의 완전한 소멸을 막아볼 수 있었으면, 여기 이 글이 그녀의 무덤이었으면. 나는 고갤 숙였다. 산불처럼 번지는 욕망. 내가 배운 모든 이미지여, 살아나다오. 나는 그녀를 재생해내고 싶다, 엮어주고 싶다, 소설이 아니라도 좋다, 나와 같은 해에 태어나 흔적 없이 사라져버린 그녀의 무덤이 여기이게 그렇게만.

졸업을 할 무렵, 그녀는 졸업 생각만 하면 심하게 우울해지는 모양이었다. 일년은 신입생으로 또 일년은 졸업생으로 다니다가 아무 암시도 없이 내몰리는 기분은 누구에게나 조금씩은 다 있었겠지만 그녀는 유독 심했다.

……졸업여행을 갔을 때, 그녀는 여기저기에 내 이름을 적었다. 안개 속에, 파도가 머물렀다가 다시 물러간 젖은 모래 위에, 바다 소나무 껍질, 어디에나 대고 그녀가 새긴 내 이름이 굴러다녔다. 하나를 더 보텔 때마다 나는 그녀에게 물었다. 뭐해? 너, 네 이름.

왜? 내 이름만 자꾸? 그녀 특유의 수줍음, 그 수줍음이 지나가는, 얼굴은 조금 붉어지고, 입술은 오므릴 듯 말 듯, 그러다가 내리깔고 있던 눈을 한번 동그랗게 위로 뜨면 그때 눈꺼풀이 얇게 말려 올라가는데 이내 다시 수그리며 그것이 대답이 되었다는 듯 그저 빙긋, 나는 짓궂게 그녀가 어려워할 줄 알면서 짓궂게 다시 왜? 응? 왜냐구? 그녀는 할 수 없이 다시 고갤 수그리며 손을 꼼지락거려보다가 겨우, 네가, 네가 좋으니까. 내 이름을 그토록 소중히 여기는 타인을 내가 다시 만날 수 있을까?

    푸른 그늘로 덮인 청평 강기슭
    해마다 싱싱하게 내리는 알몸 드러낸 햇살을 껴입고
    풀같이 자라나고 있는 내 웃음 소리 듣는다
    어둠에 굴러다니고 있는 사람들이
    번쩍번쩍 두 손 끝으로
    햇살을 나르는 고향에 가서
    세상 사람들에게 고개 숙이며 길을 떠난다.
    깊이 잠들고 있는 푸른 그늘에서
    비릿비릿한 바람 냄새에 익숙한
    철지나 낮게 출렁이는 젖은 물결
    갈증난 목을 축이며 이리로 몰려온다
    온몸에 껴입은 햇살이 퉁퉁 불어
    내 누렇게 뜬 주름진 몸속에 손을 내밀고 있는
    내 목청에서 나오는 잔기침 소리
    둥둥 북을 울리며 바람 소리 높이 날리운다

하얗게 타든 지친 음성을 발견하고
한 군데로만 흘러 자라나는 음성
어둠에 충혈된 눈빛으로 강가에 내려오고 있다
해마다 푸르게 살아 남은 눈빛을 가지고 오늘
하늘 끝으로 외출을 나가는 물결 소리와 눈빛을 교환하고 있다.

그녀는 왜 이 시에 '꽃놀이'라는 제목을 붙였을까.?
졸업작품집에 그녀는 문법이 정확한 '꽃놀이'를 제출했다. 하지만 그녀의 행동은 졸업 무렵 이상하게 흐트러졌다. 그녀는 계단을 오르다가 넘어져 무릎을 찧고, 명동을 걸어가다가 의상실 유리문에 부딪혔으며, 글씨를 쓰다가 만년필 펜끝으로 찔려 손가락에서 피가 나기도 했다.

······졸업을 하고 그녀, 집이 원주로 이사를 갔다. 한국방송공사에서 이산가족찾기를 통해 원주에서 꿀벌을 치고 있다는 그녀에겐 고모, 그녀 아버지에겐 누나가 되는 인연을 찾아냈던 것이다. 오랜만에 삶의 끄나풀을 잡은 그녀 아버지를 따라 그들 가족은 찾아낸 인연이 살고 있는 원주로 이사를 갔다. 우리들에게 이런 개인적인 일이 있었던 때, 거리는 어땠던가?

······열풍이 불었다. 어쩌면 광풍이었을까.
1963년생으로서는 한 번도 쐬어보지 못한 바람, 그 아름다운 열기, 그녀가 원주에서 도망치듯 나와 그녀 아버지가 개조해 기거하던 그 빈집에서 우울증과 거식증으로 숨이 잦아들고 있을 때, 거리의 열풍은 최고조였다. 그녀를 까마득히 잊어버리고 나는 거리의 그 더운 바람 속에 서 있었다. 한 번도 가치의 기준을 정하지 못하고 이 현상과 저 현상 사이에서 헤매기만 하던 나, 1963년생의 헤매임 속으로 그 열풍은, 뚜렷한 힘을 가지고 몰아쳤다. 두통 같은 안개는 걷히고, 한없이 밑바닥으로 가라앉는 나락도 걷히고, 우리는 머리맡에서 최루탄이 터져도 손을 놓지 않았다. 아무리 먼 훗날 생각해도 자랑할 수 있는 역사를 짤 수 있으리라, 이룰 수 있으리라, 우리 힘으로 밀어붙일 수 있으리라는 뭉침이, 그녀의 외마디를 그냥 지나쳐가게 했다.

……움츠리는 데는 언제든 익숙해. 잠을 잘 때도 나는 움츠려. 반듯하게 눕는 게 불편해. 치악산 밑에 움츠린 채 내 몸은 눌려 있는 것 같아. 그것이 앞으로 내 생의 반은 될 것 같아. 산에 잎 돋고 꽃피는 소리 땅바닥에 움츠리고 누워 엿들어…… 와서 나를 감싸 줘…… 혼자 있기 힘들어……

그녀가 치악산자락 밑에서 엽서 뒷장에 짙푸른 나뭇잎 한 장을 삐뚤삐뚤 풀칠해 붙여 보내면서 질렀던 비명을 알아들었을 땐 이미 나와 그녀 1963년생의 희망도 비명도 가라앉은 뒤였다.

……모두 뿔뿔이 흩어졌다. 간호원인 친구는 열사의 나라로, 가난한 사람과 연애를 하던 친구는 그와의 절교로, 신새벽 택시를 잡아타고 최루탄을 맞아 죽은 청년의 장례식장으로 함께 갔던 벗은 뜻밖에 연극 단원으로, 그리고 나는 광고지를 중심으로 만들어지는 잡지사로.

……취재를 나가 가끔 거리를 돌아보면 눈물이 핑 돌았다. 우리를 휩쓸던 그 열기는 다 어디로 갔을까? 모르는 사람과도 손을 잡

게 했던, 쫓기다가 가방을 잃어버렸어도 불안하지 않았던, 모르는 사람에게 선뜻 차비를 꿀 수 있었던 그 자연스러움, 그 꽉참은 어디로? 사람들은 그 땡볕의 거리를 묵묵히 걸었다. 신촌로터리를 지나 아현동을 지나 서소문을 지나 시청으로, 시청으로 혼자서 시청 앞을 지나갈 때면 목이 메였다. 인파 속에 섞여 그 땡볕 속을 행진할 때 느꼈던 존재의 질량감, 그 희망에 대한 향수에 젖어 시청 앞 광장이 환히 내다보이는 찻집에 오래 앉아 있기도 했다. 덕수궁 돌담 위, 지하철 팻말 지붕 위까지 빼곡이 들어찼던 사람들은 환영으로라도 다시 그 자리에 세워놓을 수 있었지만, 희망은 없어졌다. 희망의 자리에 대신 달라붙어 있는 공허와 무력감을 그나마 참아내게 해주었던 건 그런 일이 있었다는 걸 추억하게 하는 향수였다. 겁을 먹고 문을 닫아버렸던 시청의 문, 그 굳게 닫힘 앞에서 연통을 타고 시청을 점령하러 가는 청년이 다시 보이는 환영에 몇 번이나 눈을 씻어야 했다. 하지만 그 존재감은 추억이 돼버렸다. 아무것도 달라지지 않았다. 그게 단순한 실패가 아니라 희망에 대한 실패였다는 걸 1963년생들은 순식간에 경박스러워지면서 감지했다…… 해도 해도 안 되는 일이 있는 것이다. 우리들의 희망은 소모전이었던 것이다. 어쩌면 한 번쯤은 가질 수도 있었을 1963년생들의 가치 기준은 여지없이 무너져버린 것이었다. 그 아름다운 열기가 하나의 현상으로 지나가던 그 순간에.

……그녀를, 마지막으로 본 때를 지독한 현재처럼 기억한다. 그때를 이렇게 써놓았다……

'그때……지금 마지막이라고 해야 하는 그때 이숙이 왔었다. 마지막인거 전혀 몰랐던 그때, 나는 마감에 쫓겨가며 원고를 작성하는 중이었다. 불쑥 사무실 앞에서 전화를 걸어온 그녀를 데리고, 이미 오후가 기울고 있는데도 점심도 먹지 않은 것 같은 그녀를 데리고, 어쩌면 그날 내내 아니 그전날, 또 그전날부터 음식이라곤 입에 댄 것 같지 않은 그녀를 데리고 잡지사 앞 식당엘 갔었다.

여름이 되면 N섬에 갈까 해…… 너도 기억나지 P신부님…… 그 신부님이 N섬 신설 성당으로 가셨대. 그래서 편지를 드렸는데 답장이 왔어. 아름답지는 않고 가파른 곳이래…… 외져서 유아들 교육을 맡을 만한 마땅한 곳이 없대…… 여름 되면 그 애들을 위해서 성경학교를 열겠대. 별일 없으면 와서 여름 나랬어. 애들과 함께.

수줍고 말이 많지 않던 그녀가 그렇게 많은 말을 들뜬 듯 쏟아놓는데도 내 마음은 온통 마감 원고에 가 있었다.

생각해봐 얼마나 즐겁겠니?

그녀는 N섬에 대해서 P신부님에 대해서 많은 말을 하고 싶어했지만 나는 그 말들을 모두 들을 시간이 없었다. 그녀는 나와 함께 조금 걷고 싶다고 했다.

원고를 마저 써야 해, 시간이 없어.

……응.

그녀가 식당 바닥에 떨어뜨린 젓가락을 줍기 위해 몸을 굽혔다가 그녀의 퉁퉁 부어오른 발을 봤다. 스타킹은 줄이 나가고…… 체크무늬 스커트 사이로 벌겋게 소름이 돋은 그녀의 발을 보지 않았으면, 난 그녀를 그대로 보냈으리라. 음식값을 치르고 나는 그녀와 함께 잡지사 건너편 능으로 갔다.

잠깐밖에 안 돼.

그렇게 말했던 것도 같다. 내가 그때 그렇게 발음하지 않았기를 지금 나는 원한다. 그랬다면 이숙에게 외로움을 더 가중시켰을 테니, 그리고 정말 그리고 잠깐밖에 안 된다는 것이 영원히 안 되는 것으로 되어버렸으니.'

······P신부······

그녀는 그때 내게 '너도 기억하지 P신부' 했지만, 나는 지금 P신부의 얼굴을 기억하지 못한다. 그녀를 따라 가본 A읍의 재활원에서 P신부를 만났었다는 것밖에. 신부의 얼굴이 까맣게 그슬려 있었다는 것, 손등도 노동에 쩍쩍 갈라져 있었다는 것, 반갑다고 웃지도 그렇다고 못마땅한 것도 아닌 담담한 표정으로 P신부가 그녀에게 어느 병원을 일러주었다는 것밖에. 나는 병원에서 만난 아이 옆으로 다가가질 못했다. 형상이 너무 기괴해서. 무슨 수술인지는 모르겠으나 수술을 마친 아이는 막 마취에서 깨어나고 있는 중이었다. 아이는 눈물을 철철 흘리며 고통의 소리를 질렀다. 나는 뒤로 물러섰다. 내 코를 뚫고 지나가는 침울한 냄새. 그 냄새는 아이에게서 났다. 비정상적인 뇌수의 냄새. 나중에 아이의 나이를 물어보니 열 살이라 하였다. 그런데 몸뚱이는 갓난아이만 했다. 얼굴은 초등학교 오학년쯤 돼보이는데 기저귀를 차고 있었다. 마취에서 깨어나고 있는 기괴한 얼굴은 금방 눈물로 범벅이 되며 퉁퉁 부어올랐다. 간호원은 아주 의무적으로 아이의 손에 링거를 꽂고는 재빠르게 나갔다.

누구니?

(재, 재활원의 원 원생······)

나는 뒤늦게 알았다. 그녀가 토요일과 일요일마다 A읍의 재활원에서 그 아이를 돌봐왔다는 것을. 아이는 맹장 수술을 했다고 했다. 맹장 수술? 나는 열 살짜리 갓난아기의 몸을, 큰 얼굴, 짧은 다리, 빵빵한 배를 뒤틀며 울부짖으며 막 마취에서 깨어나고 있는 그 몸을, 맨 기분으로 바라보고 있을 수조차 없었다, 확 비위가 돌아서. 내가 외면하듯 세면장으로 나가 손과 이마에 찬물을 끼얹고 돌아왔을 때 그녀는 침상 위로 올라가 고통으로 사지를 뒤트는 아이를 껴안고 있었다. 아, 내가 어찌 화끈거림 없이 그녀의 그 간절한 몸놀림을 회상할 수 있으리. (우, 울지 마······ 괘 괜찮아······ 이, 이젠 괘, 괜찮아.)

그녀는, 기형의 아이를, 상한 호르몬 냄새를 풍기는 아이를, 나는 멀찌감치에서도 차마 마주 보길 피하고 싶던 아이를, 그녀는 무슨 공허함에 맞대응하듯이 헌신적으로 끌어안고는 사랑했다. (괘, 괜찮아, 이, 젠 괘 괜찮아, 우, 울지 마.) 그녀는 아이의 머리를 쓰다듬고 몸을 어루만져주다, 아이가 파동을 일으키면 깊이 끌어안아 제 가슴을 아이의 가슴에 간절하게 갖다대며, (괘, 괘찮아, 괜찮아,) 한없이 속삭였다. 나는 그녀의 그 자세를 달리 표현할 길이 없다. 마치 두 사람은 똑같은 것을 기다리고 있는 듯했다, 라고밖에.

······나는, 그녀를 마지막 본 때를, 지독한 현재 같은 그 시간에 대해 계속 이렇게 써놓았다······

'이숙이와 산책했던 그 능에서의 저녁 무렵을 기억한다. 잔양이 희미하게 수목 사이를 비집고 들어와 길목에 명암을 만들었다. 이숙이 그 명암 속에서 희미하게 웃었다.

여긴 자주 오니?

그럴 틈이 있어야지

길이 이렇게 좋은데도?

마음에 들어?

……응, 아주!

그리곤 이숙이 침묵했다. 그건 우리들 사이의 침묵이 아니라 분명 이숙의 침묵이었다. 그애 내면의. 나는 이숙이 앞서 걷도록 내버려두었다…… 이숙이 숲길을 이탈해도 내버려두었다…… 이숙이 나뭇잎을 줍고, 이숙이 나무들을 쓰다듬고, 이숙이 무심히 하늘을 봐도 나는 내버려두었다. 그녀가 키 큰 소나무 밑에 엎드려 한참을 일어서지 않을 때야 나는 그녀의 침묵에 참견했다. 이숙은 식당에서 먹었던 음식을 모두 쏟아내고 있는 중이었다. 그녀가 무릎을 꿇고 있었으므로 나는 그녀의 팔을 잡아 일으켜세웠다.

치마 버리겠어.

왜 내가 다른 말은 다 젖혀두고, 놀라움도 젖혀두고, 기껏 치마 버리겠어,라고 했는지 지금은 알겠다. 나도 모르게 이숙의 침묵을, 그 의미를 나는 감지하고 있었던 게 아닐까? 느닷없이 찾아와 턱없이 반가워하며, 수선을 피우는 그녀에게서 수상한 기미를 감지했었던 것은 아닐까? 나를 바로 보지 못하고 자주 허공을 떠도는 그녀의 눈에서, 물에 불은 비누처럼 통통 부어 오른 그녀의 발에서, 내가 외면하려 했던 그 비통함이. 왜 그래? 속이 안 좋니? 그런 말들을 막았으리라. 이숙은 소나무를 끌어안고 한참을 고통스럽게 뒤척였다. 그애의 등을 토닥이면서 자꾸만 눈을 찌르는 잔양이 성가셔 나는 이마를 잔뜩 찌푸렸었다.

　음식이 안 받아, 아까는 괜찮을 것 같았는데.

　거식증?

　거식증은 무슨, 그냥 가끔 그럴 때가 있어.

　이숙은 내가 내민 휴지로 입술 주위를 닦다가 거식증? 되뇌며 끼득대고 웃었다. 느닷없는 이숙의 끼득댐에 나는 기분이 묘하게 헝클어졌다. 우리는 다시 길을 걸었다. 능은 산중턱에 있었다. 이숙은 물끄러미 능을 바라보았다. 바람처럼 다른 풍경들을 무심히 지나쳐 온 그녀 시선이 능에 너무 오래 멎어 있었다는 생각이 지금 든다. 늦봄, 능은 무섭도록 푸르렀다.

　조선 시대 왕후의 능이래.

　내가 던진 말을 붙잡고 한참 침묵하던 이숙은,

　……응, 그래.

　한숨 쉬듯 뒤늦게 대답했다.

　뼈 말고 다른 게 또 있을까?

　나는 이숙의 말에 대답하지 않았다.

　너무 커서 하는 얘기야.

　이숙은 면구스러운 듯 객쩍게 웃었다.

　곧 들어가봐야 해.

　사실이었지만 난 화가 난 듯 퉁명스럽게 말했고, 이숙은 그 말을 냉담하게 받아들인 모양이었다.

　난 좀더 걷고 싶어…… 넌 가도 좋아.

　널 여기에 두고?

……뭐 어떠니!

이숙은 고개를 떨구었고, 나도 서먹해져 멀뚱하게 이숙을 봤다. 중턱의 능을 지나고, 소롯한 산길을 지나고, 나무의자를 지나고, 갑자기 만나지는 황토의 공터를 지났다. 그 사이에 햇빛이 사위어서 다시 출구로 빠져나올 무렵, 이숙은 몸을 떨었다.

춥니? 감기 들겠어.

이깟 바람에? 근데 나, 이 좀 닦을 수 있을까?

느닷없이 이는 무슨, 그러다가 소나무 밑의 구토 행위가 떠올라 나는 입을 다물었다. 붉은색이었다고 기억되는 칫솔을 가게에서 구입한 후 이숙을 데리고 잡지사 2층 화장실로 갔다. 그녀를 잠깐 거기 있게 하고 사무실로 올라와 치약과 컵을 가지고 내려갔다.

……웬 치약이 사무실에 있니?

점심 후에 닦거든.

지금 생각해도 그녀의 양치질은 길었다. 나를 잊은 듯…… 나를 잊어버린 듯 그녀는 이를 닦고 또 닦고 또 닦았다.

잇몸이 다 상하겠어.

결국 내가 탓할 때까지 아랑곳 않고 양치를 하던 그녀는,

이 다 닦으면 너랑 헤어져야잖아.

입안에 치약 거품을 가득 담고 환하게 웃기까지 했다. 이숙은 지하철 입구 계단으로 사라지면서 내게 손을 흔들었다. 나는 그녀의 손은 보지 않고 그녀의 퉁퉁 부어오른 발을, 그 발을 봤다. 그녀가 가고 난 후 난 단 한 줄의 원고도 쓰지 못했다. 어째서가 아니었다. 햇볕 아래 온몸을 내맡기고 있는 고양이처럼 내 몸은 나른했다. 하염없이, 데스크의 독촉 속에서도 하염없이 앉아 있었다. 그러나 다

음날 난 괜찮아졌다. 이숙 때문에 원고가 하루 늦어 번거로운 말씨름을 하게 되었지만…… 이숙이 남기고 간 취기를, 그 외면하고 싶은 기미를, 하루 만에 나는 잊었다. 그리고 시간이, 한 계절이 갔다. 그녀로부터 서너 통의 편지가 치악산에서 왔고, 내가 답장을 했는지 안 했는지 기억나지 않는다. 여름에 잠깐 N섬과 P신부…… 그리고 그녀를 생각했지만…… 곧 또 잊었다. 그 사이로 또 시간이 갔고 또 계절이 갔으며…… 그리고 오늘이다.'

그 글 속에서의 그녀는 말을 더듬지 않는다. 그런데 지금 나는 왜 말을 더듬지 않는 그녀를 생각조차 할 수 없을까? 그녀가 말을 더듬지 않은 때가 있었을까? 왜 나는 그땐 그녀가 하는 대화에 말을 더듬게 하지 않았을까, 왜 그랬을까? 그녀가 나의 이미지 속에서 달라진 것일까? 아니면 내가 달라진 것일까?

이국 여인은 또 전화를 걸어왔다.
Hello……?
……
I would like to talk with my cousin, Karl is American.
예스와 노로 간신히 대답을 하던 나는 문장이 길어지자, 또 알아들을 수가 없었다. 나는 이국 여인의 애절한 발음을 내 입으로 옮겨 되새겨봤다. 사촌 카를과 얘기하고 싶다? 카를은 미국인이다? 그런데 왜 우리집으로 전화를 했을까. 이국 여인은 뭐라고 더 간절히 애길 했으나 나는 수화기를 놓아버렸다. 벨은 곧바로 다시 울렸다. 이국 여인은 외쳤다.

I have to seek for Karl.

카를을 찾아야 한다고? 나는 뭐라고 대꾸를 하려고 했으나 입술이 달삭여지지가 않았다. 카르를 찾아야 한다고 다시 한번 간절하게 외치던 이국 여인은 내가 침묵을 지키자, Hello······? Hello······? 하다가는 멀어졌다. 나는 수화를 멀거니 바라보고 있다가 혼자 중얼거려봤다. 나는 어떤 미국인도 모른다. 메모지에 적어놓았다. I don't know any American. 나는 어떤 미국인도 모른다.

······원주,에서 그녀는 자주 편지를 보내왔다. 내가 고향 J시에 기거하고 있을 때도······

눈이 회오리바람에 휘말려 강으로 날아가는 나날들이라고, 때때로 오후의 겨울 햇살이 방으로 스며들어올 때는 그럴 때는 그 햇살의 방향을 따라 옮겨다니며 방바닥에 엎드려 있다고, 강에 살얼음이 끼어서 그 위에 발을 대보면 파삭 얼음 깨지는 소리가 난다고······ 나는, 그녀의 편지를 받을 때마다 그녀가 주변의 나무, 얼음, 새벽 공기, 황량함, 들에서 나타내는 예민함에 대해 외경심을 느끼고는 했다. 그녀는 썼다. 가장 견디기 힘든 건 외로움이야. 외로움은 내게 골고루 스며들어 있어서 내 몸 어디라도 건들면 휑하니 바람이 불어 나올 것만 같아. 그녀는 내게 써 보냈다. 밤이 되면 창마다 사라지는 불빛에 대해, 혼자 있고 싶지 않음에 대해, 반딧불 같은 청춘의 꿈에 대해. 그녀는 종이에 자기 마음을 적을 때, 그때는 더듬지 않았다. 그녀의 글은 청결해서 매끄러울 정도였다. 그런 가운데 그녀가 가장 자주 써 보내는 내용은 역시 공룡에 대한 것이었다.

나는 꿈을 꾸어. 백악기의 낙원, 늪에 수련이 가득한. 그 속에 공룡과 내가 함께 풀을 뜯어 먹고 있는 꿈. 빛으로 가득한 낙원에 수련과 나와 공룡이 있는 거야. 나는 믿어지지가 않아. 그 낙원에 어떻게 해서 거대한 운석이 낙하했다는 것인지, 어떻게 해서 그 대낮들이 암흑의 밤이 되고 기온이 급강하했다는 것인지, 어떻게 해서 그 따뜻한 곳에 며칠 사이에 영하의 기온이 대륙을 덮었다는 것인지, 수련과 나와 공룡이 잠시 죽은 여름 속에 끼어 죽음의 겨울 속에서 빙하가 되는 꿈…… 우리 위로 쌓이는 미세한 먼지, 먼지들. 깨어나 보니 낙원이 사라져버린 거야. 불모의 땅, 수련의 자리는 썩고, 초목들은 땅 위로 무너져버리고 아아, 먼지들. 차라리 깨어나지 말걸. 그렇게 추웠었나? 평원에 깔린 공룡들의 시체, 먹을것을 찾아 헤매는 젊은 공룡…… 굶어죽은 거야.

그녀는, 편지의 맨 밑에 덧붙였다…… 공룡들의 공황을 생각하면 가슴이 아파…… 나는 자주 그녀의 편지를 주머니에 넣은 채로 시내로 나가 커피를 마시며 짧은 답장을 쓰거나 그녀의 편지를 꺼내 다시 읽었다. 그것이 학교 졸업 후 늪으로 가라앉는 듯한 나날들 속의 유일한 나의 누림이었으나, 아무리 생각을 해봐도 왜 그녀의 사색에 공룡이 그루터기가 되었는지를 나는 알 수가 없었다.

나흘쯤 장설이 내렸다. 이제 눈이 그쳤나? 삶은 고구마 껍질을 벗기며 자주 커튼을 제치고 마당을 내다보곤 했다. 동네 아이들이 자전거 바퀴살을 휘어서 나무 판자에 잇대어 스키를 만들 때쯤, 버스가 끊겼다. 우체부도 오지 않았다. 동구에 나가 시내로 통하는 먼 길을 내다보면 첩첩이 눈이었다. 저 눈 속에 과연 길이 있나, 의혹

이 들 정도로. 그 장설을 기억하는 건 그 눈 속을 뚫고 그녀가 와서이다. 그녀는 나의 고향 J시의 집에 도착하자마자 쓰러졌다. 그녀는 나에게 오기 전 닷새간이나 초콜릿 한 쪽밖에 먹은 게 없었다.

……거리의 열풍은, 그 아름다운 희망은, 그저 하나의 현상으로 지나가고, 그 짧은 꿈 뒤끝으로 혼곤함이 길게 남았다. 남부 지방의 누군가는 뒷일을 부탁한다는 유서를 남겨놓고 목숨을 끊었다. 열풍에 아름다이 휘둘린 사람일수록 더 기진맥진했다. 어디에나 침묵이 내려앉았다. 노상은 텅 비었고, 어쩌다 서로 마주쳐도 서로 쓴웃음을 지었다. 물결을 이루며 쏘다녔던 거리, 그 자리에 있었던 자신을 누군가 알아볼까봐 겁을 내기까지 했다. 생각이 멈춰버린 것 같은 나락 속의 나날들이어서, 그녀로부터 오랫동안 한 장의 엽서도 한 통의 전화도 없음을 깨닫기까지도 오랜 시간이 필요했다. 나는 오랜만에 그녀 집으로 전화를 했다. 전화는 그녀를 바꿔달라는 말이 끝나기도 전에 찰칵 끊겨버리곤 했다. 나는 처음에 전화가 고장이 난 줄 알았다. 그래서 다시 돌렸다. 그녀 이름만 발음하면 전화는 찰칵 끊겼다. 다시 돌렸다. 그러기를 서너 번 한 끝에 겨우 그녀 어머니의 목소리를 들을 수가 있었다. 그리고 전화가 끊긴 게 아니라 일부러 끊었다는 걸 곧 알 수가 있었다. 그녀를 바꿔달라는 말에 그녀 어머닌 다시 침묵이었다.

바꿔주세요.

다시 한 번 부탁했을 때 수화기 저편에선 다른 목소리가 나왔다. 그녀의 언니였다.

누구니?

저 S예요.

오랜만이구나.

네.

네 소설 가끔씩 읽었어.

거긴 책 구하기가 힘들 텐데요?

그애가 사다놓은 것들 속에서 봤어.

아, 네.

나는 다시 그녀를 바꿔달라고 했다. 그녀의 언니가 한숨을 쉬었다.

어딜 갔나요?

그녀의 언니는 내 말에는 대답을 안 하고

요즘도 소설 쓰니?

라고 물었다. 나는 기분이 묘해졌다. 이번에는 내가 아무 대답도 안 하고 침묵을 지켰다. 그녀의 언니는 한참 있다가 중얼거렸다.

그앤 죽었다.

네……?

못 알아듣겠니? 죽었어.

나는 수화기를 든 채로 3층이었던 잡지사 창밖을 멍하니 내다보았다. 죽었다고? 천 개의 계단을 타고 그녀 언니의 목소리는 내 가슴으로 때굴때굴 굴러떨어졌다. 죽었다고? 나는 그때를 이렇게 썼다.

'정오가 조금 지났었을까? 평탄했던 거리에 느닷없이 폭풍이 일고 소란스럽게 툭탁거리며 우박이 내리쳤다. 사람들은 황급히 외투나 서류봉투 가방 등으로 얼굴을 가리며 전염병을 만난 듯 사방의 문과 상점 차양 밑으로 사라졌다. 놀랍게도 인도는 순식간에 텅 비었다. 우박은 아스팔트와 달리는 차체 위로 튀며 유리잔이 깨지는 소리를 냈고, 사람들의 얼굴에 버짐처럼 퍼져 있던 권태로움은 일시에 사라졌다. 꼼짝없이 발이 묶여 긴장한 표정으로 서성거릴 때, 우박은 또 갑자기 기세를 죽이고 비틀거리다 정지했다. 낮잠 속의 짧은 꿈처럼. 건물들 사이로 다시 햇빛이 비집고 들어와 반짝여도 사람들은 선뜻 인도로 나오지 못하고 미심쩍어하며 하늘을 보곤 했다. 잡지사 창문을 통해 사람들의 머뭇댐을 우두커니 바라봤다. 이숙의 소식을 들은 바로 직후였다.'

떠올랐다가 거의 동시에 사라져버리는 이미지. 그 짧음. 붙잡을 수 없는 것들. 다만 느낄 뿐. 왜 그 느낌을 그대로 글로 적을 수 없는 것일까? 역사와 전통은 없으나, 잠깐 반짝였으나, 그 꽉참. 세면장에 들어가 변기 위에 막 앉으려고 할 때, 어떤 문장이 솟아났다. 어렸을 때 절에 갔었어. 거꾸로 용솟음 치는 폭포수를 보았지. 그 가름없는 흰 물줄기. 그런데 그 폭포수 위로 꽃들이 지지 않겠니. 바, 바람에 막 날려서 흰 물줄기 속으로 서, 섞이지 않겠니. 가볍게 모, 몸을 날려버리지 않겠니. 사, 사비성의 궁녀들처럼 흐, 흩어지지 않겠니. 어찌나 누 눈물이 나는지…… 아, 아름다웠어…… 그 아래 앉아서 울었어. 엄마가 왜 우냐고? 뭘 보고 우냐고 물어서, 저것, 흰 물줄기와 꽃잎을 가리켰는데…… 무어 말이야? 저것…… 엄마 저것…… 끝끝내 엄마는 내 손끝이 가리키는 것을 알아주지 않고는, 뭐 말이야?

그녀의 심연에 대한 군더더기 없이 떠오른 단 한 줄의 표현. 아 이것…… 붙잡으려는데 동시에 사라진다. 기운이 빠진다. 물도 내리지 않고 변기 위에 오래 앉아 있었다. 엉덩이가 배길 때까지. 한 세계에 강렬하게 생기를 불어넣어줄 것 같은 그 반짝임을 실없이 놓쳐버리고 헛껍데기가 되어서, 하염없이 있는데 창문을 통과해온 햇빛이 나를 조롱한다…… 웃기는 일이네, 변기 위에 앉은 생각하는 사람…… 마른 말똥같이 땡글땡글한 그 비웃음이 변기 위에서 일어날 수 있게 해준다. 너는 알아주었을까? 그녀의 어린 시절, 그 애가 가리켰던 것을 말이야? 언젠가 내가 그녀에게 뭣 때문에 공룡에 대해 관심을 갖느냐고 물었던 것을 빛이 고스란히 되묻는다. 뭣 때문에 이토록 그녀에 대해 글쓰기를 하려는 거냐고? 사라졌기 때문이냐고?

 ……여름방학이었다.

 J읍에서 여름을 나고 도시로 돌아와보니 조카들이 이티 얘길 했다. 이티? 나는 그게 무어냐고 물었다. 그것도 몰라, 고몬? 나는 새삼스럽게 도시를 둘러보았다. 내가 도시를 비운 여름 동안 도시는 온통 이티들이 들끓었다. 문방구마다 기괴하게 생긴 이티가 걸려 있었고, 어린이들은 목에다가 걸고 다니거나 손에 쥐고 다녔다. 흉물스럽게 생긴 이티는 내가 도시를 비운 사이에 도시를 완전 점령하고 있었다. 나는 난감했다. 의사 소통이 불가능한 낯선 곳에 여행을 온 기분이었다. 난 그녀에게 전화를 걸었다. 너, 이티를 아니? 마찬가지로 도시에 없었던 그녀도 무슨 말이냐고 물었다. 글쎄, 돌아와보니 온통 이티 얘긴데 무슨 말인지 알아들을 수가 있어야지. 이티가 스필버그 감독이 만든 영화 제목이라는 걸 아는 데는 한참

이 걸렸다. 방학이 끝나는 날, 그녀와 나는 서대문 푸른극장으로 「이티」를 관람하러 갔다. 그녀는 「이티」를 관람하면서 하염없이 울었고, 나는 우는 그녀가 의아해서 멀거니 바라보았다.

 ……내가 그녀의 죽음 소식을 들은 건 그녀가 이 지상을 떠난 지 육 개월도 지나서였다. 그 사이 두어 번 그녀와의 통화를 시도했지만, 그때마다 그녀 어머니나 그녀 언니는 그녀가 집에 없다고만 했었다. 혼곤한 실어증 상태로 수화기를 든 채로 멍하니 있다가 겨우 집으로 찾아가겠다고 했지만 그녀 언닌 허락하질 않았다. 이미 지난 일이야, 되새기고 싶지 않아. 그렇지만 그렇지만 말이에요, 전화는 끊어져버렸다. 나는 그때 울고 싶어할 줄도 몰랐다. 며칠을 그냥 가만히 있었다. 그럴 때 도대체 어떻게 해야 되는지 나는 알 수가 없었던 것이다. 간다고 미리 알리지도 않고 나는 주소를 들고 그녀네를 찾아갔다. 치악산 밑 동네였다. 집이 세 채밖에 없었는데 한 채는 그녀네 고모집이었다. 집에는 아무도 없었다. 얼마쯤 후에 윗집에서 그녀 언니가 내려와 방으로 나를 안내하였다. 그녀 언니는 커피를 타서 내 앞에 내놓았다. 나는 그녀 언니가 꼭 그녀인 것만 같았다. 닮은 몸가짐에 웃을 때 만들어지는 보조개가 그녀 것하고 같았다. 그녀 언니는 내게서 얼굴을 돌리고 공허하게 마룻바닥을 내려다보았다. 집을 나갔을 때 벌써 열흘은 아무것도 입에 대지 않은 상태였어. 그녀, 언니는 손가락 깍지를 꼈다. 아버지 생각을 했던 것 같아, 그애가 그렇게 되기 몇 달 전에 아버지가 돌아가셨거든. 원주 시내 서점에 나가 일도 하곤 했었는데, 아버지 돌아가시고 나자 그만두더니, 시름시름 음식을 입에 대지리 않는 거야, 그애,

거식증 있는 거 알지? 말도 마…… 음식은 조금도 손도 안 댔는데 애가 얼마나 기운이 펄펄 나서 악을 써대는지 산에 메아리가 쩡쩡 울릴 지경이었어. 방바닥을 기어다니고 거품을 쏟고, 저것 봐 그애가 다 긁어놓은 자국이야. 그녀 언니가 가리키는 장롱을 봤다. 밤색 니스칠이 된 장롱은 손톱으로 긁힌 자리마다 하얗게 홈집이 나 있었다. 우리는 둘 다 그 홈집을 바라보며 한참 동안 아무 말도 않고 가만히 앉아 있기만 했다. 그 집에 가 있을 줄 생각이나 했겠니. 그 집이란 그녀네가 원주로 이사오기 전 그녀 아버지가 개조해서 살았던 빈 농가를 말함이었다. 수소문 끝에 그애가 그 집으로 올라가는 걸 봤다는 사람이 있어서 그때야 아차 했었어. 여기로 다시 데리고 올 수가 없었단다. 처참해서. 무섭기조차 했어. 그녀, 언니는 일어서서 선반 위를 더듬어 상자 하나를 꺼내왔다. 그애가 남긴 것들이야. 상자 속에는 노트들, 시들, 그리고 내가 보낸 편지들이 들어 있었다. 집을 나가면서도 이건 가지고 갔었어. 네 편지는 그 빈집에 죽 도배하듯이 붙여 놨더라. 그녀 언니는 나를 빤히 바라보았다. 대신 보관해주겠니? 나는 공허하게 고개를 끄덕였다. 어머니가 오시기 전에 어서 가도록 해. 상자를 보자기에 싸주며 그녀 언니는 나를 채근했다. 화장해서 저기에 뿌렸어. 나를 배웅하며 그녀 언니는 산자락 어딘가를 가리켰다. 눈앞이 뿌예져서 앞을 바로 볼 수가 없었다. 그녀가 그러고 있을 무렵 나는 뭘 하고 있었나?를 되짚어가보니, 그 열풍에 휩쓸려다니던 때였다. 백만이 넘었다는 인파에 휩싸여, 시청 광장에서 스크럼을 짜느라고 그녀가 그 산밑 동네에서 나뭇잎처럼 바스락대며 끊임없이 나를 불렀어도 그 소릴 듣질 못했다. 핸드백과 신발을 잃어버리며, 지하도에 쓰러지느라. 버스가 내 앞

멀리, 끝없는 길 위에

에 와서 멎었고, 나는 차창 밖에서 있는, 뭔가 잃어버린 물건을 찾고 있는 듯이 허둥대는 그녀 언니를 똑바로 봐두었다. 다시는 못 만날 사람이었다. 버스가 떠날 때 그녀 언니가 손을 흔들어서 나도 손을 흔들었다. 그리고 나는 덜컹거리는 차창에 아무렇게나 상체를 맡기고서 우두커니 앉아 있었다. 그녀가 지나다니던 길들을, 그녀가 편지에 누누이 썼던 치악산의 나무들을 봐두고 싶었지만 자꾸만 눈앞이 뿌예져서 더는 아무것도 볼 수가 없었다.

……아, 그녀의 노트.

'계단을 오르다가 시멘트 벽에 조금 팔을 스쳤을 뿐인데, 다만 그랬을 뿐인데, 살갗이 깊게 벗겨지고, 피가 뚝뚝 흐르고, 뼈까지 금이 나간 환상에 주저앉아버렸다. 진짜 다친 것보다 환상이 더 아프다.'

'하나 둘 셋 넷…… 오목하게 홈이 파이고 은빛 색실이 한 겹 감긴 단추…… 이태 전부터 입던 스웨터인데 단추를 바라보기는 오늘이 처음이었다. 아, 이 옷에 이 단추가 달려 있었구나……'

……그녀, 여기 이렇게 엮어졌다.

안과 밖, 소설과 비소설, 해와 달, 삶과 죽음…… 너와 나.

나는 올해 서른 살이 되었다. 내게만 일어난 일은 아니다. 여기에서 1963년에 태어난 모든 사람들은 서른 살이 되었을 것이다. 정월 생이든 이월생이든 팔월생이든 모두. 그런데도 서른 살은 내게만 오는 것 같았다. 스물아홉의 봄 여름을 보내고 가을이 막 찾아올 무렵 외출을 하려고 감았던 젖은 머리를 수건으로 비벼 말리는데 갑자기 콧잔등이 찡했다. 거울 속의 눈은 벌써 빨갛게 되어가고 있었다. 간혹 있던 일이니 그렇게 지나갈 줄 알았다. 서른 살? 가을이 가면 겨울이 오면 서른 살이라니. 식욕도 없고, 목소리도 힘이 빠지고, 책도 읽히지 않았다. 공연히 서러운 마음이 들어 움직이고 싶은 생각이 조금도 없었다.

······그녀도 1963년 9월에 이 땅에 태어났으니 살았으면 서른 살······

나는 나 혼자 서른 살이 되었다. 죽은 이는 더 이상 나이를 먹지 않는다. 그가 살았으면 서른 살이 되었을 거라고, 추억하는 사람들은 그의 가족일 것이다. 그애가 살았으면 지금 몇 살이던가. 서글픈 마음에 나이를 헤아려보는 건 가족들만이 갖는 추억의 방식이다. 가족 이외의 다른 이들은 나이로 죽은 이를 기억하지 않는다. 그를 더 이상 자라게 하지 않는다. 죽은 이가 그 자신에게 와서 머물렀던 때의 냄새, 몸짓, 움직임, 시선, 그가 불렀던 노래······ 그렇게 다만 한때로······ 수줍음, 고개 숙임, 말 더듬거림, 퉁퉁 부어오른 발, 확 퍼지는 푸른색 플레어 치마, 왕릉의 산책, 오래오래 이어지던 칫솔질, 잘 있어, 빨갛게 상기되어 내밀던 손, 마지막으로 그앨 봤던 그 지하철 입구, 그런 것들로.

......포클레인, 그 묘지로 가는 길을 파먹고 있던 포클레인, 그때 바람 앞의 산불처럼 균형 없이 타오르던 그녀를 쓰고 싶은 그 욕망. 내 욕망은 내 삶을 파먹을 포클레인일 것이다. 설령, 그렇다 할지라도 그 파먹힘으로부터, 지금의 내 일상은 겨우 지탱되는 것이어서, 그 욕망으로 인해 내 삶의 수는 간신히 놓아지고 있는 것이어서, 그럼으로써 삶을 조금 사랑하게 되는 것이어서, 그 욕망을 놓는 일은 내 몸과 마음을 가눌 근거를 무너뜨리는 일이어서······

······이 글을 쓰기 시작했던 이후로 몇 달이 흘렀다. 지금은 또 다른 시간. 기억 속의 일을 끄집어내는 일이니 마음만 열리면 몇 밤만 꼬박 쓰면 될 것도 같았는데 시간이 많이 걸렸다. 글을 쓰려 의식적으로 더듬는 기억은 자연스럽지가 못했고, 그렇다고 매번 하찮은 우연에 기댈 수도 없었다. 한번은 신촌에서 집에 돌아오려고 택시를 탔는데 나이 지긋한 택시 기사분이 지금 다니는 이 아스팔트 밑에 철길이 묻혀 있다면 믿으시겠소? 했다. 지하철 말인가요? 나는 되물었다. 아니 전찻길 말이오, 전에는 여기가 전찻길이었다오. 그 전찻길을 그대로 묻고 그 위에 길을 낸 거요. 직접 보셨어요? 그렇다니까, 이 도시엔 그런 곳이 많소. 빤히 다니는 이 길 속에 전찻길이 그대로 묻혀 있다고? 나는 길을 내다보았다. 길은 속에 아무것도 묻고 있지 않다는 듯 콘크리트로 덮여져 저를 바라보고 있는 나를 바라보았다. 순간순간 내 삶을 수놓았던 연약한 존재들, 그들과 떨어져 살게 돼버린 다른 시간에 놓인 슬픔. 그녀에 대한 나의 글쓰기는 길 속의 땅, 그 속, 칠흑에 파묻힌 전찻길에서 퍼져나오는 종소리 같은 것이나 아니었는지, 비과학적이고 익명의.

……지난 사월이었다.

 N섬을 여행하게 되었던 길에 그녀와 함께 만난 적이 있는 P신부를 찾아본 적이 있었다. A읍에서 그녀와 함께 잠깐 만난 P신부가 나를 알아볼 리가 없겠지만 그녀가 한여름을 보낸 N섬이라는 생각에 그곳에서 나도 모르게 P신부를 찾고 있었다. N섬의 성당은 텅 비어 있었다. 채마밭엔 옥수숫대와 접시꽃이 손바닥만한 꽃을 피워 놓고 있었다. 오래 기다려서 한 수녀를 만날 수 있었다. P신부를 만나고 싶다고 하자, 수녀는 성호를 그었다. 재작년 여름에 P신부는 일사병을 얻어 하느님 곁으로 갔다 했다. 나는 울고 싶어졌다. 하느님 곁으로 갔다는 P신부 때문이 아니라, 어느 날 나는 또 A읍을 지날 날이 있을 것이었고, 나는 분명 또 그녀와 함께 가봤던 A읍의 그 병원과 재활원을 기웃거릴 것이므로. 나는 이미 사방에서 공룡의 발짝을 보고 있다. 그녀가 나를 찾다가 내가 없어 내가 말한 전등사를 다녀왔다 했듯이 나도 지난 어느 날 고성 지방의 암반에서 공룡의 발자국이 발견되었다는 걸 알게 되었을 때 거길 다녀왔었다. 어딘가를 다녀올 곳이 필요하던 참이긴 했지만 그녀로 인하여 나는 그 지방을 걸어보았다. 공룡계곡이라는 의성을 지나서 함안, 사천, 합천, 울산, 거제도까지. 먼 날 우연히 중국의 고비사막에 머물게 돼도 나는 공룡 발자국을 먼저 찾고 있을 것이다. 그곳에서도 공룡의 화석이 발견되었다 하니. 가여운 삶의 미래, 나의 미래. 세포 속에 쌓인 과거들. 그녀를 느끼게 하는 것들. 거리, 책, 몸짓, 말투 같은 것에 나는 숙명적으로 연관되어져 있다는 자각. 정든 사람과 멀리 떨어진 자가 갖게 되어 있는 마음 상태, 울고 싶음.

……나는 아직도 그녀의 사인을 정확히 모른다. 그 가족 누구에게도 왜 그녀를 그리 되도록 버려두었느냐고, 왜 그 지경이 되도록 병원에 데리고 가지 않았느냐고, 물을 수가, 나는 물을 수가 없었다. 마음에 끼어 있는 우울한 죄, 나는 죄가 많았다. 왜 그녀를 그렇게 내버려두었느냐고 따져 묻기에는. 무슨 일이든 왜 그랬어요? 라고 정확히 따져 물을 수 있는 사람은 행복하다, 행복한 것이다.

……우연이었을까? 이 글을 쓰는 동안 먼 곳의 이국 여인은 드문드문 내게 전화를 걸어왔다. 나는 어떤 미국인도 모른다고, 전화가 다시 걸려오면 정확히 말해주려고 I don't know any American을 꽤 여러 번 연습해두었다. 하지만 어느 날 밤에 그 여인이 먼 곳에서 다시 전화를 걸어와 내게 Hello……? 말을 붙여왔을 때 나는 한없이 더듬거리고 있었다.

……I……don……don't know……a……any……American.

수화기 저편의 의사 소통이 불가능한 이국 여인을 향해 한없이 더듬거리다가, 그녀가 내 앞에서 더듬거리며 남겨놓았던 이미지들을 보았다. 내가 알아듣지 못한 그녀의 비명들을. 먼곳의 이국 여인은 나밖에 여인의 사촌이라는 카를을 찾을 길이 없었는가 보았다. 내가 더듬거리며 몇 번이나 나는 어떤 미국인도 알지 못한다, 했어도 여인은 전화를 끊지 않았다. 이국 여인은 카를을 꼭 찾아야 한다고 외쳤다.

I must find him. He is my cousin. He went to Korea four months ago. He gave me this phone number and since then I haven't heard from him at all.

먼 곳의 여인은 내 침묵을 향해 나중엔 거의 울고 있었다.

I must find him.

새해가 되기 며칠 전에 나는 내가 살고 있는 이 도시, 서대문 교도소가 헐리고 독립문 공원이 들어선 곳. 서재필 선생의 동상이 이윽히 바라다보고 있는 허름한 금은방의 반지 코너 진열장을 들여다보고 있었다. 크리스마스는 지났으나 상점마다 계속 트리를 장식으로 달아놓고 있었다. 금빛 은빛 주홍빛의 색색의 줄들이 반짝등 사이에서 반짝였다. 나는 체인이 잘게 엉킨 디자인을 골랐다. 재료는 14케이. 안경 쓴 금은방 주인은 선물하실 건가요? 물었다. 아니요, 제가 낄 거예요. 내가 고른 반지는 내 손가락에 맞지 않았다. 나는 며칠 후에 찾으러 오마 하고 반지를 맞췄다. 그리고 며칠 후에 텔레비전을 통해 종각에서 치는 제야의 종소리를 들었다. 어느 해 생일날 어머니가 보내주셨으나 포장을 뜯어보지도 않았던 초에 불을 붙였다. 내 오른손이 왼손에게 그 반지를 끼워주었다. 우리가 서로 옆에 있어주었으면 고마웠을 서른 살 기념식.

······너를, 부채감 없이 어찌 돌이켜볼 수 있겠니······

늘 얼굴이 아플 거야. 소멸의 그림자, 거식과 우울증에 빠진 네 마음 붙임, 하지만, 잘 거거라, 나의 벗. 오랫동안 이 순간이 오길 기다렸어. 내 꿈속에도 더 드나들지 마, 물로 흘러간 그 자리에 웅크리고 있지도 말어, 어깨를 펴야지, 떠올라야지, 무엇으로 다시 생을 가져야지, 무, 무섭겠지만 소, 솟아올라야지······

……지금은, 또, 또 다른 시간.

나, 여기 놓여 있다. 여기, 멀리, 끝없는 길 위에, 나, 곧 지나갈 한순간으로.

초판 해설

추억, 끝없이 바스라지는 무늬의 삶

박혜경

신경숙의 작품 속에서 추억은 거의 언제나 현재의 얼굴을 하고 있다. 아니, 어쩌면 그녀의 소설 속의 인물들이 놓여 있는 현재의 삶조차도, 끊임없이 그들의 의식 속으로 밀물져 들어오는 추억의 미세한 틈 속으로 스며들어 곧 사라져버릴 시간의 허망하고 우수어린 표정을 짓고 있다. 주변의 모든 사물들이 지나가버린 시간의 음영 속으로 느리게 흘러드는 아득한 지점을 향해, 시간의 흐름을 등진 채, 긴 머리칼을 흩날리며 흐린 흑백 화면 위를 둥둥 떠가는 텅 빈 얼굴들처럼, 신경숙의 언어들은, 그리고 그 언어들이 드러내는 삶의 편린들은 서서히 소멸해가는 시간의 어두움을 이끌고 하염없이 희미한 시간의 동공 속으로 모래알처럼 바스라져 흘러내린다. 마치 삶의 그늘 뒤에 도사린 복병처럼 균열된 욕망의 틈을 비집고 현재보다 더 생생한 삶의 의미로 끊임없이 되살아나는 추억의 시간들. 그 속에서 현재의 삶이란 추억이 스쳐지나가는 하나의 통로에 불과하다. 추억을 지나가게 하면서 동시에 그 자신 쉬임 없이 추억의 바스라짐 속으로 잦아드는 시간의 흐름 가운데, 삶은 다만 고통과 욕망의 시간들이 머물다간 하나의 흔적, 혹은 무늬로 남을 뿐이다.

신경숙의 소설들이 보여주는 세계는 현재와 과거의 시간들을 씨실 날실로 하여 짜여진 삶의 아련한 무늬들로 이루어진 세계이다. 무늬에서 무늬로 옮겨가는 삶, 다만 고통으로 무너져내렸던 시간의 흔적들만을 묻혀가지고 있는 삶은 역동적인 현재형의 삶이 아니다. 삶이 하나의 무늬로 남기 위해서 필요한 심리적인 거리, 그것은 바로 삶이 추억으로 건너가기 위한 거리에 다름아니다. 신경숙의 소설들이 지니고 있는 독특한 아우라는 그 심리적 거리가 만들어내는 삶의 내면화된 잔상들로부터 온다. 신경숙의 소설들 속에서 현재의 시간들은 현재 그 자체로서가 아니라, 끊임없이 과거의 어떤 기억들과 겹쳐지면서, 내면의 공간 속으로 깊숙이 침잠해들어간다. 그녀의 언어들에 실려 있는 추억이라는 이름의 내면화된 삶의 하중과, 그것이 불러일으키는 깊은 정서적 울림은 그녀의 소설들에서 추억이 단순히 과거의 기억들을 현재의 시간 속으로 불러들이는 것뿐만이 아니라, 보다 근본적으로 그녀의 소설 속의 인물들이 현재의 삶을 살아가는, 아니 더 정확하게는 그들의 삶을 하나의 소설적 문양으로 부조해나가는 작가의 독특한 현실 인식 방법까지 포함하는 의미를 담고 있음을 보여준다. 신경숙의 소설에서 삶은 거의 언제나 외부적인 사건으로서가 아니라 작중인물의 의식 속에서 이루어지는 하나의 내면적인 사건으로 나타난다. 그녀의 소설에서 외부의 사물들이나 사건들은 대부분 그것들이 작중인물의 의식에 불러일으킨 일련의 심리적 동요, 혹은 연상의 긴 내면적 여운으로 감싸여지면서, 작품 전체를 둘러싸고 있는 하나의 분위기, 혹은 독특한 정서적 빛깔로 모아진다. 마치 창살 틈으로 비끼어드는 저녁 햇살이 방안 가득한 먼지와 삶의 온갖 잡동사니들을 일순 아련한 그리움의 빛깔로 물들이듯이, 내면의 깊이로 침잠해들어가는 작가의 고즈넉한 응시의 시선은 작중인물들의 삶을 모든 들끓는 역동적 욕망의 세계로부터 떼어내 정적과 우수가 깃들인 엷은 풍경화로 만들어버린다. 작가는 마치 레이스를 뜨듯이, 작중인물들이 겪는 고통의 매 순간 순간들을 담담한 삶의 무늬들로 엮어나가는 거서이다. 여기에서 들끓는 고통의 소용돌이를 슬프고 담담한 무늬들로 엮어낼 수 있기까지의 그 정서적 거리는 고통이 하나의 추억으로 삭여지기 위한 거리에 다름아닐 것이다. 신경숙의 소설에서 삶을 바라보는 시선 밑바닥에 깊숙이 잠재해 있는 추억의 정서 속에는 삶의 아름다움을 향한 작가의 어쩔 수 없는 욕망이 감춰져 있다. 고통이 추억 속으로 옮겨가는 정서적 거리, 그것은 곧 고통의 미학적 거리를 의미하는 것이기도 하다. 신경숙의 모든 소설들을 관류하고 있는 것은 바로 고통스러움에도 불구하고, 아니, 고통스럽기 때문에 삶이 더욱 아름다워야 한다는 생각인 듯하다. 고통의 미학적 승화라고 이름붙일 수 있을 듯한, 고통스러운 삶과 아름다움을 향한 욕망 사이의 팽팽한 긴장 속에 신경숙의 진정한 문학적 성과가 놓여 있다고 해도 좋을 것이다.

이처럼 신경숙의 소설들이 대체로 뚜렷한 외부적인 사건들의 전개나 극적인 이야기 구조에 의존하기보다는, 어떤 사건이 작중인물들의 마음속에 불러일으킨 미묘한 심리적 파장 속으로 깊숙이 파고들어가는 내성적 경향을 두드러지게 보여준다는 것은 그녀의 작품들이 대부분 문체의 힘에 강하게 의존하고 있다는 점과 긴밀한 관련을 맺고 있다. 신경숙의 소설들은 대개의 경우 어떤 형태의 사건이건, 그것을 향해서 곧바로 진입해 들어가기보다는 끊임없이 그것의 주변을 서성이면서, 그것의 내부로 들어가기를 주저하는 듯한 묘한 머뭇거림을 지니고 있는데, 그 망설이고 머뭇거리는 마음의 움직임을 가장 잘 보여주는 것이 바로 신경숙의 문체이다. 신경숙의 문체는, 마치 연못 속에 던져진 돌의 파문처럼, 어떤 사건이 작중인물의 마음속에 불러일으킨 상처들의 내밀한 무늬들을 그려나감으로써 마음속에 새겨진 상흔을 끊임없이 반추하고 그 상처의 의미를 되새김질한다. 따라서 신경숙의 작품에서 외부적인 사건들은 대개 이처럼 내밀한 마음속의 상흔들을 통해서 간접적으로 드러날 뿐이다. 특히, 앞에서도 말한 바, 아름다움에 대한 거의 기질적이라 할 정도의 욕망을 담고 있는 신경숙의 문체는 종종 산문의 자리를 넘어서 시의 자리로 옮아가려는 욕망을 숨기지 않는데, 서사적인 이야기 구조만을 따라 진행되는 소설들에 익숙해져 있는 독자들에게 신경숙의 소설이 쉽사리 읽히지 않는다면, 그것은 아마도 이러한 이유 때문일 것이다. 즉 신경숙의 소설에서 대개의 문장들은, 시에서 언어들이 사용되는 방식과 유사한 형태의 암시성과 독특한 비유적 울림을 지니고 있기 때문에, 문장들 하나하나가 독자들의 풍부한 정서적 감응을 요구하는 측면을 지니고 있는 것이다. 문장들 속에 내포되어 있는 그 풍부한 시적 속성들 때문에, 신경숙의 언어들은 겉으로 보여지는 부분보다 그 내부의 의미 공간이 훨씬 넓은 편이다. 신경숙의 소설들에서 언어는 언어 그 자체의 독립된 지시적 의미로 고정되기보다, 각각의 언어들로부터 퍼져 나가는 정서적 울림의 동심원들이 끊임없이 서로 부딪치고 겹쳐지면서 작품의 내부에 신경숙 소설 특유의 아련하고 쓸쓸하고 허망한 의미의 내면 공간들을 만들어내는 것이다.

　신경숙의 첫 소설집인 『겨울우화』는 이미 신경숙 소설의 이러한 모든 특징들을 매우 뚜렷하게 보여주는 작품들로 이루어져 있다. 이 책에 실린 작품들은 대부분 그들에게 커다란 상실감을 안겨준 과거의 추억을 쓸쓸하게 반추하면서, 끊임없이 그 상실감의 주변을 서성이는 작중인물들의 어두운 마음의 행로를 그리고 있는데, 작품 속에서 그 상실감은 가족의 실종 혹은 죽음 등으로 인한 가족 관계의 훼손이나, 사랑하는 연인들 사이에서의 비극적인 사랑의 관계 등, 작중인물들이 놓인 불행한 삶의 정황들과 긴밀한 관계를 맺고 있다. 특히 이러한 상실감의 중심에 가족의 문제가 매우 중요한 비중으로 자리잡고 있다는 것은 『겨울우화』에 실린 작품들의 한 특징적인 현상이라고 할 수 있다. 이를테면 「지붕과 고양이」에서 원희의 삶은 오빠의 가출 및 아버지의 죽음으로 인한 가족 내부의 쇠락의 분위기 속에 놓여 있고, 「황성옛터」의 여성 화자는 오빠의 죽음과 그 충격을 극복하지 못하는 아버지의 고통 속에서 심리적 괴로움을 당하고 있으며, 「어떤 실종」에서 딸과 아버지 사이의 쓸쓸한 관계를 불러오는 것 역시 오빠의 죽음으로 인한 아버지의 좌절된 삶이다. 또한 「밤고기」의 양희는 학생 운동에 참가했다가 경찰에 쫓겨 골방으로 숨어든 오빠와, 가출했다가 실종되어버린 절름발이 언니로 대표되는 불행한 가족 관계 속에서 성장기를 보내며, 「등대댁」에서의 등대댁은 큰아들의 죽음과 그로 인한 남편의 실성이라는 불행한 사건을 겪으며 고통스러운 생존을 이어나간다.

　신경숙의 소설들이 대체로 가족에 대한 집착을 남달리 강하게 보여준다는 점을 감안한다면, 이들 작품에서 작중인물들이 겪는 상실감의 많은 부분이 가족 관계의 훼손과 긴밀한 관계가 있는 것으로 그려진다는 것은 한 번쯤 음미해볼 만한 가치가 있을 것이다. 인간이 태어나자마자 처음으로 소속되게 되는 사회적 1차 집단으로서의 가족이 경쟁적 이해 관계에 바탕을 둔 이익 집단의 성격보다 혈연적 원초성에 뿌리를 둔 애정 결합체로서의 성격을 강하게 내포하는 것이라면, 신경숙의 소설에서 나타나는바, 가족에의 집착과 짝을 이루는 가족의 훼손으로 인한 극심한 심리적 상실감이 보여주는 것은, 가족이라는 원초적인 집단의 힘이 더 이상 개인의 평화롭고 안온한 삶을 보호해주지 못하는 비극적 현실에 다름아닐 것이다. 물론 작품 속에서 이러한 가족 관계의 훼손이 야기되는 것이 반드시 어떤 뚜렷한 외부적 현실의 압력 때문인 것으로 그려지는 것은 아니다. 「어떤 실종」이나 「밤고기」의 경우, 오빠의 죽음이나 구속이 80년대를 들끓게 했던 일련의 정치적 사건의 틈바구니에서 이루어진 것으로 암시되고 있기는 하지만, 그러한 정치적 의미의 파장은 작품 속에서 매우 소극적으로 처리되고 있을 뿐이다. 오히려 이들 작품의 전체적인 맥락에서 보다 두드러지는 것은 개인의 삶을 어쩔 수 없이 무기력한 체념 속으로 이끌고 가는, 운명의 힘과도 같은 정체를 알 수 없는 삶의 부정적인 비의(秘意)에 대한 두려움과 불안이다. 결국 가족 관계의 훼손으로 인한 이러한 상실감 속에서 우리가 발견하게 되는 것은 더 이상 사랑으로 보호받지 못한 채, 낯설고 거친 세계 속에 던져져 있다는 주인공들의 삶에 대한 막연한 두려움이나 불안감이다. 신경숙의 인물들이 보여주는 미묘한 심리적 동요와 머뭇거림 속에 숨어 있는 것 또한 그들을 둘러싼 낯선 세계에 대해 느끼는 그 두려움과 불안감에 다름아닐 것이다. 이들이 쇠락해 가는 가족의 일원으로 이러한 훼손의 과정을 지켜보면서, 가족의 훼손을 자신이 감당해가야 할 삶 자체의 훼손으로 받아들이는 쓸쓸한 상실감을 온 마음으로 앓고 있다. 결국 어머니의 자궁 이후 삶의 마지막 보호막인 가족의 붕괴가 가져다주는 두려움과 공포는 이들의 의식 속에서 인간의 삶이 자신이 어찌할 수 없는 힘에 의해 운명 지워져버리고 만다는 절망적인 인식으로 이어지면서, 단순한 가족 관계의 상실이라는 차원을 넘어서, 끊임없이 그들의 삶 속으로 엄습해들어오는 보다 근본적인 존재론적 차원의 상실 의식으로 확대되어나간다. 신경숙의 소설에 등장하는 인물들의 의식을 끊임없이 사로잡고 있는 짙은 허무감은 바로 이러한 상실 의식에 그 뿌리를 내리고 있다고 할 수 있다. 희망도 열정도 없이 모래알처럼 바스라져버리는 삶에 대한 절망감과 무력감은 이들로 하여금 삶의 매 순간마다 어쩔 수 없이 무의미한 생의 텅 빈 동공과 대면하게 하는 것이다.

그런데 앞서 말한 바, 이러한 훼손된 가족 관계로 인한 상실감이 외부 세계에 대한 보다 근원적인 두려움이나 공포를 포괄하는 의미를 지니는 것은 이들 작품들이 지닌 미묘한 성장소설적 구도와 일정한 연관이 있는 것으로 보인다. 「지붕과 고양이」나 「밤고기」의 경우, 가족 관계의 훼손이 이루어지는 과정은 삶과 세계에 대한 자의식에 눈떠가는 주인공의 성장 과정과 일치하는데, 주인공의 성장 과정 속에 내재해 있는 이러한 훼손된 삶의 조건들은 이들로 하여금 자신을 둘러싼 세계와 근본적인 불화 관계에 놓일 수밖에 없게 하는 주요한 요인이 된다. 실상 신경숙의 인물들은 대부분 타인들과의 삶 속에 온전하게 섞여들거나 현재의 삶 속으로 적극적으로 뛰어들지 못하고, 끊임없이 삶의 외곽으로 떠돌면서 고통스럽게 부유하는 정신적 미아들이다. 이들은 현재의 삶을 꽉 움켜잡지 못하고, 과거의 상처를 괴로워하면서도 과거의 상처에 매달려서, 과거의 추억을 부둥켜안고 사는 사람들인 것이다. 현재의 삶이란 이들에게 다만 추억을 불러들이는 계기만을 제공해줄 뿐, 이들의 내면을 지배하고 있는 것은 현재의 삶이 아닌, 고통과 괴로움도 그리움의 빛깔로 물들어버린 지나간 삶의 잔상들일 뿐이다. 따라서 이들 작품 속에서 우리가 계속해서 마주치게 되는 것은, 낯선 외부 세계에 대한 항상적인 두려움과 훼손되기 이전의 삶으로 돌아갈 수 없다는 상실감 속에서 추억 속으로 끊임없이 회귀하는 이들의 쓸쓸한 내면 풍경이다. 그 쓸쓸한 내면 풍경 속에 깃들인 짙은 허무감 속에는 미래에 대한 어떠한 희망도 엿보이지 않는다. 다만, 그 허무감 위에 얹혀진 훼손된 삶의 비극적 무게를 지탱해주는 것은, 그 희망 없는 삶조차도 아름답게 견디려는 미학적 욕망일 뿐이다. 이들이 끊임없이 추억에 매달리는 것 또한 이 욕망 때문인지도 모른다. 이들에게 추억이란 한때의 견딜 수 없었던 고통조차 아름다움으로 뒤돌아보게 하는 삶의 유일한 위안이므로……

　이 밖에도 『겨울우화』에는 사랑하는 연인들 사이에서 일어나는 정신적 방황을 그리고 있는 「겨울우화」나 「조용한 비명」과 같은 작품들, 하룻밤 동안의 여행을 통해서 죽은 친구와의 추억을 반추하는 「밤길」 등의 작품들이 수록되어 있지만, 이 책에 실린 작품들에서 특징적으로 나타나는 가족 관계에 대한 남다른 집착은 이들 작품이 다루고 있는 세계를 지나치게 좁고 폐쇄적인 것으로 만들고 있는 것이 사실이다. 뿐만 아니라 이들 작품의 대개가 한결같이 소극적이고 정태적인 분위기로 일관되어 있어, 전체적으로 다소 단조롭다는 느낌을 주는 것도 부정할 수 없다. 그러나 첫 창작집 이후에 발표된 작품들은, 신경숙 소설의 특징적인 현상들을 그대로 유지하면서도, 이전의 좁고 단조로운 성격에서 벗어나 그 소설 세계의 폭을 보다 더 다채롭게 넓혀가고 있다는 느낌을 준다. 신경숙의 두번째 창작집인 『풍금이 있던 자리』에 실린 작품들은 일단 첫 창작집보다 그 소재의 폭이 다양해지고, 소설 기술 방법을 새롭게 변화시켜 보려는 의욕적인 시도가 엿보일 뿐만 아니라, 작중인물의 내면묘사에서도 그 정태성과 폐쇄성이 상당히 극복된 모습을 보여주는 것이다. 그와 동시에 신경숙 특유의 시적인 문체가 지닌 아름다움을 비롯해서 작품 전체의 정서적 환기력 또한 이전보다 더 풍부해진 듯하다.

『풍금이……』의 표제작인 「풍금이 있던 자리」는 신경숙 특유의 문체의 아름다움이 가장 탁월하게 발휘된 작품 가운데 하나로 손꼽을 수 있을 것이다. '사랑하는 당신'에게 보내는 편지 형식으로 되어 있지만, 사실은 작중화자의 독백에 가까운 진술 형태를 보여주고 있는 이 작품에서, 사랑의 선택 앞에서 하염없이 주저하고 망설이는 작중화자의 내면 상황은 다음에서와 같이 문장 그 자체의 호흡으로 녹아들어 보다 직접적인 문체적 감각으로 전달된다.

강물은…… 강물은, 늘…… 늘, 흐르지만, 그 흐름은 자연스러운 것이지만, 어찌된 셈인지 제게는 그 강과 함께 흐르기로 마음 먹는 일이 제 심연의 물을 퍼주고야 생긴 일임을, 아니예요, 이런 소릴 하는 게 아니지요. 다만, 어떻게 하더라도 제게 어찌할 수 없는 아픔이 남는다는 걸 알아주시…… 아니예요, 아닙니다.

쉼표와 말없음표 사이에서, 힘겹게 이어지고 있는, 아니 힘겹게 끊어지고 있는 위의 문장에서는, 자신의 말이 결국은 상대에게 아무런 이해도 얻지 못하리라는 단절감과, 이와 같은 고통스러운 마음의 방황이 결국에는 나 혼자만의 것으로 남을 것이라는 작중화자의 쓸쓸한 자각과 더불어, 작중화자의 사랑 속에 드리운 어둡고 절망적인 운명의 무게가 그대로 배어나온다. 어린 시절에 겪은 짧은 삽화를 통해 자신의 사랑이 몰고 올 비극적인 일들을 예감하면서, 나의 사랑으로 인해 타인이 겪게 될 불행을 사랑을 잃는 내 자신의 불행으로 감당하려는 작중 화자의 외로운 견딤의 자세는 단순히 사랑하는 사람과의 헤어짐으로 인한 고통을 감내하려는 태도만이 아니다. 그 속에는 고통의 감내라는 차원을 넘어서는, 사랑의 미학적 승화를 향한 작중화자의 보다 능동적인 사랑의 자세가 내포되어 있다. 작품의 작중화자가 선택한, 세속적인 소유의 개념을 뛰어넘는 사랑, 그것은 사랑의 실패가 아닌, 사랑의 진정한 완성을 의미하는 것일 터이기 때문이다. 작품의 마지막 부분은 세속적인 사랑의 욕망을 버리는 오랜 방황의 시간 후에 마침내 평온을 되찾은 화자의 마음속에서, 고통스러운 사랑의 체험이 삶에 대한 건강한 애정으로 승화되어가는 모습을 다음과 같이 아름답게 표현하고 있다. 물론 사이사이의 말없음표에는 여전히 이전의 힘겨웠던 사랑의 여운이 숨겨져 있기는 하지만……

이 글을 당신께, 이미 거기 계시는 당신께 부칠 필요 이제 없겠지요. 그래도…… 까치, 까치 얘기는 쓰렵니다. 이 마을에 온 첫날 그렇게 부지런히 둥지를 틀던 까치가 새끼 세 마리를 낳았더군요. 〔……〕 세 마리 모두 다 어미가 먹이를 물어오니까 서로 밀치며 소란스럽게 한껏 입을 벌리는데, 입 속이 온통 빨갛…… 새빨갛어요. 그 새끼 까치들이 날갯짓을 할 무렵이면 이곳도, 여기 이 고장에도 초여름, 여름……이겠지요. 저기 저 순한 연두색들이 짙어, 짙어져서는 초록이, 진초록이…… 될 테지요. 그때쯤엔, 은선이라는 당신 아이 이름도 제 가슴에서 아련해질는지, 안녕.

「해변의 의자」는 첫 창작집에 실린 「조용한 비명」과 유사한 분위기를 가지고 있는, 매우 시적이고 아름다운 작품이다. 작품은 작중화자가 한 장의 사진을 보며, 어느 해 여름 친구와 함께했던 해변 여행에 대한 아련한 추억을 회상하는 형식으로 되어 있지만, 작품 중간중간에 삽입되어 있는 "꿈이었나?"라는 구절은 그 해변 여행이 실제로 있었던 여행이 아닌, 환상 속의 여행이었을 수도 있음을 암시한다. 실제로 이 작품 속에서 묘사되는 인물들은 마치 투명한 햇살 속으로 곧 증발해버릴 공기 방울이나, 금방이라도 바스라져 흔적도 없이 사라져버릴 마른 나뭇잎처럼, 현실감의 부피를 거의 지니고 있지 않다. 특히 작중화자와 함께 해변 여행을 떠났던 친구의 모습은 화자의 기억 속에서만 존재하는, 한 시절의 욕망의 흔적, 혹은 이미지로서 나타날 뿐이다. 마치 꺼져가는 삶의 희망처럼, 나의 뺨을 윤기와 붉은 생기로 충만케 하던 친구의 모습은 그 해변 여행과 더불어 "내 뺨을 통과하려는 숨"처럼 흔적 없이 스러져버리고,

나에게 남은 것은, "너를 찍었으나 바다와 말벌과 구릉과 수국"만이 찍혀 있는 쓸쓸한 사진 한 장일 뿐이다. 그 해변의 모래밭에서 네가 사라진 후, 나의 뺨은 시들고, 나에게는 일상 속에서 끊임없이 마모되어갈 뿐인 모래 위의 '조용하고 텅 빈' 삶만이 찾아들 뿐이다. 그렇다면 작중화자인 내가 이토록 안타까이 추억하는 너는 누구인가? 바스라진 존재의 흔적, 혹은 삶 속에 일상의 메마른 죽음이 깃들이기 전, 진정 살아 있음으로 충만했던 한 시절의 나의 모습인가? 세월 속에 사라져버린 지난날의 생생했던 희망인가?「해변의 의자」는 이러한 물음들을 통해서, 덧없이 스러져버리는 삶의 돌이킬 수 없는 상실감이나 허무감을 가슴을 찌르는 듯한 슬프고 아름다운 이미지들로 우리에게 제시해준다.

「직녀들」 또한 「해변의 의자」나 「그 여자의 이미지」 등과 마찬가지로 지금은 사라져버린 삶의 흔적, 혹은 이미지를 찾아가는 작중 인물들의 추억 속으로의 여행을 그리고 있다. 그러나 이들 작품이 대개 한 인물의 내면 속에서 일어나는 상념을 따라서 추억의 정교한 이미지들을 구축해나가는 것과는 달리, 「직녀들」은 여행에 참가한 여러 인물들의 외부적인 행적에 대한 묘사를 중심으로 작품이 진행되어나가는 특징을 보여준다. 특히 이 작품에서 이들에게 해변으로의 여행을 결행하게 하는 실질적인 계기를 제공해준 이숙의 죽음은 「밤길」이나 「멀리, 끝없는 길 위에」 등의 작품들에서 되풀이 나타나는 신경숙 소설의 중심적인 모티프라고 할 수 있다. 따라서 이들 작품에서 이숙이라는 인물이 지니는 의미를 살펴보는 것은 신경숙의 작품 세계를 보다 잘 이해하기 위해 매우 유용한 절차일 것으로 여겨진다.

「밤길」의 주인공이 잡다한 일상사의 틈바구니에서 이숙의 죽음에 관한 소식을 접한 후, 문득 야간열차를 타고 고향인 J시로 내려가는 것과 마찬가지로, 「직녀들」의 작중인물들 또한 이숙의 죽음 후에, 이숙과의 추억이 어린 장소인 해변가로 떠난다. 그들의 떠남은 결국 이들이 이숙의 죽음을 살아 있는 자신들이 감당해야 할 고통스러운 삶의 몫으로 받아들이는 몸짓에 다름아닌데, 그러한 과정이 일상사로부터의 벗어남이라는 여행의 과정을 통해서 제시되고 있다는 것은, 이숙이라는 인물의 죽음이 일상적인 삶의 현실에 끝끝내 적응할 수 없었던 한 순결한 영혼의 죽음이라는 점을 생각할 때, 특별한 의미를 지니고 있는 것으로 보인다. 이숙의 죽음은 무엇보다도 이들에게, 이들이 지금까지 그런대로 잘 적응해왔다고 믿어온 일상적인 삶의 의미를 고통스럽게 되돌아보게 하는 계기로서 다가오는 것이다. 이들이 지금까지 몸담아왔던 일상적인 삶의 성격이 어떠한 것인지는, 「직녀들」의 작중인물들이 지니고 있는 호칭을 통해서도 그대로 드러난다. 이들은 모두 자기만의 고유명사를 가지고 있지 못한 채, '담배를 피우는 C,' '강아지를 사랑하는 S,' '늘 저기에 대한 말을 하는 P' 등의 기호로 불리워지거나, 상황의 변화에 따라 '운전대를 잡고 있는 O,' '배고픈 O,' '맥주를 마시는 O' 등의 가변적인 이름으로 불리워지는 것이다. 이들을 지칭하는 이러한 이름들은, 이들이 기호와도 같은 텅 빈 지시성만을 지니고 있을 뿐, 자기만의 고유한 삶의 정체성을 지니지 못한 무의미한 일상을 살아가고 있음을 암시한다. 이들은, 이숙과는 달리 일상적인 삶 속에서 살아 남았지만, 그것은 결국 일상과의 타협, 즉 희망 없는 일상의 불구성을 담보로한 살아 남음이었을 뿐이다. 따라서 이들이 해변으로의 여행을 통해서 만난 것은 기실 이숙과의 추억이 아닌, 지나간 시간 속에서 끊임없이 망가져왔을 뿐인 그들 자신의 무미건조한 삶의 모습들이었을 뿐이다. 따라서 작품의 결말 부분에서 이들이 이숙과의 추억의 장소에서 끝내 일상의 삶 속으로 복귀하지 못하고 좌초하고 마는 것은 이들의 마모된 일상 속에 스며들어와 있던 죽음의 한 상징적 귀결일 것이다.

「멀리, 끝없는 길 위에」에서도 역시 이숙에 대한 추억은 작품의 중심적인 모티프로 다루어지고 있다. 이 작품은 몇 개의 파편화된 이야기 단위들을 흐트러뜨리고 모으는 방식을 통해서, 63년생인 작중화자가 개인적으로는 20세에서 30세에 이르기까지, 그리고 사회적으로는 80년대에서 90년대에 이르는 기간 동안 살아온 삶의 모습을 그리고 있다. 작중화자가 대학의 문예창작과에서 만난 이숙이라는 친구의 이야기를 중심으로, 80년대의 변혁 운동을 지켜보면서 느낀 화자의 마음의 갈등, 한 시인의 죽음, 외국으로부터 걸려오는 낯선 전화 등, 이 작품을 구성하고 있는 각각의 파편화된 이야기 내용들은, 작품 전체의 분위기를 지배하고 있는 작중화자의 지나간 시절에 대한 회한어린 어조와 더불어, 삶의 쓸쓸함에 대한 자각과 그럼에도 불구하고 '멀리, 끝없는 길 위에'서의 삶을 계속 이어갈 수밖에 없다는 외로운 자기 확인으로 수렴되고 있다. 특히 작중화자가 80년대 변혁 운동의 분위기에 심리적으로 휩쓸려다니는 동안, 세계와의 불화를 끝내 이기지 못한 채 자살한 이숙의 죽음은, 20세에서 30세로 넘어가는 작중화자 자신의 한 시절의 마감과 더불어 80년대에서 90년대로 넘어가는 한 시기의 마디에 깊은 존재론적 비극의 여운을 드리운다. 순결했던, 그리고 그 순결함 때문에 세상에 대한 두려움과 외로움을 자신의 고통스러운 삶의 무게로 짊어질 수밖에 없었던 이숙의 삶은 바로 그녀가 지니고 있었던 거식증과 사라진 공룡에 대한 유별난 집착으로 상징된다. 이숙이 자신의 내면에서부터 근본적인 불화를 떠안을 수밖에 없었던 80년대의 현실, 그것은 바로 공룡을, 그리고 이숙 자신을 추위와 굶주림으로 죽어가게 했던 세계였던 것이다.

　나는 꿈을 꾸어. 백악기의 낙원, 늪에 수련이 가득한. 그 속에 공룡과 내가 함께 풀을 뜯어먹고 있는 꿈. 빛으로 가득한 낙원에 수련과 나와 공룡이 있는 거야. 나는 믿어지지가 않아. 그 낙원에 어떻게 해서 거대한 운석이 낙하했다는 것인지, 어떻게 해서 그 대낮들이 암흑의 밤이 되고 기온이 급강하했다는 것인지, 어떻게 해서 그 따뜻한 곳에 며칠 사이에 영하의 기온이 대륙을 덮었다는 것인지, 수련과 나와 공룡이 잠시 죽은 여름 속에 끼어 죽음의 겨울 속에서 빙하가 되는 꿈…… 우리 위로 쌓이는 미세한 먼지, 먼지들. 깨어나보니 낙원이 사라져버린 거야. 불모의 땅. 수련의 자리는 썩고, 초목들은 땅 위로 무너져버리고 아아, 먼지들. 차라리 깨어나지 말 걸. 그렇게 추웠었나? 평원에 깔린 공룡들의 시체, 먹을것을 찾아 헤매는 젊은 공룡…… 굶어죽은 거야.

이숙의 죽음과, 이제 사라져버린, 아무것도 달라지게 할 수 없었던 80년대의 변혁 운동의 열기는, 마치 누군가를 애타게 찾지만, 끝내는 아무도 찾지 못할 전화 속의 공허한 이국 여인의 목소리처럼, 작중화자에게 63년생이 감당할 수밖에 없는 삶의 비극적인 상실감의 무게만을 쓸쓸하게 확인시킨다. 결국 이 작품은 80년대가 남긴 변혁 운동의 상흔을 이숙의 비극적인 삶과 죽음이라는 추억의 자장 안에 놓음으로써, 단순히 시대적 상황의 문제를 넘어서는, 인간의 보다 근원적인 존재론적 삶의 문제들에 대한 우울하고도 깊이 있는 성찰의 시간들로 우리들을 이끌고 가는 것이다.

「배드민턴 치는 女子」 또한 폭력적인 외부 세계로부터 상처받은 내면의 좌절과 고통을 들려주고 있다. 낯선 남자로부터 어느 날 우연히 사랑의 고백을 들은 후부터 시작된 주인공의 심리적 방황은, 그녀에게 최초로 타인에 대한 사랑 및 그 사랑의 배신을 체험케 했던 어린 시절 미나리밭에서의 기억과 맞물리면서, 주인공의 삶 속에 실현되지 않는 좌절된 사랑의 쓰라림을 불러온다. 주인공의 마음속에 찾아든 순수한 사랑의 욕망과 그 사랑을 받아주지 않는 무심한 타인들의 세계 사이에는, 아무 일도 없이 뜨거운 태양만이 내리쬐였던 지난 여름, 식물들의 숨소리만을 들으며 보냈던 화원에서의 한 시절과, 은밀하게 홀로 글쓰기를 향한 욕망을 키워가는 주인공의 외로움이 있다. 타인들에게 이를 수 없는 사랑의 욕망은 결국 주인공의 내면에서 "따라갈 수 없는 서러움. 닿아볼 수 없는 안타까움. 먼, 멀디먼 그리움"이 되어, 삶에 대한 항상적인 결핍감으로 자리잡는다. 주인공이 자신의 어린 시절을 스쳐갔던 미나리밭의 영상이나 무심히 던져진 한마디의 사랑의 고백에 끊임없이 집착하는 것은 모두, 주인공의 텅 빈 마음의 결핍감이 만들어낸 부재하는 것에의 고통스러운 갈망 때문일 것이다. 그러나 주인공의 그러한 갈망을 받아주는 것은 최로 대표되는 현실의 폭력일 뿐이다. 최는 그녀의 사랑을 거친 욕망으로 짓밟아버리는, 사랑이 존재하지 않는 불모의 현실 그 자체인 것이다. 결국 최로부터의 짓밟힘 후에 온몸을 찢기면서 포크레인 위로 올라가, 포크레인 위에 남아 있던 흙으로 자신의 온몸을 매장하는 그녀의 행동은 그 볼모의 현실에 대한 마지막 눈물겨운 저항의 몸짓으로 다가온다. 마치 어머니의 자궁 속에 몸을 묻듯이 그녀는 스스로를 매장함으로써 편안한 죽음의 안식으로 돌아가려 한 것일까? 그렇다면 그녀가 마지막으로 남은 힘을 짜내어 무엇인가를 꾹꾹 적어보려 했던 몸짓은 또한 무엇이었을까? 그것은 죽음의 안식을 향한 그 욕망에마저 저항하려 했던, 끝까지 포기할 수 없었던 삶에 대한 그녀의 마지막 희망의 안간힘이 아니었을까?

『풍금이……』에는 이 밖에도 중동 지역의 사막에서 근무하는 두 명의 남자를 등장시켜, 닿을 수 없는 신기루와도 같은 생의 의미를 좇으며 흔적도 없이 바스라져버리는 존재의 모습을 공허하게 반추해보는 「멀리 있는 산」이나, 벙어리 형제가 겪는 사랑의 좌절과 고통, 죽음 등을 통해서, 이들이 세계에 대한 자신의 순수한 사랑을 죽음으로 거두어갈 수밖에 없었던 불구의 현실을 가슴 아프게 일깨워주는 「새야새야」, 한 마리의 개가 화자로 등장해서 현실에 안주하지 못하는 주인공의 정신적 방황의 이야기를 들려주는 「저쪽 언덕」 등의 작품들이 실려 있다. 이 모든 작품들은 한결같이 지금 여기에서의 죽어가는 황량한 삶이 아닌 다른 모습의 삶, 진정 살아 있음의 생기로 충만했던 삶을 꿈꾸면서 좌절해가는 인물들의 쓸쓸한 내면 풍경을 보여주고 있다. 과거의 잃어버린 삶의 환영에 시달리며, 흐르는 시간의 공허와 허무를 어쩔 수 없는 존재의 질곡으로 짊어지고 살아갈 수밖에 없는 이들에게 삶이란 어쩌면 텅 빈 부재의 다른 이름에 지나지 않는 것인지도 모른다. 마치 손가락 사이로 빠져나가는 시간의 메마른 모래알들처럼, 끊임없이 부재의 느낌만이 한때 이들을 스쳐갔던 삶의 유일한 흔적으로 남겨지는 삶…… 과거를 향해 젖어 있는 이들의 공허한 눈동자 속에 희미하게 어른거리는 사라진 삶의 열정들, 혹은 그 열정의 무늬들…… 그렇다면 신경숙의 소설들을 통해서 우리가 가슴 저린 고통으로 만나게 되는 것은 결국 열정도 사랑도 없는 시간 속에서 무의미한 허우적임을 계속하는 우리 자신의 메마른 실존의 모습들이 아닌가?

신판 해설

나는, 나를…… 그리고 너를……

김예림

1. 그 순간

신경숙의 『풍금이 있던 자리』는 순간에 대해 이야기한다. 기나긴 생 가운데, 불현듯 튀어 오르는 응축된 한순간, 그 강도와 밀도에 관해 끊임없이 읊조리면서, 『풍금이 있던 자리』는 순간이라는 의미 지점을 떠나지 않고 절실하게 돌고 있다. 모네의 수련에 관해 한 편의 글을 시작하면서 바슐라르는 이렇게 썼다: "수련은 여름꽃이다. 그것은 여름이 다시 돌아오지 않으리라는 것을 의미한다." 만개한 여름꽃은 역설적이게도 여름의 끝, 결국은 자기의 끝을 알리면서 그토록 한껏 펴 있다. 피어 있는 수련은, 앞으로는 더 이상 피어 있지 않을 자신의 미래까지도 안고 있는 것이다. 피어남을 통해 자기와 자기 아닌 것, 지금 존재하는 자기와 앞으로 사라져버릴 자기를 한꺼번에 체현하고 있는 수련은 그러므로, 너무나 팽팽해서 오히려 고요한 긴장이다. 수련은 우리가 체험하는 순간—순간성의 완벽한 표상물이 아닐까. 생의 어떤 한순간은 그 이후의 시절들에 내내 영향 미칠 만큼 결정적일 수 있다. 순간이 지닌 엄청난 현재성과 현실성에 압도당하는 찰나, 그 순간 이후의/사후의 사태 또한 내 존재 깊이 등록되는 것이다. 한순간에, 무엇인가 일어나고 동시에 예기된다. 순간은 그래서 얼어붙은 듯 조용하지만 운명적이거나 치명적으로 뜨겁다.

『풍금이 있던 자리』를 관통하고 있는 것은 이와 같은 순간-순간성에 대한 예민한 의식이다. 작가를 따르자면, 순간 이후의 생이란 뜨거운 찰나적 경험이 남긴 파문이다. 순간-순간성을 향해 경도되어 있다는 것은 근본적으로 시간의 작은 단위들을 동일한 것으로 균질화시켜버리는 틀을 거부한다는 것이다. 어떤 경로를 거치든 신경숙이 긍정하게 되는 것은 시간의 나른한 수평선(다시 바슐라르의 말을 빌리자면 이는 '지속'이다)을 일거에 끊어버리면서 돌출하는 한순간이며, 그것이 새기고 간 긴 여운이다. 왜 하필이면 그 순간이고 그때인가. 여기에 어떤 논리적인 이유가 있는 것은 아니다. 어떤 단계도 갖지 않은 채, 단숨에 돌발하는 순간. 일상의 상투적인 인과율을 뛰어넘어 생을 건드리는 순간-순간성의 본질은 다음과 같은 장면을 통해 나타난다.

예! 허지만 그건 거짓말이 아니오. 증말로이 질갱이꽃이 너머 하얘서 광주릴 내려놓고 온 것이오. 낸 고날을 결코 잊을 수가 없어라오. 낸 가끔 그날이 까마득히 기억이 안 나기도 하고, 차라리 고날이 내 죽음의 날이었기를 바래지기도 허고 그라요(「그 女子의 이미지」, p.120).

"수북히 핀 꽃이 희어도 너무 희어서 〔……〕 광주릴 내려놓고 단봇짐도 없이 철둑 나무칸을 딛고 한없이 밀려"오는 일. 마찬가지 질문을 던질 수 있으리라. 왜 하필이면 '너무도 흰 꽃' 때문에 그녀는 그렇게 한없이 걸었나. 광주리를 내려놓고 걸어온 행위에 상식적으로 합당한 이유는 없다. 그러나, '합당'한 이유는 없어도 절절한 근원은 있는 법이다. 우리의 생에서 순간—순간성이란 이런 것이다.

『풍금이 있던 자리』가 처음 발표되었던 시기를 참조하자면, 순간—순간성의 발견을 바탕으로 그려진 신경숙의 생의 풍경화는 80년대적 소설의 지평이 개별 존재의 내적 시간을 향한 섬세한 심미적 탐색에 자리를 내주는 장면을 담고 있다. 하지만 순간—순간성을 중심으로 형성된 시간의 모양, 생의 구도가 갖는 함의는 작품 내부로 들어가서도 찾아낼 수 있을 것이다. 이것은 신경숙 작품에 전반적으로 드리워져 있는 심미적 지향을 설명할 수 있는 지점이기도 하다. 응집된 강렬성으로서의 한순간이 남아 있는 시간 전부를 그 순간에 따르는 깊은 여운으로, 흔적으로 만들어버린다는 설정은 인간의 생 자체를 극적으로 심미화하고 있다. 상습적인 인과론, 부주의한 계기성으로 순간순간을 거듭거듭 망각해버리는 과정이 곧 일상이고 현실이라면, 이렇게 유실되고 버려지는 순간들을 잡아채어 그 의미를 내보이는 것이 바로 문학이다. 하지만 이 점은 좀더 특수하고 개별적인 차원에서 이해되어야 할 것이다. 일반적으로 많은 소설적 인식들이 고도로 응축된 시간으로서의 순간—순간성에 특별한 애착이나 경사를 보이는 것은 아니다. 그런 점에서 순간—순간성의 의미자리를 꼬옥 움켜쥐고 있는 신경숙의 소설은, 생의 시간을 미적으로 형식화하려는 의지가 첨예하게 강화되고 특화된 경우라 할 수 있을 것이다. 그녀는 구분 없이 섞여 있는 시간의 뭉텅이에서 사금파리처럼 반짝이는 파편인 순간이란 것을 찾아내고 그것의 절절한 존재감을 환기시킨다. 순간은 갑작스레 다가와서 존재에 영원한 자국을 남긴다. 생의 시간은 본래 날카로운 순간의 체험을 갖는 것이며 그 장(場) 안에서 울리고 울리는 것이다. 우리의 생은 원래 이러하다. 시간은 그냥 흘러 사라져버리는 것일 수 없으며, 생은 결정적인 한순간을 겪고 바로 이 순간에 의해 모양지어진다. 생의 구도와 시간의 질감을 압축시켜 드러내면서 그녀는 이렇게 말하고 있는 것이다.

한순간의 격렬함과 그것이 초래한 미세한 진동에 대한 작가의 집요한 관심 때문에 『풍금이 있던 자리』는 거의 대부분 아련한 슬픔과 아픔의 기록으로 짜여지게 된다. 어떤 결정적인 순간이 한 존재의 시간에 오래도록 지워지지 않을 흔적을 남긴다는 설정은 참으로 묘한 애상감으로 생을 감싼다. 더구나 한순간의 결정적인 맞닥뜨림이 신경숙의 경우에서처럼 단지 행복의 체험만을 의미하는 게 아닐 때에는, 더욱 그러하다. 그녀의 작품은 순간-순간성을 통해 생과 존재의 충만함에 대해 이야기하기보다는 그 충격과 함께 시작된 심연의 둔중한 흔들림에 대해 훨씬 더 많이 이야기한다. 생의 모양이 결여와 상실의 아픔으로 세심하게 다듬어지면서 슬프도록 아름다운/아름다울 정도로 슬픈 것으로 응결되는 것도 이 과정에서이다. 슬픔과 아름다움을 순반응시키는 것. 이것이 곧 고통의 심미화라면, 이는 생의 형상을 순간-순간성을 통해 포착하는 기술과 더불어 『풍금이 있던 자리』의 미적 지향을 증명해주는 또하나의 중요한 지점이라 할 수 있다.

생의 결정적인 한순간은 하나의 동일한 빛깔로 채색되지 않는다. 잠깐 동안에 주체는 너무 많은 것을 체험할 뿐만 아니라 너무 강렬한 것을 체험한다. 결국 이 순간은 엄청난 혼란과 분열의 순간이 된다. 내 삶 전체를 일거에 흔들어버리고, 나의 현재와 미래까지도 전부 소환하고야 마는 그런 순간의 체험을 「풍금이 있던 자리」와 「배드민턴 치는 女子」는 또렷하게 보여주고 있다. 두 작품이 작가의식의 핵심적인 자리를 드러낸다면 그것은 이들이 존재를 빨아들이는 블랙홀과도 같은 순간—순간성을 다른 어떤 소설보다도 인상적으로 형상화하고 있기 때문이며, 나아가 한순간의 체험이 낳은 지속적인 파문으로서의 생이라는 서사를 생생하게 제시하고 있기 때문이다. 주체는 한순간에 어떻게 사로잡히는가. 그 이후 그들의 시간은 무엇을 의미하며 어떻게 지속되는가. "알에서 갓 깨어난 오리는 대략 12~17시간이 가장 민감하다. 오리는 이 시기에 본 것을 평생 잊지 않는다."「풍금이 있던 자리」의 프롤로그는 이렇게 끝난다. 그렇다면 「풍금이 있던 자리」의 나는 무엇을 겪고 "평생 잊지" 않는가. 내가 본 것은 "파란 페인트칠이 벗겨진 대문을 통해 우리집으로 들어" 온 "그 여자"였다. 갑자기 그러나 결정적으로, 나는 그 여자를 보고 만다. 그녀와의 만남은 예기치 못한 한순간에, 그렇게 일어났다.

저는 마루 끝에 엉덩이를 붙이고 앉아 누군가 열린 대문을 통해 들어와주기를 바라고 있었습니다. 그토록 간절히 바란 것으로 보면 어쩌면 어머니를 기다렸던 건지도 모릅니다. 바로 그때 그 여자가 나타났던 것입니다. 그 여자가 열린 대문으로 들어섰을 때 제 발끝에 매달려 있던 검정 고무신이 툭, 떨어졌습니다. 여자는 마당의 늦봄볕을 거느린 듯 화사했습니다. 그때까지 저는 그토록 뽀얀 여자를 본 적이 없었어요. 〔……〕 이렇듯 일에 찌들어 손금이 쩍쩍 갈라진 강퍅한 여자들만 보아왔던 것이니, 그 여자의 뽀얌에 눈이 둥그렇게 되었던 건 당연한 것이었는지도 모릅니다(「풍금이 있던 자리」, pp.13~14).

급작스러운 대면의 순간, 나는 지독한 혼란에 빠진다. 혼란은 궁극적으로 어디로부터 오는 것일까. 이 순간, 나는 왜 그토록 놀람과 충격에 응고되어야 했나. 이러한 질문들은 순간-순간성의 열기와 압력을 재는 데 필요할 것이다. 앞서 말했듯이, 결정적인 한 순간은 단색의 감정, 단층(單層)의 의식으로 표현될 수 없다. 양가 감정, 모순된 의식의 격한 충동과 비등이 순간-순간성의 내적 본질이다. 나의 흔들림은 물론 어머니와 그 여자 사이에서 일어난 것이지만 상징적 차원에서 따져보면 당위적인 것과 유혹적인 것 사이에서 일어난 혼란이고 또 지극히 평범한 것과 너무도 아름다운 것 사이에서 벌어진 착란이다. 나는 그 여자가 들어서는 순간, 갑작스레 출현한 불안한 아름다움 앞에서 얼어붙는다. 그녀의 아름다움은 나를 매혹시킨다. 그리고 그녀가 보여준 호의가 나를 갈증나도록 그녀 쪽으로 끌어당긴다. 하지만 이 유혹적인 자극 저편에, 깨져버린 평온과 균형을 잃은 일상이 있다. 어머니의 사라짐. 아름다운 그녀의 출현은 곧 어머니의 사라짐과 동일한 사건이기에 나는 매혹당하는 한편으로 왠지 모를 불안을 느끼는 것이다. 그 여자에 대한 사랑,

그 여자에게로의 끌림은 은밀한 죄의식(나는 그녀를 좋아해서는 안 됨에도 불구하고 좋아한다는), 두려움과 풀 수 없이 엉켜 있다. 이후 그녀의 생은 이 순간적 체험의 메아리가 되었고 멍울진 반복이 되었다. 그 여자의 예상치 못했던 등장으로 터져나온 복잡하고도 충격적인 순간은 내 존재의 심부, 내생의 현재—미래를 모두 압축하고 있는 결정적인 찰나였으며, 이후의 나는 이 순간의 장면에서 결코 벗어나지 않는다. 「풍금이 있던 자리」는 이처럼 생의 한가운데 찍힌 한 순간의 흔적을 나직한 목소리로 들려주고 있는 것이다.

한편 「배드민턴 치는 女子」는 아주 가벼운 잠깐의 스침이 주체의 내부에 얼마 만한 무게로 자리잡게 되는가를 매우 선명하게 보여준다. 이 작품은 작가가 인식하고 있는 순간—순간성의 인상적인 세밀화이기도 하고 그런 점에서 생의 말끔한 압축도이기도 한 것이다. "아무 연대감을 갖고 있지 못한 그 남자에게로의 이끌림"은 어느 순간 일어난 사소한 접촉으로 시작되었다. 그 일은 이렇게 벌어졌다.

헤어질 때 그는 자연스럽게 손을 뻗어 그녀의 팔에 내려놓았다. 그때 그도 느꼈을 것이다, 그녀의 팔 위에 돋아난 오소소한 소름들을. 추운가 보군, 그는 그녀의 팔을 쓸어내렸고, 소름들은 그의 손바닥에 쓸려내려갔다. 그 짧은 순간, 그녀는 울 뻔했다. 그 울뻔한 마음이 무엇이었는지 그 밤을 지내고 난 새벽에 나타났다 […] 권태로웠던 여름은 그녀에게 공허한 함정을 파놓고 떠났던 것이다. 갑자기 사랑이라니? (「배드민턴 치는 女子」, pp.165~66)

단 한 번의 쓰다듬으로 그녀의 이후 생은 바뀌어버린다. 걷잡을 수 없는 욕망도, 견딜 수 없는 상실감도, "그로 인한 슬픔"도 "한순간에 시작되었다." 그리고 그녀는 그 순간의 영향권에서 헤어나지 못한다. 남자의 손길은 당황스러운 것이었지만, 그녀의 몸과 마음 전체에, 방금 전까지만 해도 전혀 없었던 새 욕망과 원망들을 심어놓았다. 그는 얕게 장난쳤지만 그녀는 깊게 상처입었다. 한순간의 놀림이 그녀 안에 사랑과 욕망, 두려움과 상실감, 희망과 실망, 환희와 혼돈 같은 것들을 한꺼번에 잔뜩 피워놓았다. 작가는 '치명'적인 스침을 경험한 후에 인물이 겪는 내적 파동을 따라잡고 있다. 이처럼 한순간은 내내 견뎌야 할 시간을 주체에게 남겨두고 가는 것이다.

2. 그 이후

『풍금이 있던 자리』는 순간―순간성의 이야기이고 동시에 견딤의 이야기이기도 하다. 순간―순간성을 향해 움직이는 작가의 촉각은 칼날처럼 날카로운 한순간의 의미를 감지하는 동시에, 그 순간이 지난 후에 연속되는 시간에 대해서도 동일한 민감함으로 접근한다. 작가가 말하듯이 생이 한순간의 불꽃같은 점화와 그것이 남긴 식지 않을 열기로 이어진다면, 이러한 생의 상을 좀더 따라가보기 위해서 우리는 다음과 같이 두 번 물어야 할 것이다. 한 번은 그/그녀들은 생을 '왜 견디는가'라고, 그리고 또 한 번은 그/그녀들은 이것을 '어떻게 견디는가'라고 말이다. 견딘다는 표현은 주체에게 악의적이고 불리한 어떤 상황을 이미 전제하고 있다. 신경숙 소설들의 두

드러진 특징 중 하나는 이들이 주로 약한 자의 초상을 그리는 데 애정을 기울이고 있다는 점이다. 인물들은 사랑과 욕망에 있어서 약한 자이다. 이 점은 인물들이 왜 견디는 존재가 될 수밖에 없는지를 말해준다. 물론, 사랑과 욕망에 있어서 약하다는 사실이 인물들이 욕망의 상실자라는 것을 의미하지는 않는다. 오히려 이들은 뜨거운 욕망으로 늘 상기되어 있는 발열체이다. 문제는 그 욕망이 이루어지지 않는다는 데 있거나 또는 그/그녀들의 욕망이 종종 버려진다는 데 있다. 한 인물은 말한다: "너를 나 자신보다 더 사랑할 거야. 하지만 그앤 나와 반대였었나 보다." 원하지만 얻을 수 없을 때, 다가가지만 버림받을 때 그/그녀는 졸지에 약한 자가 되고 마는 것이다. 신경숙은 이 약한 자의 상처 입은 내면을 자상하게 구제하고 있다. 그녀 소설 속에 나오는 인물들만큼 착하고 순하며 여린 존재를 찾기란 아마도 쉽지 않을 것이다. 상처 입은 약한 자가 선하디선한 갈망의 담지자로 존재 부여되는 과정에서 과도한 감상성이 누출되긴 하지만, 이 지점은 작가가 천착하고 있는 독특한 인간상과 세계상이 생산되는 진원이기도 하다. 질투, 미움, 오기, 집착 그리고 이 복잡한 심정들을 관통하는 서러움과 슬픔. 넘쳐 흐르는 약한 자의 감정과 정서들. 물기를 많이 머금고 있다는 것, 그리고 그 물기를 은폐나 축소 없이 최대한 '곱게' 드러내려 한다는 것은 신경숙 소설의 가장 큰 특징이다. 그녀의 소설은 그래서 눈물의 시이기도 한 것이다.

  욕망의 대상을 얻지 못한 약한 자는 피로에 휩싸여 있다. 혼자 남겨졌다는 결핍감, 처절하게 거부당했다는 아픔이 그/그녀로부터 생기를 빼앗아간다. 그래서 「배드민턴 치는 여자」의 그녀는 "아주 타이트한 짧은 진치마 마래로" "미끈하"게 뻗은 "경쾌한 하얀 다리들"을 눈물을 흘리면서 바라보고만 있다. 배드민턴 치는 여자들의 약동하는 에너지는 욕망의 대상을 얻지 못한 채 자꾸 미끄러지는 그녀로서는 결코 가질 수 없는 것이다. 더구나 그녀들은 누군가의 욕망 어린 시선의 대상이 되고 있지 않은가. 언제나 욕망할 뿐 진정한 욕망의 대상이 되어본 적이 없는 그녀는 그래서 그녀들 앞에 음울한 그림자처럼 쪼그리고 앉아 있다. 「해변의 의자」의 너 역시 버림받은 고통으로 딱딱하게 굳어간다. 원하는 관계가 실현될 수 없음을 알고 있는 「풍금이 있던 자리」의 나는 수없이 더듬거리고 주저하면서 긴긴 이별의 의식을 홀로 치른다. 나는 부서지는 사랑 앞에서 슬픔으로 말/글을 잇지 못하지만 그럼에도 불구하고 계속 말한다/쓴다. 「새야 새야」의 큰놈은 도망가는 아내를 붙잡지 않는데, 그것은 그가 그녀를 원치 않기 때문은 절대 아니다. 간절히 원함에도 불구하고, 그녀가 달리 행복해질 수도 있음을 배려하기에 그는 붙잡지 않는 것이다.

 이미 부서진, 앞으로 부서질 관계 때문에 열병을 앓는 인물들은 신경숙의 작품에 무수히 등장한다. 그/그녀들이 누구이든, 이들이 한결같이 누군가를 지독히도 사랑한다는 점에서는 모두 동일인이다. 사랑은, 혹은 깨진 사랑은 이 세상의 모든 그/그녀들을 완전히 소진시킬 정도로 그렇게 치명적인 것인가. 『풍금이 있던 자리』는 반복해서 그렇다고 대답한다. 서사 표면에 종종 제시되고 있는 이성간의 사랑에 초점을 맞춰 이 대답을 되씹어본다면, 여기에는 분명 어떤 과장이나 과도함이 배어 있는 듯하다. 그러나 이성간의 사랑이 궁극적으로는 모든 인간적인 관계 맺음을 제유하는 것이라면,

사랑이 한 사람에게 치명적이라는 명제는 분명 진실이다. 이런 이유로, 관계 맺음의 충일함이 상실된 상황에 처한 그/그녀들은, 자기 소멸을 선택하지 않는 한 생을 견뎌야 하는 존재가 될 수밖에 없는 것이다. 온전한 관계 맺음의 실패에서 오는 쓰라림이 아니더라도, 살아가는 일은 그 자체가 이미 막막한 헤맴이다. 작가가 제시하는 생에 대한 이 두 개의 쓸쓸한 메타포는 서로 떨어져 있는 게 아니다. 고전적인 길찾기 모티프를 취하고 있는 「멀어지는 산」과 「직녀들」은, 생은 의미가 부재하는 세상을 끝없이 방황하는 것이라고 전하고 있다. 사막은 이러한 인식의 가장 적절한 형상이다: "그 신기루 이름이 멀어지는 산이라네 〔……〕 그런데 기껏 간 곳은 모래산이 아니고 분지인 거지. 그러니까 점점 멀어질 수밖에. 방향 감각을 잡아주는 게 아니라 완전히 거리감을 잃어버렸어. 점점 더 멀어지는 산 신기루에 걸려서 돌아오지 못하는 자들도 있다더군"(「멀어지는 산」, pp.99~100).

이와 같이 메마른 생의 시간을 인물들은 어떻게 견디는가. 기억하기가 작동하기 시작하는 것은 이 견딤의 과정에서이다. 결정적인 순간을 겪고 난 뒤의 시간은, 지나가버린 무엇인가가 저절로 떠오르는 시간이기도 하고 또 무엇인가를 떠올리려는 시간이기도 하기 때문이다. 기억하기는 "내 근원을 아프게 건드리면서" "죽순처럼" "속을 뚫고 올라"오는 순간들을 조용히 응시하는 행위이고 나아가 "꾸역꾸역 그 속으로 자신을 밀어넣"으려는 행위이다. 전체적으로 신경숙 소설에서 기억은 이 두 개의 의미를 동시에 갖는다. 즉 시간의 파편들은 언제나 주체의 주변을 떠돌게 마련이라는 맥락에서 기억하기는 필연적으로 발생하는 현상이다. 그리고 주체는 애써 시간의 파편들을 잡으려고 한다는 맥락에서, 그것은 의지적으로 선택된 행위인 것이다. 기억을 이와 같이 중층적으로 의미화하면서 신경숙은 글쓰기의 의미를 탐색하기 시작한다. 글쓰기는 무엇인가를, 누구인가를 기억하려는 의지가 구체적으로 표출되고 실현되는 창구이다. 기억하는 일이 곧 무엇인가를 붙잡는 일이라면 글쓰는 일 역시 마찬가지 의미를 갖는다. 글은 문자 하나하나를 도구로 삼아 사라져가는 것들, 흔들리는 것들, 흘러가는 것들을 잡아서 고정시킨다. 『풍금이 있던 자리』에는 글쓰기-소설쓰기에 대한 자의식을 강하게 드러내는 메타 픽션적 경향의 소설들이 있다. 그러나 그녀의 작품은 일반적으로 종종 모더니즘적 감각을 드러내곤 하는 유일한 관심의 소설들과는 그 경향을 달리한다. 이러한 현상을 낳는 가장 핵심적인 이유는 그녀가 견뎌야 하는 약한 자, 사라질 정도로 쇠약해진 자들을 달래거나 기리는 작은 의식(儀式)이라는 측면에서 기억하기-글쓰기-소설쓰기의 의의를 발굴해내고 있기 때문이다. 대상을 향한 애정어린 접근 속에서, 기억하기-글쓰기-소설쓰기는 강한 정서적 공감과 애무의 필터를 거쳐 인격화된다. 글은 버림받고 잊혀진 약한 자들의 안식처이자 그들의 몸이고 살이다. 약한 자는 나 자신이기도 하고 너이기도 하다. 그래서 신경숙 소설에서 기억하기-글쓰기-소설쓰기는 두 방향에서 가치 부여된다. 그 하나로 들 수 있는 것이 주체의 자기 복원으로서 글쓰기가 갖는 의미이다. 이때 글을 적는 것은 약한 자로서의 내가 나 스스로를 견디는 방법이 된다. 「풍금이 있던 자리」는 기억하기-글쓰기가 내가 나를 지탱해나가는, 아프지만 ("자기를 들여다봐야 하다니요? 싫습니다!") 유일한 기술임을 보여주고 있다. 다치고 지친 나를 반추하고 써내려가면서 나는 시린 현실로부터 천천히 발걸음을 옮겨오게 된다.

　이 평온을 얻기까지 제가 한 일이란, 이 글을 쓰다 말다 한 것뿐이지요. 이 편지를 처음 쓰기 시작했을 땐 처음으로 제 인생을 제가 조정하는 듯한 기분이 들기도 했답니다. 이토록 힘든 것을 모르고서 저는, 이 마을에 내려와 제 마음결에 일어난 일들을 당신께 글로 쓸 수 있다고 믿었나 봅니다. 〔……〕 그래도 몇 년 만에…… 숨을…… 깊은…… 숨을…… 들이쉬는 것 같습니다(「풍금이 있던 자리」, pp.41~42).

이처럼 자기 기록, 자기 반추로서의 글쓰기는 곧 내 속의 울먹임을 듣고 나를 위무하는 방식이다. 하지만 기억하기—글쓰기—소설쓰기는, 그것이 나의 아픔에 충실하듯 저기 있는 타자의 아픔에 대해서도 정성스러워야 한다. 「멀리, 끝없는 길 위에」의 한 진술은 이러한 인식을 고스란히 드러내고 있다.

　스물네 살에 사라져버린 그녀, 치악산자락 끝의 북한강 상류를 따라 흘러가버린 그녀…… 그녀는 죽었고, 지금 다시 소멸이 이루어지고 있다는 느낌. 건조한 숲에 그 느낌이 성냥을 갖다댔다. 그녀의 완전한 소멸을 막아볼 수 있었으면, 여기 이 글이 그녀의 무덤이었으면. 나는 고갤 숙였다. 산불처럼 번지는 욕망. 내가 배운 모든 이미지여, 살아나다오. 나는 그녀를 재생해내고 싶다, 엮어주고 싶다. 소설이 아니라도 좋다. 나와 같은 해에 태어나 흔적 없이 사라져버린 그녀의 무덤이 여기이게 그렇게만(「멀리, 끝없는 길 위에」, p.270).

인용문이 말하듯이, 타자를 향해 있는 글쓰기의 욕망은 사랑받지 못하고 인정받지 못한 채 소진되어 가는 너를 기억하여 붙들고 싶은 욕망이다. 슬픔으로 투명해져 가는 대상을 응결시켜 두고 싶은 간절한 바람은 「해변의 의자」에서 너의 사진을 자꾸 찍는 행동으로 변형되어 나타나기도 한다. 글쓰는 나는 너의 사라짐을 멈추게 하고 싶다. 그러나 글, 글쓰는 일은 얼마나 모순적인가. '너'는 글 안에서, 글을 통해 비로소 이미지로 살아나는 동시에 급기야 너의 "무덤"을 갖게 된다. 나는 너를 이미지로 아름답게 남겨놓으면서 너를 보낸다. 무덤은 소멸한 자가 존재하는 곳이면서, 그 소멸을 기릴 수 있는 곳이다. 그러므로 신경숙에게서 글은 무덤이라는 은유가 성립하는 것이다. 이 은유에 스며 있는 것은 절망이 아니라 애틋함이다. 「새야 새야」의 한 인물의 말을 빌리자면, 글쓰는 일은 누군가를 "아름다이 보내줄" 수 있는 방법이다. "글씨가 그런 일을" 할 수 있다는 믿음은 작중인물들만의 것이 아니며 작가의 것이기도 하다. 이처럼 글쓰는 일은 너를 기리고 새기고 간직하는 일이므로, 글쓰는 자는 현실의 깨져버린 관계를 상징적으로 복원하고 있는 자이다. 나와 너 사이의 온전한 관계는 글-문학이라는 상징적 공간, 아름다움의 터에서 다시 세워진다.

　마르틴 부버는 서로 떨어질 수 없는 짝말로서의 '나―너'라는 근원어에 대해 언급한 바 있다. 그리고 그는 근원어 '나―너'가 "온 존재를 기울여서만 말"되어질 수 있음을 알려주었다. 글쓰는 자는 '나―너'라는 근원어를 되살리기 위해, 자신의 전부를 걸어 힘겹게 힘겹게 써내려간다. 그러므로 "그때 바람 앞의 산불처럼 균형 없이 타오르던 그녀를 쓰고 싶은 그 욕망. 내 욕망은 내 삶을 파먹을 포클레인일 것"이라는 한 인물의 독백은 진실이다. 내 존재 전부를 쏟아붓지 않고, 내 안의 힘을 기꺼이 다 소모하지 않고 어떻게 '너'를, 이미지로(나마) 다시 불러내어 간직할 수 있겠는가. 이렇게 해서 기억—글—소설은 버림받은 고통 속에서 잦아드는 약한 자들을 진정한 관계의 장으로 다시 불러들이는 공간이 되는 것이다. 글쓰기—소설쓰기에 대한 작가의 신념이 그녀가 창조한 인물들의 그것에 매우 밀착해 있음을 우리는 금방 감지할 수 있다. 글쓰기—소설쓰기가 아름다움의 일일 뿐만 아니라 선함의 일임을, 『풍금이 있던 자리』의 곡진한 세계는 너무나도 잘 보여준다.

초판 작가의 말

무슨 일이든 아무 일도 없는 것보다는 낫다고 생각하려고 애쓰면서 두번째 창작집을 묶습니다.

제 글쓰기가 대체로 저의 비사회성을 전시해놓은 건 아닌가, 여러 가지 결함들을 문학이라는 이름으로 미화시켜온 건 아닌가, 하는 생각을 하면서도 삶은 사랑이라고 일러주었던 것이기에, 제게 주어진 시간들을 반추해보고 지키고 살게 해주는 통로이기도 하기에, 멈추지 못했습니다.

가끔 혼자 방 안을 서성이거나 무슨 일에 골똘해 있다가 거울 속에 얼굴을 비쳐볼 때가 있습니다. 제 뺨과 눈, 코, 입, 이마를 멀거니 들여다볼 때가 있습니다. 문득 콧볼을 검지로 튕겨보기도 합니다. 그러고 나면 피식 웃게 되거나 눈물이 핑 돌게 되거나 둘 중 하나입니다. 웃어버리거나 울어버리는 그것 말고 제 얼굴을 견디는 다른 해찰이 필요했습니다. 그저 제 식으로 짜여진 삶의 생김새라고 여겨주십시오.

  시월이 오면 저는 이모가 됩니다. 이모. 세상에서 처음 받아보는 칭호입니다. 신기하고 아름답습니다.

1993년 3월
신경숙

신판 작가의 말

'93년 봄에 출간된 풍금이 있던 자리 초판본을 2003년 여름에 책상 위에 올려놓고 잠시 바라봤다. 그사이 십 년이 흘렀다. 어떤 관계는 더 깊어지고 어떤 관계는 끊어졌다. 깊어질 땐 내가 막 태어난 무슨 새끼 같았고 끊어질 땐 맨발의 아기를 업고 있는 어미 같았다. 그러면서 마흔이 되었다. 서른에 낸 책에 대고 마흔이 되어 '작가의 말'을 한 번 더 쓰려니 많은 생각이 밀려든다. 그러나……

십 년을 보내는 중의 어느 해인가 바닷가에서 얼마간 혼자 지낸 적이 있었다. 어느 날 해변에서 푸른 구슬을 하나 주웠다. 자세히 들여다보니 구슬이 아니라 깨진 병 조각이 물과 모래에 쓸려 다니고 다니다가 모난 데가 둥그러워져 구슬처럼 된 것이었다. 얼마나 쓸려 다녔기에 이리 되었을까 싶어 버리지 못하고 주머니에 오래 넣고 다녔다.

어째 그 구슬 생각이 자꾸 난다.

2003년 6월
신경숙